KB233646

그리운 날은 서해로 간다

오영미 에세이집

1

시와정신

책머리에

제가 서산에 정착한 지도 어언 30년이 다 되어 갑니다. 이 글들을 아껴오기까지 꽤 긴 세월이 흘렀습니다. 낯설고 황량하기만 했던 예전의 서산이 지금은 가장 발전가능성이 있는 유망 지역으로 떠오르고 있습니다. 새로운 시대가 요구하는 혁신을 잘 실천할 수 있는 리더와 시민의식이 결합되어 '온통서산' 이라는 명제로 도약하고 있는 곳이 바로 서산입니다.

의욕과 열정, 숨은 끼를 발산하며 앞만 보고 달린 시간이 차곡차곡 쌓여 기억의 숲으로 엮어지게 된 거죠. 서산에 살면서 보고, 배우고, 느낀 이야기들을 친근감 있고 편안하게 써 내려간 흔적들이 고스란히 남아 있습니다. 그 당시 kbskorea.net 칼럼방에 게재했던 글을 퇴고하지 않고 그대로 옮겼습니다.

그때 그 느낌을 있는 그대로 전달하고 싶었으므로, 현재의 입장과 다르게 표현되었을 수도 있지만 순수함을 잃고 싶지 않았기에 당당하고 싶었습니다. 지난날의 내 삶이며, 내 열정이며, 내 감성들이 고스란히 남아 있습니다. 가족이라는 소중한 의미를 사랑했고, 자녀교육에 대한 명제를 찾느라 애썼으며, 지역사랑 펼치기 운동에 동참하며 홍보를 시작한 것이 많은 사람에게 박수와 갈채를 받게 된 동기가 되었습니다.

사소한 집안 이야기며 자식을 키우며 느끼는 엄마의 마음, 내 고장에 살면서 행복했던 순간들과 아쉬운 순간들을 기억하고 공유하면서 공감을 나누고 싶었습니다. 그렇게 시작한 하루하루가 글감이 되고, 하루를 마무리할 시간이 되면 컴퓨터 앞에 앉아 신들린 듯 기록하게 되었습니다.

서산의 축제뿐 아니라 전국의 축제장을 찾아다니며 사진을 찍고 편집을 하며 글을 쓰고 나면 새벽 동이 트기 시작했습니다. 힘든 줄도 몰랐고 귀찮거나 부담스럽다는 생각은 전혀 하지 못했습니다. 오히려 거침없이 치고 달리는 경주마처럼 신나게 앞만 보고 지낸 것 같습니다.

누군가에는 위로를, 또 어떤 이에게는 용기를 불어넣어 주었을 것을 생각하면 정신이 번쩍 들게 됩니다. 내 살아온 반세기를 뒤돌아보기도 하면서 차분한 시간을 갖고 싶었습니다. 그러니까, 지나온 시간을 반추하면서 지나온 절반에 대하여, 그리고 남은 내 인생을 어떻게 설계하며 살아갈 것인지에 대해 고민하는 순간입니다.

꿈꾸는 이상들이 현실에서 실현되기를 기다리며 준비하고 실천하는 모습으로 살아가려 합니다. 추수를 마친 빈들의 넓은 가슴같이 비우고 내려놓으려 합니다.

길었다고 생각한 지난 여정이 꿈같이 흘러갔습니다. 주저하기 보다는 지금이 최선임을 깨달아 만학의 기쁨으로 큰 성취감을 맛본 순간이야말로 내 삶의 시작이라고 해도 과언이 아닙니다.

이제야 저에게 큰 스승이 생겼고, 친구가 생겼고, 동지가 생겼고, 나무와 숲, 그리고 더 큰 자식들이 생겼습니다. 내가 가야할 길이 어디인지, 내가 가고 있는 이 길이 후회 없도록 부단히 노력하고 연마하여 진정한 삶의 가치를 누리고 싶습니다.

어쩌면 나의 전부를 여러분께 내놓으며 부끄러운 마음도 있지만, 지금이야말로 '회자정리 거자필반'의 뜻을 헤아려 수많은 인연 중 소중하고 아름다운 만남을 가져가려 합니다. 아프고 슬픈 인연보다 기쁘고 아름다운 인연을 간직하고 싶습니다.

그런 의미에서 이번 에세이집 『그리운 날은 서해로 간다 1, 2』는 살아가는 동안 내 삶의 흔적이며, 곁에서 오래도록 함께 할 동반자들과 더불어 독자에게 휴식을 주는 자양분이길 바랍니다. 여러분은 더 멋진 인생을 준비하길 바랍니다. 기쁨 충만한 사랑 간직하기 바랍니다.

동고동락해 온 가족과 제2의 고향으로 머물게 해 준 서산에 감사를 드립니다. 무엇보다 존재감을 갖게 해 주는 가족의 의미를 되새기는 기회로 삼으며, 말하지 않아도 묵묵히 믿고 지켜봐 주는 사람들이 있어 행복합니다. 아, 나의 과거와 나의 고백과 나의 청춘을 다듬는 일이 이렇게 좋을 수가! 지금 다시 그 시절로 돌아가라면, 지금 다시 그 느낌을 살리라면 어림도 없는 시간입니다. 그런 시간을 지금 다시 느낄 수 있으니 얼마나 좋은지 모릅니다.

이렇듯 글은 몇 년이고 묵혔다 꺼내는 즐거움이 있습니다. 새로운 것에 대해 설렘도 있지만, 장독에 묻은 묵은지처럼 깊고 알싸한 맛을 되새기면서 또 다른 미래에 대한 준비를 지금 시작합니다. 공주에 계신 부모님과 국방대학원 입학 준비를 하고 있는 아들 며느리 손녀, 그리고 당진 시부모님과 형제자매들, 이 글을 읽고 계실 독자 여러분들의 건강을 기원하며 출간의 기쁨을 함께하고 싶습니다.

마지막으로 『그리운 날은 서해로 간다 1, 2』를 위해 끝까지 조언을 아끼지 않으신 김완하 교수님과 편집에 심혈을 기울여 주신 성은주 교수, 정우석 선생님께 감사드리며, 격려와 사랑을 아낌없이 베풀어 주신 나태주 시인과 신익선 문학평론가에게 큰 절 올립니다. 저는 코발트빛 하늘과 에메랄드빛 바다가 그리운 서해에서 가을을 담고 있을 겁니다.

2018년 가을
오영미

제1부

씨에스타 오후 3시

요즘에는 여자들이 이혼을 요구한다?

세상이 바뀌고 세월이 흘러 이혼의 풍속도도 급속히 변화되고 있는 모습입니다. 언젠가 일본에서 〈황혼이혼〉이 유행처럼 번져 사회적으로 화제가 된 적이 있었는데요. 젊었을 때는 남편에게 순종하고 자녀를 교육하는데 모든 정성을 다하며 남편에 대한 불평불만을 가슴에 가둔 채 묵묵히 참고 견뎌 왔던 세월에 대한 보상을 요구하는 상황으로 우리 사회에 적잖이 충격을 주었던 것으로 기억을 하고 있습니다.

그러다가 자녀가 성장하고 가정이 안정을 이뤘을 때 비로소 남은 시각이나마 내 인생을 찾겠노라고 황혼이 된 나이에도 불구하고 남편에게 당당히 이혼청구서를 내는 겁니다.

저희 주변에도 그런 모습을 하고 사시는 노부부가 있어요. 올해 팔순을 넘기신 이 할머니는 젊어서 안 해본 고생이 없을 정도로 파란만장한 삶을 사셨다네요. 3남 1녀를 두었지만 다들 결혼을 해서 잘 살 수 있도록 자식 뒷바라지에 남달랐고 시집오면서부터 시작된 시댁의 빚잔치를 감당하느라 하루 한시도 두 다리 뻗고 주무신 적이 없다고 합니다.

그런데다가 남편은 사람들을 좋아하고 형제 우애가 남달라서 몇 푼 모아놓으면 몽땅 시동생들 살림하는데 보태주었다고 하네요. 지금은 명예퇴직 하셔서 놀고 계시는 할아버지는 예전엔 공무원으로 박봉의 월급을 받아서 고작 시댁 빚 갚는 데 다 쓰고 생활비는 일전 한 푼 안 주서서 할머니가 친정에서 돈을 빌려다 구멍가게를 하면서 자식들 공부시키고 생활을 했답니다.

이제는 자식들 다 시집 장가보내고 두 노부부만 살고 있는데 할머니의 마음이 자꾸만 우울해져서 큰일입니다. 문득문득 가만히 생각하면 그렇게 부화가 끓어올라 죽겠다며 지금이라도 이 괘씸한 할아버지와 이혼을 하고 싶다고 입버릇처럼 말씀하십니다.

그동안은 남의 눈치 보느라, 자식들 뒷바라지하느라 그런 생각을 할 엄두조차 못 냈었지만 지금 할머니의 모습을 거울에 비추어 바라보고 있노라면 지나온 세월이 그렇게 억울할 수가 없다고 말씀하십니다. 같이 얼굴 마주보며 숨 쉬는 것조차 싫다고 하시니 어쩌면 좋아요.

할아버지가 무슨 말만 하면 그렇게 미울 수가 없다며 두 손을 설레설레 흔드시니. 이렇게 좋은 세상이 와서 인생을 즐겁게 누리며 살 수 있는데도 나이가 들어서 근력이 없어지고 귀찮기 때문에 움직일 수가 없다고 하시네요. 빈말처럼 할아버지에게 "우리 이혼해서 이제부터라도 나도 편하게 살고 싶다"고 말씀을 해 보시지만 할아버지는 들은 척도 안 하시고 딴청만 부리신다는군요.

마음 같아선 지금이라도 혼자 살면서 그동안 못하며 살았던 것들을 이뤄보고 싶지만, 선뜻 행하지 못하는 것은 아직도 자식들이 걱정되어 그렇답니다. 자식들에게 혹여 누가 될까, 부모의 이혼으로 자식들이 충격을 받지 않을까, 걱정이 되어서 지금도 마음으로만 고생하고 계신다며 눈물을 흘리십니다.

젊어서 얼마나 고생이 심했으면 저런 생각까지 하실 수 있을까 생각하다가도 부모님 세대에는 아직도 사회를 의식하고 자존심을 지키려는 마음이 있구나 하는 생각이 들었어요. 앞으로 얼마나 많은 여자가 그동안 억눌러 지내왔던 세월에 대한 나의 권리 찾기에 동참할 것인지가 걱정입니다.

女人天下 목욕탕에서

우리나라처럼 동네 어귀마다 대중탕이 발달한 나라도 드물답니다. 싱가포르 같은 나라는 대중탕이 전혀 없어서 모두 개인 집에서 샤워하는 정도로 지낸다고 해요. 매주 일요일이면 가족 행사인 양 바구니 가득 목욕제품을 담고 헝클어진 머리에 슬리퍼 쭉쭉 끌며 집에서 가장 가까운 목욕탕을 향하게 되는데요. 일주일간의 피로와 미용을 위한 워밍업으로 샤워를 마치고 온탕에 들어가 몸을 푹 불립니다. 그런 다음 냉탕에 몸을 담근 후 사우나에 들어가는데 사우나에서 벌어지는 풍경이 엄청 재미있어요.

두 다리 쫙 뻗고 등을 바닥에 대고 드러누워 한숨 자는 사람, 온몸에 소금을 바르면 땀이 잘 나고 살이 빠진다면서 열심히 문지르는 사람. 예전엔 여자들의 귓가에 구멍이 두 개 이상 뚫어져 있으면 아가씨- 한 개 이상이면 미시족- 그도 저도 아니면 퍼진 아줌마라 했는데 요즘엔 발찌에다 허리 찌까지 생겨나 모두 날씬한 몸매를 자랑하고 있다고요.

게다가 얼마 전에는 진짜 코걸이를 한 아가씨를 봤어요. 인도나 아랍 쪽에만 있는 줄 알았는데 코에 달랑달랑 링을 걸고도 아무렇지 않은 모

습이 더 이상하게 느껴지데요. 한참 동네 반장부터 옆집 남편 이야기까지 수다를 떨다가

"아줌마~ 여기 시원한 냉커피 한 통 주세여~"

하고 부르면 놓칠세라 얼른 얼음 동동 띄워 한 통 가득 채운 커피가 배달된답니다. 서로 얼굴을 모르고 통성명을 하지 않았어도 한 사우나 안에 있다는 이유만으로 서로 커피를 돌려가며 마시라고 권하기도 하고 한 주제를 가지고 자기의 경험담을 스스럼없이 나누면서 시간을 보내게 되는데 우리나라 사람들은 참 정도 많고 의리도 강하지요.

뜨거운 열기 속에서도 늘어진 뱃살을 꼬집으며 지방이 분해되기를 기도하고 굵어진 팔뚝을 처녀 적 모습으로 돌려놓기 위해 마구 좌우로 흔들어 대며 에어로빅 다닐 때 기초운동으로 배웠던 것을 열심히 복습 또 복습. 사우나와 냉탕 사이를 서너 번 왔다 갔다 하고 난 후엔 때밀이한테 마사지 받는 사람, 밖에 나가 휴식을 취하는 사람, 온몸에 우유와 요구르트를 바르며 매끄러운 피부를 유지하려는 사람들, 한때 수영장에서 교습을 받았는지 길고 긴 냉탕에선 아예 물장구치며 수영연습을 해요.

남들이야 물이 튀든 말든 상관하지 않고 고여 있는 물살을 가르며 쭉쭉 나가는 모습이란 상상만 해도 얼른 그림이 그려질 거예요. 모두 정리가 된 다음 빠지지 않고 거쳐 가는 코스. 바로 체중계 위에 몸을 싣고 사형수가 바늘 눈금 보듯 어제보다 얼마나 더 나가는지 체크! 아이고, 어제 그 맥주 괜히 마셨나 봐~2kg이나 오바됐네~

내일부턴 절식해야지 하면서도 집으로 돌아오면 식구들 밥 준비에 음식 간 봐야죠, 국물 맛있는지 확인해야죠, 남은 반찬은 마저 비워야 속이 시원한걸. 그래도 낮에 열심히 땀을 뺀 덕에 몸이 한결 가볍게 느껴지는 건 목욕을 한 사람만이 알 수 있는 행복감이랍니다.

남편의 외도, 사약을 내릴까 꿀물을 바칠까

이런 경우 여러분들은 사약을 내리겠습니까, 꿀물을 바치겠습니까? 장마철이라서 되도록 밖에 나가지 않고 창밖으로 떨어지는 빗줄기를 보면서 음악 감상을 한다든지 그동안 소홀했던 책보기를 할 때였지요.

그날도 어김없이 손님 접대다 비즈니스 다라면서 매일같이 늦게 들어오는 남편을 기다리고 있었답니다. 사실 평소에는 저녁잠이 많은 제가 먼저 일찍 자는 때가 더 많았어요. 이상하게도 잠이 안 오고 왠지 마음이 불안해짐을 느끼면서도 이제나저제나 들어오겠지 하면서 보낸 시간이 12시를 넘겼어요.

처량한 빗소리를 들으며 낭만을 찾는 것도 한두 시간이지 정말 뜬 눈으로 돌아오지 않는 남편을 기다린다는 것이 보통 힘 드는 게 아녜요. 설마 별일이야 없겠지 하면서 잠을 청하려 억지로 눈을 꼭 감고 누워 보지만 정신만 말똥말똥 해져서 더 무서운 생각이 들데요.

참고 참았던 나의 인내가 드러난 건 그때부터였어요. 전화기를 들고 핸드폰 다이얼을 향해 사정없이 눌렀지만, 상대방 전화기는 깜깜무소식! 한 번만 확인하고 웬만하면 얼른 들어오라는 부드러운 말 한마디 남기려 했다가 급기야는 간헐적으로 전화기 자판만 계속 눌러대는 이 마음을 누가 알겠어요. 기다리는 사람만 애태우고 잠 못 이루는 이 심정을.

쩌렁쩌렁 하늘을 가르는 천둥 번개가 꼭 내 머리 위에 내리칠 것 같았어요. 기세를 더 해서 굵어지는 빗줄기가 꼭 남편을 흠뻑 적셔서 길가에 쓰러트릴 것 같았어요. 1박 2일의 술자리를 하는 것이 한두 번이 아닌데도 이날 따라 어찌 그리 마음이 조급하던지 새벽 6시가 되도록 안 들어오는 남편에 대해 이제부터는 불길한 생각이 드는 거예요.

평소에 술을 많이 마시면 차 안에서 자는 버릇이 있었던지라 서산 시내를 샅샅이 훑어서 걸리기만 해봐라 그냥. 이번에는 가만 안 있으리라. 칼을 갈고 이를 악물고 시동을 걸었을 때 삐리리 전화벨이 울렸어요.

"여보세요. 난데, 나 지금 당진인데, 어이구 미안하네, 차 안에서 깜박 잠들었네, 지금 갈게."

참으로 어이가 없고 황당해서 아무 말도 안 나왔어요. 꼭 무슨 일이 일어나서 병원에 누워 있을 것만 같았던 남편이, 술에 취한 채 길가에 쓰러져 그냥 잠들었을 것만 같았던 남편의 목소리가, 아직도 술 냄새가 풍풍 수화기를 타고 흘러나오는 듯 기가 막혔습니다.

'아주 들어오기만 해 봐라 내가 아주 결단내고 말 테다.'

씩씩거리며 두근거리는 심장을 잠재우고 기다리고 있자니 짠하고 나타났는데 흐트러진 옷매무새며, 부스스한 얼굴 모양새에 입에선 아직도 찌든 알코올 냄새라니 어이가 없더군요.

오자마자 침대에 푹 쓰러져 코를 드릉드릉 골며 자는 남편에게 말 한 마디 못 붙이고 옷이나 벗고 자라며 양말을 벗겨주는 내 모습은 제가 생각해도 한심했지만 어쩌겠어요. 다 가족을 위하고, 사회를 위하고, 국가를 위하여 발로 뛰는 이 사람을.

그래도 걱정하고 밤을 꼬박 잠 못 이뤘던 만큼 별일(?)이 없어준 것

에 대해 감사를 하고 속이 빨리 풀려야 다음 일을 할 거라는 아낙의 오
직 한 생각으로 시원한 얼음물에 친정어머니께서 주신 토종꿀을 찐하
게 타서 직접 먹여 주었답니다.

男女天國 찜질방에서

날씨가 흐리다거나 비가 오는 날엔 어김없이 어깻죽지가 아프고 뼈마디가 쑤신다고 말씀하시는 걸 많이 들었을 거예요. 이제 찬바람이 서서히 불어와서 찜질방을 이용하는 사람들이 많아질 텐데요. 특히 나이 드신 할머니, 할아버지를 비롯한 노인분들이 많아요. 교통사고나 운동을 하다가 다치신 분 중에 그런 분들이 많지요. 유난히 살이 많이 찌신 분들도 여기에 한몫을 하는데 이분들은 따끈따끈한 맥반석 찜질방 애호가들이랍니다.

찜질방은 남녀노소 누구나가 함께 이용할 수 있는 유일한 공간으로 뜨거운 훈기 속에서도 "어이구, 시원해라~~"를 연발하는 곳입니다.

언젠가는 찜질방 개업 1주년 기념이라서 일주일 동안 공짜로 손님들에게 서비스한다기에 하루도 안 거르고 출석을 한 적이 있는데요. 한여름에 찜질방에서의 피서법은 또 다른 맛을 느낄 수 있답니다. 이열치열의 묘미를 한껏 접하면서 땀을 쭉 빼면 몸이 얼마나 가벼운지 몰라요. 피부미용에 탁월한 성능을 자랑하기도 하는데 여성분들은 결혼하고 아이를 낳게 되면 눈가에 기미가 끼기 시작하거든요.

　찜질방은 맥반석실과 황토방으로 되어 있는 곳이 있는데 원적외선을 이용한 맥반석 찜질을 하게 되면 기미가 싹 없어지므로 더 선호한답니다. 약 15~20분 정도 찜질을 하고 나서 거실로 나오면 남들 눈치 볼 것 없이 나무로 만든 퇴침 하나 베고 벌러덩 드러눕는데 그냥 가만히만 있어도 몸속 깊이 침투되어 있던 열기가 뿜어져 나오면서 여분의 땀이 주룩주룩 흐르는데 그 기분은 정말 짜릿해요.

　이 시간엔 서로 모르는 사람들끼리 또다시 이야기꽃을 피우기도 하고 모처럼 낯선 남자들과도 자연스럽게 한 공간에서 숨을 쉴 수 있는 절호의 찬스!

　처음엔 어떻게 남자 여자가 아무리 옷을 입었어도 같이 들어갈 수 있나 이해가 안 갔었는데 직접 가보니까 그런 생각 자체가 기우였다는 것을 알 수 있었어요. 휴일엔 가족끼리 단체로 와서 편안한 시간을 보내기도 하고 직장인들은 평일에도 술을 마시고 너무 늦었다든지 할 때 이곳을 찾아와 밤을 새운다고 합니다. 샤워시설이 완비되어 있기 때문에 아침에 출근해도 외박을 했는지 동료들이 전혀 눈치를 못 챌 정도래요.

　또한, 여자들은 친목회를 아주 찜질방에서 갖기도 하는데 이곳엔 간단한 식사를 할 수 있도록 준비되어 있기 때문에 아주 경제적이라며 자주 이용을 한답니다. 입장료가 8천 원으로 시간에 제한을 두지 않으므로 수다를 많이 떨어야 하는 모임에서는 아예 이곳으로 장소를 정하여 찜질하며 살도 빼고 몸도 개운해지므로 일거양득의 효과를 누리는 거죠.

　특히, 여름철보다 겨울철에 더 인기가 많은데요. 추운 겨울날 하루의 일과를 마무리하고 꽁꽁 얼었던 몸을 푸는 찜질방에서의 회포(?)는 정말 기가 막힐 정도예요. 그리고 초기 감기 기운이 있을 땐 찜질방으로 가 보세요. 모든 병균과 독소들을 쫓아내면서 새로운 기운을 받게 되므로 감기가 붙어 있을 여유가 없답니다.

　불가마에서 뿜어져 나오는 원적외선은 우리 인체에 해로운 것은 없애주고 필요한 에너지를 축적해주므로 아이를 낳은 산모들의 산후조리 장소로도 애용이 되는 곳이죠. 또 하나! 이곳 찜질방에선 확실한 미용을 책임지는 한 여성분이 있는데요. 이분은 실 마사지 전문으로 막간을 이용하여 피부미용에 탁월한 효과가 있는 실 마사지를 받음으로 주름살 예방, 잔털제거, 눈 떨림, 간질 등으로부터 해방이 되도록 도와주죠. 깨끗한 피부를 원하는 남자분들도 많이 생겨나서 남성 고정고객까지 생길 정도로 인기가 좋답니다.

　인간이면 누구나 함께 들어가서 맘 놓고 원하는 시간만큼 즐길 수 있는 곳! 마땅히 만남의 장소가 생각나지 않거든 찜질방에서 미팅을 가져 보세요.

남편이 피운다고 나도 같이 피워야 하나

남자들의 기호품 중 유일하게 의지대로 이뤄지지 않고 매일 다짐을 해 보지만 쉽게 끊지 못하는 게 담배라고 했던가요? 만약 이것을 끊을 수 있다면 그 사람은 독종으로 상대를 하지 말아야 한다는 일설이 있는데 그저 습관처럼 피워대던 담배를 하루아침에 절연한다는 것이 얼마나 힘들고 고통스러운 일인지 알 수 있을 것 같아요.

신혼여행을 갔다 와서 새 아파트에 신접살림을 차리고 처음으로 발을 들여놓았던 신방에서의 일이예요. 어린 나이에 인생을 무얼 알겠으며 그저 남녀의 호기심에서 갓 벗어난 애송이의 결혼생활.

여정을 풀고 처음 식사준비를 위해 부엌에서 열심히 조몰락조몰락하고 있는데 어디선가 쏴~하니 숨이 콱 막히는 듯 뿌연 연기가 내 가슴을 조여 오기 시작했어요. 두리번거리며 요놈의 출처를 알아내기 위하여 눈을 휘둥그레 가지고 있는데 다름 아닌 남편이 창밖의 풍경을 감상하면서 뒷짐을 진 자세로 거실 창문 앞에 떡 버티고 서서 하얀 도넛을 연신 만들어 내는 거예요.

세상이나 마상에나 어쩜 이럴 수가 있담. 내가 제일 싫어하는 냄새가 바로 담배 냄새인 줄을 몰랐단 말이지? 신혼 초에 버릇을 잘 들여야 한다는 소리는 들었겠다, 실내에서 담배 피우는 습관을 고쳐놔야 되겠다 싶었어요. 그래서 남편을 데리고 말없이 베란다로 나갔어요. 바깥에서 아이들이 뛰어노는 모습과 행인들의 다양한 표정들을 보며 다정하게 이야기를 나누었죠. 그런 다음 잠깐 가스레인지에 올려놓은 찌개를 보고 온다며 살짝 들어와서는 안에서 베란다 창문을 얼른 잠가 놓았어요. 그때가 10월이었으니까 꽤 바람도 쌀쌀했거든요.

아니나 다를까 잠시 후 거실로 들어오려다 잠겨있는 문을 발견하고 애타게 두드리며 하는 말.

"자기야~ 다시는 집안에서 담배 안 피울 테니깐 빨리 열어줘~"

애교 섞인 목소리와 입가에 미소까지 지어 보이며 사정하더니 얼마간의 시간이 흘러도 안 열어주고 다짐을 받아내려 하니깐 이번에는

"문 열어~~빨리 안 열어?" 하며 인상이 구겨진 채로 화를 내기 시작하데요.

"흠 그래 봤자 실내에서 담배 피운 자기가 잘못이지 머. 건강에도 안 좋은 담배를 누가 피우랬나? 더구나 집안에서 피우면 그 냄새가 배어서 얼마나 불쾌한데 피우는 사람보다 옆에 있는 사람이 더 해롭다는 건 삼척동자가 다 아는 사실. 각서를 쓰든지 밖에서 살든지 양자택일하세요."

메롱에 혓바닥을 날름거리며 약 오르라고 용용 죽겠지 까지 까불었죠. 신혼에 설마 사랑하는 아내에게 무작정 덤비지는 않으리라 상상을 하고는 모른 체하면서 청소기를 신나게 돌리고 애꿎은 방바닥만 싹싹 닦아대고 있었어요.

첨엔 장난인 줄 알았다가 사태의 심각성을 느끼며 열이 받았는지 잠겨있는 창문을 세게 후려치더라고요. 에구머니나 무서워라. 가슴이 뜨끔 하는 순간!

"진짜 안 열거지 잉? 이거 다 때려 부수고 들어가기만 하면 그땐 죽

음이다.”

소리를 고래고래 지르기에 겁도 나고 무서워서 얼른 열어주며 이번엔 제가 반전을 해서

“자기야, 나 기관지가 약해서 그러니깐 앞으로 담배 피우려면 꼭 밖으로 나가서 피고와 알았지?” 하니깐

“알았으니깐 빨리 문이나 열어 으으으 추워 죽겠네. 에이” 하며 신경질을 내는 거예요.

그때의 옷차림이란 메리야스와 사각팬티 달랑이었었는데. 그 뒤부터는 착실하게 담배를 피우려면 스스로가 알아서 베란다로 나가 문을 닫고 혼자서 피우곤 들어 왔는데 말입니다. 요즘 들어 또다시 슬금슬금 부엌창문을 열어놓고 얼렁뚱땅 담배를 피워 물기 시작하는 거예요. 콜록콜록 캑캑 거려가며 일부러 큰기침으로 소리를 내어 보지만 뒤돌아 눈 한번 쫙 째려보고는 그냥 피워 대길래 또 한바탕 소란을 피웠죠.

“어이구 이젠 아주 내가 호흡기 질환에 걸려 죽는 꼴 보려고 작정을 했구먼.” 하니깐

“이 사람아, 차라리 당신도 같이 피워보지. 그래야 담배 피우는 사람 심정을 알 거야.” 하는 거예요.

요즘은 남자보다도 여성의 흡연율이 자꾸만 높아지고 있어서 사회적으로 문제의 심각성이 하나둘 드러나는 실정인데요. 한 번쯤 호기심이 있을 법도 하지만 한창 자라나는 청소년들의 무분별한 흡연은 아직 우리나라에선 이맛살이 찌푸려지는 행동이지요.

어렸을 때 친정 아버님께서 일하시다가 “영미야~ 담배 한 대 타려 와라~” 하시면 뻐끔뻐끔 입에 물고 매운 연기에 눈물을 찔끔거리면서도 불을 댕겨서 태워 가지고 달려가 갖다 드리곤 했던 기억이 나네요. 그때 피워보고 여태 입에 대 보지도 않았던 담배를 인제 와서 그 냄새 맡기 싫어함 때문에 나보고 직접 피워보라 하다니.

건강에도 안 좋고 주변의 사람들에게 피해를 준다는 이유로 요즘에는 많은 사람이 이를 꽉 물고 작심삼일 이언 정 어떻게든 끊어보려 한다는데 우리 남편은 저보고 맞담배 피우라 하네요.

다른 건 다 해도 이놈의 담배만큼은 정말 저하고 안 맞는데 어찌하면 좋단 말인가요. 으악, 지금까지 살아온 날들보다 앞으로 살날이 더 많은데 남편이 담배 피울 때마다 내가 밖으로 피신할 수도 없는 일.

'이참에 남편 피우는 앞에서 나도 같이 피워봐?'

남자는 공짜인데 여자는 천원을 내야 하는 이유

시아버님의 일흔네 번째 생신날! 온 가족이 모처럼 야외로 나가서 늦가을의 정취를 느끼고 싶었습니다. 예산에 갈비를 맛있게 하는 집이 있다 하여 부푼 가슴을 안고 출발했습니다.

공주에 사시는 시 아주버님께서 늦게 배움의 길로 접어들어 방송통신대를 다니시는데 마침 기말고사 시험이 대전에서 있어서 참석하지 못한 죗값으로 대전과 당진의 중간 지점에서 만나기로 하고 떠난 길이었어요.

길가에 은행나무 잎들이 노랗게 물들어 하늘하늘 떨어지는 것이 정말 기분이 상쾌했습니다. 모두 하하 호호 정다운 이야기꽃을 피우며 선물도 드리고 용돈도 드렸는데 노인분들은 뭐니 뭐니 해도 현금이 최고로 좋아하신답니다.

배가 부르고 살이 찔지라도 먹는 것이 남는 것이려니 생각하고, 오늘만 맛있게 냠냠 많이 먹고 내일부터는 금식하리라 다짐을 했습니다. 옆에 앉아 걱정하며 눈치를 주는 남편을 뒤로한 채 남들 하나 먹을 때 두 개 세 개씩 열심히 쩝쩝 맛있게 먹었어요.

금강산도 식후경이라고 했겠다. 가까운 근교로 가을 정취를 느낄 수 있는 곳을 찾았죠. 흔히 여행할 때도 마찬가지겠지만 대부분 사람은 자기 지역 가까운 곳의 명소가 얼마나 아름다운지를 잘 느끼지 못하고 멀리 있는 곳으로만 떠나려는 경향이 있어서 안타까운 마음이랍니다.

칠십이 넘도록 살림만 하시며 자식 뒷바라지하시느라 수덕사 한번을 못 가 보셨다는 시어머님의 말씀을 듣고 대이동을 했거든요. 마침 주말이어서 그런지 행락객들이 꽤 많았습니다.

우리 가족 일행은 수덕사 안에 마련되어 있는 〈불교박물관〉을 관람하고 대웅전을 향하여 계단을 오르고 있을 때 차라리 못 봤으면 하는 광경을 목격했어요. 아마도 연인 사이 같았는데 주위의 다른 사람들을 전혀 의식하지 않고 큰 소리로 깔깔깔 웃더니만 몸을 가누지 못하는지 흐느적거리는 몸짓 하며, 가까이 다가왔을 때 풍기는 술 냄새가 어찌나 불쾌하던지. 둘만의 추억 만들기에는 좋을지 몰라도 신성한 사찰에서의 정숙한 몸가짐과 공공장소에서 지켜야 할 최소한의 예의는 알만한 젊은 청년들임에도 불구하고 뭇 사람들의 눈살을 찌푸리게 하는데 그렇게 밉게 보일 수가 없었어요.

오랜 전통을 자랑하는 수덕사의 여승들을 기억하며 분위기에 물씬 젖어 있는데 평소 운동을 안 하셨던 시어머님께서 힘들어하시기에 서둘러 그곳을 빠져나왔습니다. 이왕 오신 김에 피로도 풀 겸 따끈한 온천욕을 즐기시게 하려고 덕산온천을 갔지요.

입장권을 끊고 여자와 남자가 각각 분리돼서 입장하는 순간 온천관광지역이라는 점을 고려하고라도 가볍게 몸을 풀려고 들어갔다가 당연히 그냥 주어야 할 수건을 천 원 주고 사야만 줄 수 있다는 거예요. 우리 일행은 당연히 물기를 닦을 수 있는 수건 정도는 서비스로 준비되어 있을 줄 알았는데 돈을 주고 사야만 된다는 말을 듣고 아연실색을 했습니다.

"예전에는 모두 그냥 드렸는데 새 수건을 비치해 놓고 며칠이 지나면 수건이 자꾸 없어 지는거. 여그 오는 아줌마덜이 그걸 다 집으로 갖구 가닝께 도저히 감당이 안되능 거지. 오죽허믄 아예 천 원씩을 받고 아주 팔아 버링께 그런 걱정은 안 혀두 되더라구. 아이구…" 하시며 어쩔 수 없다는 표정을 짓습니다.

"그래도 아줌마 저 옆 K호텔은 무료로 쓰게 하고 있는데 D호텔만 돈을 받으면 어떡해요?" 하니깐

"거기야 거기 사정이구 뭐 나야 위에서 시키는 대로 하는 것잉께~ 남자들은 때수건도 다 놓고 가는디 그래서 남자들은 그냥 줘도 걱정이 없는디 여자들은 비누 까정도 모두 싸 들고 가는 바람에 남아나는 게 없당께~"

이런 오명을 쓰고 살아온 아낙네들이여. 언제나 이런 대접에서 벗어날 수 있으려나 하는 찝찝한 기분을 뒤로하고 울며 겨자 먹기로 오천 원을 주고 수건 다섯 장을 사 들고 욕탕 안으로 들어갔죠. 온천수에 몸을 푹 담그니 기분이 좋긴 좋았어요.

그런데 문제는 또 여기서 생겼어요. 아, 글쎄 사우나를 들락거리며 온탕, 냉탕을 왔다 갔다 하는 사이에 천 원씩 주고 산 수건이 한 장 없어진 거예요. 와~정말 열 받데요. 그러니 주위를 두리번거려 봤댔자 다들 똑같은 수건이 임자 있는 모습으로 존재할 뿐.

우리나라의 아줌마들이여! 이제는 지나온 세월의 욕심보다는 앞으로 살 시간에 의미를 가지고 앞으로는 이런 치욕스러운 대접에서 벗어날 수 있도록 스스로 노력해야 하지 않을까요. 많은 여성이 여권신장과 여성 상위시대를 부르짖어 보지만 아직도 잠에서 깨어나지 못하고 사소한 것에 목숨을 거는 우리들! 우리가 파 놓은 무덤에 스스로 빠져드는 우를 범하지는 맙시다.

저, 선생님하고 결혼하고 싶었는데

고등학교 학창시절을 마무리 한지가 벌써 18년째! 그동안 직장생활에, 결혼에, 출산에, 개인 사업에, 사회활동에 정신없이 앞만 보고 달려오다가 어느 한순간 뒤돌아보니 옛 추억을 되살리기엔 역시 고향의 모교가 최고 아닐까요.

올해 초 인터넷 서핑을 하다가 우연히 발견하게 된 아이러브스쿨이라는 사이트에 들어가 초등학교부터 중학교, 고등학교 모두 뒤져서 가입을 하고 친구들 확인 작업에 들어갔습니다. 그중 가장 기억에 남는 모교는 역시 사춘기 시절이 포함된 고등학교의 친구들이 정답게 느껴지면서 갑자기 보고 싶어지는 거예요.

초등학교는 멋모르고 그냥 터덕터덕 다닌 듯하고, 중학교는 나름대로 친구들과 어슴푸레 멋을 느끼면서 다닌듯한데 고등학교 때는 추억만들기와 반항기의 매력을 한껏 이용해서 누려봄 때문인지 제일 느낌이 좋았던 것 같아요.

그때부터 아, 이제는 친구들의 소식도 접하면서 살아야겠구나 하는 생각으로 주소록에 있는 동창명단과 연락처 리스트를 만들어가며 맛깔

나는 수다도 떨면서 언제 한번 만나자는 아쉬움을 남긴 채 11월 11일에 있는 총동문회에서 만나자는 약속을 했습니다.

그래서 현재 나의 모습을 최대한 예쁘게 보이고 싶어서 며칠 전부터는 식사량도 조절하면서 몸매 가꾸기에 들어갔어요. 하루 이틀에 효과를 보는 것이 아님을 알면서도 그렇게 하고 싶었어요.

드디어, 고대하고 고대하던 동문회 날이 왔습니다. 이른 아침부터 설레발놓아서 완벽하게 준비를 하였건만 어찌 그리 모양새가 안 나는지 원 차라리 더 날씬하게 만들어서 담에 갈까도 생각했죠.

하지만 그럴 수는 없는 것! 핸들을 부여잡고 제 고향인 공주로, 공주에서도 모교인 공주정보고등학교로 돌진. 저의 고등학교 모교 이름은 원래 공주여자상업고등학교 입니다. 얼마 전 21세기에 맞춰 나아갈 길을 모색하며 남녀공학으로 바꾸고 이름도 〈공주정보고등학교〉로 거듭 태어 난 셈인데요. 들어가는 입구가 좀 긴 편이었는데 아직도 옛 모습 그대로 남아 있었어요.

진입하는 순간 가슴이 벅차오면서 약간씩 설레기 시작했어요. 은사님들도 와 계시겠지. 친구, 선후배님들은 얼마나 와 있을까. 이러한 기대와 설렘으로 도착한 행사장에는 예상보다 훨씬 못 미치는 숫자의 동문이 자리에 앉아서 이야기를 나누고 있었는데 나의 그 화려한 기대가 허물어지는 순간이기도 했답니다.

그렇듯 썰렁한 분위기를 접어두고 행사가 시작되면서 그 그리운 은사님들께서 한분 한분씩 입장을 하는데 모두 정겨운 웃음으로 여전히 건재한 모습이었어요. 특히, 저를 두 학년이나 담임을 맡으셨던 노석종 선생님을 찾았을 땐 펄쩍펄쩍 뛰어가서 무작정 포옹을 하고 말았지요. (현재는 교감으로 계심) 이제는 그렇게 해도 될 것 같기에 그리고 싶었거든요.

이 부분에선 저의 아련한 기억을 새롭게 하는 사건이 있었답니다. 노석종 선생님은 기관지가 약해서 수업시간마다 헛기침과 가래 뱉느라고 캑캑하시며 힘들어하셨는데 그것을 흉내 내며 즐긴 게 바로 저였지요. 선생님이 저만치 복도에 비치면 숨어 있다가 일부러 들으라고 캑캑 하고는 도망 다니곤 했는데 그러다 어느 한날 걸려서 뒤지게 혼난 적 있거든요. 이구 그때 선생님은 무척이나 고통스러웠을 것을 왜 철부지처럼 흉내 내며 즐거워했을까.

그런데요. 사실, 제가 그 선생님을 지금도 잊지 못하는 이유는 따로 있어요. 그 선생님의 사모님께서 일찍 돌아가셨는데 그때 제가 2학년이었는데 혼자서 생활하시는 선생님이 괜히 안쓰럽고 쓸쓸해 보이는 거예요. 그래서 얼른 졸업하면 내가 선생님한테 시집을 가야지 하고 벼르고 있었는데 그만, 3학년 되던 해 봄에 새 장가를 가시는 거 있죠. 흑흑, 그만큼 제게는 그 선생님이 좋았거든요.

지금 생각해보면 엉뚱하고 얼토당토않은 생각들이지만 그때는 정말 심각했었습니다. 행사가 끝나고 급식실에서 은사님과 함께 식사하면서 그 이야기 하니깐 모두 뒤로 자빠지면서 자지러지게 웃는 웃음소리에 교정이 떠나갈 듯 들썩거렸는데 노석종 선생님도 저를 끔찍이 아끼는 제자라며 한 수 더 거들어 주시는 위트를 발휘하셨어요.

세월이 흘러 모든 게 변해간다 해도 학창시절의 추억과 배움의 가르치심이 있었던 은사님들은 언제나 그 자리에 계심을 알았어요. 지금에 와서야 우리는 쑥스럽기도 하고 어색함을 느끼기도 하겠지만 선생님들께서는 예전의 그 마음 그 모습으로 저희를 감싸 안아 주었답니다.

늘 가슴속에 그리던 모교의 정을 접어둔 채 나의 일상으로 되돌아오는 발걸음이 무겁지 않았던 이유는 그리운 얼굴들과 현재 후배들의 활약이 눈부심을 알고 떠나왔기 때문입니다.

알몸의 세 자매 중 예사롭지 않은 시선으로

처음부터 그랬었다. 그녀와 눈이 마주치기 시작하면서 서로 어색한 듯 얼른 고개를 돌리고. 나에게만 뜨거운 시선을 주는 그녀. 그녀라고 하기 엔 너무 세월이 흘러 늙어버린 할머니.

이제 얼마 안 있으면 친정엄마의 생신이 돌아옵니다. 우리 가족들은 때마다 주말을 이용하여 미리 앞당겨서 행사를 치르곤 했거든요. 이번 에도 역시 주중에 걸려있는 생신을 당겨서 지난주에 가족 모두가 친정인 공주에 모였답니다.

1남 3녀 중 장녀인 제가 그동안은 모든 행사를 주관했지만 셋째인 남동생이 작년에 결혼함으로써 모든 권한에서 서서히 벗어나야 했어요. 나이 어린 올케가 좀 어설프기는 했지만, 집안의 가풍을 위해서라도 남동생에게 힘을 실어주고 싶기도 했고요.

각자가 분담해서 준비해 온 음식들을 정성껏 마련해 놓고 동서지간 사위들끼리 술 한 잔 주거니 받거니 정담이 오가며 즐겁게 지냈죠. 우리 자매들은 무슨 그리 할 말이 많은지 모였다 하면 밤을 꼬박 새우는데 쫑알쫑알 깔깔깔 장단을 맞춰가며 웃음이 끊이지 않아요.

밤을 그렇게 보내고 세 자매는 새벽 5시면 배시시 눈을 비비면서도 상쾌한 바람 맞으며 목욕탕에 가는 것을 즐기곤 하죠. 후다닥 벗고 탕 안에 들어가서 피로를 푸는 이 순간이야말로 자매들만의 또 다른 정을 느끼기에, 충분하답니다.

그런데 이번에는 처음 탕 안에 들어가면서부터 유난히 한 시선이 나를 쳐다보기 시작했어요. 모두 같은 조건을 가지고 있는 여인네 간에 모정의 느낌이려니 무시를 하고 사우나로, 탕 안으로, 냉탕으로 왔다 갔다 하는데 알몸의 세 자매 중 유난히 나에게 예사롭지 않은 시선으로 눈길을 던지네요. 흐흠. 우리가 너무 다정해 보였나? 아님, 동생들이 더 날씬하고 예쁜데 왜 나만 자꾸 쳐다보고 그럴까? 그래도 통통한 내가 더 예뻐 보이나?

이런저런 생각을 머릿속으로만 정리하고 있는 찰나에 드디어 저에게로 슬금슬금 다가오시더니 조심스레 건네는 말씀이

"저기 젊은 양반 내가 기운이 없어 그러니 나 등 좀 밀어주게나."

이쿠~ 그러면 그렇지. 세 자매 중 내가 제일 튼튼하게 생겼나 보네. 그러니 탕 안 입구에서부터 나를 콕 찍은 게 분명한 겨. 얼른 살을 빼든지 해야지 원. 동생들은 킥킥거리며 웃어대고 있었지만 저는 그 할머니에게 부담스럽지 않게끔 환한 미소와 함께 즐거운 마음으로 조심스레 싹싹 밀어 드렸지요. 온몸이라야 마르고 말라 한 아름에 폭 들어올 정도로 작은 영혼. 내 어머니를 닦아 드리는 마음으로 씻어 드리니 힘은 들었지만 뿌듯한 마음이 들었어요.

"아이 시원해라~ 인제는 기운이 없어서 목욕두 자주 못하는디 이렇게 젊은 새댁이 닦아주니 아이구 개운하구먼~고마워유 새댁~"

사실 목욕탕에 갔다가 마땅히 등 밀어줄 사람이 없으면 얼마나 난감한지는 겪어 본 사람이면 아마도 다 알 거예요. 그거참 치사하고도 민망스러운 기분이거든요. 그때의 그 찝찝한 기억을 되살려서 서로 등 밀

짝이 없는 분들은 기꺼이 밀어 드리죠. 할아버지와 단둘이서만 살고 계시다는 그 할머니의 나약함에서 누군가의 손길이 절실히 필요함을 느끼면서도 정작 말하기 어려워하고, 눈치만 살펴야 하는 노인들의 아련한 마음들.

마음은 있되 기운이 없어 자신의 의지대로 펼치지 못하는 그 세월이 나에게도 곧 다가오리라는 생각에 마음이 숙연해졌습니다. 그래 이제 앞으로는 목욕탕에 들어가면 나를 필요로 하는 사람들에게 시선을 듬뿍 주어서 작은 힘을 나눠 가지리라.

비록 늘씬하고 아름다운 몸매는 아니지만, 그 뜨거운 시선 나에게 던져줄 때 마다하지 않고 모든 사연 다 닦아내리라. 이 세상의 모든 할머니이여. 그 예사롭지 않은 눈길 다 저에게 주세요.

등창 난 할머니의 곪음을 매일 한 숟가락씩

　내 삶 어지럽다가도 교만과 허영을 바로 잡을 수 있도록 기회를 주는 곳. 살이 썩어들어 가 뼛속까지 패여 곪음이 고여 있는 모습을 본 적이 있나요? 난생처음 등창이라는 것을 직접 본 나로서는 너무 어이가 없고 기가 막혀서 차마 눈 뜨고 볼 수가 없었어요. 지금도 가슴이 울렁거려 내 삶 한 부분을 도려내고 있는 느낌이에요. 책에서만 읽어 상상하고, 매스컴에서 난민들의 모습을 보고 충격을 받은 적이 있는데 이렇게 실제로 목격하게 되니 더 말을 할 수가 없을 지경입니다.

　어제가 화이트데이라서 밸런타인데이의 답례로 남자가 여자에게 사탕을 줌으로 사랑을 표현하는 날인데 젊은 청춘남녀들끼리의 아름다운 이벤트로 이어져 오고 있지요. 제 나이 또래쯤 되면 그런 거에 아랑곳하지 않고 지나치게 되지만 전 평소 알고 지내는 분들께 옆구리 찔러서 풍성한 사탕 바구니와 초콜릿 등 꽤 그럴싸한 선물을 받았어요. 사실 받을 때의 기분이지 그걸 많이 먹는 건 아니잖아요.

　그래서 생각난 곳이 예전에 들렀던 "평화의 집"의 할머니들이더라고요. 왜 할머니들은 사탕 좋아하시잖아요. 마침 찌뿌둥한 날씨가 걷히고 환한 햇살이 나오길래 점심시간을 이용하여 커다란 바구니에 몽땅 담아서 태안군 원북면에 있는 평화의 집으로 향했지요.

예전엔 9명의 할머니가 계셨는데 한 분이 더 오셔서 식구가 모두 10명으로 늘어났더라고요. 그런데 다른 분들은 모두 예전보다 혈색도 좋아지시고 건강해지신 것 같은데 새로 오신 할머니가 유난히 왜소해 보이고 기력이 없어 보이셨어요. 아무런 기척도 없이 눈을 꼭 감은 채 처음 그 자세로 누워있는 모습.

그도 그럴 것이 7개월 전에 그곳에서 모시다가 병세가 심해져서 국내에서 내놓으라 하는 모 국립병원에 입원을 시켰대요. 모시고 싶어도 경제적인 뒷받침이 워낙 없어서 감당을 못했던 거죠.

그러나 얼마 안 있어서 다시 연락이 왔는데 병원에서 모실 수 없으니 제발 좀 맡아달라고 사정을 하더라네요. 꼼짝 못 하는 상태로 그냥 죽을 날만 기다리는 신세인 할머니를 말예요. 올해 94세인 이양순 할머니가 바로 그 주인공이신데 등과 양 골반에 등창이 나서 그야말로 살이 썩어 들어 가고 뼛속까지 침투하여 매일 한 숟가락씩 곪음을 파내고 있습니다. 썩어가는 환부를 더 번지지 않게 가위로 도려내고 싶어도 그 환부의 살이 엄청 질기기 때문에 절대 잘리지 않는다고 해요.

노인분들 대부분이 당뇨에서 시초가 되어 합병증이 오면 이렇게 무섭답니다. 손등은 퉁퉁 부어올라 있고, 팔은 새까맣게 다시금 썩어들어 가는데 차라리 그때 보내지 말고 자신이 계속 치료를 해 왔더라면 이 정도는 되지 않았을 것이라며 안타까워하시네요. 소화 기능이 전혀 이뤄지지 않아 먹은 음식은 바로 아래로 나오고 살점 하나 없이 앙상하게 드러나 있는 숨만 쉬고 있는 해골의 모습이에요.

그래도 세실리아 선생님은 이런 분들을 더 모시고 싶은데 공간이 좁다며 안타까워하십니다. 지원이라도 받고, 후원자라도 많으면 좋겠는데 태안군에서는 그곳이 등록되지 않은 곳이라 지원을 해 줄 수 없다고 한대요.

　그 등록의 조건은 다름 아닌 땅과 건물, 시설을 모두 갖춰야 한다는 거예요. 세실리아 선생님은 이럴 줄 알았으면 돈이나 많이 벌어 놓는 건데 그저 그때그때 생활하느라 이런 데까지 신경을 못 썼다며 이제 와 지난 세월을 탓한들 이미 늦어 버린 걸 어쩌겠냐며 한숨만 내 쉽니다.

　하도 답답하고 속이 터져 군청에도 찾아가 항의를 하기도 했다는데 그 말을 듣는 순간 아무것도 모르는 제가 듣기에도 우리나라 사회복지 정책이 잘못되어도 한참 잘못되었다는 생각이 들었어요. 정녕 뜻 있고 봉사 정신이 투철한 사람은 있되 땅이 없고, 건물이 없고, 시설이 불충분한 조건에서 헌신하는 사람은 외면되어져야 한다니 기가 막힐 노릇 아닌가요.

　외려 모든 조건을 다 갖춘 사람이 운영하는 곳이야말로 적당한 자본력이 있기에 그러한 건물과 시설을 설치하고 남의 도움 없이도 영리를 위해 얼마든지 살림을 꾸려갈 수 있는 것 아닌가요.

　뜻밖에도 오히려 등록된 곳들은 기관과 후원단체들도 많고 봉사단체에서 활동도 많이 오기 때문에 혜택을 많이 받는 편이죠. 그렇기 때문에 아무런 손길이 닿지 않아서 열악한 환경 속에서도 소신 있게 숨어서 애쓰시는 곳을 발굴하여 도움을 줘야 한다고 생각하거든요.

　또한, 국가 차원에서는 노인복지를 위해 명색이 국립병원이면 진정 바닥에서 헤매는 노인환자들을 성심성의껏 돌봐서 정녕 타 의료기관의 모범이 되어야 옳지 않은가 말입니다. 어떻게 그들이 죽음만을 기다리는 환자를 책임질 수 없다며 지원 하나 없는 열악한 환경 속에서 노인들을 모시는 일반 그곳에 위탁할 수 있는가? 도저히 이해가 안 가네요. 차라리 내 던진 거나 다름없죠.

　계절이 바뀌면 할머니들이 입어야 할 의류를 걱정하고 편안히 쉬실 수 있도록 배려하기 위한 침구류를 걱정해야 하는 세실리아 님은 정녕 하늘에서 내려 보낸 천사이던가! 사는 게 너무도 힘들고 버거워 스스로 목숨을 끊으려 하는 할머니들도 많다며 생명이 붙어 있는 한 소중하게 끝까지 최선을 다해 모셔야 한다는 확신과 신념.

인연은 결코 스쳐 가는 우연처럼 아무렇게나 이뤄지는 것이 아니라네요. 어느 정도 가까워진 저에게 방바닥에 깔 카펫 2장이 필요한데 돈이 없어 살 수도 없지만 염치불구하고 부탁을 드린다는 그녀의 핼쑥한 모습. 이분들의 모습이 훗날 내가 그렇게 안 된다는 보장이 어디 있나요? 그래요. 우리는 모두 잘 알려지지 않고 소외된 곳에 더 많은 관심을 두고, 틈나는 대로 자주 찾아뵙는 일부터 실천을 한다면 세실리아 같은 분들께 큰 위안과 힘이 될 거라고 믿어요.

변기에서 찾은 금니를 다시 끼운 엽기女

6년 전 왼쪽 어금니가 너무도 쑤시고 아프길래 치과에 가서 진료를 받았었는데 썩은 부위가 너무 커서 씌워야 한다고 하데요. 오복 중의 하나에 해당하는 치아이니만큼 지금이라도 잘 지켜서 백 세 장수 할 마음으로 가격이 만만치 않았지만, 금니로 맞춰 씌웠어요.

그런데 얼마 전 껌을 씹는데 그 씌운 치아가 약간씩 들썩거리는 느낌을 받았지만, 별일 아니려니 방심을 했지 뭐예요. 그 후론 그것이 하나의 심심풀이 장난기가 발동해서 쫀득쫀득한 느낌이 있는 엿이나 젤리 같은 음식을 씹을 때면 일부러 왼쪽 어금니 쪽으로 가져다가 살살 지그시 눌러 보기까지 했는데-

시간 나면 치과에 가서 얼른 접착제를 발라야지 하면서도 게으름을 피우면서 점심을 먹던 어느 날. 갑자기 씌운 금니가 빠져서 음식과 함께 섞이기 시작했고, 그 후론 자주 빠져나와 저 스스로 감각만으로도 끼워 넣을 수 있었죠.

매일 매일의 일상에 쫓기고 별거 아니라 뒤로 미루고 있던 일요일. 선배 언니가 예산 근방에 있는 〈가야산〉으로 등산을 가자하더군요. 밀렸던 체력보강을 위해서 강훈련을 하리라 맘을 먹고 따라나섰습니다. 초입부터 헉헉대기 시작하는 저는 목도 마르고 힘들었지만, 자존심에 끝까지 완주하겠노라고 열심히 올라갔는데 마침 산불이 나서 입산통제 되었다며 하산하시는 분께서 친절하게 안내를 해 주시네요.

앗싸 잘 됐구나. 속으로 쾌재를 불러일으키며 가야산 중턱에 마련되어 있는 벤치에 앉아 준비해 간 오렌지를 꺼내 껍질을 벗기기 시작했죠. 기운이 없어 덜덜 떨리더군요. 껍질 벗겨 낸 오렌지의 속살은 입속으로 들어가기가 무섭게 사르르 터져 나오는 물기가 거의 환상적으로 씹혀졌는데, 아 그만 어금니 생각을 못 하고 마구 삼켜버렸는지 갑자기 입안이 허전함을 느꼈죠.

아니나 다를까. 좀 전까지만 해도 얌전히 제 자리를 지키고 있던 금니가 온데간데없이 사라져 버린 거예요. 혹시 하고 주위를 둘러보았지만 잠잠. 이쯤에선 단 한 가지 목구멍을 타고 오렌지와 함께 뱃속으로 들어간 것이 틀림없었습니다. 거금을 주고 한 것이기도 하고 그거야 나오기만 하면 다시 쓸 수 있는 물건이기에 지저분한 생각이지만 기다릴 수밖에요.

집에 돌아와서 남편과 아들에게 황당한 에피소드를 말하고 거의 포기상태에 돌입했지요. 옛날처럼 땅 위에 변을 보며 그걸 휘적거리며 찾을 수도 없고 요즘이야 변기에 다 쏟아 부니 어떻게 그걸 찾을 수가 있겠어요.

이틀쯤 지났을까. 아들 장호가 전화를 했더라고요.

"엄마, 전번에 잃어버렸던 금니요. 변기에 있네요."

"어? 정말? 얼른 꺼내서 잘 보관해 둬라~ 어머, 그게 어찌 그곳에 있을까나."

볼 일을 대충 보고 귀가한 저는 금니부터 찾았지요. 칫솔에 퐁퐁 묻혀 싹싹 닦고 문질러 반짝반짝하게 닦아 놓은 금니가 장호의 책상 앞에 고스란히 놓여 있는 모습이 어찌나 신기하고 웃기던지. 나도 모르게 그

금니를 코에 대고 냄새를 맡아보다가 살며시 입속으로 가져가 끼워보니 딱 맞더라고요.

우하하하~ 음... 역시 제 짝이로구먼. 딱 이야 딱!!!

이런 행동을 하는 저 자신이 엽기라는 생각을 하면서도 이렇게 찾았을 때 얼른 치과에 가서 땜질해야지 하고 다짐을 하고 있었답니다. 정말 제가 이런 생각을 하는 것 자체가 앙큼하고 지저분한 것일까요?

어제가 마침 아들내미 중학교 개교기념일이라서 쉰다기에 더 늦기 전에 장호의 어금니도 보수할 겸 해서 치과에 갔더랬지요. 장호도 어금니를 금으로 때운 것이 떨어져 나가 잃어버렸거든요. 동병상련?!

"원장님, 저기 있잖아요. 이거 예전에 여기서 한 건데요. 쏙 빠져 버리데요. 단단하게 붙여주세요."

"어? 그러세요? 자, 이쪽으로 누우세요. 이참에 아주 스케일링도 하셔야겠네요. 하신 지 오래된 거 같은데."

"아네. 그래요 뭐. 그간 시간이 없어서 오늘 아예 다 해야겠네요"

우하하하~ 지금 끼우는 이 금니가 하루 머물다가 나의 뱃속을 통과해서 세상 밖으로 나왔으리라는 것은 꿈에도 생각지 못하겠지. 후훗 드륵드륵 싹싹 갈아대는 금속성 소리와 시큰거림을 꾹 참아야 했던 내 하루의 모습. 같이 등산 갔던 언니에게 전화를 걸어 이 기쁜 소식을 전해주었죠.

"언니, 그때 그 잃어버렸던 금니 있잖아요. 전후좌우 사정 이러쿵저러쿵 종알종알~"

"아이구 드러워라 ㅎㅎㅎ 어쨌거나 너 돈 굳었으니 밥이나 사라야 깔깔깔" 세상은 다 그렇게 사는 게 아니겠어요?

그런데요. 전 지금도 참 신기한 게 있거든요. 금니가 무거워서일까? 아니면? 정말 금니가 변기의 물살에 쓸려가지 않은 이유를 지금도 알 수 없어요.

한 이불 덮고 자다가 지금은 따로따로

생일을 맞은 남편에게 보내는 편지

초여름부터 한적한 길가에 자리 잡고 있던 키 작은 코스모스가 제철을 만난 듯 시원한 바람에 살랑거리며 어여쁜 몸매를 자랑하고 있네요. 지금쯤 당신은 무얼 하고 있을까봐 새삼 궁금해집니다. 배추를 진열하고 있을까? 음료수 상자를 나르고 있을까? 그도 저도 아니면 직원들과 따뜻한 차 한 잔 마시고 있으려나.

며칠 전부터 당신 생일이 돌아올 줄 알면서도 마땅한 준비를 하기보다는 태안 원북에 있는 '평화의 집'에 온통 신경을 쏟고 있는지라 아무것도 손에 잡히질 않아 마음속으로만 걱정하고 있었지요.

어젯밤 늦게 귀가한 죄로 늦게까지 부엌에서 덜그럭거리던 당신의 모습을 모른 체 두 눈 꼭 감고 자는 척했지만 이런 순간마다 내 가슴에 차곡차곡 쌓이는 당신에 대한 사랑이 얼마나 깊은지 모릅니다.

약간은 이기적이고, 강한 성격에, 급한 성질을 다 받아주며 이제는 마음을 비우고 내가 원하는 것이라면 뒷바라지를 아끼지 않는다는 당신의 말에 스스로 가슴이 뭉클 뜨거워짐을 느낍니다.

새삼 당신과 처음 만남이 생각나는군요. 안경원에 보안경을 맞추러 갔다가 시작된 인연이 벌써 14년째 한 이불을 덮고 자는 사이가 되었지요. 지금은 따로따로 자는 게 훨씬 편하지만.

가만히 생각해 보면 당신의 그 넓고 푸근한 가슴이 아니었으면 과연 지금의 내 모습이 존재할 수 있을까를 자주 생각하곤 하는데 오늘 아침도 역시 당신의 멋진 모습을 바라보면서 그런 상념에 젖어 봅니다.

아들 장호도 건강하고 밝게 잘 자라주고 나름대로 스스로 학업에도 정진하며 당신 역시 별 탈 없이 원숙한 모습으로 사업번창 하고 있으니 내 편안함이야말로 다 하지 못하리니 그 어디다 비할 수가 있겠어요.

그저 늘 부족한 저에게 힘과 용기를 북돋워 주고 철부지 마음을 감싸 안아 주시니 나 이렇듯 반듯하게 자신감을 가지고 생활할 수가 있답니다.

당신을 만난 후 나 하고 싶은 일을 다 하고 살았음에 감사를 드려요. 일할 기회를 제공해 주기도 하고, 못다 한 학업을 보충시켜 주기도 하고, 꿈이었던 문학세계의 길을 터 주셨고, 사회봉사를 위한 이해와 협조를 아끼지 않으셨고.

너무도 많은 후원으로 많은 사람 앞에서 당당하고 떳떳하며 앞으로 살날이 더 많은 나에게 해야 할 일이 무엇인가를 궁리하게 하고 한껏 길을 터주는 당신이 있기에 내가 존재할 수 있다는 걸 잘 알아요.

서로 바쁜 나날 속에서도 가정을 지키고 가족을 위해 베풀고 배려하려는 고운 마음씨를 가진 당신. 부모님께 섬기기를 다 하라는 삶의 철학을 몸소 실천하는 그대.

오늘 당신의 마흔네 번째 생일을 맞이하여 하고픈 말들이 너무도 많고 추억하고 싶은 일들이 그득하였는데 막상 멍석을 깔고 마음을 펼치려 하니 어색한 듯 쑥스럽기만 하네요.

여보! 당신의 생일날 당신이 밤새 끓여놓고 준비해 놓은 미역국으로 장호와 셋이서 아침을 맞는 이 기분은 또 다른 감회를 불러일으켰답니다.

내 생에 당신을 만나 결혼한 것을 정말 후회하지 않는다고 고백해 봅니다. 다시 태어나도 당신 같은 사람을 꼭 만나서 사랑하고 싶다고 전해주고 싶어요.

장호 같은 아들이 있어 너무도 든든하고 행복하므로 영원하길 간절히 기원해 봐요. 태어나고 사라짐이 단 한 번뿐인 우리의 인생을 더욱 아름답고 멋지게 장식하자고 새끼손가락 걸던 순간을 생각하며 내 소중한 가족의 의미를 다시 한번 되새겨 봅니다.

추신 : 오늘 밤은 당신을 위해 백열등을 모두 꺼 놓고 어여쁜 촛불 하나 밝힘으로 빛을 준비하여 붉은 와인으로 촉촉이 적서 드리리다. 근데 장호는 어쩌지? 일찍 자라고 할까?

낳으실 제 괴로움 다 잊으시고

지난 주말, 정말이지 거짓말 조금 보태서 바둑알만 한 얼음덩어리가 후두두 떨어지고 빗줄기는 더욱 거세어 한 치 앞도 보이지 않았으며 시간은 오후 3시밖에 안 되었는데도 온 사방은 깜깜하여 하늘이 어디로 도망간 줄 알았습니다.

그야말로 칠흑 같은 밤을 달리고 있는 기분으로 쩌렁쩌렁 가끔 들려오는 천둥.번개를 마주하면서 떨리는 핸들을 차마 놓을 수 없었던 이유는 친정 아버님의 회갑 잔치에 참석하기 위하여 동행하는 시부모님과 올케, 그리고 조카 등이 함께 타고 있었기 때문입니다.

아마도 제가 살아온 나날들 다 합쳐서 난생처음 겪는 기상천외한 날씨 탓에 은근히 행사가 걱정되면서도 어쩌면 이런 현상이 참으로 신기하고 재미있기도 하였습니다. 그래도 우선은 어서 빨리 시부모님을 안전하게 모셔다드리고 저도 친정집에 무사히 도착하기만을 빌었습니다.

친정 동생들은 미리 도착해 있었고 집안 일가친척들이 옹기종기 모여앉아 차려놓은 음식을 드시며 옛 추억담을 나누시는지 하하 호호 마냥 즐거워하는 모습입니다. 밤이 깊어 갈수록 간헐적으로 쏟아붓는 빗줄기 때문에 여전히 내일이 걱정되면서도 이미 정해진 일이니 기다릴 밖에요.

　이튿날 새벽 5시에 눈을 떠 세 자매와 올케, 그리고 조카들을 데리고 목욕탕에 가서 단체샤워를 마친 후 근방에 예약해 놓은 미용실에서 머리와 화장을 하는데 미용사 혼자서 네 명을 손수하려니 여간 번거롭고 부산한 게 아니었어요. 넉넉한 시간을 두었음에도 가까스로 행사시간에 맞출 수 있었답니다.

　친정 아버님의 회갑을 위해서 저희 형제는 5년 전부터 적금을 들었습니다. 그때만 하드래도 친정 부모님이 젊은 편이어서 걱정을 하지 않았지만, 막상 그날이 다가왔을 때 각자의 부담을 덜려는 방법이었고 나중을 미리미리 대비하는 습관을 기르기 위함이었지요. 그래서 이번 행사를 치르면서도 저희 형제들은 맘 편히 부담이 없었습니다.

　친정 부모님께서는 저희에게 답례라도 하는 듯이 4형제를 포함 손주 손녀를 포함 직계까지 한복을 모두 맞춰 주셨고 우리들은 그 고운 한복을 입은 모습으로 나란히 서서 친정 아버님의 회갑을 축하해 주시러 오시는 손님들께 공손히 인사를 함으로 고마움을 표시했습니다.

　형제 부부가 차례대로 절을 올리는 순간에는 왠지 콧등이 시큰하리만큼 눈시울이 적셔졌는데 평소에 느끼지 못했던 부모님에 대한 사랑과 고마움이 물밀 듯이 다가와 심금을 울리기 때문이었습니다. 만약에 부모님이 계시지 않았다면 지금의 나는 존재하지 않았으리.

　친정 아버님이야 연세보다도 훨씬 젊어 보이는 동안(童顔)에다가 어디서 흘러나오는지 음악만 나오면 흔들어대는 기운에 젊은 사위들은 고개를 절레절레 흔들어 댑니다. 그 열정과 힘에 도저히 따라갈 수 없을 정도로 활기차시고 인생을 재미있고 즐겁게 살아가시려 노력하는 모습이 눈에 선 하답니다.

　그런데 사실은 친정 어머님 때문에 늘 걱정이에요. 3년 전에 교통사고를 겪은 후 당뇨가 찾아와 부쩍 늙으신 모습. 잠시라도 끼니를 놓치시면 기력을 잃고 마는 친정엄마. 아직도 창창한 나이인데도 힘든 일은 전혀 못 하고 계십니다. 부잣집 막내며느리로 시집와서 젊어 죽도록 고생한 까닭이십니다.

가끔은 부모님의 모습을 보면서 나의 삶을 먼저 살아가는 것처럼 느끼기도 하고 당신들의 나머지 인생이 더욱 아름답고 고귀하게 빛나기를 빌어 보지만 우선은 내 앞에 주어진 생을 알 수 없으므로 그저 부모.형제 각자가 아무 탈 없이 건강하게만 살아주길 바랄 뿐입니다.

모든 행사가 끝나고 각자의 짐을 챙겨 집으로 돌아갈 때였습니다. 친정엄마의 동갑네 계를 하시는 친목회원 두 분이 화장실에서 나오십니다. 같은 동네, 같은 방향이기에 제 차로 모시고 가는 중 눈물을 훔치시며 떨리는 목소리로 말씀하시는데 정말로 이럴 땐 내 모든 건강을 엄마에게 드리고 싶습니다.

"영미야, 니 엄마랑 내가 젤루 친한 친구여. 근디 니 엄마가 당뇨가 있어서 저렇게 힘을 못 쓰고 있는 것이 얼마나 한이 되고 가슴 아픈 줄 아냐? 내가 아주 속상해 죽것따야. 오래오래 같이 살아야 하는디 그래야 존디 많이 댕기구 맛있는 거 많이 먹을 수 있는디…" 하시더니

"영미야, 인저 앞으로는 남자들하구 절대루 같이 여행 안 갈껴~ 아 글씨 전번에 제주도 갔을 때 잠수함 한번 태워 달라니께 이누무 남편들이 죽어두 안태워 주잖냐~ 내 드러워서 이번에는 여자들끼리만 해외루 갈껴~ 그때 용돈 좀 두둑히 넣어서 드러라잉~ 니 엄마 구경 실컷 시켜 줄랑게~"

아직도 시골의 아낙네들은 논농사에 밭농사까지 거들어야 하고 시부모님을 모시고 사는 분들이 꽤 되며 풀지 못한 가슴앓이가 맺혀 있지만, 마땅히 풀어헤치지 못하는 마음. 그 속에 내 아버지와 어머니가 속해 있고 10월의 햇살 아래 뽀얗던 얼굴이 까맣게 변해가고 있음을 저

는 압니다.

　낳으실 제 괴로움 다 잊으시고/ 기르실 제 밤낮으로 애쓰는 마음/ 진자리 마른자리 갈아 뉘시며/ 손발이 다 닳도록 고생하시네...

　천만번을 불러 속이 시원해지리까? 맘껏 눈물 흘려 속이 시원해지리까? 어쨌든 이런저런 상념을 접고 친정 아버님의 예순한 번째 생신을 맞이하여 두 분, 늘 건강하시고 오순도순 행복하게 오래오래 사시길 바랍니다. 저희도 알콩달콩 예쁜 가정 꾸려 나갈게요. 저희에게 늘 빛이 되시고 그늘이 되어 주시는 부모님의 은혜에 다시 한번 고개 숙여 감사를 드립니다.

전국 500명의 주부가 집을 나온 까닭

가을바람치고 참 스산하게도 불어댄다. 금방 매만진 머리가 미친년처럼 헝클어지는 심란함 속에서도 한 가지 가슴 설레는 기다림과 희망에 부풀어 마음은 여전히 기쁘고 신난다. 어쩌면 이것이 올가을 마지막 나들이일 것 같아서.

지난주 토요일 오후 3시경이 되어서야 경기도 용인에 있는 삼성 에버랜드 '힐 사이드 호스텔'에 도착할 수 있었는데 아마도 일행 중 내가 제일 먼저 도착한 듯싶어서 방 배정받은 호실 열쇠를 받아 짐 풀고 밀려오는 피곤함에 한숨 푹 잤다. MBC 방송사에서 주최한 '2002 여성시대 가을 주부나들이' 행사에 참여하기 위하여 전국 각 지역에서 활동하고 있는 자원봉사자 중 350명을 선발하고 동서커피문학상에 공모한 주부 150명을 포함 500명이 동시에 공식적인 남편의 허락을 받고 1박 2일의 일정으로 집을 나오게 된 것이다.

어떤 주부는 결혼한 지 30년만의 외출이라며 들떠 있는 모습이었고, 최고령의 73세부터 최연소 22세의 주부들까지 다양한 연령분포로 개중에는 시원찮은 반승낙을 얻은 주부들도 있어 여러 생각을 하게 하였다. 하기야 어떤 집안은 남편이 직접 전화를 걸어 와 '우리 마누라는 못가!' 하고는 끊었단다. 이런저런 사연을 가득 안고 나들이를 온 주부들. 조금은 특별한 능력을 갖춘 사람들이기에 자신에 대해 자부심과 긍지가 대단했다.

자기주장이 분명하였고, 자원봉사에 대한 필요성 및 문제점들을 진지하게 토론하는 모습들은 누가 봐도 긍정적이고 진취적인 사회이슈가 되었던 거다. 실제로 여성이 사회에 참여하는 비율은 남성에 비교해 턱없는 수준이며 분야별로 살펴보아도 전문성이나 성취감을 느끼기엔 아직도 아쉬운 점이 많다. 여성이 경제적으로 도움이 되면서 자기계발을 위한 직업을 찾는다는 것이 대부분 보험업이나 화장품판매, 각종 다단계업종에서 활약을 하는 것이 다반사다.

이에 비해 '자원봉사'를 하는 사람들은 수입과는 별개의 투철한 봉사 정신이 필요한데 재가 노인들 목욕시켜주기, 장애인 도와주기, 소년소녀가장 돌보기 등 직접 몸으로 부딪쳐서 봉사하는 부류가 있는가 하면 금전적인 도움 또는 통역이나 안내 등 전문적인 지식이 있어야 하는 봉사도 있다.

이번 주부 나들이에 참석한 사람 중에는 얼마 전 치러졌던 월드컵과 아시안게임에서 다양한 봉사를 한 경험자가 꽤 되었다. 그 현장에서 봉사하는 사람들을 살펴보면 대략 세 가지 부류로 분류되는데 각종 게임을 공짜로 보려는 속셈의 사람, 승진 및 명예의 발판으로 이용하려는 사람, 진정 헌신적인 봉사를 하려는 사람 등등 속이 훤히 들여다보이는 행태를 저지르는 사람도 많단다.

이유야 어찌 되었든 사회 공익을 우선으로 생각하는 마음과 몸소 남들보다 많이 앞장서서 실천으로 보여주는 봉사를 한다는 점에서는 누구라도 부정할 수 없는 명분이 서는 것엔 이의를 제기할 수 없다. 그나마 관심이나 애정을 갖지 않는 사람들이 더 많기 때문이다. 그 수고하고 애쓰시는 자원봉사자 중 특별히 주부들을 대상으로 위로와 격려를 하는 차원에서 치러진 주부 나들이 첫째 날은 에버랜드 그랜드 무대에서 가수들과 함께 하는 공개방송을 마치고 숙소 앞에 마련된 무대에서 장기자랑과 불꽃놀이가 이어지는 뒤풀이를 가졌다.

둘째 날엔 아침 운동과 백련사 산책을 마친 후 가을 운동회, 밤 줍기에 이어 숙소 대강당에 마련된 '여성시대와의 대화'를 가졌고 에버랜드 영화관에서 아직 국내에 개봉되지 않은 '8명의 여자들'을 관람하였는데 이 얼마만의 영화감상이던가! 하면서 새로운 감회에 젖은 주부들이 한둘이 아니었다.

번쩍이는 레이저 불빛에 웅장한 음악 소리에 환호와 함성이 끊이지 않았는데 모처럼 단 혼자만이 갖는 '화려한 외출'을 얼마나 고대하고 기다려 왔는지 실감할 수 있었다. 게다가 서로가 전혀 모르지만 또렷한 목표 하나에 공감대를 형성하고 주부라는 동질성, 유명 연예인과 함께 즐기는 이벤트가 얼마나 황홀했겠는가.

방 배정을 받아 모인 우리 조는 나주, 울산, 부산, 서울, 나 서산까지 모두가 다른 지역 출신들이 하나를 이뤄 공동생활에 들어갔는데 뒤풀이가 끝나고 잠을 청할 때까지 서로의 경험담을 이야기하며 진정 우리가 해야 할 일들과 나아갈 방향 등에 대해 진지한 토론을 벌였다.

어떤 주부는 시력을 잃었음에도 뭔가 봉사할 수 있는 길을 찾았는데 의외로 자신을 필요로 하는 사람들이 많음을 깨닫고 매주 일정한 시간을 할애하여 노인들의 어깨도 주물러 주며 도란도란 이야기꽃을 피워 주기도 하는데 너무도 행복해하는 모습들이란다.

자원봉사란 거창하지도 않으며, 너무 어렵게 생각할 필요가 없는 것 같다. 외로운 사람들의 말벗이 되어 주는 것도 봉사요, 길가의 쓰레기를 줍는 것도 봉사다. 어느 단체에 속해서 거창한 행사를 통한 봉사도 좋지만 길 가는 노인의 봇짐을 거들어 주는 소박한 마음씨 자체가 봉사가 되는 것이다. 내가 남에게 도움을 받으려면 자녀 앞에서 남에게 베푸는 모습을 보여줘라. 그러면 저절로 그 아이는 자신의 부모를 생각해서 밖으로 봉사를 하러 갈 것이다. 우선 나 먼저 솔선수범하는 모습으로 자그마한 일부터 시작을 한다 해도 아직 늦지 않았음을, 봉사에는 나이와 기간이 따로 없음을 하루빨리 인지해야겠다.

주부로서 정녕 가족을 벗어 난 화려한 외출이 얼마 만이던가! 많은 사람의 잃어버린 자아를 찾고, 사회참여에 대한 기회를 재확인하며 아직도 가냘픈 손길이나마 애타게 기다리는 이웃들이 많음을 깨달아 주변에 대한 관심과 사랑에 귀 기울여 언제라도 손 내밀 준비를 하면서 살아야 할 일이다.

자원봉사는 무작정 기다림이 아니라 스스로 찾아서 뭔가 성취의 기쁨을 맛보고 더불어 베푸는 정을 통하여 자아를 성취할 수 있는 확실한 지름길이라는 것을 느꼈다. 부족함에 체념하기보다는 그 부족함마저도 필요로 하는 사람을 찾아서 함께 나누고 어우러져 같이 잘 사는 사회가 되어야 하지 않겠는가.

더 많은 사람이, 좀 여유로운 사람들이, 뭔가 뜻 있는 일을 찾고 있는 사람들이 먼저 발 벗고 나서 준다면 분명히 이 사회의 어두운 그림자는 멀리 사라지게 될 것이라 믿는다. 남들의 눈치를 보기 이전에 내가 먼저 나서서 실천함으로 그곳에서 보람을 느끼고 주변의 지인들께 참 행복의 길을 인도했으면 좋겠다.

2002년도 가을은 나에게 더 많은 생각을 하게 하고 막연한 봉사 정신에 대한 정의를 구현하여 마음이 살찌울 기회를 주었다. 올가을 마지막 나들이가 우리나라의 모든 주부에게까지 멀리멀리 퍼져 새로운 희망과 멋진 삶을 영위하는데 한 부분이 되기를 간절히 바란다.

싸움이 심하고 냉정한 면이 있는 그녀

한 세상 살면서 가끔은 지나온 과거를 되돌아볼 일입니다. 그동안 까맣게 잊고 지냈던 내 학창시절의 생활기록부를 보니 내 눈이 의심스러울 뿐 아니라 어쩌면 기막히리만큼 황당한 느낌마저 일더라고요. 오메 내가 이런 적이 있었나? 세상에 어찌 이리 공부를 안 했던가? 으흠 이러고선 어떻게 아들한테 5등 안에 들어달라고 요구할 수 있을까? 아침 일찍 친정어머니께 전화를 걸었습니다.

"엄마, 저 학교 다닐 때 따 놓았던 자격증이랑 생활기록부 모아 놓은 것 있죠?"

"글쎄, 그게 어디 있더라? 찾아봐야겠네. 어디 잘 있을게다."

"저 그거 가지러 지금 출발했으니까요 그것 좀 찾아 놓으세요."

"그려 알았다. 근데 그걸 어따 쓸라고 그러냐?"

저희 4형제의 학창시절의 산증인인 생활기록부와 각종 상장을 모두 모아놓은 금고가 있었는데 엄마가 우리 어렸을 적부터 고스란히 빼놓지 않고 보관을 해 놓았었죠. 세 자매 모두가 여상을 나와서 취업전선에 뛰어들었고, 남동생은 그중 아들 하나라고 대학까지 보내주신 부모님이 때로는 원망스럽기도 했지만, 그때 당시에는 당연히 그래야 하는 줄로만 알았기에 반항 한번 못하고 지금에 이르렀답니다.

친정집에 도착하니 엄마께서 각각의 이름으로 미리 분류를 다 해 놓으셨더군요. 우선은 제 것을 받아들고 하나하나 살펴보니 지나온 흔적들이 새록새록 가슴을 찌르는 것이 우습기도 하고 창피하기도 하고 그렇대요. 성적도 성적이지만 제 시선을 잡아 둔 것은 담임선생님께서 직접 소견을 써 주신 '가정통신란'이었는데 그곳엔 학습 태도 및 성격, 특기 사항을 관찰기록 한 것이었습니다.

'학습에 좀 더 관심을 가지면 성적이 많이 향상되겠습니다.'

'국어과의 읽기를 잘하며 달리기를 잘 하나 학습의욕이 부족합니다.'

'용기가 있고 결단성이 있으나 싸움이 심하고 냉정한 면이 있습니다.'

'교과 성적이 날로 향상되어 가고 있습니다. 많이 칭찬하여 주십시오.'

'전입해온 후 점차 나아지고 있으니 더욱 노력도록 부탁드립니다.'

요것이 바로 저의 초등학교 시절 가정통신문입니다. 전반적으로 살펴보니 역시 노는데 정신이 팔린 것 같았고 여자라는 이유만으로 남자들한테 지지 않으려고 애썼던 흔적이 발견되며 그때부터 이미 저의 성격은 어느 정도 드러나 보이는 듯했습니다.

'가정학습에 더 많은지도 있으시기 바랍니다.'

'성적이 많이 떨어졌습니다.', '수학, 과학에 더욱 노력을...'

'성적이 좋아졌습니다. 영어 공부를 조금 더 하세요.'

이쿵~ 중학교 시절엔 테니스부에 들어 운동을 한답시고 영 공부를 안 한 티가 줄줄 흐르더군요. 1학년 어느 달엔 시합 때문에 시험을 못 봤는데 고스란히 빵점처리를 하여 전교 409명 중 391등을 한 적도 있었더라고요. (요계기로 운동을 포기함.)

그래도 중 3학년 때 맘을 고쳐먹고 '정신일도하사불성'을 한 덕분에 고입 때는 전교 40등으로 입학을 할 수가 있었거든요. 늦철이 나서인지, 사춘기를 일찍 보낸 탓인지 조금 나아진 통신문이네요.

'근면 성실하고 지도력이 강함'

'경쟁심이 강하여 발전적이고 지도력이 풍부하며 모든 일에 적극적이다'

'집단 토의 시 남의 의견에 추종하지 않고 자기가 옳다고 생각한 것은 끝까지 밀고 가는 태도가 좋다'

'매사 의욕적이고 진취적이며 탁월한 통솔력이 있음'

'명랑하고 자주성이 강한 성격으로 지도력이 있어 주위에 많은 친구가 있으며 매사에 적극적임'

푸하하하~ 제 고교 시절의 활동상황이 그대로 드러나 있군요. 어쩜 그리도 내 성격을 콕 찍어 냈을까 신기하기도 하고 이러한 것들이 그냥 형식적인 문구가 아니구나! 새삼 느낌이 새로웠습니다. 모교를 찾아가서 생활기록부를 떼면서 은사님들과 많은 이야기를 나누었어요. 주로 학창시절의 내 모습에 대하여 기억하고 계셨는데 예나 지금이나 적극적으로 잘살고 있는 것 같아서 보기 좋다고 말씀하십니다.

저의 모교는 상업계로 사립이었기 때문에 그때 저를 가르치시던 선생님들 절반 이상이 그대로 계셨으므로 이렇게 오랫동안 잊고 지냈지만 하나도 어색함을 느끼지 못했습니다. 참으로 그땐 그리도 많은 나이 차이가 나는 것 같았는데 지금에 와서 나란히 서니 선생님이나 제자나 같이 늙어가고 있는 거였어요. 외려 선생님은 그대로고 저만 나이 먹은 느낌으로 가득 찼습니다. 하기야 그때 선생님들도 거의 처녀 총각이었으니 저와 불과 10살도 채 차이나지 않은 분들이 다반 수였지요.

그때는 선생님이라는 이유 하나만으로 하늘같이 높게만 생각되었었는데, 이제는 저도 중년으로 접어들었고 늦게 결혼한 선생님의 자녀가 저와 같은 또래를 두고 계신 분들도 있어서 학부형 입장에선 동등한 입장에 서게 된 사실을 얘기하노라니 얼마나 웃기던지. 모처럼 기억에서조차 멀게만 느껴졌던 내 과거의 발자취를 더듬어 보니 진정 내가 살아온 느낌들이 순간 얼마나 소중하고 고귀하던지. 앞으로 살아갈 날에 대한 경각심을 일깨워 주는 시간이었습니다.

혹시, 여러분들도 학창시절의 성적표를 간직하고 계신다면 한번 살며시 꺼내어 훑어보세요. 너무도 재미있고 즐겁답니다. 마치 학창시절로 되돌아간 것처럼 순수하고 맑은 마음이 되거든요. 아울러, 우리 자녀들의 모든 흔적을 꼼꼼히 챙겨서 스크랩북에 보관했다가 먼 후일 장년이 되었을 적에 살그머니 건네준다면 얼마나 감동적일까요? 저는 그날의 느낌을 상상만 해도 정말 가슴 설렌답니다.

어쩌면 부끄럽기도 하지만 오히려 내 걸어온 학창시절의 과거를 떳떳이 기억함으로 지금의 내 모습을 다시 한번 점검하고 미래에 대해 길잡이로 남겨둔다면 훨씬 아름답고도 추억이 묻어있는 한 페이지가 되지 않을까 생각합니다.

"이제는 너희들 것 모두 다 가져가라. 앞으론 너희가 잘 보관햐~"

"알았어요. 이거 죽을 때까지 갖고 있을 거예요."

"그거 갖다가 장호한테 고대로 보여줘 봐. 많은 생각을 할 거다."

이런 내 모습을 보면서 아들한테도 너무 공부만을 강요하는 멍청한 엄마가 되지 않겠다고 살며시 다짐해 봅니다.

'영미야, 너의 장점은 긍정적인 사고방식과 진취적인 의욕이란다.'

사노라면 더러 똥 밟을 때도 있다지만

  마음이 울적해 지면 우선 창문을 열고 하늘을 올려다보는 습관이 있습니다. 그러면 머리끝까지 치밀어 올랐던 분노가 이내 삭여져 평화로워지기 때문입니다.

  저 하늘은 지금 기분이 어떨까? 나를 내려다보는 그 눈빛은 어떤 색일까? 저 하늘도 감정이 있으니 기분이 좋으면 해가 반짝거리고 속상하고 울적한 마음 찾아오면 구름으로 얼굴을 가린 채 엉엉 소리 내어 울어대는 거겠지요.

  오늘 하늘빛이 나를 닮았습니다. 층층 간격의 구름 사이로 햇살이 내리쬐지만, 좀체 그늘진 얼굴엔 웃음꽃이 피어나질 않는 겁니다. 우중충한 회색빛 하늘처럼 나도 따라 우울해졌기 때문이죠.

  사노라면 더러 똥 밟을 때도 있다지만 이런 기분은 처음인 듯싶습니다. 그리 부유하지는 않았지만 남한테 아쉬운 소리 할 줄 몰랐고, 그리 잘나지는 않았지만 다른 사람들 앞에 당당하게 설 줄 알았으며, 그리 너그럽지 않은 성격이지만 타인의 가슴 아프게 하지 않으려 노력했는데.

  아직 내가 넓은 가슴 가지지 못해서이겠지 생각해 보지만 나 지금 너무도 안타깝고 서러워 목이 멜 지경입니다. 그래도 내 곁 따뜻하고 고운 마음 가진 분들 너무도 많아 나를 수양하는 마음으로 삭이고 다스리는 데 익숙해져 있기 망정이지 하마터면 내 어린 시절 물불 안 가릴라치면 눈앞이 아찔해지기까지 합니다.

되도록 내 주변의 좋은 사람들과 좋은 만남 가지며 좋은 생각과 좋은 일들만을 기억하며 살고자 노력하는데 왜 이토록 나를 쥐고 흔드는지 모르겠습니다.

진정 나의 사리사욕을 버리고 비워내며 살고, 느끼는 내 주변의 것들을 아름답게 승화시켜 나가려 해도 그것을 있는 그대로 보려 하지 않고 자신의 잣대로 재고 판단해서 단정을 지어 버립니다.

때마다 한 움큼씩 허물어지기도 하고 상처를 입기도 합니다. 나름대로 자부심을 가지고 지역사회의 소식을 전해주고 내 주변의 삶과 내 모든 것을 한 올 한 올 풀어헤치며 허물 벗겨내는 고통 알아 달라고 하소연한 적 없지만, 까닭도 없이, 영문도 모른 채 익명의 독자에게서 욕설을 들어야 하는 운명 앞에선 나 자신이 너무도 초라하고 가엾어집니다.

우리는 왜 남을 미워해야만 하는 걸까요? 나 아닌 다른 사람이 잘되는 걸 왜 그렇게 싫어하는 걸까요? 내 가장 가까운 곳의 벗이 시기하고 질투한다는 말들이 왜 생겨난 걸까요?

누구의 잘못을 탓하기 이전에 나 자신을 질책하곤 하는데 나를 채찍하고도 이해가 안 가는 상대방의 행동에는 화가 납니다. 물론, 순간의 감정이 격해 있거나 과격한 기분을 억제하지 못해 실수할 수도 있습니다.

언제나 바른 생활의 본보기만을 고집하며 살 수는 없지요. 다만, 자신이 저지른 실수에 대해선 두말할 나위 없이 바로 인정을 해야 합니다. 그 사람 앞에선 어떤 실수나 죄를 저질렀다 해도 너그러워질 수 있죠.

어느 대학 교수님의 강의에서 '인간은 미완성' 이라 했던 생각이 납니다. 10%의 완성과 90%의 미완성으로 태어난 것이 인간이라 했습니다. 그러기에 무수히 많은 시행착오와 반복 학습을 통해서 인격이 형성되고 비로소 인간으로서의 완성을 향해 부단히 노력하며 사는 게 '삶'이라 했던 말씀이 새롭게 떠오릅니다.

만약, 내가 내일 전라도로 이사를 하게 되면 전라인이 될 것입니다. 경상도에 머물게 될라치면 경상인이 되겠지요. 지금은 충청도에서 생활하기에 나는 충청인임에 틀림이 없습니다만 비단 이것이 뭐가 그리 중요하단 말인가요? 내 나라 찾기에도 미완성인 우리가 그깟 좁아터진 지역을 운운하며 떠들썩해야 하는 이유를 난 정말 모르겠습니다. 이해가 가질 않습니다.

나는 하루를 살더라도 나 태어난 곳이 대한민국에 불과하지만, 생각과 마음은 온 지구를 다 덮고도 남을 여유로움을 갖고 싶습니다. 나의 깊은 가슴속을 마구 흔들어, 가라앉아 퇴적된 찌꺼기 찾아내고 싶다면 내 두 눈앞에 당당하고 떳떳하게 살아 움직여 보십시오. 그리고 가만히 내 심장을 꺼내어 당신 가슴에 갖다 대어 보시기 바랍니다.

지금 창밖엔 가느다란 실비가 내리고 있습니다. 나는 오늘 보이지 않는 사람을 기다립니다. 가릴 것도 없고, 감출 것도 없는 가련한 여인이지만 나 그 사람을 포용하는 마음으로 오늘 밤을 지새우려 합니다. 내 가는 길에 놓인 미지의 인간이 제발 똥으로 변신하지 말기를 바라면서.

일주일을 버티다 병원에 입원하신 아버지께

아버지, 이렇게 편지를 써 보는 것이 얼마 만인지 기억조차 나질 않네요. 지금 이곳 서산엔 크리스마스 때 내렸던 잔설이 아직도 군데군데 남아 있어 사람들의 마음을 설레게 하고 있습니다. 그런데 왜 제 마음은 이렇게도 우울하고 허전한지 모르겠습니다.

낮에 전화기를 타고 들려 온 아버지의 목소리는 감기몸살로 앓으신 것 말고도 왠지 나약하고 힘이 없으신 듯 쉰 목소리에 엄살기가 느껴졌습니다.

그런데 저녁나절 올케와 막내에게서 또다시 전화가 왔을 땐 뭔가 좀 심각하다는 느낌이 들었고 마음이 불안해지면서 제가 너무 무심했다는 생각이 들었습니다. 머리 아파서 일주일 동안 한숨 못 주무시고 버티다 입원을 하셨다니.

아버지.

이렇게 진지하게 아버지의 이름을 불러본 적이 언제였는지요. 어렴풋이 희미하지만 늘 가슴속에 간직하는 고귀한 존재이십니다. 나이보다 동안이시고 꼼꼼하시며 늘 낙천적인 성격 탓에 저희에게 때로는 엄한 분이셨고, 때로는 친구처럼 다정하셨습니다.

술은 전혀 입에도 대지 못하셨고 담배 또한 건강을 위해서 끊으시는 단호함을 보여 주셨는데 갑자기 이 늦은 밤에 병원에 입원하러 가신다니 걱정이 되어 이렇게 잠도 안 오고 심란한 마음뿐입니다.

툭 하면 머리가 아프다며 약을 달고 살았던 아버지가 생각납니다. 그때도 두통약을 너무 많이 드신다고 생각했었는데 아버지께서는 그 아픈 순간을 그렇게 하지 않으면 견디질 못하셨고, 저희 네 형제는 그런 아버지를 걱정하는 것으로 지나쳤지요.

저희 키우시면서 말 못 할 괴로움 얼마나 많았을까. 가진 것 없어도 남들 앞에서 당당하게 사는 모습 보이려니 그 또한 얼마나 힘들고 외로웠을까. 그런 아버지의 모습을 얼마나 존경하고 자랑스러워했는지 모릅니다.

아버지, 좀 전에 엄마의 전화를 받았어요. 병원에 입원하시고 진행이 어떻게 되고 있는지 궁금해서 제가 먼저 전화를 드렸는데 늦게 서야 전화번호를 확인한 모양이에요.

응급처치 후 머리 아픈 게 가라앉아서 간식거리 사러 갔다 오셨다고 하네요.

내일은 MRI 촬영을 하신다고요? 그래요, 내친김에 정밀진단도 받으시고 두통의 원인을 알아내어 근본적인 치료를 해서 이번 기회에 뿌리를 뽑아내셨으면 좋겠어요. 저희도 아버지를 닮아서 머리가 자주 아프거든요. 영실이도 그렇고, 현석이도 그렇고, 영애도 그렇대요. 뭔가 좀 신경을 쓰고 예민한 일이 생기면 영락없이 머리가 아픈 거예요. 두통, 그거 안 겪어 본 사람은 그 괴로움을 모를 거예요.

아빠, 결혼 전만 하드래도 어리광부리며 이렇게 불렀었는데. 지금도 전 아버지보다는 아빠가 더 친근감 있고 좋답니다. 가까이에 있어서 아버지 곁에 머물렀으면 맘이라도 편 할 텐데 이런저런 핑계로 그러지도 못하는 불효 여식입니다.

아버지 그래도 다행이에요, 감기가 심해서 생겨난 병이라니 말이어요. 엄마랑 아버지가 행복해하며 오손도손 사시는 모습이 얼마나 보기 좋은지 저희조차도 부럽기만 하답니다. 더도 말고 덜도 말고 지금처럼만 건강하게 오래 사시길 바랄게요.

이번 주말 효석 오빠 결혼식에 참석하고 시간 내서 찾아가 뵐게요. 일요일엔 시어머님 생신이라서 시댁 식구들 다 모이기로 되어 있고 어차피 그 이후에나 시간을 내야 할 것 같아요. 그때까지 별일 없이 빨리 쾌차하시길 바라면서 이만 줄입니다.

서산에서 큰딸 올림.

아듀 2002, 출발 2003 나는 소망한다!

흘러가는 것은 비단 세월만은 아니리라. 생각이 흘러가고 마음이 흘러가고 사랑도 흘러가느니 나에게서 흘러가는 그 무엇인들 손 내밀어 붙잡을 소냐! 차라리 그럴 바엔 내가 하고 싶은 것들을 계획하고 그 계획들이 순조롭게 이루어질 수 있도록 소망하는 일이 더 아름답다.

다만, 꼭 기억하고 잊지 말아야 할 것들은 표시 나지 않게 내 마음 깊은 곳에 차곡차곡 쌓아 둘 일이다. 오늘 벽에 걸려 있던 헌 달력을 통째로 떼어내고 그 자리에 새 달력을 걸었다. 새것은 언제나 참 신선하고 청량감이 있어서 좋다. 무언가 또 그 위에 기록하며 사연 엮어 갈 생각하니 설레기까지 한다. 나는 한 달 또는 일주일의 계획이나 약속들을 달력에 메모하는 습관이 있는데 난 방금 떼어 낸 달력에 적힌 내 지난 한 해를 돌아보기로 했다.

▶**2002 지난해 내 주변에서 일어났던 일들을 간단히 메모해 두고 싶다.**

* 우선은 시인으로 문단에 데뷔했고, 아들 녀석이 중학교 입학을 했다.

* 그동안 이어왔던 라디오 방송과 코리아넷 리포터 활동은 자아실현에 큰 몫을 차지했고

* 무엇보다 서산구치지소 교정위원으로 참여하게 된 것이 큰 기쁨이며 다행이다.

* 아울러 서산 천수만 철새기행전의 추진위원으로 활동한 것 역시 보람 있고 의미 있는 일이다.

* 하지만 뭐니 뭐니 해도 나에겐 훌륭하신 어르신들과 좋은 선후배가 곁에 있어 행복하다.

▶이번엔 할 수 있었음에도 못다 하여 아쉬웠던 점을 되새겨 보기로 한다.

* 어찌 된 일인지 그동안 꾸준히 멈추지 않았었던 운동에 많이 소홀했었다.

* 서해인터넷방송 자문위원으로 위촉이 되었지만 역할 한 것이 없어 죄송하다.

* 자유시인협회 서.태안지부 총무로서 맡은 바 책임을 완수하지 못해 부끄럽기만 하다.

* 서.태안 환경연합운동 회원으로서도 좀 더 관심을 가지고 역할을 해야 하는데 아쉽다.

* 가족과 부모님께 더욱 신경을 썼어야 했는데 부족함이 참 많았던 것 같다.

▶그런데도 고마웠던 일들을 기억하고 싶다.

* 역시 하나밖에 없는 아들 녀석이 좋은 성적으로 학교생활을 마무리해 줘서 가슴 뿌듯하다.

* 내 허물 모두 감춰주는 멋진 남편이 있어 사회생활 하는데 자신감을 느끼게 되니 얼마나 고마운가.

* 불신이 만연된 이 사회에서 날 믿어주고 인정해 주신 분들께 감사

를 드린다.

 * 내 삶의 질을 한층 높여 주시고 힘껏 이끌어 주신 그분, 정말 존경하고 사랑한다.

 * 역시 내 생에 가장 행복한 순간은 좋은 사람들을 많이 만나 기쁨을 나눌 때이다.

▶어찌 되었든 작년 한 해 동안 서산에 살면서 잊지 못할 추억들을 더듬어 본다.

 * 우리 손으로 직접 뽑은 민선시장과 대통령이 탄생하게 되었고

 * 친정 아버님께서 회갑을 맞아 온 가족이 즐겁게 지냄과 더불어

 * 남편이 합덕에 마트를 오픈하면서 출퇴근 고생길(?)에 접어들었으며

 * 아들 녀석은 제주도 잼버리대회에 참석, 중국견학 등 많은 활동을 했다.

 * 가야골프숙녀회 선배님들과 진한 우정은 두고두고 못 잊을 것이다.

▶하지만 정말 서운하고 속상한 일들도 하나둘 떠오르기 시작한다.

 * 나름대로 나의 포장된 껍질을 벗겨내듯 글을 쓰지만, 그것들을 왜곡할 땐 머리가 아프기도 하고

 * 서산에 있는 동안 내 고장을 사랑하며 알리려 하지만 그것조차 시기. 질투를 일삼을 땐 슬프다.

 * 막연한 추측과 상상을 동원하여 자신의 잣대로 단정 짓고 매도할 때는 억울하기까지 한데

 * 여자이기 때문에 받아야 하는 사회적 색안경은 두고두고 서러운 고통이다.

 * 마지막으로 가까운 사람에게서 느끼는 배신은 평생을 걸고서라도 용서받지 못할 것이다.

▶바쁜 움직임 속에서도 나를 찾으려 무던히 애썼던 때가 있었다.

* 태안에 독거노인들이 사는 '평화의 집' 알리기에 심혈을 기울였고

* 중국어를 배우기 위해 20시간을 투자하는가 하면

* 삶의 질을 한층 높이기 위해 결석 한 번 하지 않고 여성대학을 마쳤다.

* 내 고장 알리기 위한 소재를 찾으려 이곳저곳을 많이 기웃거렸으며

* 문학의 길을 걷기 위한 고민과 번뇌를 하느라 밤을 지새운 적이 얼마이던가.

▶인터넷이 가져다준 행운의 사람들에게 고마움을 느낀다.

* kbskorea.net 리포터를 하면서 세계적인 친구들을 갖게 된 것이 신기하다.

* 국내의 네티즌 중 변함없는 관심과 성원을 아끼지 않음에 작은 행복을 느낀다.

* 우리 지역의 사이버 마니아 중에는 진정 사랑을 듬뿍 담아 후원해 주시니 감사하다.

* 이렇게 나를 토해내고, 벗어버릴 수 있도록 공간을 주신임이야 더 말할 나위가 있을까.

▶마지막으로 2003년도 올해의 소망을 꼼꼼히 적어본다.

* 지난 여느 해보다 무척 바쁘겠지만 늦깎이의 대학공부 하는데 게을리하지 않으리라.

* 내 가슴속에 맑은 샘물 솟아나는 사람을 힘껏 사랑하리라.

* '체력은 국력' 나의 건강이 곧 이웃의 건강이려니 운동을 열심히 하리라.

* 남편의 어깨가 훨씬 당당할 수 있도록 확실한 내조를 하리라.

* 청소년기의 아들 녀석이 명랑하게, 정직하게 자랄 수 있도록 최선

을 다하리라.

다가오는 것은 비단 새해만이 아니리라. 생각이 다가오고 마음이 다가오고 사랑도 다가오느니 나에게 다가오는 그 무엇인들 손 내밀어 붙잡지 않을쏘냐!

『꿈을 성취하기 원하는 사람은 꿈을 가져야 합니다.

꿈꾸는 것을 좋아해야 합니다.

꿈꾸는 사람을 좋아해야 합니다.

꿈꾸는 사람들을 가까이해야 합니다.

꿈을 성취한 사람들의 특성을 배워야 합니다.』

어디선가 읽은 기억이 있다. 나는 위의 글처럼 꿈에 대한 생각들을 주문처럼 외우고 다니리라.

"꿈꾸는 자 이루리라. 꼭 이뤄내고야 말리라."

연탄가스 중독으로 일가족이 세 번씩이나

온종일 쉬지 않고 눈이 내린다. 모처럼 눈 닮은 겨울을 느낄 수 있어서 좋다. 바람이 차가워서 쌩쌩 흩날리면서도 소복소복 쌓인다. 지나간 흔적 없는 눈 위를 발소리 내며 걸어본다. 영락없는 내 모습 그대로 남겨지지만 금방 사라져 버린다.

이런 날엔 그저 멀찌감치 떠나 망망대해 바다가 보이는 곳에서 철썩이는 파도 소리 들으며 사랑하는 사람과 함께 백사장을 걸어보기도 하고 추운 계절 영화 속의 멋진 장면을 연출하듯 깊은 포옹과 키스를 하고 싶다. 이런 사치스러운 생각을 하는 내가 서러워 침대에 누워 밀렸던 책을 읽기만 했다.

요즘은 어찌 된 일인지 책만 손에 들면 이내 졸음이 쏟아지거나 읽었던 줄을 반복해서 읽는가 하면 한참을 읽어도 머릿속에서 정리가 되지 않는 병이 생겼다. 이런 증상에 대해서 위기를 느끼기도 하고 이제는 늙어가는구나 하는 억울함이 엄습해 오기도 한다.

책을 덮고 거실 바닥에 이불을 깔았다. 옛 추억이 어스름 떠오른다. 창 하나를 두고 그 밖은 얼음장이었지만 이 안은 이리도 따스한걸. 옛날

나 어린 시절 부여에서의 겨울엔 아궁이에 연탄을 지폈었다. 두 개를 쌓아놓는 것과 세 개짜리가 들어가는 아궁이가 있었는데, 우리 집엔 세 개짜리를 지폈기 때문에 구멍을 기술적으로 잘 맞추어야 했다.

그때는 내가 초등학교에 다녔지만, 장녀였기 때문에 연탄불 갈기 담당이었다. 아궁이 덮개를 열고 연탄집게로 끄집어낼라치면 연탄가스가 코끝으로 확 품어내는데 당연히 맡아야 하는 줄 알았다. 그나마 밑 탄이 고스란히 나오면 다행인데 중간에 부스러져 망가지는 때가 있다. 정말 짜증 나고 다시는 연탄 갈고 싶지 않을 때가 바로 그 순간이다.

그럴 때마다 엄마는 그것도 하나 제대로 하지 못한다며 탓을 하셨고, 나는 정말 무능해서 밑 탄을 부숴 먹는 줄 알고 주눅이 들었었다. 지금 생각해 보면-연탄도 질이 다 달랐던 것 같다. 어떤 것은 다 타고 나서도 단단하게 모양을 유지하고 있지만 쉽게 부서지는 연탄재는 보기에도 부석거리는 게 눈에 들어올 정도였다.

연탄 이야기가 나왔으니 가스중독에 대해서 짚고 넘어가야겠다. 우리 집 형제들은 타고난 건강 체질인데 유독 '두통'에 약한 이유가 있다. 다름 아닌 연탄가스중독 때문인데 온 가족이 세 번이나 죽을 고비를 넘긴 것이다. 그 겨울날 추위를 피하느라 옹기종기 한 이불을 뒤집어쓰고 밤새 잠을 자고 아침에 눈을 뜰라치면 집 밖 땅바닥에 모두 엎드려 있는 상황이었다.

우리 집은 가게(지금의 슈퍼)를 하고 있었는데 가게와 부엌 그리고 방이 하나로 연결된 형태였기에 합판 하나를 사이에 두고 들락거리는 조그만 문이 있을 뿐이었다. 부엌에서 연탄불을 갈고 미닫이문을 열면 바로 방이 나왔다. 그 방 한 칸에서 우리 4남매가 흥부네 모양 꼴을 하며 살았던 거다.

그래도 방이 좁다고 투덜대는 사람은 하나도 없었고 그렇게 모여 사는 것이 당연한 것으로 인식이 되어서 별 불편함은 없었다. 연탄을 갈 때쯤 되면 확 달아오르며 방이 최고로 따뜻해진다. 이제는 수시로 확인하지 않아도 느낌으로 갈 때가 됐구나! 여겨지면 수북이 쌓아놓은 까만 새 연탄 중 하나를 집어 날라 와 연탄 뚜껑을 열게 되는 거다.

대부분 연탄은 저녁 시간에 갈고 자는 것이 보통이어서 그 화력은 이튿날 아침이면 또 갈게끔 되어 있다. 그것이 화근이 되어 날씨가 좋지 않은 날에는 연탄가스가 위로 올라가지 않고 대기 아래로 스며드는 경향이 있는데 요 때 재수 없으면 연탄가스를 마시게 되는 줄도 모르고 잠을 자게 되는 것이다.

누가 먼저랄 것도 없이 흙냄새를 맡아야 한다며 찬바람을 쏘이게 하고 만만한 게 동치미 국물로 한 사발씩 들이키고 나면 그나마 살아있음을 느낄 수 있었으니 몽롱한 기분으로 학교엔 결석하기 싫어서 책가방을 메고 집을 나섰던 기억 있다. 아마도 내 생명의 줄이 짧기로 했다면 그때 이미 이 세상 사람이 아니었으리라. 지금 이렇게 살아 있는 이 순간 두통이 뭐 대수라고 원망을 하리까.

괜스레 하릴없이 눈 내리는 이런 날에 하필이면 연탄가스 중독사건을 떠 올리게 되는 걸까. 아직도 두통으로 입원해 계시는 아버지와 낮에 통화했는데 자주 전화를 드리지 않는다고 투정하시는 모습이 자꾸만 아른거린다. 그 두통이 그 옛날 어려웠던 시절 그 사건 때문이 아닐까? 내일부턴 자주 전화 드려야겠다.

달밤에 가슴이 콩닥콩닥 뛰는 프러포즈

예전에 누군가 나에게 첫사랑이 있었느냐 물으면 나는 단연 '나는 이날 이때까지 사랑이라는 걸 해본 적도 없고 할 생각도 안 했었다'고 습관처럼 말하곤 했었는데 그것이 이제는 깨지게 되었다. 그것도 순전히 자의가 아닌 타의에 의해서 말이다. 사건의 경위는 이렇다.

지난 월요일이었던가? 양평에 있는 친구 정석이로부터 전화가 왔다. 어젯밤 꿈에 내 꿈을 꾸었다나 어쨌다나 하면서 안부를 묻는 정도였지만 한번 수화기를 잡은 손은 내릴 줄을 모르고 케케묵은 학창시절의 로맨스 사건을 갑자기 끄집어내기 시작한다.

내가 공주 시내에서 지금의 친정 동네인 '상서리(上西里)'로 이사를 하게 된 것은 중학교 1학년 때였다. 아침마다 통학버스를 타고 등교를 할라치면 선후배들을 비롯하여 고만고만한 또래들이 한꺼번에 우르르 정류장에 집합하게 된다. 물론 그때가 연령상으로 가장 이성에 대하여 민감할 때이기도 하였지.

그러나 나는 남자아이들에게는 별로 관심이 없었으며 눈길 줄만한 녀석들도 눈에 띄지 않았었다. 시골구석의 그 남학생한테 신경을 쓰느니 차라리 나의 외모(머리)와 단벌의 교복에 더 신경을 쓰는 스타일이었다. 그러고 보면 지금의 내 아들인 장호가 나를 꼭 빼닮은 것 같기도 하다. 곱슬머리의 콤플렉스 같은 것.

그러던 어느 날, 내 아랫집에 사는 친척 동기 녀석이 슬그머니 쪽지편지를 주는 게 아닌가. 아랫마을에 사는 J라는 친구가 날 만나서 할 말이 있단다. 수줍어서 제대로 말도 못 하며 그저 몸만 배배 꼬면서도 전할 말은 죄다 전하는 거 보면 아마도 그때는 그 애의 전달자인 것 같다.

그 J라는 남학생은 그래도 또래 중 얼굴도 잘생겼고 공부를 잘 하는 모범생으로 뭇 여학생들의 마음을 사로잡고 있었던 거다. 그 여학생 중에는 친구 정석이도 포함이 되었는데 정석이는 그야말로 J를 짝사랑하면서 여기저기 모두 소문을 내놓은 상태라서 다른 여학생들은 감히 넘보지 못하게 침을 발라 놓은 상태다.

시쳇말로 '찜'을 해 놓은 상태인데 그 남자가 나에게 할 말이 있다며 정해진 시간에 정해진 장소에서 만나자니. 어찌 됐든지 간에 달 밝은 늦여름 밤 동네에 단 하나뿐인 초등학교 교정에서 미팅은 시작되었다. 서로가 쑥스러워서 고개도 제대로 못 들었음은 말하지 않아도 알 것이다.

그런데 달밤에 만나서 그런지 가슴은 콩닥콩닥 뛰는 가운데 힐끗 곁눈질로 본 J의 모습은 제법 멋있게 느껴지면서 싫지 않은 느낌이다. 아마도 난생처음 공식적인 프러포즈를 받은 것이 되리라, 사귀어 보자고. 그로부터 아무도 몰래 J와의 본격적인 데이트에 들어갔는데 역시 중간 매파 역할은 아랫집에 살았던 동기 녀석이 착실하게 잘해 주었다.

중 2학년 때부터 사귀기 시작한 J와의 만남은 순수 그 자체였다. 낮에는 아무래도 사람들의 눈에 띄기 때문에 날이면 날마다 밤을 이용하여 학교 운동장 벤치에서 만났다. 특별한 약속이 없이도 회전 철봉을 서로 부딪치게 하여 소리가 나면 누가 먼저랄 것도 없이 그 자리에 나가게 되었던 거다. 만나면 특별히 할 말도 많지 않았는데 하루라도 만나지 않으면 왠지 궁금하고 불안하여 늘 그렇게 신호를 보내는 것으로 만남을 가지게 되었다. 유난히 J는 말이 없기로 소문이 나 있었는데 그런 그 애가 꼭 다문 입으로 살짝 웃으면 뿅~ 가는 그런 미남이었다.

그러니 정석이 계집애는 J를 향한 마음을 하루도 빼놓지 않고 등교 때마다 모든 친구한테 확인시켰는데 정녕 나랑 J가 사귀는 줄은 꿈에도 몰랐었으리. 뭐 일부러 속이려고 작정하고 사귄 것은 아니었으나 정석이가 J를 좋아하는 줄 알면서도 친구인 내가 만나고 있다면 좀 그렇지 않은가.

그러기를 몇 해였던가. 중3이 되면서 J는 공주의 명문고인 사대부속고를 들어갔고 나는 부모님의 뜻에 따라 상업계인 여상을 다니게 되었다. 그런데도 처음 그 마음은 변함이 없이 그대로 이어졌지만, 고3이 되면서는 조금씩 마음이 흔들리기 시작하였다.

나야 당연히 졸업과 동시에 사회에 진출할 꿈을 키웠던 반면에 J는 우수한 두뇌들의 틈에서 자신감을 잃은 듯 자꾸만 나약해져 갔다. 나는 졸업하기도 전에 국내 굴지의 대기업 현대중공업에 취업하게 되었지만, J는 대학시험을 보는 족족 낙방의 쓴맛을 보게 되었던 거다. 자격지심이랄까. 그것이 결정적인 이유가 되어 우리는 서로 연락을 끊고 살게 되었다.

이것이 나랑 J와의 만남의 전부다. 난 J와의 만남이 그렇게 큰 사건이 된 줄도 몰랐고 친구 이상의 감정에 몰입되어 본 적도 없기에 그냥 잊고 살았는데 정석이에게는 우리의 만남에 큰 상처와 충격을 받았나 보다. 가끔 통화할 때마다 이상한 소리를 하는 걸 보면 말이다. 무슨 이상한 소리냐고? 지가 짝사랑하고 좋아했던 J를 내가 뺏어갔다는 말이다. 그런 개념조차 기억하지 못하고 있는 내게 인제 와서 새퉁맞게끔 뭘 뺏어갔다는 건지 원. 지금에 와서 얘긴데 그럼 '찜 해놓으면 다냐?' 그러

니까 뭐여~ 결국은 짝사랑 했던 주인공은 저구, 그 첫 남자는 J구, 뺏어
간 그녀는 나여?

　이렇게 자신도 모르는 사이에 나는 남의 남자를 채간 여자가 되어 있
었다. 동기동창들 만나면 단골로 등장하는 이야기야 뻔한 주제 아닌가.
옛날 학창시절에 서로 좋아했던 남자친구 얘기서부터 시골 특유의 환
경에 젖어 친구들끼리 밤새 싸돌아다닌 얘기들. 그런 추억 없으면 또
무슨 재미랴. 한데 주절주절 이야기 늘어놓던 정석이가 갑자기 정색하
며 숨을 죽인다.

　"야, 영미야! 너 J 안 보고 싶니? 난 지금도 가끔 통화하면서 네 얘기
하면 그냥 씩씩 웃기만 하드라야. 전화번호 알려 줄 테니까 직접 통화
해봐~"

　나는 다그치고 몰아치기가 무섭게 얼떨결에 받아 적은 전화번호를 보
고 다이얼을 눌렀는데...

한순간에 일어난 대구 지하철 방화사건

2003년 2월 18일 오전 10시 50분께 TV 뉴스를 통해(사건은 09시 55분경 발생) 긴급속보로 속속 전달되는 '대구 지하철 방화사건'을 접하면서 너무도 가슴 아프고 황당하여 머릿속이 멍해질 정도다. 어쩌면 이럴 수가 있단 말인가.

왜 불특정 다수가 의미 없는 죽음을 맞이해야 하는지. 한 사람의 정신이상자 때문에 애꿎은 서민들만 피해를 봐야 한다니. 너무한다, 너무해. 억울하고 속상해서 어쩌나. 얼마나 이 사회가 썩어 문드러지면 이런 어처구니없는 일이 발생할까. 사는 것이 얼마나 불안했으면 이토록 무책임한 일을 저질러야 했는가 말이다.

지하철은 그야말로 서민들의 교통수단으로 평소 지친 육신과 고단한 정신을 실어 나르는 유일한 발목이다. 그들에게는 그곳이 달콤한 꿈과 희망의 간이역이었을 거다. 어쩌면 그들에게는 하루가 너무 짧아서 집에 있는 가족들과 마주 앉아 제대로 밥 한 끼 하지 못하고 서둘러 직장으로 달려가야 하는 운명이었을지도 모른다. 그렇기 때문에 더더욱 가슴이 미어지고 억울한 거다. 남들처럼 가슴 펴고 당당히 어깨를 나란히 하고 싶었을 텐데 그 꿈을 채 이루지도 못한 채 소리 없이 절규하다 스러지고 만 것이다.

이번 대구 지하철 방화 사건을 통해서 읽을 수 있는 것이 또 하나 있다. 아무런 원한 관계가 없는 사람들도 정신 나간 일정한 사람에 의해서 속된말로 재수 없으면 더불어 죽게 된다는 일례를 보게 된다. 그야말로 지금 우리가 사는 이 세상은 안전 불감증에 대단히 노출되어 있으며 불특정 다수가 언제라도 피해를 볼 수 있다는 현실 앞에서 진실하고 정직하게 살아가는 사람들에게 크나큰 충격을 주었다는 점, 큰일이다.

이쯤에서 불의의 사고현장에서 희생되신 많은 유가족에게 심심한 조의를 표한다. 아울러, 위험을 무릅쓰고 현장에서 구조에 힘쓰시는 구조대원 및 자원봉사자들께 힘찬 격려를 보낸다. 우리는 모두 슬픔과 실의에 빠져 있을 유가족들께 따스한 온정의 손길을 마다하지 말아야겠다. 오늘 아침 고도원의 아침편지에는 이렇게 적혀있다. 가슴에 새길 일이다.

〈법구경〉에는 이런 구절이 있다.
"녹은 쇠에서 생긴 것인데 점점 그 쇠를 먹는다"
이와 같이 그 마음씨가 그늘지면 그 사람 자신이 녹슬고 만다는 뜻이다. 우리가 온전한 사람이 되려면, 내 마음을 내가 쓸 줄 알아야 한다. 그것은 우연히 되는 것이 아니고 일상적인 대인 관계를 통해서만 가능하다. 왜 우리가 서로 증오해야 한단 말인가. 우리는 같은 배를 타고 같은 방향으로 항해하는 나그네들 아닌가.
  - 법정스님의 《무소유》 중에서 -

태산을 밀 듯 호랑이 꼬리를 떨치듯이

선천적으로 타고난 한량 기질이 있는지 집안에 가만히 앉아서 뜨개질하기보다는 차라리 밖으로 나가 산으로 들로 맑은 공기와 함께 마음껏 쏘다니며 놀 수 있는 운동을 좋아한 여자가 있다. 그래서 그런지 뭔가 새로운 것에 대한 그녀의 도전은 계속된다. 초등학교 때는 육상과 농악을 했었고, 중학 시절엔 테니스와 핸드볼을 시작으로 탁구, 볼링, 스쿼시, 배드민턴 등 안 해본 운동이 없을 정도였다.

그런 그녀는 어릴 적부터 가슴속으로 꿈꿔 온 목표가 있었다. 모든 운동을 다 해보고 난 뒤 최종적으로 승마와 궁도를 하리라고. 결혼한 후 골프에 입문하여 열심히 운동하고 있을 즈음 우연히 서산시청 홈페이지에 실린 생활체육 무료교육내용을 보게 된다.

평소 늘 마음에 두고 있었던 궁도 종목이 눈에 띈다. 거침없이 수화기를 들고 활을 배우겠노라고 말을 한 후 서산시 읍내동 부춘산 중턱에 있는 〈서령정〉으로 달려갔다. 수없이 지나치며 눈도장만 찍었던 꿈의 그리움이었기에 마음이 설렌다.

그곳은 보통사람들로서는 감히 접근하기조차 어려움을 느꼈었고 가끔 훔쳐보면 나이 드신 어른들에다가 남자가 대부분이었기에 더더욱 멀고도 먼 특정인들의 연회장 같은 기분이 들었던 게 사실이다. 하지만 과감히 쑥스러움을 깨고 서령정에 오른 게 벌써 보름이 되었던 거다.

처음 정(停)안으로 들어가면 정간(正間)에 머리 숙여 인사를 하게 되는데 이것은 사대에 들어서기 전 정간 앞에서 많은 생각을 정리하고 진한 인생이 되도록 궁도 인에게 있어서는 숭배가 아닌 역사적 사실에 대한 예를 취함으로써 과거의 현상을 미래를 위해 배우고 실천하려는 행동으로 아주 중요한 절차다.

이어 사두(궁도협회장)님께서 [궁도 수칙 구계훈]과 [집궁 제원칙]에 대한 설명을 해 주시고 활 만지는 법과 거는 방법을 알려 준 후 자세와 당기는 순서를 알려주면 특별한 지시가 있을 때까지 끊임없이 빈 활을 들고 당겼다 놓았다를 계속 반복하는 거다. 그렇게 20여 일 연습을 하고 나면 활을 내게 되는데 바로 어제가 그날인 거다.

활의 역사는 인류의 출현과 함께하였으며 활로써 사냥하며 먹을 것을 구하고 적으로부터 부족을 지키는 데 사용했다한다. 그만큼 활은 우리 문화의 보고이며 역사라는 사실을 고이 간직한 채 그동안 연습해 왔던 실력을 유감없이 발휘해야 하기에 가슴마저 두근거린다.

활을 쥔 왼손엔 땀이 흠뻑 젖어 들고 화살을 꽂고 당기는 오른손은 왠지 모를 두려움과 떨림으로 제 기량을 충분히 발휘하지 못하는 모습이다. 심호흡을 크게 하고 자신감으로 당당하게 날려 보내리라.

활쏘기하려면 우선 엄지손가락에 깍지를 끼게 된다. 한문으로 표기하면 각지(角指)이나 된소리로 깍지라 통한다. 모든 화살은 깍지에서 출발한다고 할 만큼 명궁이 되기까지 자신의 엄지손가락에 맞는 깍지를 만나기가 쉽지 않은 것이다.

한 손(화살 5개)을 내고 두 손을 낼 즈음 자세가 잘못되었는지 줄이 자꾸만 왼쪽 팔뚝을 때리는 것이 무척이나 아팠다. 하지만 아픈 내색을 할 수가 없었으므로 꾹 참고 세손을 낼 때였다. 딱! 하는 울림이 창공을 퍼져 나갔는데 그것이 그녀의 첫 관중이었다.

짜릿짜릿 뭉클뭉클 가슴 벅참. 맙소사! 황진이가 이 느낌을 알까? 이루 말로 표현 못 할 그 전율과 쾌감은 영원히 잊지 못하리라. 우후~ 이젠 무사(武射)로서의 시작을 알리는 포고이려니 '정신일도하사불성' 으로 무엇이든 이루고 펼칠 준비를 하련다.

처음 깍지를 끼고 활을 내는 기쁨에 그리고 일중(一中)을 한 느낌을 다시 갖고 싶어서 한꺼번에 5손을 내느라 지금 그녀의 엄지손가락은 퉁퉁 부어있고 왼쪽 팔뚝엔 뻘겋고 시퍼렇게 멍이 들어 있다. 하지만 그녀는 그것이 못내 자랑스럽게만 느껴지니 큰일(?) 아닌가. 집에 들어가서 찬물에 마사지하고 계속 비벼대며 쳐다보지만 아프기는커녕 외려 훈장처럼 대견스럽기만 하다.

퇴근하는 남편 앞에서 멍든 팔뚝을 내밀었더니 호호~입김으로 불어준다. 고맙고 다정한 남편. 이럴 때 그녀는 또다시 한번 남편에 대해 감사를 잊지 않는다. 남편이 이해해주고 인정해주니 이 얼마나 행복한 여자인가. 그 행복한 여자가 바로 나였으면 좋겠다. 이쯤에서 궁도가 생활체육인들에게 도움이 되는 특징과 효과에 대해 간단히 설명한다.

첫째로 조상의 슬기와 얼을 만끽할 수 있는 우리 민족 고유의 전통스포츠이며,

둘째로 신체적 핸디캡이 큰 비중을 차지하지 않고 과격하지도 않기 때문에 남녀노소 누구나 즐길 수 있다.

셋째로 궁도는 항상 올바른 자세와 균형을 요구하므로 척추를 신장하고 가슴을 튼튼히 하며

넷째로 궁도는 몸과 마음이 혼연일체가 되어 무심의 경지에서 활을 쏠 때 비로소 과녁에 적중되므로 정신일도가 경기의 주된 요소라는 사실이다.

틱낫한의 '화가 풀리면 인생도 풀린다'

책을 늘 가까이한다고 하면서도 막상 책을 펼치면 30분도 채 안 되어서 눈이 뻑뻑해지기도 하고 슬슬 잠이 오는 것이 이 나이에 벌써 독서란 자장가와도 같아 책 한 권 읽기가 정말 힘들게만 느껴진다.

어디 그뿐인가? 쪽수가 넘어갈수록 머리만 혼란스럽고 읽은 내용이 무엇이었던가. 다시금 앞쪽으로 되넘겨서 정독해야만 그제 서야 어렴풋이 내용이 정리되는 슬픈 운명에 놓여 있는 것이다.

그러던 어느 날! 내 살아온 날들보다 앞으로 살아갈 나날들을 위한 지침서 같은 책 한 권을 선물 받았다. 며칠 몇 날을 그 책과 씨름하며 정독을 하였는데 오늘에야 가슴이 뿌듯하고 편안한 느낌에 자그맣게 소개를 하고자 한다.

아마도 우린 평생을 살면서 이 감정을 잘 다스리기란 쉽지 않을 것이다. 많은 감정 중에 화(火)를 내지 않고 일상을 살아갈 수만 있다면 얼마나 좋을까. 그런 마음으로 더불어 모든 이들이 진정 화를 내지 않고, 화를 냈더라도 금방 풀기 위해 화해의 손을 내밀길 바라며, 바로 이 책이 그 주인공인데 틱낫한(Thich Nhat Hanh) 스님께서 지으셨다.

원제는 화(anger)인데 우리나라에선 〈화가 풀리면 인생도 풀린다〉로 소개되고 있다. 틱낫한 스님은 시인이고 선승이며, 세계적인 평화 운동가이다. 그는 달라이 라마와 함께 오늘날 세계에서 가장 존경받는 불교 수도승이자 '영적 스승'으로 꼽힌다. 스님을 가리켜 어떤 이는 "어린 왕자와 시인, 관세음보살을 합쳐놓은 것 같다"고.

지난 22일 서울시청 앞 광장에서 열린 '틱낫한 스님 방한 기념 평화 염원대회'에서 틱낫한 스님이 참가자들과 걷기 명상을 하는 등 우리에게는 정신적 지주로서 바라만 보아도 평안을 되찾을 수 있는 그런 분이시다.

1967년에는 마틴 루터 킹 목사에 의해 노벨 평화상 후보자로 추천받기도 했지만, 평화를 위한 굽히지 않는 의지와 솔직한 표현들 때문에 고국에 돌아가는 것이 금지되자 프랑스로 망명하여 그곳에서 설법하고, 글을 쓰며, 난민들을 위한 작은 공동체 지도자로 일하고 있다.

화는 예기치 못한 일 때문에 일어나기도 하지만, 대개는 일상에서 빚어지는 크고 작은 일이 원인이 된다. 이 책은 현대인이 안고 있는 가장 일상적인 감정, 화를 다스리는 방법을 알려주며 그를 통해 좀 더 행복에 가까워지도록 도와준다.

책 내용을 간단히 살펴보면 '화 좀 안 내고 살 수 없을까?', '화가 풀리면 인생도 풀린다.' 등등 제목만 봐도 우리들의 곁에 늘 존재하면서 너무도 쉽게 나타나는 감정에 대해서 슬기롭게 헤쳐 나갈 수 있는 지혜를 선물하고 있다. 그중에서 가장 기억에 남는 구절 몇을 소개한다.

'화가 날수록 말을 삼가라'

'화가 났을 때 남의 탓을 하지 마라'

'화내는 것도 습관이다. 그 연결고리를 끊어라'

'화를 참으면 병이 된다. 애써 태연한 척하지 마라'

'남을 미워하면 나도 미움 받는다'

'화가 났을 때 섣불리 말하거나 행동하지 마라'

'상대방이 가진 나쁜 씨앗보다는 좋은 씨앗을 보라'

'화해는 곧 자신과의 조우다'

'나를 사랑하지 못하면 남을 사랑할 수 없다'

'마음을 돌보기 위해서는 먼저 몸을 돌봐야 한다'

'인생에서「관계」보다 중요한 건 없다.'

정말 아름답고 참 좋은 교훈들이다. 누구나가 너무도 잘 알고 있는 그저 평범한 이야기일지 모른다. 하지만 그것들을 가슴에 담아 실천하고 있는 사람 몇이나 될까. 나 자신도 마음으로는 '그래야지' 하면서도 막상 눈앞에서 화가 펼쳐지면 그 감정들을 모두 다스리지 못하고 있다.

베트남의 승려 틱낫한(Thich Nhat Hanh)의 저서 『화(anger)-화가 풀리면 인생도 풀린다.』는 책 한 권을 통해 마음의 평화를 얻어 몸소 배우며 실천할 때가 온 거다.

지금까지 살아온 날들보다 앞으로 살아 갈 날들이 더 많이 남아 있으므로. 이 책이야말로 책장에 꽂아두고 아주 가끔 꺼내어 읽어 볼 귀한 도서라고 생각한다.

끝으로 이 세상 많은 사람이 이 책을 읽음으로써 마음의 화를 없애고, 화를 잘 다스려서 지금보다 훨씬 행복한 인생을 살았으면 하고 바란다. 내 진정 틱낫한의 미소를 닮아 평화롭고 잔잔한 삶을 영위하기 위해 노력할 것이며 내게 이 책을 선물해 주신 그분께 진심으로 감사를 드린다.

풍류 기생 황진이는 매음녀가 아니었다.

"이제 약속을 지켰어요. 시간이 됐군요." 하면서 유유히 옷가지를 챙기고 헝클어진 머리칼을 쓰다듬으면서 호텔 로비를 가로질러 또박또박 일자 걸음으로 빠져나가는 女子! 아, 그저 머릿속으로 생각만 해도 가슴이 짜릿하고 전율이 있지 않은가?

나도 이렇듯 가끔은 멋진 사랑도 나눌 줄 알고, 튼실한 우정을 쌓을 수 있는 상대가 있었으면 좋겠다고 늘 꿈꾸며 산다. 이런 것들이 결코 부정하다거나 저질스럽다고는 단 한 번도 생각해 본 적이 없다. 오히려 주변에서 그런 만남을 가진 사람들이 있다면 이유 불문하고 손뼉을 쳐 주고 싶은 게 솔직한 심정이다. 다만, 자기의 본분을 잊지 않으며 문학과 풍류를 아는 멋진 사람이어야 하는 조건이 있다. 무작정 얼토당토않은 이유로 무분별한 만남을 갖는다면 무질서로 인한 사회의 혼란만 오기 때문이다.

얼마 전 내가 속해 있는 문학회의 회원과 함께 덕산 온천으로 목욕을 간 적이 있다. 온탕과 냉탕을 반복해서 왔다 갔다 하며 참으로 진지하고도 의미 있는 대화를 많이 나누었다. 그중에서 잊히지 않는, 그야말로 나에게는 충격적인 이야기를 들을 수 있었다.

그 선배는 해미에서 식당을 하고 있는데 그곳에서 일하고 있는 부부 종업원이 14살 차이, 그것도 남자가 연하라는 사실. 정말 상상이 가지 않았고 직접 눈으로 보았음에도 불구하고 믿어지지 않는 현실이었다. 여자는 47살로 몇 차례 사업실패로 인하여 도피해 있는 상태였고, 남자는 33세로 부인과 이혼을 한 사람이다. 둘이서 우연히 만나게 되어 부부로서 연을 맺고 열심히 일하며 행복하게 살고 있단다. 어쩜 그렇게도 만나서 사랑을 하는구나. 서로의 어떤 부분이 맘에 들어 저렇듯 알콩달콩 재미나게 살 수 있단 말인지 아직도 의문이 풀리지 않는 것이 사실이다.

하지만 한편으론 그들 부부가 너무도 부럽고 대단해 보여서 결국은 내 머릿속에서도 '아름다움'으로 승화되어 가고 있는 거다. 되도록 이들 부부가 오래도록 서로 의지하며 부부로서 성공하는 삶을 이루길 진심으로 바란다.

삶이란 무엇인가? 얼마만큼 살아야 인생의 참 의미를 깨달을 수 있단 말인가? 끊이지 않는 질문의 답을 갈구하며 가끔은 무료한 순간을 탈피하고 싶은 충동을 느낀다. 한 남자를 만나 결혼을 하고, 또 아이를 낳고, 그렇게 정성을 다하여 뒷바라지한 후의 내 모습은 과연 무엇으로 남아 있을 것인지를 고민하곤 한다. 게다가 폭넓은 사회성을 가진 남자도 아닌 여자가 중년을 맞이하고, 갱년기를 보내며 우울증과 소외감에서 허덕이게 될 때 존재 이유를 어디에서 찾을 것인지 또 한 번 두려워하지 않을 수가 없다.

이럴 때 나에게 마음 넉넉히 나눠주며 멋스러움으로 산천경개 유랑 삼아 한 잔의 술에 취할 줄 알고, 그 취기에 詩 한 수 읊조리며 가야금 소리에 덩실덩실 춤 출 줄 아는 그런 남자친구 하나 있다면 얼마나 행복할까? 정녕 지금은 아니지만, 훗날 내가 그런 느낌으로 외롭고 힘들다 느껴질 때 그런 멋진 친구 하나 두고 싶다. 그런 남자친구 하나 곁에 두고 싶다. 단지 내 의지 때문에 선택적으로 사랑을 함으로써 막연한 선택을 받는 것과는 엄격한 차별을 두리라.

개성의 명기(名妓) 황진(黃眞)이를 떠올려 본다. 나는 때때로 우리에게 흔히 황진이라고 알려진 조선 시대 기생을 닮고 싶은 충동을 일으키곤 한다. 단순한 매음녀가 아닌 일종의 지식인으로 사대부 남성들과 성을 초월한 우정을 나누었던 풍류 기생이었던 것인데 나에게는 그것이 목구멍에 솟구치도록 못내 서러운 것이다. 중세여성이 인간적 독립성과 자아실현을 이루기 위해서는 기생이라는 특수한 신분으로 자신을 내몰아야만 했던 서글픈 현실 앞에서 누가 이 여인에게 돌팔매질할 수가 있겠는가.

그녀가 지닌 색기나 문예적 재능 말고도 그녀만의 자부심이 대단했던 것이 하나 있다. 화장기 없는 얼굴로도 남성들을 사로잡을 수 있다는 자신감으로 누군가에게 선택당하는 존재가 아니라 자신이 남성을 선택하고 시간을 정하고 그 시간 동안 만큼은 아낌없이 줄 줄 알았으며, 그 아낌없이 소비하고 남김없이 차지한 뒤에는 반드시 상대방에게 자유를 줌으로써 떠나갈 운명의 시간을 알리는 매력을 가졌다.

나에겐 이 부분에서 진정 사랑을 할 줄 아는 여인이 바로 황진이었다고 생각한다. 그동안 여자라는 존재는 남성에게 거추장스러울 뿐만 아니라 짐(?)이 되는 하나의 보따리에 불과하였다면 이 황진이야말로 현시대를 초월하여 앞서간 사랑을 할 줄 알았으리니 이 얼마나 통쾌하고 멋진 일인가. 생명을 수태시킬 수 있는 신성한 대지(몸)를 소유한 나의 삶 대부분을 자기 육체에 대한 불신과 수치감 속에 살지는 말아야 한다.

사랑의 계약에서 권리를 선점하려 했던 남성들이 겪는 숱한 좌절들을 상징하려 했던 황진이. 그 순간만 사랑하고 헤어지며, 그 사랑은 풍경이 되어 사라지고, 그 사랑의 에너지는 고이지 않는 향기가 되어 영멸 하게 되는 것이다. 나에게 사랑이 주어진다면 결단코 황진이 닮은 사랑을 하며 깨끗하고 매력적인 멋을 누리다 흔적 없는 소리로 조용히 놓으리라.

시인 임제(林悌)가 평안도사로 부임하던 차에 황진이의 무덤을 찾아 애도했던 시조를 읊어본다.

"청초 우거진 골에 자는다 누엇난다
홍안은 어디 두고 백골만 무텻는다
잔 잡아 권할리 업스니 그를 슬허하노라"

가만히 눈을 감고 몇 번이고 돼 뇌여 보면 그녀의 삶이 어떠했는가를 짐작할 수 있는 대목이다. 그녀의 매력은 여자답지 않은 호탕함에 있고, 육체를 소유 당함으로써 정신까지 할애해 주지 않음에 자신을 지탱해 올 수 있는 이유가 된 것이다.

그녀의 오만한 자부와 야생적 마성을 닮아 이중적인 성격이라 해도 나는 그런 사랑을 해 보고 싶다. 선배네 식당 종업원 부부 역시 사랑 이외의 보이지 않는 강한 믿음이 있기에 가능하다고 생각한다. 내가 때때로 문학과 풍류를 아는 멋진 사람과 사랑을 하고 싶다고 느끼지만 한 가지 변치 않는 나의 의식은 영원히 존재케 할 것이다.

"사랑은 이면 없는 표면 효과이며, 주름 없이 펼쳐지는 융단이며, 떠나가면 잊히는 가을바람이며, 그래서 인생처럼 덧없는 찰나이다"

두고두고 잊으려야 잊을 수 없는 나의 인생지침이 된 까닭은 따로 있다. 내가 황진이를 닮고 싶은 이유 중의 가장 큰 이유는 다음에 있다. 마지막으로 그녀의 시조 한 수를 읊어볼까 한다. 남성들이여, 이 충만 한 사랑의 메타포를 감당할 수 있겠는가? 이 음험하고 찬란한 에로스의 힘을, 기적의 완결을 말이다.

"기나긴 밤 한 허리 베어 내여 춘풍 이불 아래 서리서리 넣었다가 어른님 오신 날 밤이거든 구비 구비 펴리라"

남성은 일어나 창문을 열고 시계를 보고 시간을 정복하러 떠나간다. 그동안 시간과 빛의 아들인 그는 잠시 몸을 잊게 될 것은 자명한 사실. 대지의 몸인 어머니의 어둠을 등지고 아들들은 팔루스(phallus)의 빛을 얻었지만, 그것은 언어와 로고스의 감옥 밖으로 나오지는 못하리라. 너무나 거대한 위업을 이루려 역사(he-story) 위로 날며 끝내 육신으로부터는 벗어났으니.

받을 땐 꿈속 같고 줄 때는 안타까운 세금

* 2003년도 「제37회 납세자의 날」을 맞이하여 〈주부 세금수기 현상 공모전〉에서 입상한 작품입니다.

"여보, 이번 달에는 세금 밀린 거 없어?"

"아휴~ 없어요. 하여튼 간에 남자가 쪼잔 하게스리 별걸 다 참견한 다니깐!"

나의 성의 없이 통통거리며 내뱉는 말투에 더는 토를 달지 않고 출근하는 남편을 뒤로하고 얼른 안방으로 들어가서 무언가 뒤적뒤적 찾아내곤 했던 습관들이 새삼스럽게 아주 오래된 필름처럼 휙 하고 지나간다.

우리 남편이 이토록 사소한 일에 신경을 쓰게 된 이유가 전혀 없지는 않다. 평소 무엇이든 깔끔하고 똑소리 나리만치 일을 잘 하는 마누라로 인정을 하면서도 유독 이 부분에서만큼은 왠지 미덥지 않은 불신을 가지고 있다.

나는 이상하게도 여기저기에서 날라 오는 납부용지라든가 세금청구서 같은 것에 민감하지 않아서 날짜만 확인한 후 보관함에 폭 쑤셔 넣으면 그만으로 항상 기간 내에 납부하지 않아서 연체료 및 부가세를 덧붙여서 내야만 했으니 때마다 지천을 얻어먹는 데는 이골이 난 셈이다. 그러고도 별 잘못을 뉘우치기는커녕 '나 같은 사람이 있어야 나라가 부강해지는 거라고요.' 하며 말도 안 되는 말로 되받아치니 얼마나 한심해 보였을까.

지금으로부터 약 10년 전쯤 되었을 거다. 서산의 중심요지인 터미널 앞 동부시장 입구에서 남편이 안경원을 하고 있었다. 나야 그때까지만 하더라도 평범한 주부로서 하나 있는 아들 녀석 뒷바라지만 하면서 가끔 사업장에 놀러 가는 정도였다. 그러던 어느 날 남편은 사업을 확장한다며 홍성으로 이전을 했고, 비어있는 가게를 남한테 넘겨주기가 아까웠던지 대뜸 나보고 장사를 해 보지 않겠느냐고 제의를 해 왔다. 아이도 초등학교에 다니고 있어서 어느 정도 다 컸으니 괜찮을 것 같았고, 마침 나도 뭔가 일을 할 수 있었으면 좋겠다고 생각하던 차였으므로 순순히 응해서 시작한 사업이 아동복 전문 대리점이었다.

그때만 하더라도 경제가 활발해서 뭐든지 풍성했고, 사람들의 마음도 따라 넉넉함이 있었다. 그 장소는 가만히만 있어도 각종 브랜드의 회사에서 찾아와 사업설명회를 하는 등 유혹이 넘치는 자리였기에 우리는 그저 돈만 준비하면 만사 그만이었다. 핑크빛의 원피스와 공주풍의 고급스러운 분위기의 여아 전문 아동복 대리점을 오픈하자 그야말로 손님들이 벌 떼처럼 몰려들었다.

서산이야 아직은 시골 냄새가 폴폴 풍기고 있었고, 갯마을의 오지 이미지가 채 벗겨지기 전이었으니 딸을 가진 엄마들의 관심은 대단하기가 이만저만이 아니었다. 투자한 것이 하나도 아깝지 않을 정도로 신이 나서 열심히 장사한 지 한 달 만이던가. 세법에 대해서는 무지인 이라서 가게에 대한 모든 세무를 위임했기 때문에 자잘한 문제에 대해서는 신경을 쓰지 않고 지냈었는데 세무사무소에서 전화 한 통이 걸려왔다. 장사를 처음 시작하면 시설비에 대한 투자 대비 '환급금'이 나온다며 통장으로 넣어 주겠단다. 전혀 생각지도 못했으며 기대도 하지 않았던 돈이 나에게로 돌아온다니 마치 길 가다 공짜로 주운 돈 같은 생각에 기분이 날아갈 듯이 기뻤다. '아하~ 이렇게도 나라에서 개인 사업자들에게 도움을 주는구나. 역시 우리나라는 살기 좋은 나라야' 속으로 쾌재를 불러가며 남편한테 자랑했더니만 다 그런 거라며 좋아할 것 없다고 초를 친다. 나중에 그만둘 때 모두 토해내야 한다나 어쩐다나 하면서 그 돈을 쓰지 말고 잘 묻어두라고 했다.

나는 그러거나 말거나 일단 장사를 시작했으니 이것저것 들어갈 돈이 만만치 않았기에 아쉬운 대로 막 써버렸다. 장사도 잘 되니 열심히 벌어서 내라고 할 때 내면 그만이라고 쉽게 생각을 했다. 그러기 시작으로 분기 때마다 부가가치세를 내야 했고, 연말이면 종합소득세에 부수적으로 붙는 세금이 얼마나 많던지 슬슬 투정이 생기기 시작했다.

가만히 주위 사람들의 이야기를 들어보니 각양각색의 모습으로 세금 납부를 하고 있었다. 일반사업자 와 법인사업자, 그리고 과세특례자 등 수 많은 분류 속에서 개개인의 소득에 따라 천차만별의 세금이 거두어지고 있다는 사실을 알게 되었다. 어떤 사람들은 세법을 이용, 교묘한 수단을 동원하여 감면 또는 면제를 받기도 하는가 하면 우리같이 곧이곧대로 꼼짝을 못 하고 표준 자료에 의해 꼬박꼬박 납부를 하는 사람이 있어 조금은 불공평하다는 느낌을 지울 수가 없었다.

하지만 어쩌랴. 배경 없고 능력 없는 자신을 탓하기보다는 차라리 정정당당한 수입의 원칙에 따라 적당한 세금을 내는 것이 훨씬 아름답다고 자위를 하면서 오히려 많은 세금을 내고 장사하는 것에 대하여 자랑을 하고 다닐 정도였다.

가만히 살펴보니 세금을 많이 냄으로써 사회적으로 유리한 게 훨씬 많았다. 금융기관을 이용하는데도 실적이 높을수록 많은 대출과 유리한 금리를 적용받을 수 있었고, 등급도 높아서 그곳에서 제공하는 각종 혜택을 누릴 수 있으니 얼마나 좋은가 말이다. 따라서 여자였지만 그 누구와 어깨를 나란히 해도 주눅 들지 않는 대우에 기세까지 치솟아 오르는 기쁨을 맛보게 되었다.

매출이 늘어날수록 내야 하는 세금도 따라 많아지니 문제는 IMF가 닥치면서 그 시련과 위기는 누구에게나 얹어지게 된 것이다. 서산 동부시장 통은 입구에서부터 장옥 한 칸 한 칸 사이를 두고 나란히 문을 열거나 닫는 모습을 볼 수도 있어서 장사하는 사람들이면 모두가 한결같이 한숨을 내 쉬게 되었을 무렵 나는 5년간의 장사를 거두게 되었다. 아들도 중학교에 진학하게 되어 다시금 뒷바라지를 잘 해줘야 할 것 같고, 남편도 새로운 사업을 위하여 돈을 모으고 있었기에 이 시기야말로 내가 가게에서 손을 뗄 가장 적절한 시기라고 믿었다.

그런데 문제는 그동안 잊고 지냈던 그 초창기 때의 '환급금 반환'이 나를 울리는 것이었다. 가게를 청산하고 주변을 정리하고 보니 버는 대로 신나게 쓰는 스타일이어서 남는 게 별로 없었다. 중간에 사업 확장한다고 또 하나의 가게를 얻어 운영하다가 IMF 영향을 톡톡히 치러야 했고, 주식에 한눈을 팔다가 기천 만 원을 홀딱 날리고 보니 호주머니에 남아 있는 돈은 겨우 가게임대보증금 정도였다. '어머 정말 허리 휘어지는구나.' 이럴 줄 알았으면 진즉에 그만둘 때를 대비해서 돈을 좀 모아 놓는 건데 어쩌나. 처음 시작할 때 남편의 말을 귀담아들을 걸 하고는 후회를 해 보지만 별 뾰족한 수가 없다. 그때 맘 같아서는 얼렁뚱땅 그냥 내지 않고 버티는 방법이 없을까 궁리도 해 봤지만, 자존심과 체면 때문에 모든 것을 내팽개칠 수는 없었다.

"여보, 만약에 이거 안 내면 어떻게 되는 거예요?" 하고 남편한테 물었더니 참으로 형편없는 어편네를 보듯 혀를 끌끌 차며 한마디 던진다.

"이 사람아, 그거 안 내고 어물거리다가 당신 죽을 때까지 평생 따라 다니며 귀찮게 구는지 알아? 쓸데없는 생각 하지 말고 또 밀려서 연체료 물지 않도록 얼른 내여."

아무 말도 못 하고 몇백만 원이나 되는 목돈을 한꺼번에 내려니 진짜 가슴이 아려오고 쓰라렸었던 내 마음을 그 누가 알아주려나. 그래, 그만두는 마당에 낼 건 깨끗하게 내고 끝내자 마음을 먹었었지만, 나의 그 늦게 내는 버릇이 아직도 남아 있어서 그것마저도 연체료 물어야 했었던 심정을 이해하시려는지. 은행에서도 받아주지 않아서 직접 세무서에 찾아가 용지를 내밀었을 때의 그 부끄러움이란 지금도 잊히지 않는다. 그 친절한 직원의 안내가 아니었다면 아마도 난 그때 확 달아올랐던 붉은 홍조의 얼굴이 아직도 식어있지 않았으리라.

이런저런 옛일들을 기억할라 치니 난데없는 남편이 퀴즈를 낸다며 맞혀 보란다.

"사람들이 제일가기 싫어하는 곳은 경찰서란 건 알지? 그럼 제일 내기 싫어하는 것이 뭔 줄 알아?"

"……"

"으이구~ 그것도 모르냐? 바로 세금이란 거야. 각종 세금 말여~"

"듣고 보니 틀린 말도 아니네요. 세금 많이 내도 좋으니깐 얼른 가서 돈 많이 벌어 오세요."

중년 여성이 힘껏 피워보고 싶은 '바람'

온종일 내리는 비를 바라보면서도 뭔가 채워지지 않는 그리움 있다. 그 찬란했던 청춘의 시절에 뭐가 그리도 허전하고 고독했던지 사르트르를 찾고 괴테를 읽으며 밤을 새우고 또 새웠던 기억이 있다.

지금에 와서 생각하니 10대 때의 내 감성은 지금보다 훨씬 여리고 미완성의 것이어서 툭 하면 눈물을 찔끔찔끔 짜곤 했었는데 그 버릇은 아직도 나의 깊은 가슴속에 고스란히 남아 있어 슬픈 음악을 듣거나 처량하게 쏟아붓는 빗소리에도 설움의 이슬이 고이는 것이다.

가만히 생각해 보면 내 자라온 과정이나 환경이 썩 나쁜 편이 아니었는데도 불구하고 이런 나의 작태들이 어디서 그렇게 끊임없이 솟구치는지 모를 일이다. 다만, 내가 남자로 태어나지 못함으로 인해 사회에서 느끼고 받았던 속상함은 있었을 테지.

그리워 그립다가도 잊힐 정도로 소식을 끊고 살았던 친구가 있다. 내겐 학창시절 소중한 우정이었고, 숨겨져 있던 내 끼를 조금씩 드러내 보일 정도로 마음에 두고 있던 친구였다. 하지만 그때 그 시절만 하드래도 내 주변엔 끊이지 않는 또 다른 친구들의 유혹이 있었으므로 마치 내가 무척 잘난 줄 착각하며 건성으로 대하는 습관이 생겨 버렸다. 그저 나는 가만히 있어도 나의 매력과 멋에 취해 다가오는 친구들을 적당히 간에 맞게 요리를 해 주면 그뿐이었기에 그것을 즐기고 있었는지도 모르겠다.

하지만 적당한 시간과 거리가 멀어지면서 그 친구들은 내 곁에 머물러 있지 않음을 알게 되었다. 늘 같은 공간에서 영원히 그렇게 함께할 줄만 알았던 내가 어리석었다. 친구들은 졸업과 함께 사회에 진출하고, 남자를 만나 결혼을 하고, 그 기념으로 아이를 낳고, 날마다 부엌과 그 남편의 주변에서 헐떡거리고 있었다. 때로는 시댁과의 갈등으로 상처를 받기도 하였지만 그건 어쩔 수 없이 자신에게 주어진 시련이며 인생이라고 믿으며 살았으리라.

그리고 가끔은 남편의 무능함으로 인해 여전히 무언가를 함으로써 생활에 도움을 주고자 꼼지락거리기도 하였는데 그것이 결코 여자의 일생에 유쾌한 기억으로 남아 있질 않는다고도 했다. 그동안 잊히지 않을 만큼 간헐적으로 소식을 접하기는 했지만 최근 거의 날마다 연락하다시피 하는 그 친구와 메일을 주고받고 전화로 음성을 확인하는 일 들이 나의 일상에 새로운 신바람으로 다가오는 이유는 무엇일까?

아마도 중년으로 접어드는 아줌마들의 외로움과 가슴 허전함에서 오는 일종의 탈출 바람이 아닐까? 그런 바람이라면 얼마든지 힘껏 피워보고 싶지 않은가? 여자라는 이유가 이럴 땐 행복으로 다가온다. 세월은 사람을 부드럽고 인자하게 만들어 준다. 차갑고 냉랭했던 나의 그 성격을 좋아했던 친구들이 지금은 서로 마음을 나누고 싶어 하고, 인생을 공유하고 싶어 하며, 이제는 마지막 남은 나날들에 대한 아쉬움을 잊으려 하고 있다.

젊은 날 이성(異性)에의 쾌락에 머물러 걸어온 발자국 들을 사랑했다면 이제는 동성(同性) 간에 느낄 수 있는 잔잔함과 푸근함으로 파란 하늘 쪽빛 그리움을 수놓고 싶은 거다. 우정이라는 이름으로 서로의 전화번호를 확인하고 목소리를 들려주는 친구들이 하나둘 늘어나고 있다는 것은, 그만큼 나에게도 남아 있는 삶에 대해 소중함이 깊어가고 있다는 증거겠지.

지금보다 더 잘 살아야겠다. 어느 누가 그랬었지. 내 일생에 좋은 친구 셋만 두고 이 세상 떠나면 그 사람은 행복한 사람이라고. 곁에 많은 사람이 있다 해도 나의 속마음과 나의 정신세계를 나누지 못하고 이해하지 못한다면 이처럼 외로운 이 또 있을까.

무심코 지내왔던 나날들에 대한 반성과 다짐을 해 본다. 아, 진정한 친구란 이렇게 잊혔다가도 문득 생각이 나서 수화기를 들면 반갑게 맞아주는 그런 멋이 있는 것이다. 내 곁 진정한 친구 셋 만들기에 정성을 다하리라.

이만교의 소설 '결혼은 미친 짓이다'

처음은 언제나 설렌다. 아니, 가슴 떨림을 느낄 겨를조차도 없이 훌쩍 지나가 버리는 게 처음일까. 이만교 님 의 소설책이 내 손에 쥐어졌을 때 처음 제목을 접하는 순간이 그랬다. '아, 이것은 파격적이며 충격적이기도 하고 사실적이려니.' 마지막 장을 덮는 그 순간까지 내 예측이 빗나가지 않았음에 안도의 한숨을 쉬었다.

여기서 두 주인공의 캐릭터를 잠시 살펴보자. 이름 강연희/ 나이 30세/ 직업 조명 디자이너/ 당당하고 솔직한 성격으로 결혼과 사랑이라는 두 마리 토끼를 잡고 싶다. 이름 김준영/ 나이 32세/ 직업 대학 영문과 강사/ 지적이고 예의 바른 반면에 연애와 결혼에 대해서는 명확히 구분을 짓는다.

언뜻 생각하기엔 너무도 딱 떨어지는 커플이 아닐 수 없다. 줄거리를 요약해 본다. 친구 결혼식 사회를 보는 조건으로 소개팅을 하게 되는 준영은 그야말로 연애지상주의자. 그의 파트너로 관능적이고 당돌하면서도 자신만만한 연희를 만나게 되는데 그들은 '제도'가 가지고 있는 결혼의 의미에 대해 깊게 토론을 한다. 1차에서 3차까지 왔다 갔다 하는 택시비보다 여관비가 더 쌀 거라는 생각으로 들어간 그곳에서 격렬한 섹스로 마무리.

그 이후 급속도로 가까워진 두 사람. 자연스레 결혼 이야기가 오가지만 그 부분에서만큼은 냉소적이고 공격적으로 변하는 준영. 게다가 연애는 사랑하는 사람과 해야 하지만, 결혼은 조건 좋은 남자와 해야 한다는 연희의 궤변이 두 사람의 관계를 지속시켰는지 모른다.

이처럼 서로 다른 가치관으로 제도로서의 결혼에 대한 의미를 묻게 하는 작품이다. 드디어 연희의 〈조건 좋은 남자〉와 결혼으로 단절될 것만 같았던 두 사람의 관계는 보란 듯이 여유롭게 진행되고 있다.

「난 자신 있어. 절대로 들키지 않을 자신..」을 읊어대는 연희.

「평생 한 사람만 사랑한다고 거짓말할 자신..」이 없다는 준영. 이 분위기에선 절대로 두 사람이 사랑할 수 없으리라 짐작케 한다. 하지만 결혼 후에도 준영과의 지속적인 만남을 가지며 준영의 독립 상징인 '옥탑방'에서의 주말부부 행세로 신혼살림을 꾸리기에 이른다.

그녀의 외도에 동조하는 준영과 애인이 있던 준영의 독립을 위해 자금을 대 주는 연희를 보면서 독자들은 무슨 생각을 했을까. 아마도 '이들의 사랑이 영원하지는 못할 것'이라 단정 지었으리라. 그토록 당당하고 자신만만했던 연희도, 지상 연애 주의를 꿈꾸던 준영도 옥탑방에서의 생활 속에서 그저 평범한 사람들이 답습해오던 그 사랑 타령을 하게 된다.

서로를 소유하려 들고, 둘은 사랑할 수 없을 줄만 알았던 것이 자신도 모르게 꿈틀거리며 다가오는 사랑 앞에서는 여지없이 무너지고 만다. 당연히 그럴 수 있으며 그래도 된다고 생각했다. 결혼의 굴레 속에서 평생을 그 깊은 감정 하나 발산을 못 한다면 이 또한 얼마나 불행한 삶일까 생각을 해 본다.

처음 만난 남자와 여관에 가서 섹스하면서도 결혼은 일일이 조건 따져가며 적합한 남자를 골라 골인하고 애인 있는 남자 독립시켜 주말 동거까지 서슴지 않는 그녀의 남다른 사랑 방법. 그동안 답습해 오던 무난하고 일상적인 사랑을 탈피코자 인위적으로 만든 주인공일까. 그녀는 남자의 선택을 기다리지 않았으며, 직접 능동적인 선택을 서슴지 않았다. 결혼이 가지고 있는 제도권 내에서 철저히 이용하면서 집착하지 않으려는 몸부림이다.

내가 결혼을 한 지도 15년이 되었다. 그때 누군가가 나에게 이런 말을 해 주었는데 나는 그 말을 들은 순간부터 지금까지 단 한시도 잊은 적이 없다.

『결혼은 현실이며 생활이야. 절대 연애가 될 수 없는 거거든. 행복해야 해.』

그래서 결혼이 연애가 될 수 없는 것처럼, 연애가 곧 결혼으로 이루어지지 않는 것임을 일찌감치 깨달은 것이다.

이 소설에서 준영은 그야말로 '뻔뻔한 놈'이 아닐 수 없으며

연희 역시 '깜찍하지만 나쁜 여자' 이래야 당연히 맞을 것이다.

하지만 결혼이라는 제도 하에서 지금까지 행해져 왔던 '일부다처제' 라는 고정관념에서 벗어나 더러는 '일처다부제' 를 정복해 보려는 연희의 강한 성격이 압도적임은 부인할 수가 없을 것이다.

특히, 여성들이야말로 연희를 통하여 대리만족을 얻는데 큰 박수를 보냈으리라. 감히 상상치도 못했을 소재와 줄거리, 캐릭터와 생각들이 흥미를 불러일으키기에 충분한 소설이라고 생각한다.

작가는 두 주인공을 통하여 우리에게 진정 무엇을 전달하려 했을까. 무엇 때문에 '결혼은 미친 짓이다' 라는 파격적인 제목을 붙여놨을까. 결혼이라는 제도로 인하여 더는 사랑이 파묻히지 말기를 바랐으리라.

사랑의 완성은 결혼이라는 제도 하에서 이루어지지 않는 것임을 일깨워 주고 싶었으리라. 결혼은 사랑의 결실이 아닌 구시대적인 족쇄에 불

과함을 널리 알리고자 함이리라. 고로, 나는 결코 '결혼은 미친 짓'이 아니라고 정의한다.

미치지 않았으므로 결혼의 의미를 깨닫기도 하고 결혼의 필요성과 중요성을 간직하게 되는 것이다. 결혼이 반드시 사랑의 결과물이 될 수는 없는 것처럼 사랑하지 않는다고 하여 결혼을 하지 않을 이유 또한 전혀 없으리니.

섹스가 먼저이든, 탐구가 먼저이든 사랑은 어느 순간 느낌으로 나도 모르는 사이 이만치 와 있음을 알아야 한다. 아울러 사랑은 이 세상 끝처럼 영원하지도 눈 깜짝할 새 만큼 짧지도 않음을 끊임없이 노력하여 깨달을 일이다. 결론적으로 '결혼은 미친 짓이다'가 아니기 위해서는 단지 조건을 위한 선택이 아니어야 한다.

사람은 어느 순간에 사랑의 감정이 솟구쳐 오를지 모르기 때문이다. 고로 완벽한 연애가 없듯이 나 자신을 완벽하게 믿지 말아야 한다는 깨달음을 얻는다.

자기, 혹시 나 일찍 죽기를 바라는 거 아냐?

저는 예쁜 꽃을 보면 괜스레 입가에 미소가 번져 하얀 이가 드러나면서 나도 모르게 저절로 탄성이 흘러나옵니다. '어머나, 세상에 저 꽃 너무 예쁘다, 근데 꽃 이름이 뭐지?' 하면서 중얼중얼 그 꽃에 질문하고 곧 잘 대화를 나누곤 한답니다.

꽃집에 들르면 우선 갖가지 색깔을 간직하며 방긋이 웃어주는 듯 각자의 자리에서 활짝 핀 꽃들이 너무도 사랑스럽습니다. 모양새가 다른 것처럼 그 향기마저 특색을 가졌는지라 코끝을 실룩거리며 하나하나에 입 맞추는 모양새로 슬어주곤 하지요.

이 세상에서 제일 행복한 사람은 아마도 예쁜 꽃들과 함께 살면서 그 꽃 향냄새 늘 가까이 담을 수 있는 꽃집 주인이 아닐까 생각한 적도 한두 번이 아녔습니다. 생일, 행사, 애경사 또는 특별한 날에 만들어지는 꽃바구니를 선물 받을 땐 그 어느 비싼 보석을 받는 것보다 행복한 느낌입니다. 저도 나이가 먹었다는 증거겠지요.

하지만 언제부터인가 세월을 안으며 살다 보니 '꽃'에 대한 부정적인 생각이 들기 시작했어요. 개개인의 대소사에 작은 정성을 담아 주고 받는 선물이야 얼마든지 소중하고 아름답습니다. 단체행사 또는 장례식장에서 보는 3단짜리 화환은 겉치레와 낭비라는 생각에 눈살이 찌푸려집니다. 그 3단 화환의 개수에 따라 그 사람의 사회적 위치가 암암리에 결정되기 때문입니다. 그것은 어쩌면 '더불어 가는 사회'의 의미와는 동떨어진 느낌도 듭니다.

예를 들어, 장례식장에 같은 날 또는 같은 장소에 영구차가 들어왔다고 가정해 봅니다. 한쪽엔 하얀 색깔의 국화가 탐스럽게 꽂혀있는 3단 화환이 쉴 새 없이 들어옵니다. 그 반대로 옆에 마련된 영안실은 너무도 초라하여 살아 있는 상주조차 애처롭기 그지없습니다. 물론 각자가 얼마만큼 열심히 살았는가에 대한 보상이기도 하겠지요. 두루두루 이웃을 살피고, 자신을 잘 가꾸어 사회적으로 많은 활동을 한 까닭에 먼저 가신 임의 영정에 작은 정성을 담아 드리는 것이 절대 나쁘지는 않습니다. 문제는 마음에서 우러나오기보다는 형식적이고 의례적인 요식 행위에 불과함입니다.

오늘 아침 일찍 지인의 부친상 전갈을 받고 서령장례식장엘 다녀왔습니다. 장례식장 앞마당에 근조화환이 겹겹으로 길게 늘어서 있는 모습에 선친 또는 자식들의 사회활동이 얼마나 대단한가를 한눈에 짐작할 수 있었습니다. 날씨가 오락가락하는 탓에 비에 젖을까 봐 비닐 속에 숨어 있는 3단 화환이 왠지 서글퍼 보였거든요.

'차라리 저 수 많은 화환 대신 경제적으로 보탬이 될 수 있도록 현금을 주면 어떨까?'

'하기야 저 정도면 돈이 궁색한 집안도 아니겠지'

'조문객이야 성의를 표하는 거겠지만 상주가 단호히 거절하면 좋았을걸'

'간소하고도 엄숙하게 얼마든지 치를 수 있을 텐데.'

오히려 대기업 또는 국장을 치를 때는 간소하면서 깔끔한 인상을 줍니다. 흰 국화 한 송이씩 고인의 영정 앞에 바치고 진정 마음속으로 명복을 비는 모습이지요.

대도시보다는 시골로 내려올수록 화려한 겉치레에 젖어 개수에 구애받지 않으며 아무리 많아도 성이 차지 않아 하는 모습입니다. 가신임의 넋을 기리며 모두가 함께 가슴으로 애도하는 문화를 바랍니다. 잔뜩 늘어선 근조화환이 그 사람의 영혼을 달랠 수 없는 것처럼 그것들로 남아 있는 사람들의 권위나 사회적인 명예를 대변해서는 안 될 것입니다. 진정 참된 의인은 낭비의 화려함과 사치를 손수 물리칠 수 있어야 합니다.

갑자기 저의 신혼 초에 있었던 에피소드가 생각이 나네요. 월 10만 원으로 생활하던 신혼 시절이었습니다. 생전 선물이라고는 사 올 줄 모르던 남편이 고생하는 아내가 안타까웠던지 어느 가을날 퇴근길에 싱글벙글하며 꽃 한 다발을 쑥 내미는 거예요.

그 꽃은 다름 아닌 상갓집에나 어울릴만한 하얀 국화꽃이었습니다. 굵은 꽃술이 소담스럽게 활짝 핀 소국이 신문지에 둘둘 말려 있었어요. 그래도 꽃 살 때 홀수로 사야 한다는 것은 알았는지 아홉 송이더군요. 황당하고 어이없어하는 제 표정을 읽었는지 남편이 이렇게 말하데요.

"자기야, 나는 이 흰 국화가 제일 좋더라. 하얀 국화면 어때. 예쁘면 그만이지."

"그래도 그렇지. 어떻게 하얀 국화꽃을 사 올 수가 있어? 자기 혹시 나 일찍 죽기를 바라는 거 아냐?"

뾰루퉁한 말투로 입을 댓 발 내밀며 퉁퉁거렸더니만 개심 쩍의 하는 표정으로 하는 말,

"내가 앞으로 꽃을 사 오면 성을 간다. 다시는 당신한테 꽃 선물 안 할껴!"

장례식장에서 잠깐 머리에 스쳐 가는 것들에 대한 단상으로 제 신혼

초에 있었던 에피소드까지 생각나게 한 흰 국화꽃. 전국의 꽃가게 주인이 이 글을 보면 저를 미워할지도 모르겠습니다만 저는 진정으로 사회에서 공공연히 이뤄지고 있는 잘못된 병폐들을 바로 잡고 싶습니다.

국가적으로도 장려하고 있는 부분이며, 많은 사람이 공감하고 있는 일임에도 불구하고 여전히 여기저기에서 불쑥불쑥 행해지는 그릇된 관행을 보면서 앞으로라도, 아니 지금부터라도 간소하면서도 의미 있는 의식을 치를 수 있기를 바랍니다.

큰 행사를 치를 때는 그 주관사에서 먼저 실천하고, 장례식장에서는 그 상주가 단호히 거절하면 됩니다. 가장 의식 있는 사람들부터 그것들을 시행한다면 점차 온 국민이 함께하는 날이 오리라 믿습니다. 사치와 낭비, 허영은 절대로 자존심이 아님을 알아야 합니다. 겉치레보다는 속이 꽉 차 있는 알찬내용의 의식행사를 치렀으면 좋겠습니다.

그것도 아니면 차라리 남자이고 싶다.

詩에 대한 꼼꼼한 해석 및 분석 : 노천명 - 임 오시던 날

「임이 오시던 날
버선발로 달려가 맞았으련만
굳이 문 닫고 죽죽 울었습니다
기다리다 지쳤음이오리까
늦으셨다 노여움이오리까
그도 저도 아니오이다
그저 자꾸만 눈물이 나
문 닫고 죽죽 울었습니다」

    인생을 살다 보면 하염없는 고뇌와 번뇌, 그리고 그리움과 기다림의 연속이리라. 노천명 시인은 황해도 장연 출생으로 46세의 짧은 생을 마감해야 하는 기구한 여인이다. 이 시를 읽으면서 그저 그녀도 한낱 여인에 불과했음을 가슴 절절히 느낀다. '임' 을 향한 애절함이 배어있으

106

면서도 자신을 절제할 줄 아는 지적인 모습이 엿보인다.

　노천명 시인은 모윤숙 시인과 더불어 식민지 시대의 유명한 여류시인
으로 그 이름이 또렷하다. 사회에서 억압받는 시련을 참아내야 했고, 더
더욱 여자로서 튀는 모습은 뭇사람들이 시기와 질투, 투기가 행해졌으리
라 생각된다. 그는 친일 신문인 매일신보 기자로 일하면서 일본의 점령
을 찬양하고 일본을 적극적으로 지지하는 친일 시를 출간함으로써 '매
국노'로 낙인찍히는 고통을 감내해야만 했다. 자기중심적인 정서가 여
실히 드러나는 대목이다.

　'임이 오시던 날'

　임이란 많은 의미를 내포하고 있을 것이다. 사랑하는 님 일수도 있고,
자유 해방의 내 조국일 수도 있으며, 그 밖에 어떠한 대상이나 사물일
수 있으련만 나는 이 시를 단순히 사랑으로 받아들인다. 인간의 궁극적
인 기다림은 사랑이다. 사랑이 머무는 기다림이란, 특히 여인에게는 절
대적인 믿음과도 같다. 나의 모든 것을 기댈 대상이며, 나의 내면적인
약함을 보상받 고 싶은 까닭에 힘이 세면서도 다정하고 포근한 내 님을
기다리고 있는 거다. 그 애가 타도록 손꼽아 기다렸던 그 임이 바로 오
시는 날이다. 얼마나 반갑고 가슴 설렜을까?

　'버선발로 달려가 맞았으련만'

　그랬을 거다. 나라도 기다렸던 임이 오시는 날엔 버선발로 달려 가 맞
고 싶었을 거다. 문지방 넘어 고무신 외면한 채 달려 나가 그 그리던 임
의 품에 얼싸안기고 싶었으리라. 그리하여 두 손 꼭 잡고 마냥 님의 얼
굴을 바라보며 회한의 눈물을 흘리리라. 그 마음, 그 심정을 왜 모르리

오 마는 그 뒤에 오는 슬픔 또한 애간장을 녹인다.

'굳이 문 닫고 죽죽 울었습니다.'

그리도 보고픈 임을, 그리도 기다렸던 임을 만났는데 왜 문을 닫고 울었을까? 마음속으론 애타게 기다렸을지라도 막상 님을 보고 나니 미움과 원망의 감정이 일었나 보다. 그랬나보다, 사람의 마음은 항상 양면의 동전과 같아서 무엇이 진짜인지 모른다. 진정 마음속에 간직하고 있던 감정이 있었음에도 임 앞에선 표현을 못 하는 거다. 차라리 안 보며 나머지 세월을 보내고 싶었는지도 모른다. 상상하고 그렸던 그 임이 바라던 이상이 아니었으므로 속이 상했는지 모를 일이다. 그래서 애써 문을 닫은 채 눈물만 하염없이 주룩주룩 흘리며 흐느낀다.

'기다리다 지쳤음이오리까
늦으셨다 노여움이오리까
그도 저도 아니오이다'

기다리다 지친 이유도 아니고, 늦은 이유로 노여움이 일어난 까닭도 아닌데 어찌하여 문을 닫고 그리도 슬피 울었다는 말인가. 알 수 없는, 표현하지 못할 가슴 아픔에 숨어서 울고 싶었다. 임 앞에서 그동안의 고통과 고독과 외로움을 보여주고 싶지 않았다. 당당하게 마주 하고 싶었지만 여인의 그 깊은 마음은 순간적인 갈등과 미움이 물밀듯 다가와 이름 모를 설움의 덩이가 되어 버렸다. 기다림을 원망하지 않으며, 늦음을 탓하지 않는, 그리하여 임에게는 결코 한 여인의 나약한 모습의 이유를 달고 싶지 않은 자존심이 엿보인다. 투정 부리고 싶지 않음이다. 밉다고 탓하고 싶지도 않음인 것이다.

'그저 자꾸만 눈물이 나
문 닫고 죽죽 울었습니다'

내 기다리던 고운임이 오서서 마냥 기뻤음이라. 좋아라 표현하고 싶지만, 여인의 매무새를 생각하여 다소곳한 모습이라. 눈물을 흘림으로 임께 그동안의 그리움과 기다림을 말하고 싶었음이라. 사랑하는 마음을 달리 표현하지 못함에 차마 임의 얼굴 보지 못하고 서럽디 서러운 눈물만 흘리며 마음을 달래었음이다. 내 안에 있는 설움 말로 다 표현 못함이 애달프다.

아무라도 애절한 임 앞에선 내 마음을 다 표현하지 못한다. 그래서 더욱 슬픈 만남이 되는 것이다. 죽죽 우는 모습을 보이기 싫어 문 꼭 닫고 우는 심정이야 어찌 말로 다 표현하리오. 나도 그런 아픔을 겪을 줄 알아 그 마음을 알겠더라. 그렇게 임 오시던 날이 미치도록 서럽기만 하더이다. 나는 사랑을 위해 노래하고 사랑을 위해 살다가 사랑하다가 죽고 싶다. 내가 여자이기 때문에 더욱 그렇다. 그것도 아니면 나는 차라리 남자이고 싶다.

사무관급 시험보다 더 어려운 '몰기'

회색빛 새벽 훈풍을 가르며 오른 부춘산, 그 중턱에 걸터앉은 서령정. 어둠을 열었다. 잠긴 자물통에 열쇠를 꽂는다. 덜컹거리는 문을 밀고 커튼을 젖힌다. 스위치를 올려 과녁에 불 밝힌다. 정간 앞 바른 자세로 목례를 한다. 궁시를 갖추고 사대에 오른다. 숲은 잠들어 깃발이 축 늘어져 있다. 밝아오는 여명으로 고요함이 더 하다. 커다란 매 한 마리가 머리 위를 돌고 떠난다.

신 사두님, 강 부 사두님, 김 전 총무님, 김 사우님, 넷이서 활을 내고 김 고문님과 유 고문님은 정 안에서 지켜보신다.

초시부터 관중이요, 이시에도 관중이요, 삼시에도 관중이요, 연 사중이요, 오시에도 관중으로 첫 몰기를 하였다.

하늘을 날고 싶다. 가슴 벅차오름에 답답하다. 전율하는 솟구침이 있다. 살금 거리는 짜릿함은 어쩌랴.

이천사년 이월 십삼일. 축 몰기 오영미 으하하하하하… 이로써 나는 국궁의 족보에 오르게 되었다. 이제 나도 한량으로 자존심을 지키리라.

제가 국궁에 입문하면서 집궁을 시작한 것이 지난해 3월입니다. 그날 따라 〈궁도무료교실〉이라는 홍보문구가 눈에 띄어 인연이 되었지요. 어렸을 적 부여에서 살았었는데 '관북리' 우리 집 뒷산에 활터가 있었거든요. 대부분 나이 든 할아버지들이 활을 내고 계셨던 기억이 새롭습니다.

'나도 커서 어른이 되면 꼭 해봐야지' 하며 마음속으로 다짐을 했었거든요. 그것이 서른여덟 해가 되어서야 연이 닿게 되었습니다.

그 좋아하던 골프를 뒤로하고 국궁의 매력에 빠져 틈만 나면 정에 올라갔어요. 서산엔 시내 한복판에 있는 부춘산 중턱에 〈서령정〉이 있습니다. 예로부터 기관장이나 한량이 아니면 정에 오르지도 못할 정도로 입문하기가 까다로웠대요.

규율 또한 엄격해서 품행이 방정 하지 못하면 규칙에 의거 내려보내기도 했다는군요. 지금은 궁도도 생활체육으로 활성화 시켜 본인이 원하면 누구든지 활을 낼 수가 있습니다. 남녀노소 불문, 연령 고하를 막론하고 풍류를 즐길 수가 있는 거죠.

궁도의 특징은 혼자서도 얼마든지 수련을 할 수 있으며 여럿일 경우 함께 작대를 하여 화기애애한 분위기를 느낄 수가 있답니다. 그래도 국궁의 최고 매력은 '몰기' 입니다.

대부분 각 정 마다 과녁이 3개에서 4개를 두고 있는데 한 과녁에 다섯 개의 화살을 쏘게 됩니다. 이것을 한 손으로 분류하고 맞은 개수대로 끝에 中을 붙여 점수를 냅니다. 하나의 과녁에서 5중을 하게 되면 〈몰았다〉고 표현을 하는데 하나도 빠뜨리지 않고 연 5중을 한다는 것이 생각만큼 쉽지 않답니다. 몸과 마음을 하나로 하여 호흡을 멈추고 순간의 느낌으로 활을 놓아야 하거든요.

일단 사원이 되면 신사(新射)로서 누구나 '첫 몰기' 를 꿈꿉니다. 그래야만 정식으로 명패를 붙여 정(亭)의 족보에 오를 수가 있는 것입니

다. 몰기를 하면 개인의 영광이기도 하지만 정에서도 축하해 주어야 한
량의 대우를 받게 되는 거죠.

　하지만 이 '몰기'라는 것이 얼마나 어려운지 곧 될듯하다 가도 안 되
는 것이 가슴만 태웁니다. 오죽하면 신사가 몰기를 하면 공무원 사무관
급 시험에 합격한 거나 다름없다고 했을까?

　오늘 아침엔 아들 녀석이 방학 중 보충학습이 끝난 관계로 등교시키
는 시간에 정에 올라갔습니다. 정말 기분도 상쾌하고 시원한 바람이 솔
솔 불어 몸이 가벼웠습니다.

　'역시 난 아침형 인간이야, 아침엔 이렇게 기운이 숫고 가뿐하니 얼마
나 좋은가.' 고문님을 비롯하여 사두님과 부 사두님, 전 총무님, 김 사
우님이 나란히 사대에 올랐어요. 무엇보다 고요하고 잔잔함에 정신을
집중하기 좋았으며 느낌이 와 닿더라고요.

　2관에서 3중을 하더니만 3관에서 초시 관중하고 이시에 과녁 앞에 바
로 코 박대요. 애당초 몰기 생각도 하지 않았기에 마음을 비우고 차분
하게 활을 냈습니다. 그런데 삼시부터 연 3중을 하고 나니 사두님께서
과녁에 가서 확인해 보자 하시대요. 혹시 과녁에 꽂혀있을지 모르는 일
이라며 증인 두 명을 대동하고 과녁으로 향해 걸었습니다. 가서 확인 해
본 결과 과녁 밑을 맞고 다소곳이 꽂혀 있음을 발견하고 뛸 듯이 기뻤지
요. 그 꿈에 그리던 〈첫 몰기〉를 해낸 것입니다.

　온 천하를 다 쥔 듯 기뻤고, 벅차오르는 가슴은 주체할 길이 없었는데,
외려 가슴이 답답해지는 이유를 모르겠더군요. 사두님과 전 총무님의
축하를 받고 정에 계셨던 모든 분께 고지를 하였습니다. '아아 이 기분
이구나! 말로는 다 표현 못할 황홀함이로다! 모든 것이 내 세상이다!'

　이로써 저는 궁인으로서 당당히 족보에도 올라 영원히 이름이 보존되
는 것입니다. 궁인으로서의 명예를 잃지 않기 위해 다시 태어나는 기분
으로 〈궁도9계훈〉과 〈집궁제원칙〉을 다시 한번 깊게 새겨봅니다.

112

◆ 弓道九戒訓 및 執弓諸原則 ◆

(1) 弓 道 九 戒 訓

인애덕행(仁愛德行) : 사랑과 덕행으로 본을 보인다.

성실겸손(誠實謙遜) : 겸손하고 성실하게 행한다.

자중절조(自重節操) : 행실을 신중히 하고 지조를 굳게 지킨다.

예의엄수(禮儀嚴守) : 예의범절을 엄격히 지킨다.

염직과감(廉直果敢) : 청렴겸직하고 용감하게 행한다.

습사무언(習射無言) : 활을 쏠 때에는 침묵을 지킨다.

정심정기(正心正己) : 몸과 마음을 항상 바르게 한다.

불원승자(不怨勝者) : 이긴 사람을 원망하지 않는다.

막만타궁(莫彎他弓) : 타인의 활을 당기지 않는다.

(2) 執 弓 諸 原 則

선관지형(先觀地形) : 먼저 지형을 보고

후찰풍세(後察風勢) : 뒤에 풍세를 살핀다.

비정비팔(非丁非八) : 발의 위치는 정(丁)자도 팔(八)자도 아니며

흉허복실(胸虛腹實) : 가슴은 비게 하고 배에 힘을 준다.

전추태산(前推泰山) : 줌손은 태산을 밀듯 힘 있게 앞으로 밀며

발여호미(發如虎尾) : 깍지 손은 호랑이 꼬리같이 편다..

발이부중(發而不中) : 쏘아서 맞지 아니하면

반구제기(反求諸己) : 자신의 마음가짐과 자세를 다시 살핀다.

기나긴 동면(冬眠)에서의 깨어남

　날짜에 무감각해진 것이 실로 얼마 만이던가? 그러기엔 까닭이 없지 않았지만, 왠지 서먹거린다. 삐걱거리는 자전거에 매달린 것처럼 불편하다. 오래전 빛바랜 창호지에 구멍 난 듯 황량하다. 가슴이 시리고, 눈빛이 어색하며, 손놀림도 더디다. 이제는 백지를 보고도 그것들을 채우기가 부담스럽다. 한참을 생각해내야 별것 아닌 단어들만 꾸역꾸역 기어오른다. 이만큼 나는 손가락에 녹이 슬도록 쉬고 있었던 거다.

　한동안 글을 쓰지 못했던 시간이 나에게는 기나긴 동면이었고, 보이지 않는 일상에게 쫓기는 시간이었고, 머무른 공간에서 다시 도전하는 목표를 달성해야 했고, 가만히 귀 기울여 듣고 생각하는데 인색하지 않아야 했으며, 나를 잊고 지내기에 충분한 조건이었으며, 어느 하나에 몰입되어 빠져버리기에 훌륭하였으며, 새로운 나날들로 희망 가득 얻을 수 있어 즐거웠다. 설렘과 환희 속에 부풀어 하늘을 날기에 행복했었다. 지나온 것들에 대한 만족보다는 신선한 분위기를 찾아 재도전한다.

　배움에서 깨닫는 기쁨 일터에서 육신의 해방 만남에서 완전한 사랑 활동에서 얻어진 희망 환경에서 묻어난 믿음 마음에서 전달된 봉사 지구에서 느끼는 행복, 바로 이것이다, 내가 추구했던 꿈과 이상이다, 나를 다시 바로 세운다. 생각과 행동이 일치하여 서로 믿음이 변치 않는 세상을 원한다.

국궁(國弓)에 입문한지 1년이 지났다. '몰기'를 하고 '확인 몰기'를 하고 '야사(夜射)'를 위해 새벽 운동을 나갔다. '아침형인간'의 면모를 보였다. 감각으로 흐트러짐이 없기를 소원했고 보이지 않는 화살을 가슴으로 느끼고 싶었다. '관중(貫中)'의 희열 때문에 매일 찬바람 쐬며 어둠을 몰았다.

목구멍에선 쉰 소리가 나기 시작하고 마른기침에 귓구멍까지 따끔거리는 통증을 느낀다. 그래도 나는 그것이 좋아 미친년처럼 그렇게 빠져버렸다.

OCU (열린사이버대학교) 문예창작과 2학년 등록을 마쳤다. 이미 15과목을 이수하고, 7과목 신청에 눈코 뜰 새 없다. 세계교육의 이해, 시 창작의 기초, 전통문화예술콘텐츠, 한국현대소설 읽기, 환경과 생활, 연극. 영화의 이해, 인터넷 속의 세계문화...

올해는 작년보다 두 배는 더 열심히 공부해야 한다. 그래야 내가 뜻하고 원하는 대로 조기 졸업을 할 수 있다. 더 깊이 있고 넓은 세상에 대해 기대를 버리지 않는다. 온라인과 오프라인을 병행하여 백 배 효과 있는 학습을 해야겠다. 늙어서도 고급스럽고 품위가 저절로 느껴지는 여인이 되고 싶은 까닭이다.

글을 써야겠다. 초심을 잃지 않고 느슨하지 않으며 긴장감이 맴도는 박진감 있는 글을 써보자. 자존심과 열정을 생명수에 섞어 책임감 있고 후회 없는 순간들로 이어지는 멋진 모습으로 다시 태어난다. 조금만 더 간결하게 아주 조금만 더 힘 있게 그리고 이에 더하여 정말 미치고 싶도록 사랑할 수 있게 아름다워지자.

바로 지금 이 순간부터 시작이다. 바쁘다는 핑계는 용서가 안 되지 않는가!

음악은 번져 그림이 되고 삶은 번져 죽음이 된다

  아랫글은 제가 문예 창작을 공부하던 중 장석남 시인의 시작법 찾기에 대하여 제 감성과 느낌을 마음 닿는 대로 늘어놓았습니다. 詩를 좋아하는 사람이건, 아니건 현대 시인의 대표적인 인물이니 가만히 들여다보아도 좋겠습니다. 아래의 작품은 장석남의 시집 〈왼쪽 가슴 아래께에 온 통증〉 중에서 발췌 분석한 것입니다.

  시인 장석남은 1965년 경기도 덕적에서 출생하여 인천에서 성장하였고, 제물포고와 서울예술전문대 문예창작학과를 졸업했다. 1987년 경향신문 신춘문예에 〈맨발로 걷기〉가 당선되어 시단에 등단한 그는 91년 김수영 문학상을 받기도 하였으며 현재는 경기도 평촌에서 살며 전업 작가의 길을 걷고 있다.

  시집으로는 '93년〈별의 감옥〉, '95년〈새떼들에게로의 망명〉, '98년〈젖은 눈〉, '99년〈마당에 배를 매다 - 99현대문학상수상시집 44회〉, '99년〈지금은 간신히 아무도 그립지 않을 무렵〉, '99년〈7대 문학상 수상시인 대표작 1999〉, '99년〈물의 정거장〉, 2000년〈마음의 풍경〉이 있다.

  시집 〈새떼들에게로의 망명〉에서 그는, 시인의 삶을 지탱해주는 맑은 그리고 때로는 고독하고 슬픈 심성의 결을 심리적 상징을 통해 응축된 이미지로 변주해낸다. 그의 시에 등장하는 새와 달.바람.별.꽃 등의 사물들은 떠돌고 방황하는 그의 정처 없는 마음의 상징... 그의 마음은 악기와 같아서 그를 둘러싸고 있는 작고 하찮은 것들이 오히려 그의 마음에 닿아 음표가 되고 소리가 되며, 그래서, 그의 시는 부유하는 삶의 노래가 된다.

■ 장석남의 시작법 찾기 ■

[살구꽃] 시작법의 핵심 찾기

장석남의 시 세계는 사물을 바라보는 시각과 손끝으로 전해지는 예리한 감성, 그 느낌으로 이어지는 언어의 부드러움이 마치 천진난만했던 내 유년의 시절과 같다고 감히 말할 수 있다. 어쩌면 너무도 소박하고 평범하여 눈에 띄지 않아 그냥 스쳐 보내기 십상이겠다. 하지만 그의 시를 자꾸만 읽어 내려가다 보면 너무도 포근하여 그 자리에 눕고 싶은 충동을 느끼기도 하고 잔잔한 미소를 머금게 하여 저절로 마음이 평온해지는 순간을 맞이하게 된다.

특히, [살구꽃]은 색깔과 사물의 적절한 배합으로 직유를 들어 독자들이 옛 향수에 흠뻑 취하게 하는 데 부족함이 없는 작품이다. 마당에 핀 살구꽃이 밤에는 흰 돛단배가 떠 있는 것 같이 표현하는가 하면, 흰빛 또는 분홍의 색깔을 빌어 담장 넘어 까지 환하게 비춰주는 가로등 역할까지 맡는다. 또한, 겨울이라는 계절을 빌어 앙상한 나뭇가지 모양 자체를 〈하늘이 뜯어진 채〉라고 표현한 것은 작가 고유만의 탁월한 발상이 아닐 수 없다. 이것은 〈쏟아졌었다〉는 과거로부터 〈그 하늘을 어쩌지 못하고 지금〉이라는 현재로 연결 지음으로써 시간적 공간을 상상케

하는 선명한 작업이다.

아울러, 장석남 시인은 모든 사물을 시각에서 머물지 않고 〈살림살이의 사연〉, 〈낮은 말소리, 발소리〉 등 청각적인 감각을 충분히 소화하고 있다. 그러기에 그는 어떤 언어가 지니고 있는 의미보다는 이미지나 감각에 정열을 쏟아 놓는다. 〈어스름 녘 말없이 다니러 오는 누이만 같고〉에서 유년시절의 기억을 더듬어 보며 애써 이해를 요구하기보다는 차라리 공감과 매혹으로의 유도를 즐기고 있다고 하겠다. 각박한 삶 속에서의 인간적인 결핍과 욕망을 따뜻하면서도 포근하게 감싸 안을 줄 알며 때로는 쓸쓸한 외로움으로부터 흘러나오는 적막감을 표현하기도 한다.

마지막 연에서 〈멀리서 어머니가 오시듯〉이란 표현은 흐르는 시간 앞에서의 아쉬움과 지난날들에 대한 연민 또는 아픈 기억들이 〈우리를 꿰매 감친 굵은 실밥〉으로 대변되고 있다. 이만치 흘러버린 시간 앞에서 지나온 많은 나날을 회상하며 섬세한 풍경을 그려냈다. 이것은 장석남 시인이 가지고 있는 서정적 시의 감수성과 분위기를 새롭게 환기함으로써 다가올 새로운 서정시에 대해 깜찍하고 귀여운 유혹이 아니고 무엇이겠는가? 나는 그 공감과 매혹에 흠뻑 빠져 한 번쯤 허우적거려 보기에 주저함이 없으리라.

[배를 밀며] 시작법의 핵심 찾기

배를 민다는 것은 - 무언가를 힘껏 던진다는 것이 아닐까? 인간의 행위를 빌어 자신의 내면까지 드러내 보이고는 손끝 마지막 아슬한 부분까지 모두 떨쳐 버리려는 몸부림일 것이다. 〈희번덕이는 잔잔한 가을 바닷물 위에〉 배를 밀어 넣는 것이다. 바닥에서 물 위로의 이동 모습은 우리에게 희망을 주며 또 다른 미지의 세계(사랑)로 인도하는 찰나이다.

배를 밀어냄으로써 사랑에 대해 아픔과 슬픔을 잊고자 노력하는 모습, 사랑으로 인한 상처를 치유하기 위해 몸부림치지만 끝내 또 다른 사랑으로 대변되는 〈내 안으로 들어오는 배여〉가 색다른 느낌이다.

[배를 밀며]에서 사용되는 은유는 사랑이다. 배는 사랑을 의미하기도 하고, 인생을 간접적으로 표현하고 있다. 화자의 삶이며 감당해 내야 할 키 작은 몫일 수도 있는 것이다.

소유와 집착으로부터의 탈출을 [배를 밀어보는 것]이라 생각해도 좋다. 가만히 놓아주는 것으로부터 환희를 느끼고 있다. 그 환희 앞에서 시인은 공허함과 쓸쓸함까지도 사랑하게 되는 것은 아닐까 묻게 된다. 보이는 것보다 〈뵈지 않는 길을 부드럽게도〉 밀어내듯이 들어오는 감각으로 시 창작을 해보자.

[수묵정원 9 -번짐] 시작법의 핵심 찾기

[수묵정원 9 - 번짐]은 말 그대로 '널리 퍼져나감' 이다. 번짐이라는 형용사를 첫머리에 두고 목련(봄)에서 여름으로 흘러가는 동선을 그린다. 우주의 삼라만상의 근원을 '번짐' 에서 찾으려 애쓰고 있으며 바깥의 '너'로 부터 내 안의 진실을 널리 알리려 하고 있다. 온갖 사물들에 대한 생명력을 부여하고 그 순리에 맞춰 호흡하려 한다.

〈번져야 살지〉는 가난으로부터의 탈출을 의미하고 있다. 단순한 시각적 의미가 아닌 예민한 촉수의 흔들림으로 민첩하고도 감각 있는 표현을 구사하고 있다.

〈음악은 번져 그림이 되고 삶은 번져 죽음이 된다〉라는 양극화 현상을 어떻게 설명할까? 음악이나 그림은 모두 예술의 상징성이다. 인생 자체가 예술인만큼 듣고, 보고, 만지는 카테고리를 만든다. 반면에 삶이란 죽음을 향해 질주하는 번짐으로 보면 큰 무리는 없을 듯싶다. 어차피 인생이란 누구나 한번 태어난 후 죽음으로 가는 것은 뻔한 이치다.

그 과정에서의 굴곡이나 외로움, 고독, 갈등은 모두 죽음을 위한 향연일 뿐이다. 그러므로 죽음은 또다시 번져서 새로운 삶으로 태어나는 것이다. 〈저녁은 번져 밤이 되고〉 그 번짐으로 새벽을 열듯이 돌고 도는 것이 인생이며 사랑이다.

인생도, 사랑도 번져야 그 힘을 갖게 된다. 번지지 않는 것들은 죽어 있는 것이나 다를 바가 없음을 의미한다. 〈산기슭의 오두막 한 채〉가 번짐으로써 〈봄 나비 한 마리가〉 날아온다고 말한다.

이야말로 '장석남적 풍경' 묘사의 매력이 아닐 수 없다. 회상에 의한 '환함'과 '따스함' 또는 기억의 체험 자체가 서정적인 시간의 체험이다. 단순명료하며, 소박하고, 너무도 낯익은 일상의 풍경임에도 전혀 지루하지 않음을 느낀다. 세상 모든 것들이 작은 것에서 크게 번지는 '절제된 여백'으로 독자들의 마음을 사로잡는 것이다.

어머니 – 빛으로 짠 커튼을 치고 싶습니다.

지난번 장석남 시인에 이어 두 번째로 함민복 시인의 첫 번째 시집 〈우울氏의 일일〉을 탐독 발췌한 리포트입니다. 배우는 자의 어지러움과 읽히는 자의 두려움이 공존하는 시간이었습니다. 여러분들에게 조금이라도 도움이 된다면 큰 기쁨으로 잠을 이룰 수 있을 것 같습니다.

소설가 김훈은 그를 "가난과 불우가 그의 생애를 마구 짓밟고 지나가도 몸을 다 내주면서 뒤통수를 긁는 사람"이라고 했다. 그의 표현대로 함민복은 세상을 버리지 못하는 은자(隱者)이고 숨어서 내다보는 견자(見者)였다. 강화도 남쪽 끝자락에는, 가난하지만 마음은 부자인, 이 시대의 빈자, 함민복이 산다. (2003년 9월 4일 동아일보 기사 중에서)

■ 함민복의 시작법 찾기 ■

〈어머니- 지하 생활 3주년에 즈음하여〉 시작법의 핵심 찾기

함민복 시인의 작품 〈어머니〉를 읽으면 자꾸만 나의 어머니가 생각난

다. 당진에 계시는 시어머니가 생각나고, 공주에 계시는 친정어머니가 아른거린다. 팔순을 넘긴 시어머니는 갑상선에 등이 굽다시피 허리가 아파 고생을 하신다.

몇 년 전 환갑을 넘기신 친정어머니 역시 당뇨병으로 외모는 팔순을 넘긴 할머니다. 옛날 그 어렵고 가난했던 시절에 고생을 안 하신 부모님이 어디 있으랴마는 내 '어머니'에 대한 그리움과 애절함은 내가 어른이 되어 자식을 낳고 나서야 그 소중함과 귀하심을 깨닫게 되니 내 나이 불혹이 되어서야 깨닫게 되나 보다.

지하 생활 3주년에 즈음하여 〈어머니〉라는 작품을 썼던 함민복 시인. 빛으로 짠 커튼을 치고 싶은 만큼 지하 생활의 빈곤과 가난함이 죽도록 미웠음이 느껴진다. 낮에도 불을 켜야만 불을 켜지 않은 방보다 어두운 지하의 위층에는 정육점이 있고, 생선가게가 있어 동태 궤짝을 내려치는 소리만이 들을 수 있을 만큼 귀마저 어두운 〈어머니〉 때문에 우울하다. 그 얼마나 서럽고 쓸쓸했겠는가?

자신의 생애를 아버지의 내세라고 이해하는 우울씨의 詩 속에서 자본주의에 대한 야유와 가난한 가족에 대한 애증은 자신에 대한 자학으로 다가온다.

〈어머니〉라는 존재의 근원은 가난이다. 어머니의 과거는 언제나 가난과 결핍에서 떨어져 나가지 못했으며 어머니의 현실을 이야기할 때 그의 시 속에서는 야유와 자학의 분위기가 노출되고 있다.

〈어머니〉는 생명에 대한 거대한 연민이기도 하지만, 섣달 그믐날 파르라니 떨고 있는 달빛과도 같은 존재의 힘없는 살갱이었다. 가는귀먹어 작은 소리를 듣지 못하는 어머니, 그저 하늘(지상)에서 들리는 거대한 소리를 들을 수 있는 어머니, 그래도 그 소리를 듣고 살아 있음을 확인시켜 주는 '숟가락'이라는 표현은 가난으로 대표되는 성장기와 어머니의 처절한 고독의 몸부림이 숨어 있는 자본주의 비판으로 대입되는 순간이 아닐 수 없다.

〈동거자 어둠〉은 어머니와 자신이 함께 가난하고 병들어 있음을 시사해 준다. '방', '어머니', '눈물', '먹다' 라는 키워드는 함민복 시인의 시 전체를 아우르는 중심테마이며 시적 은유의 지렛대 역할을 한다. 지하 생활에서의 고립이나 고독이 얼마나 처절했으면 〈평지에 살고 싶은 만큼 대가리를 날려 부딪쳐〉보고 〈살점이 뭉청 떨어지도록〉 머리를 비벼 보았을까. 그래도, 그렇게 몸부림쳐 봐도 빛은커녕 뼛골만 부러지는 불운의 주인공인 것이다. 3년 동안 어머니를 전지훈련 시켰다는 것으로 위안(?)을 삼고 밤이 되지 않는 어둠 속에서 빛은 '빼앗는' 것으로써 나누어 가져야 한다고.

낮인지 밤인지 모를 지하 생활의 시계는 오직 틈새로 비집고 들어오는 〈벽시계〉라고 기억을 하는 시인의 세계는 얼마나 암울하며, 고립되어 있으며, 서글프고 우울했을까를 생각해 본다.

빛을 안을 수 없는 비참함에 더하여 〈겨울 잠바와 여름 바지〉로 쫙 빼 입은 가을옷이라 표현을 했으니 기막히고 황당한 모습에 화가 난다. 가난한 어머니의 일생을 통해 시인의 노동현장으로 가는 발자국 소리를 노래한다. 함민복은 '우울씨'의 이름으로 자본주의의 성(性)을 '주무른다'.

우울증에 걸린 패배주의자로서 우뚝 서고 싶은 시인의 갈망이 눈앞에 선하다. 나의 주변과 가족을 대상으로 철저하게 고통스러웠던 나날들을 솔직하고도 편안하게 전달하여 독자들로 하여금 가슴이 아리고도 남음이 있는 고백적 체험 시를 통해 〈함민복 시인〉다운 과거가 슬라이드화 되어 흐른다.

〈박수소리.1〉 시작법의 핵심 찾기

함민복 시인의 〈박수소리.1〉 역시 유년시절의 어지러움(가난)과 어머니에 대한 연민을 고스란히 간직하고 있다. 〈어머니〉에서의 지하 생활에 이어 학창시절로 돌아가는 화자의 기분은 여전히 잿빛이고 수치스러움의 연속일 뿐이다.

조회시간에 터져 나오는 〈박수소리〉는 힘차고, 자랑스럽고, 기분 좋은 것이 아니라 '불우이웃' 이라는 명제 아래 많은 동료와 선후배들에게 등 떠밀려 나가야 하는 운명으로 가난이라는 딱지는 여전히 자신에게서 멀어질 수 없는 '박수' 였다. 화끈거리는 열병과 현기증을 동반한 어지러움과 메스껍도록 구역질나는 멀미가 유독 나에게만 가까이 다가오고 있는 것이던가!

쌀 포대와 라면상자, 그 라면상자를 또는 가난의 징표를 받아들고 사진을 찍는다. 어둠 속에서 살아왔던 날들에 대한 반항일지 모를 햇볕에 대한 설사여. 결코 자랑스럽지도 않고 즐겁지도 않은 〈박수소리〉를 왜 들어야 했던가?

함민복 시인의 지질한 유년의 삶이 구겨져 유리 조각으로 박힐 만큼 한으로 맺혀 정신적으로 너무 힘들어하는 모습이 가엾다 팽이 돌아가는 것처럼. 이제 더 그에게 가난이 물려져선 안 된다. 가난에 지치면 치욕스러워지고, 가난을 이기는 순간 그 삶은 되바라진다.

그러니, '적당히' 가난할 일이다. 그 적당한 것이 바로 '모든 경계' 이다. 아, 가난의 꽃이 덕지덕지하다. 지천이다. 그리하여 함민복의 시는 자본주의 속에서 피어난 연꽃이다. 옴마니팟메훔. 연꽃 속의 보석이여. 진흙 속에 핀 연꽃이여.

〈우리들의 노예들에게-돼지의 일생 · 2 〉 시작법의 핵심 찾기

정말 그렇다, 정말이지 교수님 말씀이 딱 맞다. 「그의 시집을 읽다 보

면 그의 삶이 퍼즐처럼 짜 맞춰지곤 한다. 그는 기능사 2급 자격증을 따고 공업고등학교를 졸업해, 울산 근처 원자력 발전소에서 일하다, 서울로 올라와 한국전력 부속병원 정신과에서 치료받은 적이 있나 보다. 그리고 형님이 대준 등록금으로 만학을 하면서, 지방신문에도 당선되지 못한 습작 시를 불태우기도 했고 카페에서 일한 적도 있고, 4백여 마리의 돼지를 키워본 적도 있는 듯하다. 그만큼 그의 시들은 그가 거쳐 온 삶의 기록이라는 확신이 들 만큼 자신을 적나라하게 드러내놓고 있다.」라는 것.

그중 『우리들의 노예들에게-돼지의 일생 · 2』는 그가 축산업에 뛰어들었을 때의 삶인 것 같다. 그래도 이쯤이면 찢어지게 가난했던 과거의 모습과는 사뭇 다른 느낌이다. 어둠과 우울에서 벗어나 〈부지런한 하인을 둔 나는〉 행복하다고 말하니 말이다. 돼지의 일생을 자신의 일생과 비유하며 詩人의 길을 걸어가는 화자의 모습은 배고픈 〈소크라테스 돼지〉 또는 〈장자돼지〉가 되기 위하여 애쓰는 모습이다.

하지만 여전히 암울했던 지하 생활에 의한 여독인 탓인지 호흡기 질환으로 '쿨럭' 거리거나 〈살은 안 찌고 뼈만〉 굵어지는 육체적 여운과 지하 생활적 위층 〈정육점 주인들의〉 칼눈이 서슬 퍼렇게 잔재해 있다. 시인 스스로 돼지의 동생임을 자처하는데 마음은 따뜻하고 뜨거운 정열이 있어 〈윤회사상〉을 떠올리지만 지난날을 생각하면 섬뜩 떠오르는 우울증에 자학한다.

아직도 일해야, 목구멍에 풀칠해야 함을 알리는 〈노동자〉의 삶이 여기 있다. 〈지가 땀을 흘린〉만큼 〈지 살이〉 빠진다며 살이 쪄 있는 조카를 돼지라 부른다. 〈형편없는 집안의 내력〉을 탓하며 혼돈으로 얼룩진 정신을 가다듬어 보지만 나약하고 힘없는 자신의 초라한 모습에 환멸을 느꼈는지 이제는 〈인간 해방에 앞장서는〉 돼지가 되고 싶다고 노래하고 있다. 그의 삶에는 연민마저 땅바닥에 나뒹굴어 돼지 똥이나 굵으며 살아야 한다. 어머니 적부터 가난했던 아픈 과거가 고스란히 형제에게 '물림' 되어 노동현장에서의 서글픈 심정을 돼지에게 비유하며 조용히 사라지는 함민복 시인.

돼지 뒷발질로 자신의 턱주가리를 갈겨대는 아픔을 솔직하고 담백하게 그려내었다. 체험이나 기억의 단편들을 풀어내는 시선은 카메라를 들이대듯이 객관적으로 보여주는가 하면, 자조적이고 무력한 풍자적 웃음을 담아 보여주기도 한다. 전자로 더 나아갈 때 그의 시는 짠 슬픔과 눈물의 고백적 서사가 되고, 후자로 더 나아갈 때 그의 시는 요설과 풍자의 서사가 된다고 볼 때 함민복 시인은 그 첫 번째의 시작법을 충분히 소화해 냄으로써 독자들에게 친근감 있고 가슴 깊은 감동을 주기에 부족함이 없다고 본다.

나는 함민복 시인의 시집 〈우울씨의 일일〉을 탐독하며 정말이지 이제 앞으로는 더 이상의 가난과 우울, 슬픔이 그에게 다가오지 않았으면 좋겠다고 생각했다. 그의 아픔이 곧 나의 아픔이며 기억일지도 모른다는 상상 때문이다.

한때 적요로움의 울음이 있었던 때

장석남 시인과 함민복 시인에 이어 허수경 시인을 공부했습니다. 이들 세 명의 현대 시인들의 공통발견이라 하면 〈고백적〉이라는 것입니다. 고백이라는 발견의 형태가 각기 다르고 작법 역시 개성이 있으므로 철저한 자기 분석과 통찰력으로 소화해내지 않으면 안 되거든요. 그 〈고백적 시작법〉 중 마지막으로 여류시인 '허수경'의 두 번째 시집 〈혼자 가는 먼 집〉을 탐독하여 리포트를 작성했습니다.

장석남의 〈이미지와 묘사〉, 함민복의 〈체험의 서사〉, 허수경의 〈화자와 어조〉까지 숨 가쁘게 몰아붙인 시간 덕분에 머리가 꼿꼿이 서 있게 되었습니다. 아랫글들은 허수경의 시집 〈혼자 가는 먼 집〉을 읽고 세 작품을 선정하여 나름대로 해석으로 시작법의 핵심을 찾았습니다.

시인 허수경은 1964년 경남 진주에서 출생했고 경상대학교 국문학과를 졸업했다. 1987년 『실천문학』을 통해 시단에 등단한 후 시집 『슬픔만한 거름이 어디 있으랴(실천문학사, 1988), 『혼자 가는 먼 집』(문학과지성사, 1992)을 내고 독일로 건너가 고고학을 공부하고 있다. 그 후

세 번째 시집 『내 영혼은 오래되었으나』(창작과비평사, 2001)와 장편 소설 『모래도시』와 산문집 『길모퉁이의 중국식당』을 발간했다.

■ 허수경의 시작법 찾기 ■

〈흰 꿈 한 꿈〉 시작법의 핵심 찾기

요즘은 아니던가? 이것도 벌써 세월이 훌쩍 흘러 옛날이 되어 버렸는 지도 모르겠다. 중 3년생 아들 녀석이 자주 내뱉던 〈코드〉가 안 맞는다 는 말이 있다. 그 코드라는 말이 참으로 신통하고 매력 있어 보였는데 허 수경 시인의 시집을 읽으면서 어쩌면 나와 '코드'가 잘 맞는 시인일까? 라는 생각과 느낌으로 웅얼웅얼 밤이고 낮이고 마냥 읽어 댔다.

그렇다, 허수경 시인은 자유스러움에서 자신의 존재를 찾고자 노력했 다. 고백하고, 머뭇거리고, 감추고 하는 과정에서 뭔가를 깨달아 보다 높 은 이상과 현실에 대한 갈증으로 목이 터지도록 노래를 한 것이다. 자문 자답 또는 부호를 이용한 무한한 가능성과 상상력을 동원해냈다. 편안함 으로 이끌어 혼돈으로 쑤셔 박는 특기를 가진 시인이다.

〈흰 꿈 한 꿈〉의 제목에서 보여주듯이 하나하나가 객체로써 존재케 하 고 그 안에서 '거대한 꿈'을 발견이라도 할 모양으로 혼자 대낮에 술병 을 감춘 채 공원으로 발걸음을 옮긴다. 아무에게나 말하지 못하는 아픔 을 스쳐 가는 바람에 묻는다, 〈내가 가엾〉 냐고. 기운 없는 모습의 〈삭신 〉과 지나 온 흔적의 〈발자국〉, 그리고 이미 이 세상 사람이 아니었기를 바라는 〈검은 무덤〉을 취중 진담으로 옮긴다.

그리고 보이는 주변의 것들이 해답을 얻고자 애쓰는 모습이 보인다. 〈고 장 난 차〉가 불쌍하기도 하지만 〈왜?〉라고 물으며 대답도 한다. 화자의 마음은 너무도 아파서 두 다리를 지탱하지 못한 채 비틀거린다. 기어 다니는 〈뱀〉이 나를 닮은 것 같고, 그래서 또 마음이 아프고. 〈사랑〉이 화자의 마음의 빗장을 걸게 하는 원동력이 되었다고 생각했다.

철저하게 1인칭 화법으로 독자의 침입을 허용치 않음으로 혼자서 묻고 스스로 대답하는 화법은 간절하면서도 절박함으로 이끈다. 어차피 인생의 모든 문제는 내가 해결하고 간직해야 할 숙명적이므로 누구에게도 발설할 수 없으며 자신의 내면을 보여주기도 싫음의 형식이다. 마치 고백조차도 사실이 전부가 아니고 그중에서 몇은 숨기고 있다고 느낄 정도로 말이다.

결국, 풀어헤치지 못하고 술에 의존하여 취해야만 하는 처절함은 햇살 화사한 대낮의 공원에서 마음마저 쓰러뜨리고 마는 것이다. 그리하여 끝내 화자의 숨겨진 비밀은 '줄임표'로 묻어두고. 적절히 '홀랑' 드러내는 듯 아직도 '꽁꽁' 숨겨져 있는 하나의 흰 꿈을 찾아 헤맨다.

〈혼자 가는 먼 집〉 시작법의 핵심 찾기

허수경 시인의 두 번째 시집 〈혼자 가는 먼 집〉은 아주 특별한 간식거리였다. '흰 꿈 한 꿈'을 읽으며 참말로 따옴표며 느낌표, 줄임표, 물음표 등 부호천지의 작품이라 느꼈는데 그것이 결코 말장난이 아니므로 다가오는 것이다. 중얼거리는 독백이며, 자문자답이며, 천방지축인 듯 혼란스러웠다가도 이내 가슴으로 다가오는 〈동감〉 속으로 빠져들게 하는 데 매력이 있다.

시의 화자는 단풍에서 은행으로 성장하면서 '당신'을 만나 한 사랑을 이룩하는데, 즉 합치는데, 그 사랑했던 남성은 개망초로 돌아간 '나'를 밟고 흙으로 돌아가 버렸다. 여기서 단풍은 그 형상으로 어린이를 지칭하는 한편, 양성 식물이며 살아 있는 화석으로 불리는 은행나무의 두 갈래 잎은 남성과 여성을 가리킬 터. '그리고 합침'의 단계를 거치는데, '나'는 돌연 개망초라는 익명성으로 추락해 있다.

당신……, 이 얼마나 많은 의미와 대상을 상징하는 말인가. 그 말이 참 좋아서 불러본다는 수줍은 소녀적 고백 같은 언어여! 〈킥킥〉거리는 여성의 모습으로도 〈적요로움의 울음〉을 기억하며 회상하는 과거로의 안내. 귀엽다, 천진스럽다, 외롭다, 흔들린다, 아프다, 변한다는 생각이 그득하다.

연이 없이 줄임표의 따옴표가 다음을 궁금케 하여 속도감을 불러일으키고 사내라는 당신의 아름다움이 가득 베어 저절로 눈물 나게 하는 순수함이 좋다. 짧은 언어로 당신에 대한 연민과 참혹함, 비통과 안타까움으로 뒤범벅이 된 화자의 마음은 얼마나 더 흔들리고 찢겨야 바로 서게 되는 것일까?

〈끝내 버릴 수 없는〉, 〈무를 수도 없는 참혹……〉, 함마저도 킥킥거리며 웃을 수 있는 아름다운 추억을 간직하고 있는 '혼자'가 애처롭다. 마음의 상처를 세월로 묻고 싶어 하는 화자의 사랑이 자연에 묻혀 울음 운다. 쉬운 듯 쉽사리 읽히지만 읽고 나서도 머리가 멍해지는 아련함은 독자들이 목마름 위에 생명수를 끼얹듯 알싸한 봄 향기를 느끼게 한다. 나는 지금 〈혼자 가는 먼 집〉에서 어둠을 맞이하려 툇마루에 앉아 있다.

〈표정 2〉 시작법의 핵심 찾기

『허수경 시의 술어들은 버림받다, 아프다, 무너지다, 쓰라리다 따위의 절망적 어사들로만 짜여 있고, 그 술어의 주어를 거슬러 올라가면 "상처받은 마음"이 보인다』

이것은 〈혼자 가는 먼 집〉의 뒷장 해설에서 박해현 님이 한 말이다, 맞다. 〈표정 2〉에서도 예외는 아니다. 특히 여자로서 느끼는 감성과 여성성에 대한 일면들이 잘려나가고 있다. 가장 편안한 언어로 엄격하게 구

성된 하나의 표정을 읽노라면 그 깊이마저도 넘쳐 국물이 흐르다 말라
버린 흔적을 발견한다.

〈도시로 팔려오는 짐승〉들의 뼈에는 〈쓸모없는 핏물〉이 많아 그 도
시로 들어오는 길에서 울었다, 파 때문에 매워서 그렇다고 위안으로 삼
아보지만 외려 피곤한 뼈는 쪽지지 않았는데, 여편네는 땀을 흘리며 뼈
를 자르느라 애쓴다. 국밥 한 숟갈을 만들어내려 〈태산 하나〉를 떠내는
것 같이 보인다.

적절한 대입으로 표현하는 기술을 가진 '언어의 연금술사' 임에 틀림
없다. 누구나 쉽게 알아볼 수 있는 어휘를 묘하게 리듬으로 엮어 꼼짝 못
하게 한다. 화자의 삶과 욕망, 아픔이 구어체와 사투리 또는 유행가 가사
처럼 매우 흔한 의성어 및 의태어, 줄임표 등으로 생략하고 비약하여 독
특한 시적 형식이 달콤하리만큼 맛이 있게 느껴진다.

술과 비는 눈물이 되어 항상 마음속에서 흐르고 삶은 늘 외로움과 그
리움, 고독과 절박, 처절함으로 다가와 자신에 대한 불확실성을 휘청거
리므로 울부짖는 하이에나의 자식 같다. 나의 내면을 불살라 훨훨 하늘
을 향해 떠도는 한 줌의 재가 되고 싶어진다.

소음이 신체에 미치는 영향

지난 6월 초, 여름방학이 시작되었습니다. 저 나름대로 계획한 바가 있어 〈하계계절학기〉에 3과목을 등록해 놓고 더위도 잊은 채, 발목부상을 명분 삼아 바깥세상과 연을 끊으며 중간고사 시험을 대비하고 있지요.

그 중 '인간 생활과 음악'이라는 강의를 들으며 소음에 대한 리포트를 작성하는 과제를 줬길래 평소 생각하고 배운 내용을 정리하여 함께 공유하고자 합니다. 짧은 식견이지만 생활하는 데 조금이라도 도움이 되었으면 좋겠습니다.

Ⅰ. 들어가며

우리는 주위로부터 끊임없이 들려오는 소리를 들으면서 생활하고 있다. 새들의 지저귀는 소리나 관현악기에 의한 아름다운 음악 소리와 같이 듣기 좋은 소리도 있고, 자동차가 내는 소리나 공장에서의 기계 소리, 굴착기의 소리와 같이 듣기 싫은 소리도 있다. 여기서는 파동과 소리의 일반적인 특성과 불쾌감을 줄 수 있는 소음의 원인 및 소음의 피해에 대해 알아보고 소음을 줄일 방법에 대해 생각해 보도록 한다. 또한, 인간 생활과 음악을 학습하면서 '소음이 생체에 미치는 영향' 이란 주제로 리포트를 작성하면서 평소 느끼지 못하고 체감을 하지 못했던 소음에 대하여 며칠 전 발목골절로 인해 병원에 입원하며 경험했던 바를 작성하고자 한다.

Ⅱ. 소음이 생체에 미치는 영향

1. 소음의 원인

인간의 쾌적한 생활환경을 해치는 소리, 또는 인간이 원하지 않는 소리, 각자의 심신 상태 등 환경 조건에 따라 모든 소리가 주관적인 판단 때문에 소음이 될 수 있다. 예를 들면, 평상시 자기가 좋아하는 음악도 극도로 피곤하여 휴식을 취하고자 한다면 소음이 된다. 소음은 주로 교통시설, 산업 시설, 건설 현장, 가전제품 등에서 발생한다. 그중에서도 소음을 많이 일으키는 것이 자동차이다. 확성기 소음, 공사장의 작업 소음, 자동차 소음, 유흥업소의 심야 소음 등으로 주거 환경이 침해당하고 있는 경우가 많다. 이에 정부는 1983년 11월부터 생활 소음의 규제 기준을 마련하였다.

2. 소음의 영향

소음의 세기는 dB(데시벨)로 나타내며, 인체에 해를 끼치지 않을 정도의 소음을 소음의 허용 기준이라 한다. 소음의 허용 기준은 지역에 따라 다르며, 낮 동안에 일반 지역에서는 50~ 70dB로 정해져 있다. 일반 사람들이 허용 기준값을 넘는 소음을 1개월 이상 지속해서 들을 경우, 쉽게 피로감을 느끼고 청각 장애를 일으킨다. 건강한 사람보다는 병을 앓고 있는 환자 또는 임산부 등이 소음에 의한 영향이 크다. 남성보다 여성이, 그리고 노인보다는 젊은이가 소음에 대하여 민감하며, 체질과 기질에 따라 달라진다. 사람이 노동하고 있을 때와 휴식을 취하든가 잠을 자고 있을 때는, 소음의 크기와 영향이 크게 차이가 난다. 소음에 익숙해지든가 만성적인 사람은 웬만한 소음에 대해서는 영향을 받지 않는다.

3. 소음의 대책

소음의 대책으로는 소음원 대책과 소음 전파 방지 대책, 그리고 차량 및 항공기 운항 대책 등이 있다. 소음원 대책은 소음을 발생하는 기계 등을 설계할 때 소음을 가장 적게 발생하도록 설계한다. 소음 전파 방지 대책은 소음원이 위치한 공간에 흡음재를 사용하여 소음의 반사음을 최대한 억제하고, 소음의 직접음 전파는 차음재를 사용하여 차단하는 방법이다. 흡음 재료로는 비닐막, 합판, 타일, 유리 섬유, 구멍 뚫린 합판 또는 철판 등을 사용하며 차음 재료는 콘크리이트, 시멘트 블록, 붉은 벽돌, 목재 등을 쓴다. 이밖에 차음벽도 있다. 마지막으로 차량 및 항공기 운항 대책으로는 차량의 속도 제한, 항공기의 심야 운항 제한, 그리고 시내 차량의 원활한 교통 소음을 위한 교통 처리 등이다. 자동차 소음은 속도에 따라 증가하고, 정차 및 출발 시에 소음이 나므로 원활한 교통 처리는 소음을 줄이는 데 효과적이다.

4. 병원에서의 소음 경험

　서산시 의료원은 4차선 도로 옆 바로 있다. 본인이 15일간 입원해 있는 동안 평소에는 느끼지 못했던 점을 몇 가지 예를 들어 본다. 첫째는 자동차의 소음으로 인해 밤잠을 깊게 이룰 수가 없었다. 그러다 보니 밤새 설친 잠을 낮잠으로 보충하게 되고 따라서 생체리듬은 깨져서 온몸 구석구석이 쑤시고 찌뿌둥하기 시작했다. 자동차가 주행하는 소음이 그렇게 컸던 가 새삼스레 기억하면서 어쩔 수 없는 환경에 적응하기 위해 나름대로 노력에 노력하였지만 이미 나의 뇌리에선 밤이 온다는 자체에 스트레스를 받고 있었다. 급기야 밤이 오는 것이 두렵고 뜬 눈으로 새워야 하는 처지에 불평하게 되다 보니 병문안 오는 사람들조차 귀찮아지는 거다. 모자라는 잠을 자고 싶을 때 자야 하는데 그러질 못하니 신체가 불균형을 이루는지 안 아픈 데가 없었다. 게다가 입원실 바로 옆에는 '상례원'이 있어 날마다 곡하는 소리며 사람들의 시끌벅적한 소리에 정신적인 스트레스는 더욱 깊어만 갔다. 독서를 하려 해도 집중이 안 되었으며 글 한 편을 쓰고 싶어도 정리가 되지 않았다. 병실 복도를 사이에 두고 환자들의 신음이며 보호자들의 웃음소리도 싫어질 정도로 나의 정신은 쇠약 해져만 갔다. 어서 빨리 퇴원을 해야 정신을 되찾을 수 있을 것만 같아 담당 의사에게 졸라 대다시피 하여 보름 만에 집으로 돌아올 수 있었는데, 집에 도착하자니 그동안의 고통이 일순간에 사라지는 듯 그렇게 편안하고 행복할 수가 없었다. 이런 경험을 통하여 절실하게 느낀 점은 일상생활에서의 소음에 대해 무심할 정도로 지나치고 있는 것은 아닌지 곰곰이 생각하게 된다. 나도 모르는 사이에 소음으로부터 병들어 가고 있다는 점을 인지하여 본인 스스로 공해가 될 만한 물리적 행동이라든가 피해를 줄 만한 행동은 하지 말아야겠다고 절실하게 다짐을 해 본다.

　Ⅲ. 나오며

이상으로 소음이 생체에 미치는 영향에 대하여 논하여 보았다. 직접 자신이 체험한 바를 보아도 소음이 우리 인간에게 얼마만큼의 고통과 아픔을 주고 있는지는 잘 알 것이다. 우리는 21세기를 살아감에 있어 환경오염과 더불어 소음공해에 시달리고 있다. 그것은 우리 인간이 문명을 앞세워 파괴한 값에 대한 죄를 묻고 있는 것일지도 모르겠다. 지금까지는 무의식적으로 또는 어쩔 수 없는 변화 때문에 자행돼왔다 치더라도 앞으로는 우리 일상에서 발생할 수 있는 아주 작은 것들로부터 관심을 게을리하지 말며 먼 훗날 자라나는 2세들에게 부끄럼 없는 지구를 물려주기 위해서 노력을 해야 할 것이다. 이번 학습을 통해서 유익한 정보를 얻을 수 있었으며 삶을 살아감에 있어 꼭 필요한 부분을 공부하게 되어 가슴 뿌듯하다. 소음으로부터 해방되는 날이면 우리 인간의 수명이 아마도 200살은 충분히 될 것이다.

독립적인 나와 적극적인 나

나는 결혼한 주부이며 한 남자의 아내이다. 나는 한 아이를 둔 엄마다. 나는 불혹을 바라보고 있는 중년의 여성이다. 이런 것들이 나에게 어떤 의미를 가져다줄 것인가? 과연 21세기의 독립적인 내가 되는데 얼마만큼의 도움을 주겠는가? 지금 내가 적극적인 모습을 만들고자 무엇을 하고 있단 말인가?

많은 의문의 부호 속에서 참된 자아를 만나기 위해 이렇게 컴퓨터 앞에 앉아 있다. 지나온 과거는 접어두고라도 흘러가는 현재에 만족하지 않고 다가올 미래를 준비하는 모습이 되고 저 나는 쉬지 않고 꿈틀거리고 있다.

한 남자의 아내요, 한 아들을 둔 어머니요, 시부모를 모시고 있는 며느리요, 이런 것들이 내가 때로는 구속이며 장애가 되기도 한다. 특히, 사회생활에 적극적이고 싶은데 정해진 시간과 한정된 환경의 틀 속에서 더 밀어붙이기엔 버거운 짐이 떡 버티고 있음에 가슴이 답답해지곤 한다.

그렇다고 반드시 이런 것들을 벗어버리면 〈독립적〉이 되고, 〈적극적〉

인 내가 된다는 뜻은 아니다. 오히려 정상적이고 편안한 가정이 뒷받침 될 때 그 힘을 받아 여성으로서 더욱 당당해지고 자신감이 붙어지기도 한다. 아직은 우리나라의 사회구조와 분위기는 여성이 독립적이기보다는 울타리 속에서 한국적인 미를 갖추고 얌전하게 가정생활하기를 희망하고 있다.

또한, 적극적으로 앞서기보다는 남들에게 뒤처지지 않을 만큼 자리를 지키며 따라가는 모습이 더 현명하고 현숙하다고 평가하고 있는 것이다. 그러다 보니 자연히 여성은 집에 있는 시간이 많아지고, 따라서 혼자 보내는 시간이 길어지다 보니 외롭고 고독하기가 이를 데 없이 느껴진다.

그것이 하루 이틀도 아니고 날마다 반복하며 다람쥐 쳇바퀴 돌 듯 똑같은 일상을 영위한다면 얼마나 지루하고 무의미하게 느껴질 것인가! 그래서 윗집, 아랫집, 옆집, 건넛집 아줌마들과 모닝커피에 단체쇼핑, 나아가서는 떼거리로 이벤트행사에 참여하러 다니느라 정신이 없어지게 된다. 함께 몰려다니다 보면 어느새 친분이 생겨 정도 두터워지고, 그러다 보면 누군가 '친목회'를 만들자고 제안을 하게 되기에 이르는데 이렇게 하나둘 생겨나기 시작한 것이 우리나라의 소규모 단체들인 것이다.

우리나라의 1인 개개인이 3~4개 이상 친목회나 동창회, 향우회, 상조회 등을 가지고 있다. 이는 개인주의 발달보다는 단체주의 사회 구조상 필요하다고 본 것이다. 나 혼자는 외롭고 힘이 없기 때문에 단체의 조직을 빌어서 인생을 대신 살고 있다. 상업적인 이권이 목적일 수도 있고, 정치적인 필요일 수도 있으며, 가정의 애경사 시 도움 받을 이유가 될 수도 있듯이 여러 목적의 그룹이 얽히고설키어 사회를 형성하고 있으므로 혹여 나만이 홀로 소속단체가 없다면 왠지 불안하고 '왕따' 당하고 있는 것 같으며 능력이 없는 것 같이 느껴지기도 한다.

이 같은 현상은 도시에서보다 농촌이나 어촌 등 시골로 갈수록 더욱 심하다. 외지 사람들이 중소도시에 정착을 하려할 때 '텃새'가 심하다고 느끼는 경우도 이에 해당한다 할 수 있다. 내 고장의 고향 사람이 아니라는 이유만으로 외지인이 자기 고장에서 독립적으로 성공하고 적극적인 모습으로 앞에 나서는 꼴을 보기 어렵다고 본다.

이 때문에 고향이 아닌 객지에서 정착하기란 '하늘에 별 따기'보다 더 힘들다. 숱한 고통과 난관을 극복해야 하는 과제를 준다. 이런 예는 좁아터진 땅덩어리를 가지고 있는 우리나라에서 버젓이 음으로 양으로 행해지고 있는 관습이 되어 버린 지 오래라는 것이다.

이렇듯 '나'를 우선시하기보다는 '우리'를 앞세워 단체의 힘을 과시하는 사회 풍조는 하루빨리 없어져야 할 선택적 과제라고 생각한다. 무슨 일이든지 '누구와 함께' 해야 속이 시원하고 불안하지 않게 생각되는 주부들의 경우 남자들 보다 모든 조건에서 뒤처지는 하나의 병폐라고 볼 수 있다.

가뜩이나 여성에게 불리한 조항들이 즐비한 우리나라에서의 주권을 찾고 회복하기가 쉽지 않은 마당에 진정한 독립을 외치며 적극적인 나를 만든다는 것은, 꼬불꼬불 비탈진 산길을 넘고 울퉁불퉁 비포장도로를 뚫어야 보일 것만 같은 희망으로 다가오는 아스라한 빛이 아닐까 생각된다.

우리는 이제 집단의 소속에서 벗어나 개방적이고 독립적이며 역동적인 21세기를 맞이할 준비를 해야 한다. 이제 여성도 남편의 아내로 존재하기보다는 한 인간의 개체로써 존중받기를 힘써야 하고 한 아이의 엄마로 집착하기보다는 사회의 구성원으로서 역할을 다 하기에 관심을 가지며 태만하고 안일한 생각에서 벗어나 진취적이고 생산적인 일에 참여해야 할 것이다.

21세기를 살아가는 나는 나름대로 성을 구축하며 살아왔다. 아들 녀석이 10세가 되어 갈 즈음부터 학교의 어머니회장을 역임하면서 교육에 관심을 두기 시작했는데, 지금 그 녀석이 중3이 되어 건강한 모습이니 대견스럽다. 사회생활 역시 봉사와 참여 정신을 기본으로 활동을 했는데 그 틀에서 얽매이기보다는 활용의 가치를 더 크게 두고 집착하지 않은 것은 내 인생에 있어 성공적인 모습이 아닌가 싶다. 충실한 가정생활과 활동적인 사회생활을 공유하기란 여성의 신분으로 어렵기 마련이다.

다행히 나를 이해해 주는 남편이 있어 고맙고, 바른 줄기 곧게 뻗어 우등생인 아들에게 감사 할 따름이다. 나에게 있어 남편과 아들은 인생의 동반자 일뿐, 그 이상을 기대하지 않으리라 다짐을 한 지 오래다. 기대가 크면 실망도 크다는 진리를 내 것으로 받아들여 나 홀로 성장하고 꿋꿋한 모습으로 뿌리내릴 수 있는 발판을 마련하기 위해 오늘도 나 홀로 외롭사리 컴퓨터 앞에서 많은 생각을 하는 것이다.

특히, 〈여행학개론〉을 학습하면서 다시 한번 나를 점검하게 된다. 어쩌면 내가 실천하고 있는 것들이 학습 내용에 고스란히 들어 있을까를 생각하게 되는데 참으로 다행스러운 일이라 여기고 절대 교만하거나 자만하지 않으리라 다짐을 한다. 지금까지 해 온 모습보다는 다가올 미래에 나 자신의 아름다운 내면을 채우기 위해서 내가 할 일을 정리해 본다.

우선은 문학을 전공하는 학도로써 맡은 바 임무를 충실히 해내는 거다. 폭넓은 지식이 밑거름되어 몸소 체험하며 깨달음을 얻을 수 있는 여행도 많이 하겠다. 불의에 타협하지 않고 정의를 앞세우며 정정당당한 자신을 만들기에 소홀하지 않겠다. 현재 나의 정체성을 확인하고 남들의 눈치를 보기에 앞서 정당한 일에 앞장서리라.

내 안에 불필요한 욕심의 소유를 벗어버리고 참된 자아를 찾기 위한 무소유의 떠남을 계획하며 은근한 기다림으로 때를 기다리는 아름다운

꽃 피우리라. 어느덧 그렇게 나의 인생은 흐르는 물속의 돌과 같이 흐르고 흘러 이 세상 우주보다 넓은 나만의 숨소리 들으며 잠드는 연습을 하는 것만이 독립적이고 적극적인 내가 되는 길임을 나는 이미 알고 있다.

스트레스에서 벗어나기 위한 나만의 전략

현대사회는 21세기 첨단산업화와 문명이기의 발달로 인하여 엄청난 스트레스를 받고 살아간다. 스트레스에는 네거티브(negative)와 긍정적(positive)이 있는데 말 그대로 네거티브는 마이너스로써 불쾌 자극을 의미하고, 긍정적은 플러스적 요소로써 쾌적 자극을 의미한다. 즉 네거티브 스트레스는 인체에 해로움을 주고, 긍정적 스트레스는 생체에 유익함을 주는 것이다.

다만, 똑같은 자극이라도 받아들이는 사람에 따라 긍정적 스트레스가 되기도 하고 네거티브 스트레스가 되기도 한다. 따라서 현대인에게 있어서 가장 무서운 해독이며 악마의 대명사로 되어버린 스트레스를 처치하려는 방법 역시 각자 개개인에 따라서 여러 가지 다양한 모습이 나타나고 있다.

"적당한 스트레스는 인생의 스파이스(spice)다"라고 말하지만, 이 역시 인간이 살아가는 데 있어 되도록 스트레스가 되는 요인을 적게 해 나가는 노력이 필요하다 하겠다. 스트레스를 전혀 없게 한다는 것은 불가능하며, 결코 좋은 것도 아니라는 얘기다.

이렇게 현대인에게 있어 피해갈 수 없는 스트레스를 나만의 비법으로 해소하고 있는데, 다름 아닌 〈체육〉과 〈음악 감상〉 또는 좋은 사람과 함께 떠나는 〈자유로운 여행〉이다.

첫째, 체육은 신체의 건강을 유지하는데 필수적인 부분으로 매일 규칙적인 시간에 적당한 시간을 투자하고 있다. 일단 나에게 스트레스가 왔다고 생각되면 가차없이 '인도어(in-door)'에 가거나 근방에 있는 산으로 등산을 가곤 하는데 최근 1년 전부터는 '궁도'에 입문하여 국궁을 배우고 있다. 얼핏 생각하면 체육이라 하면 동적인 부분만을 생각하게 되는데 절대 그렇지가 않다. 정적인 면과 동적인 부분을 적절히 배합시킨 운동이 바로 궁도다. 정신집중과 기술을 연마하는데 매력이 만점이기에 평생 운동으로 생각할 만큼 애착을 가지고 있을 정도다. 아무튼, 일단 나에게 스트레스가 다가오면 맨 먼저 나의 육신을 고단하게 하고 정신을 비워내기 위한 체육에 몰입하곤 한다.

둘째로, 음악 감상과 여행인데 이것 역시 내 어린 시절을 거슬러 올라가 보아도 그 취미와 끼가 있었던 것 같다. 음악은 부르는 것보다는 그저 들으며 리듬 타는 것을 좋아하는데 학창시절 내 방 벽면 전체에 카세트테이프로 도배를 한 적이 있다. 그것은 중년이 된 지금까지 모든 장르를 막론하고 분위기와 장소에 따라 끊이지 않고 흘러나오게 함으로써 정서적으로 안정감을 맛보는 데는 최고다. 기분 좋은 스트레스를 받으면 신나는 팝송이나 가요 곡을 틀어놓고 그 기분에 젖어보지만 우울하거나 슬플 때는 클래식이나 고전음악을 듣곤 하는데 스트레스를 받을 때 어느 정도 중화를 시켜주어 나의 삶에 활력이 되고 있다.

또한, 여행은 내 인생 전역에 걸쳐 놓고 평생을 함께 걸어가리라 마음먹고 있다. 일상의 무료함과 짜증나는 스트레스를 받았을 때 과감히 떨쳐버리고 떠날 수 있음은 나만의 행복이며 자유인 것이다. 국내의 명산과 사찰. 사원 등을 돌아보며 심신을 수련하고, 망망대해 푸른 파도가 넘실대는 바다를 가까이하며 가슴을 넓게 펼쳐 보이곤 한다. 다행히 내 주변엔 바다와 산을 골고루 안을 수 있는 환경이 마련되어 있어 그것들이 가능하다. 때로는 멀리 해외로 원정을 떠나서 더 넓은 세상을 만나고 싶은 게 꿈이다.

앞으로 기회가 주어진다면, 아니 기회를 만들어서 내 속에 숨어 있는 자아를 발견하고 성숙한 삶을 지향하기 위하여 그간 해 왔던 체육과 음악 감상, 여행 이 세 가지는 내 삶이 다 하는 그날까지 지속적이며 반복적으로 실천에 옮길 것이다. 진정한 생존의 가치와 인생의 환희를 맛보기 위해서 말이다.

會者定離(회자정리) – 명함정리를 하다가

그동안 많이 살지는 않았지만 그래도 참 많은 사람을 만났던 것 같습니다. 개중에는 버리기가 아까운 사람이 있는가 하면 차라리 만나지 말았어야 할 비운의 만남도 있었습니다.

머칠 전, 책상 서랍을 정리하다가 노랑 고무 밴드로 묶여있는 명함을 발견했습니다. 꽤 두툼한 굵기의 다발이 세 개나 되었고 낱개로 흩어져 있는 것들도 부지기수였습니다.

생각난 김에 그것들을 모두 꺼내었습니다. 거실 바닥에 깔아놓은 얇은 패드 위에 펼쳐놓고는 명함에 새겨있는 까만 글씨들을 차례차례 훑어 내리기 시작했습니다. 모양은 똑같고 크기도 비슷했지만, 그곳에 쓰여 있는 내용은 참으로 다양했습니다.

명함은 자신을 알리는데 중요한 역할을 하지요. 가로 9cm, 세로 5cm의 직사각 공간에 최대한으로 나를 알려야 하니까요. 어떤 이는 사진을 넣기도 하고, 어떤 이는 뒷면까지 빽빽이 경력을 늘어놓고, 또 어떤 이는 개성을 듬뿍 살려 디자인한 명함이 눈에 확 들어오기도 합니다.

사람이 살아가는 데는 다섯 가지 복 말고 최고의 복이 또 있다지요.

‘인연의 복’ 말입니다. 인간사 가장 소중하고 귀한 것이 인연 말고 또 무엇이 있을까요? 이참에 나를 돌아보는 기회로 주변의 사람들을 정리해야겠다는 생각이 들었습니다. 나와 상관있는, 나에게 꼭 필요한, 나를 소중하게 생각하는, 내가 그들에게 뭔가 배우고 느낄 수 있는 사람들 순서로 분류를 했지요. 돌이켜 생각해 보니 그저 불필요한 존재들을 곁에 둔 적이 많았다는 생각이 들었습니다.

명함 한 장을 들고 아무리 구석구석을 뒤져봐도 이름 석 자뿐만 아니라 그 사람의 이력이 붙은 배경조차 기억에 남아 있지 않은 사람들이 너무 많더군요. 그동안 이토록 쓸데없는 발품을 많이 팔았더란 말인가.

불가(佛家)에 ‘會者定離 去者必返(회자정리 거자필반)’ 이라는 말이 있습니다. 만나면 헤어짐이 정한 이치이고, 헤어지면 반드시 만난다는 의미입니다.

“이 길로 가나 저 길로 가나 잠깐인 것을, 후회하지 않고 헤매다 가야 되겠다”는 한 예술인의 말이 불현듯 떠오릅니다.

만나면 반드시 헤어지기 마련이라는 뜻의 회자정리는 불가에서 생자필멸(生者必滅)과 더불어 많이 쓰이는 말이지요. 삶을 끊임없이 윤회하는 것으로 보는 불가는 과거인(過去因)이 현재과(現在果)를 이루고, 현재인(現在因)이 미래과(未來果)로 이어진다고 말합니다. 생명이 있는 개체라면 어느 것이나 해탈이 있기 전에는 반드시 이러한 인과율에 따라 생사가 윤회돼 영원히 끝이 없다지요?

그렇다면 생명은 생명을 부여받음과 동시에 죽음을 잉태하고 있다고 해도 과언이 아닐 겁니다. 그럼에도 죽음은 언제나 슬픔으로 남아 있지요. “사랑도 사람의 일이라 만날 때 미리 떠날 것을 염려하고 경계하지 아니한 것은 아니지만, 이별은 뜻밖의 일이 되고 놀란 가슴은 새로운 슬픔에 터집니다.”라고 만해(卍海) 한용운(韓龍雲)은 ‘님의 침묵’에서 이렇게 읊었다지요.

회자정리의 이치를 모르는 바 아니나 헤어짐은 이렇듯 아쉬움이자 슬픔입니다. 그리하여 "우리는 만날 때 떠날 것을 염려하는 것과 같이 떠날 때 다시 만날 것을 믿습니다."라고 위로할 뿐인 게지요.

만나면 반드시 떠나게 될 것인데, 우리는 만남에 너무 집착하는 것은 아닌지, 만남의 시간 속에서 지나치게 서로를 확인하느라 애쓰고 있는 것은 아닌지, 그리하여 헤어짐의 순간에 억장 무너지는 서러움에 사무치는 것이 아닌지.

그것들을 정리하느라 시간 가는 줄도 몰랐습니다. 곁에서 TV 시청을 하던 아들 녀석이 졸린 지 하품을 하며 내뱉는 말.

"엄마, 인제 그만 제발이지 명함 좀 치우세요. 그게 다 필요한 사람들이에요?"

"알았다~ 그러게 필요한 사람들만 골라서 정리하는 거 아니냐."

옷깃만 스쳐도 인연이라 했는데 이렇게 힘없이 버려지는 것들이 못내 안타깝고 불쌍한 생각도 들지만, 또 다시 만나야 할 인연이라면 어디선가 멋진 모습으로 또 뵙겠지요. 그런 날이 오기만을 손꼽아 기다릴 밖에요.

앞으로 내게 필요한 명함이 근사하게 만들어진다면 아무에게나 함부로 돌려서 버려지는 그런 사람은 안 될 테야.

연쇄살인 사건과 사형제도 폐지에 대하여

　밤이면 눈 감기가 무섭고 아침이면 눈 뜨기가 두렵다. 새날이 밝아오면 희망과 기대가 생겨야 하는데 '오늘은 또 무슨 사건으로 몇 명이 죽어갔을까?' 하는 불안감이 앞서는 건 아마도 연일 매스컴에서 떠들썩한 〈여성 연쇄살인사건〉 때문이 아닌가 싶다. 게다가 열린우리당은 〈사형제도 폐지 특별법안〉을 국회에 낸다고 난리니.

　이번에 주관심사가 되는 연쇄살인 사건의 전말은 이렇다. 범죄의 동기가 경제적인 이유 또는 개인적인 원한에 의한 살인이 아닌 단순히 부유층에 대한 적개심과 여성에 대한 증오감 때문이란다. 이에 더하여 부유층 노인과 출장 마사지사 여성 등 아무런 관계도 없는 사람들을 무참히 살해했다는 사실에서 더 큰 충격을 안겨주고 있다.

　최근 잇따라 발생하고 있는 살인사건들을 살펴보면- 범죄 동기가 불분명한 '무동기 살인'이 퍼지고 있는 데서 무고한 일반 시민들이 사회적 불안에 떨며 피해를 보고 있다. 이번 사건에서도 드러났듯이 용의자는 타인에 대한 맹목적 증오와 적개심이 보복 심리로 바뀌면서 범죄로 이어지는 끔찍한 현상을 보인다.

더구나 범죄자 유씨는 현장검증을 마치고 유치장으로 들어가면서 유치장 직원들에게 자신의 모습이 TV에 잘 나왔더냐며 물었다는 데는 인간으로서 아무런 감정이나 죄책감이 남아 있지 않음을 느낄 수 있다. 현재까지 드러난 살해자만도 20여 명이 되고 자신의 입으로 26명을 죽였다니 우리 시민들로서는 아연실색 놀라움을 금치 못한 채 삶의 의욕을 잃고 있다.

연쇄살인 사건의 용의자 유씨의 주변을 보면 외형상으로 그리 큰 문제가 있다고 생각지 않는다. 누구나 결혼생활에 실패할 수 있고, 청혼했다가 거절당할 수도 있는 것 아닌가? 이 세상 다 내 뜻대로 되지 않는다고 그것이 증오와 보복 심리로 작용하여 아무런 상관없는 여성들을 상대로 잔인한 살인 행각을 벌였다는 것을 어떻게 이해하란 말인가. 아무리 화가 나고 삶의 무게가 버겁다 할지라도 인간의 생명을 함부로 난도질해서는 안 될 것이다.

이러한 일련의 사건을 접할 때마다 머릿속이 하얘지는 이슈가 떠오른다. 바로 우리나라의 '사형제도 폐지 논란'이다. 사회는 점점 불안과 미궁 속으로 빠져드는 느낌으로 불신만 쌓여 가는데 무조건 '인권보호'만을 외치며 범죄자를 보호하는 법안을 만들어 놓고 뭘 어쩌자는 건가. 인간 사회의 질서 유지를 위해서는 인간 사회에 맞는 법과 질서가 필요하다고 본다.

물론 범죄자든 아니던 모든 인간의 생명은 한없이 소중하다. 그러나 사형제도가 폐지되면 아무리 중대한 범죄를 저질러도 범죄자 본인이 죽지는 않는다고 생각해보라. 범죄에 대한 유혹이 더 커질 것은 자명한 일이며 결국, 사회 전체의 안전을 심각하게 해치는 일에 불감증마저 일어나게 될 것이다.

물론 사형제도 폐지를 찬성하는 사람 중 '오심의 가능성'을 우려하는 부분은 인정한다. 하지만 이 '오심'이나 '오판'에 의해 사형이 집행되는 경우는 극히 이례적이라 들었다. 인권은 인간이 인간적인 행동을 할 때 주장할 수 있는 권리가 아닌가 싶다. 이유 없이 아무런 상관없는 사람들을 살해한 사람을 인권 보호라는 명목으로 교도소에서 〈종신형〉이 다 할 때까지 살아 숨 쉰다는 것은 형평에 어긋나지 않는가.

나는 그렇게 생각하지 않으므로 감히 사형 폐지를 말하는 사람들에게 묻고 싶다. 본인이나 가족이 살인 등 중대 범죄의 피해를 봤다고 해도 사형 제도를 없애자고 주장할 수 있겠는가? 남에게 잘못했으면 본인도 그에 상응하는 죗값을 치러야 법의 형평성에 맞는 것이 아닌가 말이다. 혹자는 사형제도가 있음에도 살인 행각은 끊이지 않고 일어나고 있다고 반박할지도 모른다. 이는 근본적으로 사회적인 제도 개선이나 끊임없는 인성교육만이 해결될 수 있다고 본다.

국가는 범죄자의 인권도 보호해야겠지만 범죄 피해자와 다수 국민을 보호하는 것이 더 중요한 의무다. 사형 제도를 통해 다수 국민이 안전한 생활을 영위할 수 있다면 반드시 유지하는 것이 마땅하다. 뭇 사람들은 인간의 생명은 신이 내려준 것이기 때문에 인간이 박탈할 수 없다는 주장을 내놓기도 한다지? 그러나 절대적으로 신의 세계와 인간의 세계는 엄연히 구분돼야 한다고 본다. 인간은 인간으로서 존재하며 인간답게 살아갈 때 인간다워지기 때문이다.

공지영의 〈길〉과 영화 〈집으로 가는 길〉

　공지영의 '존재는 눈물을 흘린다' 중 〈길〉과 장예모 감독의 영화 〈집으로 가는 길〉을 대상으로 공통된 주제를 설정하고 두 작품을 비교 분석해 본다.

　공지영의 〈길〉과 장예모 감독의 영화 〈집으로 가는 길〉에 대한 공통 테마를 '인생'과 '삶'과 '사랑'으로 정한다. 두 작품 모두 살아온 시간에 대한 추억과 잃어버린 것에 대해 아픔과 남아 있는 세월에 대한 바람들이 촘촘히 박혀있는 것을 발견한다.

　우선 공지영의 〈길〉의 경우 아들이 죽은 이후 메울 수 없는 감정의 틈이 벌어진 노부부가 결혼할 때 신혼여행 이후 처음으로 단둘이 여행을 하면서 자신의 삶과 사랑을 뒤돌아보게 된다. 남편은 영화촬영 감독으로 일밖에 모르며 세월을 보내는 동안 아내는 신혼 삼 년간 어머니의 중풍 뒷바라지를 해냈고, 남편의 동생들을 줄줄이 결혼을 시켰으며, 불안정한 수입의 남편 대신에 수학 선생님으로서 가정을 돌보며 꿋꿋하게 자리를 지켜왔다.

　학생운동을 하던 아들이 구속되었을 때도 죽음을 맞게 되는 순간에도 남편은 촬영현장에서 자신이 좋아하는 일을 하고 있을 때였다. 아들을 잃고 난 후의 자신의 삶에 대한 회한의 기억을 하며 남편과 이혼을 꿈꾸었던 것은 그녀의 나이 사십이 되었을 때였지만 '늦은 나이'에 이혼을 해서 무엇하느냐는 생각으로 오십이 되었고 육십이 된 지금 정작 나만을 위한 삶을 살기 위한 결심을 하게 된 것이다. 앞으로 칠십 또는 팔십이 되었을 때 분명히 후회할 일이었기에.

남편은 비교적 자유분방한 사고로 직업 특성상 여러 곳을 돌아다니며 생활을 했지만, 그의 부인은 수학 선생님의 직분으로 가정과 가족을 돌보느라 자신의 인생을 모두 바쳐야 했다. 그녀는 정확하고 분명했으며 바른 생활의 모범답안 같은 삶을 살았지만, 그간 살아온 나날들을 돌이켜보며 다른 각도로 바라볼 수 있는 눈을 가지게 된 것이다. 동갑내기 부부가 삼십여 년의 결혼생활을 하며 단 한 번도 따뜻하고 포근한 대화나 선물, 몸동작 없이 살아온 세월에 대한 회한과 반성으로 깨달음을 얻는 모습이 아름답다.

순간이 영원하다고 믿었던 남편도 아내에게서 풍겨 나오는 진실한 향기를 이제야 맡을 수 있는 여유가 생겨난 것이다. 일에 빠져서 가정을 돌보지 않았고, 아내와 아들을 내팽개치며 달려왔던 지난날에서 무엇을 얻었던가? 직장에 충실하며 결근 한번 하지 않으며 가정과 자식을 위해 한평생을 바친 나머지 결과가 무엇이었더란 말인가? 노년 부부의 이별 여행이 될 뻔한 여정에서 서로에 대한 이해와 포용으로 고통과 아픔을 초월한 사랑으로 결실을 봄으로 가슴 잔잔한 감동이 밀려오는 좋은 작품이다.

장예모 감독의 〈집으로 가는 길〉 영화를 보면서 인생의 길에는 참으로 여러 갈래의 다양한 모습들이 존재한다는 생각을 했다. 주인공 '쟈오 디(장쯔이)'의 아름다운 미모가 아니었더라면 그 긴 시간 동안 스크린에서 눈을 열 번은 더 떼고도 남았을 것이다. 연애를 맘대로 할 수 없었던 시절에 절절하고 간절한 사랑으로 맨 처음 연애결혼에 성공했다는 점도 커다란 이슈로 주목받았고, 아버지의 죽음 앞에서 그가 걸어온 삶을 고귀하게 간직하며 기리는 어머니의 모습을 보며 아들의 가슴은 찡하기만 하다.

그녀가 왜 남편의 죽음 앞에서 그리도 슬프고 애절한지에 대한 것과 굳이 장례식을 도시에서 시골까지 직접 걸어오게 하여야 하는지에 대한 까닭을 설명하면서 영화는 컬러로 변하기 시작한다. 어머니가 사는 시골 마을에 도시 선생님이 오면서 학교를 짓고 아이들을 가르치게 되는데 그때부터 어머니의 가슴속에는 뜨거운 사랑의 감정이 불길처럼 번진다.

선생님을 위해 공밥을 해 나르며 손수 자신이 만든 음식을 먹기 바랐고, 아이들을 가르치고 나면 늘 집에까지 바래다주었던 그 길. 그녀는 광활한 언덕에 숨어 기다리다 바라보며 연정을 키워나갔다. 빨간색 옷이 잘 어울렸던 그녀의 마음은 선생님에게로 다가가 서로가 통하였지만, 신분의 차이와 환경 때문에 이별의 아픔을 겪기도 한다.

기다림이란 것이 그토록 애절하고 고통스러웠으랴. 계절은 네 번이나 지나고, 동짓달에 돌아온다는 약속 하나만을 가슴에 담고 기다려 온 시간 앞에서 상사병으로 앓아눕는가 하면 환상과 환청으로 넋을 잃기도 하는 모습은 차마 눈 뜨고 볼 수 없을 정도로 처절하다.

어머니는 오직 아버지에 대해 그리움과 사랑으로 인생과 삶을 다 바쳤기에 아버지를 잃은 슬픔은 모두를 잃은 것과 같은 허무함으로 다가오는 것이다. 아이들을 가르치는 숭고한 정신을 가진 아버지에 대한 연민과 사랑은 자식이 그 일을 대신하기를 바라지만 아들의 신념은 굽혀지질 않는다. 어머니는 마을 사람들의 도움으로 장례식을 마치고 어머니가 모아 놓은 돈 꾸러미를 촌장에게 희사하며 새 학교를 지어달라고 요청한다.

그 새 학교에서 아들이 아버지 대신 아이들을 가르침으로 아버지에 대해 사랑을 보상받고 싶어 하는데, 저 멀리서 들려오는 아이들의 목소리와 아들이 가르치는 목소리에 한걸음으로 학교까지 달려가 보는 어머니의 심정은 가히 관객들의 가슴을 찡하게 만드는 순간이다. 그것은 어머니의 간절한 소원을 들어주기 위해 아들이 단 하루만 봉사하겠다는 약속으로 학교 교단에 선 것이다.

아들은 도시로 떠날 것이다. 어머니의 소망은 또 다른 사람으로 채워지게 되리라. 영원히 사라지지 않는 추억과 사랑의 〈길〉을 바라보며 아버지에 대해 그리움을 키워나가지 않을까?

두 작품을 비교해 볼 때, 모두가 노년이 된 지금의 현실 앞에서 지난날을 회상하며 각자가 간직해 온 '삶'과 '사랑'에 대한 그리움이 존재한다. 젊은 날 나를 희생하고 가족을 위해 헌신한 자신의 모습을 후회와 한탄으로 '이별'을 생각해 보지만 역시 그 내면엔 거부할 수 없는 〈사랑〉이 존재함으로 지난날의 잘못이나 슬픔 따위는 저 멀리 하늘 높이 던져버릴 수 있다. 살아온 인생 자체가 어쩌면 순간의 처절함과 애절함을 초월하여 따스함으로 포용하는 과정이 아닌가 싶다.

인생의 연륜으로 반추하는 노년의 모습에서 삶이란 어쩌면 사랑 하나로 모든 걸 덮어버릴 수 있는 것이란 생각이 든다. 공지영의 〈길〉에서 나오는 노년 부부의 사랑과 장예모 감독의 영화 〈집으로 가는 길〉에서의 어머니와 나의 현실이 어쩌면 공통된 삶 속에서 어쩌지 못하는 바탕 '사랑'을 꿈꾸는 것은 아닐까?

아들의 부재와 남편의 부재 속에서 지금의 나는 무엇을 꿈꾸고 있는 것인지에 대한 인간의 내면을 잘 그린 작품들이다. 두 작품 속에 들어 있는 '인생'과 '삶'과 '사랑'을 꼭꼭 감추어 두고 먼 훗날 나의 동반자와 함께 이야기보따리를 풀어 밤이 새도록 뜬눈으로 지새우고 싶다.

책은 사라질 것인가?

어린 시절을 생각합니다. 갑자기 나의 뇌리에서는 자꾸만 무언가 맴맴 거리며 윙윙거리는 소리가 들렸습니다. 〈책은 사라질 것인가?〉라는 주제와 스토리는 한결같이 '그렇다' 또는 '아니다'로 구분되어 있습니다. 아날로그와 디지털의 차이를 설명하며 당위성을 늘어놓았습니다. 그것들이 대체 무슨 소용이랍니까?

책의 한계와 구분을 지어야 하는 기준에 대하여 생각했습니다. 종이로 만든 것은 아날로그 책이고, 온라인상에 소개되는 것은 디지털 책으로 구분해야 하는 까닭을 모르겠습니다. 구태여 책에 대한 개념을 한정적인 틀에 넣고 생각한다는 것이 서글퍼졌습니다. 이제는 21세기 비전에 맞게 인식의 저편을 넘어 받아들여져야 하겠습니다. 이를테면 책은 책이기 때문에 책이어야 한다는 책의 개념을 바꿔야 할 때입니다.

나는 지금 열린사이버대학교(OCU)에서 온라인으로 문예 창작을 공부하고 있습니다. 담당 교수님과 학우들의 얼굴을 바라보며 대화를 나누기는 그리 쉽지 않습니다. 지방에 있는, 가정을 가지고 있는, 젊음의 중턱을 넘어선 육신은, 그래서 생각처럼 쉽사리 행해지지 않는 발걸음을 재촉해야 하는 환경에서 일 년에 서 너 번 만나는 게 다입니다. 인터넷을 배우니 웬만한 필요 서적은 인터넷으로 구입을 합니다.

서점을 운영하는 친구도 있지만 다양한 비교선택과 편리한 운송체계와 정가보다 저렴한 가격으로 경제적인 측면에서도 많은 도움을 받기 때문입니다. 지금도 가끔은 일부러 서점을 찾아 손으로 만져보고 내용을 훔쳐보며 종이의 느낌을 흠모해보곤 합니다. 하지만 학년이 높아지면서 마음은 조급하고 읽어야 할 책들이 너무도 많은 까닭에 시간이 아깝다는 생각으로 전자책을 사기도 하고, 꼭 소장해야 할 것들은 직접 구매를 하여 읽곤 합니다.

다시금 어린 시절을 회상해 보기로 합니다. 초등학교 시절 연필에 대한 추억이 있습니다. 기다란 연필이 자꾸만 줄어들면 그것도 절약해서 쓴다고 볼펜 깍지에 끼어서 몽당연필을 사용했던 기억이 납니다. 연필 끝에 침을 묻혀 꾹꾹 눌러쓰던 그 느낌들은 앞으로 사는 날까지 잊을 수 없을 것입니다. 내 가슴에 남아 있는 한 점이기도 하고 내 마음에 아련히 새겨진 예쁜 추억이기 때문입니다.

볼펜의 등장으로 연필의 수요가 줄어들긴 했습니다. 그것도 엄청 많이 말이죠. 그러나 나는 아직도 볼펜이나 사인펜 대신 육각형의 나무를 깎아 회색빛 심을 하얀 종이 위에 그리는 것을 즐기고 있습니다. 사각거리는 소리가 좋고, 손에 닿는 느낌이 좋고, 바라보기만 해도 푸근해지는 그것이 좋아서 자주 애용하고 있답니다. 하지만 그 외에 통상적으로 쓰는 볼펜이 나에게는 연필이라는 생각에서 멀어져 본 적은 없었던 것 같습니다.

이와 마찬가지로, 책은 이 지구가 사라질 때까지 존재할 것입니다. 반드시 종이로 된 재질이 아니어도 좋고, 글씨가 검정이 아니고 문자가 아니어도 좋을 듯싶습니다. 우리가 예전에 미처 생각지 못했던 그들에게서 받는 위기감이나 배신감을 생각지 않을지라도 다가오는 첨단시대에 또 다른 무엇들이 쏟아져 나올지라도 책은 우리들의 기억과 가슴에 영원히 존재하리라 믿습니다. 변하는 것은 단지 우리들의 생각에 따라서 단정 지어지기 때문 아닐까요? 책이 어떻게 변했나요? 또 책이 어떻게 변하길 원하나요?

종이로 된 사각의 책에서 다양한 형태의 커뮤니티로 변할 뿐 책이 사라지는 것은 없습니다. 좋은 내용의 책들이 꽂혀있는 서재를 하나 갖고 싶습니다. 모양 좋은 책장과 번듯한 서고가 아닌 향내 나는 진실이 들어 있는 그런 마음의 서재를 만듭니다. 누구에게나 소중하고 귀한 보물이 될 수 있는 책들을 마음에 담고 언제든지 꺼내 볼 수 있는 나를 찾아갈 것입니다.

막상 TV 생방송에 출연하고 보니

여름날의 무더위가 한풀 꺾인 듯 아침저녁으로 제법 선선한 바람이 가을을 느끼게 하는 8월 어느 날. 합덕에서 남편과 함께 동고동락 하는 시동생에게서 전화가 걸려왔다.

"형수님, 전데요. KBS에서 형수님을 찾는데 연락이 안 된다며 먼젓번 전화 있잖아요. 그 전화로 왔거든요. 빨리 연락 좀 달라고요."

아마 예전에 라디오 프로그램에서 통신원 하던 시절의 전화번호를 기억하고 있었나 보다. 시동생이 불러 준 전화번호로 통화를 했더니 KBS 대전방송국 임 작가라며 반갑게 맞아준다.

"오선생님 찾느라 여기저기 수소문했는데 이제 연결되네요. 저는 아침마당 작가인데요. 다음 주 금요일 방송에 출연 좀 부탁하려고요."

생각지도 못했던 출연제의에 내심 당황스러움과 설렘의 교차가 만감하였다. 내가 알고 있는 상식으로는 KBS1TV의 『아침마당』이라 하면 대단한 프로그램인데 그곳에서 나에게 출연제의를 하다니 너무도 감개가 무량하다고나 할까. 이야기인즉, 평범한 사람들이 뭔가 자신의 내면에 있는 끼를 발산하며 살아가는 이야기. '발로 뛰는 우리 동네 소식통' 이라는 주제로 알콩달콩 재미있게 꾸며 볼 계획이란다. 그래서 초대된 사람도 글을 쓰며 명예 기자 역할을 하는 사람들로 4명의 주부를 섭외하였다 한다.

서산에서 대전까지 가려면 적어도 2시간 30분 이상 걸려야 하는데 생방송이기 때문에 아침 7시까지는 스튜디오에 도착하라고 하니 걱정이 앞선다. 당일 출발하여 그 시간에 도착하려면 적어도 새벽 4시에는 출발해야 했기 때문이다. 궁리 끝에 전날 저녁 식사를 마치고 여유롭게 출발하여 방송국 부근에 도착하니 숙소가 마땅치 않다. 결국, 서산에서 동행한 김 기자님과 찜질방에서 하룻밤을 보내야 하는 신세가 되었다.

24시간 영업을 하는 찜질방은 대규모 첨단 시설을 갖춘 훌륭한 건물이었지만 맨바닥에서 잠을 청해야 하는 입장에서는 역시 불편하고 어색한 장소일 뿐이었다. 밤새 설치며 선잠을 잔 까닭에 어깻죽지며 삭신이 안 쑤시는 데가 없었으나 약속시각에 늦지 않으려 서둘러 스튜디오에 도착하려 하는데 부슬비가 가랑가랑 내리기 시작했다.

'난생처음, 그것도 제법 인기 있는 프로그램에 출연하는 생방송인데 잘해야지! 아자아자!'

방송이 나가기 30분 전 엑스트라 방청객이 하나둘 스튜디오에 차기 시작한다. 참석자 인원 명부에 등록하고는 제자리를 찾아 앉는 모습이 그리 낯설게 느껴지지 않는다. 출연자 4명 외에 엄용수 개그맨과 김영란 정신과 전문의가 패널로 참여를 하고 진행자인 김연선 씨와 김채연 씨도 모두 카메라 앵글을 바라보며 옷매무새를 만진다.

'이제야 진짜 방송이 시작되려나보군. 어? 그런데 왜 갑자기 머릿속이 하얘지는 걸까?'

아침마당 프로그램 시그널 뮤직이 흘러나오며 아나운서가 인사말을 종알거린다. 내가 가장 먼저 인사를 할 차례다. 담담한 마음으로 차분히 인사하리라 마음먹었지만 처음부터 말문이 콱 막혀버리는 것이 참

으로 당황스럽고 불안한 마음마저 생긴다. 가까스로 인사를 마치고 한
껏 미소를 지어 보였지만 내 마음속은 까만 먹물로 깜깜하다. 어차피 엎
질러진 물 편안한 마음으로 자연스레 여유를 부리기로 작정을 하고 나
니 훨씬 편안해졌다.

"시인이며 사이버대학교 학생으로, 도정신문 명예 기자로, 서산구치
지소 교정협의회 사무국장으로, 장학재단인 서산인재육성재단 이사로,
환경활동을 하는 환경연합회원으로..."

많은 사람들에게 공부하며 사회활동을 멋지게 하는 여성으로 비치길
염원했었는데 1시간이란 시간 안에 4명의 출연자의 모든 것을 알리기
엔 역부족임을 느끼게 되었다. 작가가 준 대본과 전혀 딴 방향으로 이
끄는 진행에 약간은 실망감도 있었던 것이 사실이다.

어쨌든 하고픈 말 모두 못한 아쉬움을 두고 생방송 '아침마당'의 무대
에서 내려와야 했다. 뭔가 허전함이 밀물처럼 다가오더니 왠지 가슴이
답답해지는 게 역시 인생은 연극이라는 생각이 들었다. 나만 그런 느낌
인가 했더니 다른 출연자들 역시 같은 마음이라는 걸 확인하니 안심이
되었다. 아르바이트 방청객들이 일렬로 줄을 서서 사인을 하고 봉투 하
나씩 들고 삼삼오오 짝을 지어 나간다. 그녀들의 뒷모습을 바라보니 괜
스레 입가에 씁쓸한 미소까지 지어 보이게 되더군.

사는 건 이런 건가 보다. 늘 채워지지 않는 무엇을 찾아서 유랑하는 방
랑객 같은 것. 왜 예상치 못했던 성취를 얻고도 이렇게 가슴이 시리도록
휑하니 쓸쓸해지는 걸까. 혹시 늘 상상으로 그려왔던 내 꿈이 막상 이루
어지니 그다음의 화려한 무대를 그리는 것은 아닐지. 이런저런 상념에
잠시 멍한 기분을 누리기도 전에 여기저기서 전화가 걸려온다.

"영미, 정말 멋지고 부러워. 지성과 미모를 겸비한 너의 모습이 보기
좋았어."

전날 찜질방에서 하도 잠이 안 오길래 나의 방송 출연 사실을 주변 사

람들에게 문자로 보냈었다. 관심 있게 지켜봐 주고 격려의 말을 아끼지 않았던 많은 분께 진심으로 감사를 드린다. 그치지 않는 빗줄기 벗 삼아 김 기자님을 모시고 공주 친정집으로 향했다.

큰딸을 위해 김치를 담가 놓으신다는 친정어머니의 전화에 천연덕스럽게 점심까지 얻어먹고 서산에 도착. 우르르 한꺼번에 쏟아지는 피곤함이 지친 내 육신을 후려치며 깊은 잠 속으로 빠져들고.

「KBS 아침마당 [2005.08.19]우리는! 발로 뛰는 동네 소식통 출연자」

- 김기숙 씨(58, 서산에서 농사짓는 주부이자 도정신문 명예기자)
- 김경순 씨(44, 충남도정신문 청양 명예기자)
- 오영미 씨(39, 시인이자 디지털대학교 학생, KBS네티즌으로 활동)
- 오창경 씨(39, 부여에서 된장 만들어 팔며 오마이뉴스 시민기자로 활동)

여보! 미안해요, 그리고 사랑해요.

47번째 생일을 맞은 당신께.

당신, 주변은 온통 어둠으로 덮여있고 한낮의 이름 모를 풀벌레도 잠이 들었는지 사방이 고요한 이 밤에 행여 누가 들을라 두리번거리며 떨어지지 않는 작은 입술 가까스로 열어서 아무도 듣지 않는 나의 목소리 빌려 나지막이 불러봅니다.

내 음성은 풀 죽은 강아지처럼 들릴 듯 말듯하여 초라했지만 그래도 당신의 이름을 불러 본 것이 언제였던지 다정하게 메아리칩니다. 오늘 낮에 당신이 내게 전화했던 것처럼 말입니다.

명절을 앞두고 직원 하나가 그만둔다며 걱정하는 목소리가 불안했는데, 설마 술이 깬 후에라도 집에 오겠지 하며 기다렸건만 소식 없는 당신께 전화를 했을 때 잠에 취한 목소리로 마트라며 '잘 자라' 는 인사 한마디를 남기는 아쉬움 있습니다.

"여보, 오늘 하고 내일 뭐하시나요?" 하고 뜬금없이 물어 온 당신께

"응, 졸업 작품 준비하고 내일은 문창 교학 간담회 있어서 서울에 가야 해요." 하면서 아무 생각 없이 대답한 내가 얼마나 멍청하고 바보스

러웠는지는 몇 시간이 지난 후 동서의 전화를 받고 알게 된 당신 생일 때문이었습니다.

실은 일주일 전부터 마음속에 당신 생일을 담고 있었지만 하루하루 나의 앞 지락만 챙기다 보니 진짜 소중한 시간을 잃어버릴 뻔했지요. 가만히 뉘어 생각해 보니 당신을 만나 해로한 지도 어언 18년째 접어들었습니다. 맨 처음 연애시절 우리 집에 몰래 왔다가 배가 고파 라면을 끓여달라고 했었던 거 기억하세요? 생전 처음 끓인 라면이 퉁퉁 불었는데도 맛있다며 잘 먹어주었던 당신. 그 후로 가끔 '그때 이미 살림에는 꽝' 인 줄 알아봤어야 했다며 혀를 끌끌 찼었는데.

돌이켜 생각해 보니 정말 당신에게 잘 해준 것이라고는 눈곱만큼도 없는 것 같습니다. 언제나 당신에게서 사랑을 받고만 살았지 당신 뜻에 맞춰 주려고 하지 않았나 봐요. 나름대로는 장호가 건강하게 자랄 수 있도록 곁에서 지켜봐 왔고 훗날 사회에서 꼭 필요한 사람이 될 수 있기를 바라며 교육에 힘을 쏟았습니다. 나 자신의 성취를 위해 적극적인 사회 활동을 시작하면서 당신에게는 이기적으로 변했나 봅니다.

내가 좋아하는 글쓰기에 대하여 배우기를 늦게 시작한 까닭으로 당신의 도움이 필요했고, 입학금에 등록금 그리고 교재비 등 아낌없이 지원해 준 당신께 고마움을 느낍니다. 4년 학사과정을 3년 만에 조기 졸업하기 위해서 열심히 공부한 결과 내년이면 영광의 학사모를 쓰게 됩니다. 이즈음에 졸업 작품을 준비해야 하고, 대학원 진학을 위한 창작에 열중하다 보니 정신이 나갔는지 이렇게 당신의 고귀한 탄생일을 소홀하게 되었습니다.

지칠 줄 모르는 도전정신에 불도저 같은 추진력으로 늘 똑같은 모습 변덕을 부리지 않았으며 법 없이도 살 수 있을 만큼 자타가 공인하는 정직하고 성실했던 당신, 그래서 남들에게는 적당히 이용하기 쉬운 상대였고 그런저런 이유로 노력에 대한 대가는커녕 토사구팽의 대상이었습니다.

당신을 생각하면 가슴 언저리 죄어 오는 아픔이 있습니다. 어느 날, 밤늦게 집으로 전화를 걸어 당신이 있는 곳으로 오라고 했었지요. 평소와 다른 당신의 행동에 가타부타 이유도 묻지 않은 채 무작정 달려갔습니다. 당신은 맨 처음 우리가 서산에 정착하여 셋방 살던 곳 주변에 쭈그리고 앉아 있었습니다.

가까이 가 보니 이미 당신의 눈가엔 눈물이 주렁주렁 매달려 있었고 마치 어린아이처럼 날 보자 덥석 끌어안으며 더 큰 소리로 울기 시작했습니다. 그런 당신을 보는 순간 나의 마음은 왜 그리도 태평양 바다처럼 한없이 넓어지던지. 세상살이 정말이지 더럽고 치사하고 비열하다고 처음 느꼈습니다.

사는 동안 그때처럼 사람이 밉고 싫었던 적도 없는 듯합니다. 당신을 아프게 한 그 사람들보다도 그 아픔을 혼자서 흐느껴 토해내는 그 모습이 너무도 속상하고 비참해서 죽고 싶도록 치를 떨었습니다. 그 이후로 이를 꽉 물고 내가 잘 살아야겠다고 다짐을 했습니다. 잘 산다는 것이 돈을 많이 버는 길이라 막연한 생각을 했던 거죠.

하지만 타고난 성품은 바꿀 수가 없는 가 봅니다. 예나 지금이나 회사를 위하고 직원을 위하고 난 다음에야 가족이니 말입니다. 안경업에서 마트 업으로 직업을 바꾼 뒤 가족여행 한번 못 갔었지요. 일에만 열중하여 바쁜 당신을 일부러 쉬게 하고 싶은 마음에 올여름엔 작정하고 무조건 떠나기로 했습니다.

내 공부를 핑계 삼아 가족이 함께 강릉 오대산을 찾아갔지만 술을 좋아하고 사람을 좋아하는지라 학우들과 잘 어울려 주었습니다. 그것도 잠깐 마트 일이 바쁘다며 예정된 일정보다 많이 앞당겨 새벽운전으로 5시간 만에 서산에 도착해야 했던 서글픈 운명.

내 안 가득히 소중함으로 존재하는 당신이여!

나에게는 당신이 한없이 넓은 바다와 같은 존재였고, 나의 철없는 부족함을 보듬어 줄 수 있는 큰 스승이었으며, 내 인생을 황금빛으로 아름답게 꾸며 주고 있는 별나라 우주였습니다. 게다가 형편없는 허물과 끝없는 욕심까지도 묻어두는 깊은 바다입니다. 그런 당신이 곁에 있어서 나는 언제 누구 앞에서라도 당당하고 자신 있게 행동할 수 있는 것입니다.

사랑은 말로 하는 것보다 행동으로 보여줘야 한다지요? 되도록 당신에게 따뜻한 격려 한마디와 다정한 눈길로 어깨에 힘을 실어 주고 싶은데 어찌 된 일인지 멋쩍은 당신 앞에 서면 메마르고 뒤 통 맞은 보릿자루마냥 뚱한지 모르겠어요. 신혼의 달콤함이야 사라졌겠지만, 당신을 향한 사랑과 그리움은 늘 가슴에 있답니다. 다른 사람들이 그렇게 살듯이 당신과 나도 이제는 어느덧 인생의 중년기에 접어든 것 같습니다.

하지만, 사랑하는 당신. 나를 사랑하고 믿으며 아껴주는 당신께 어떻게 하면 고마운 마음을 전할 수 있을까 고민해 봅니다. 당신의 내 사랑에 보답을 해야 할 텐데 걱정입니다. 마침 오는 10월이면 88올림픽 축구 4강의 환희와 감동이 밀려오던 때 우리의 결혼기념일이 다가오지요. 그때를 맞추어 그간 kbskorea.net에 써온 칼럼을 모아 한 권의 책으로 만들어 볼까 합니다.

그곳엔 당신과 나 그리고 장호의 이야기가 있습니다. 그곳엔 서산과 우리나라 그리고 세계가 함께 합니다. 그곳엔 내 삶과 내 느낌과 내 향기가 고스란히 남아 있습니다. 그 모두를 내 인생의 반쪽인 당신께 작은 정성으로 바치고 싶습니다. 아마 이 글이 '가얏골 사랑방' 책 첫머리에 기록되리라 믿습니다.

하고픈 말이 너무 많았었는데 막상 펼쳐 보이려니 어색하기만 합니다. 지금 준비하고 있는 이 책으로 당신의 생일 선물을 대신하기엔 터무니없이 부족하고 나약하지만 작은 가슴을 읊조려 정성을 다하고 있으니 맘 곱게 받아주길 바랍니다.

오늘 당신의 생일을 축하해요. 그리고 여보! 미안해요.

눈물로 본 영화 '너는 내 운명'

　이제는 더 이상 흐르지 않을 것만 같은 내 눈에서 눈물이 펑펑 쏟아졌다. 어느덧 내가 그 영화의 감정에 몰입되어 빠져나올 수가 없었다. 과연 내 아내가 에이즈에 걸렸다는 사실을 알고도 그 아픔까지도 사랑할 수 있는 남자가 있을까?

　내가 만약 몹쓸 병에 걸려 앓아눕기라도 한다면... 아니지, 몹쓸 병이 아니라 추하고 더러운 이미지의 에이즈에 걸렸다면 내 남편이 날 여전히 사랑하게 될까? 반대로 내 남편이 그것에 걸렸다는 사실을 알았을 때 나는 아무렇지도 않은 듯이 사랑할 수 있겠는가 말이다.

　나는 자신이 없다. 남편도 그럴 것이다. 이유야 어찌 되었든지 간에 성 접촉에 의한 감염이라는 불결한 상상이 용서를 못 할 것이다. 요즘처럼 성 윤리가 난무하리만큼 지저분하고 혼탁한 지경으로 타락된 시점에서 이 영화는 분명 관람객들에게 던져주고 싶은 메시지가 있다고 본다.

　현대 시대의 자유분방한 성 관리에서 오는 인류의 무서운 적 '에이즈'라는 병을 클로즈업시키고, 반대로 사람과 사람이 부대끼며 살아가는 동안 욕구와 충동과 호기심으로 발동하는 섹스의 유형 속에 진정 순수하고 깨끗한 영혼으로 사랑을 만들어 가는 청년을 등장시키며 그야말로 로맨스로 승화시키는 것이다.

이 영화는 실화를 바탕으로 한 작품인데 박진표 씨가 감독과 각본을 맡았다지. 박진표 감독은 그들이 사랑하는 4가지 모습을 나타내고자 했다한다. 그 첫째가 세상에 존재하지 않을 것만 같은 사랑이고, 그 둘째가 조건 없이 하는 사랑이며, 그 셋째는 에이즈보다 더 무서운 사랑의 장애인 편견을, 마지막 넷째로는 끝까지 지켜내어 운명이 된 사랑이다. 이런 모든 것들이 내 가슴에 절절히 녹아내려 감동을 주고 눈을 아프게 했다.

세상에 존재하지 않을 것 같은 사랑이기에 영화가 되고 사람들이 감동을 한다. 정말 이 영화는 한 남자의 순정 때문에 정말 그 순정 하나로 나를 울린 것이다. 요즘 세상이 어떤가? 남녀 간의 사랑이라는 것이 조건에 부합되어야 잘 이루어지지 않던가? 그런데 어떠한 조건도 허락지 않는 무균의 사랑을 위하여 물불 가리지 않고 뛰어드는 석중에게서 연민을 느끼며 또 눈물을 흘린다.

에이즈 보균자라는 사실 앞에서 망연자실한 자신을 일으켜 세우며 처음 약속대로 영원한 사랑을 지키려 편견을 버리는 석중이 너무 고마워서 또 엉엉 울었다. 도시 남자보다 덜 세련되고 멋없는 시골 총각이지만 풋풋하고 듬직하여 늘 그 자리에 있을 것만 같아 믿음직스러운, 그래서 고귀하고 소중한 내면 순백의 아름다움을 그 누구에게서 찾아볼 수 있으랴.

지금 우리는 석중 같은 남자를 간절히 원하고 있는지도 모른다. 세월의 급류에 휩쓸리지 않고 오직 내 길을 걸어가며 작은 것에 만족하고 기꺼이 사랑하는 한 여인을 위해서 자신의 인생을 거는 바윗돌 같은 남자를 기다린다. 그런 남자가 나에게도 있었으면 좋겠다고 생각을 해 본다. 지금 내 곁에 있는 사람이 나를 그렇게 사랑해 줬으면 하고 욕심을 부린다면 과욕일까? 살아가면서 아무런 걱정 없이 그저 사랑만을 먹으며 행복하게 살 수만 있다면 얼마나 좋을까?

하지만 현실은 나에게 그런 기회를 주지 않는다. 아니 허락질 않는 것이다. 사랑 말고도 채워지지 않는 것들을 향해 한없는 항해를 해야만 하는 나의 운명은 어디서 찾아야 하나.

영화는 끝나고 관객들은 자리를 떴지만 벌겋게 부어오른 눈을 감으며 다시금 영상필름을 돌려본다. 짧은 미니스커트에 보온병을 들고 엉덩이를 씰룩거리며 커피를 배달하는 다방 여종업원 은하. 시골에서 목장을 하며 사랑하는 사람에게 순정을 바치겠다며 은하를 쫓아다니는 석중.

"사랑은 영원하지 않다"고 주장하는 은하에게

"사랑이 뭐 그렇게 복잡해요? 그냥 사랑하면 되지"라고 말하는 석중은 아무런 꾸밈없이 단순하고도 순수한 사랑을 꿈꿔왔다. 그 사랑의 대상으로 시골 다방에서 일하는 은하를 마음에 두고 끝없는 구애 끝에 결혼하기에 이른다. 파란만장한 삶을 살아온 은하와 소박한 삶을 살며 순수하고 진솔한 사랑만을 간직해 왔던 석중에게 드디어 올 것이 오고야 만다.

은하에게 과거의 남자가 찾아와 행패를 부리고 돈을 뜯어가고 집요하게 쫓아다니며 은하를 괴롭힌다. 게다가 은하는 에이즈라는 병의 보균자임이 밝혀지고 그 사실을 안 석중은 괴로움을 견디느라 애쓰는 모습이 너무 애처롭다. 그래도 은하를 사랑하기에 가족들의 반대와 질책에도 아랑곳하지 않고 은하를 찾아 사랑을 고백한다. 그것은 어쩌면 자신에 대한 배신감을 억누르며 자존심을 지켜가는 모습일 수도 있고 진정 맨 처음 사랑했던 그 마음을 지켜 내려 안간힘을 쓰는 모습이기도 하다.

　어떠한 상황이 닥쳐올지라도 끝까지 은하를 지켜주겠다는 약속이며 시골 총각의 때 묻지 않은 순정을 바친 여자로서 영원한 사랑을 이루겠다는 마음이다. 솔직히 말해서 이런 남자는 실제로 바보이거나 천치가 아닐까 생각해 본다. 어떻게 막 굴러먹은 삼류인생에 에이즈까지 걸린 여자를 영원히 사랑한단 말인가. 후후 그러기에 세상에 존재하지 않을 것 같은 사랑이라지 않던가.

　이 영화가 주는 메시지는 다양하다. 더럽혀지고 짓밟힌 육체보다 더 고귀하고 아름다운 사랑은 영혼이 동반된 정신적 사랑 즉, 마음이라는 것. 문란한 성문화가 가져다주는 암흑 속 인간 전쟁의 참혹한 현실을 똑바로 인식하게 하는 것. 진정한 사랑 앞에서는 가족과 이웃, 사회, 문화 따위는 아무것도 아니라는 사실. 많은 사람이 이 영화를 보면서 깊은 감동을 하고 눈물을 펑펑 쏟아냈으면 좋겠다, 나처럼. 그리고 나도 지금까지의 삶에 대하여 내 곁에 있는 사람에게 "고마워요. 사랑해줘서"라고 말하고 싶다.

화환과 축의금은 받지 않습니다

우리 집 베란다 뒤를 바라보면 그야말로 시골풍경의 아름다움을 느낄 수 있어 좋다. 나지막한 산봉우리가 내 유년 시절의 언덕처럼 따스한 품 같고, 올망졸망 구불거리는 논밭 사이로 오솔길이 나 있어 명상하며 산책을 할 수 있으니 행복하지 않을 수가 있을까? 드문드문 적절한 거리를 두고 오랜 세월을 지키고 있는 옛집의 흔적에서 괜스레 할머니 같은 포근함을 간직하게 된다.

실제로 그 옛집에서는 칠순이 넘은 할머니 한 분이 홀로 사시며 인삼밭을 돌보고 계신다. 햇볕이 들지 않게 북향으로 가지런히 덮어놓은 검은 비닐의 채광 막은 요 며칠째 계속 내리는 눈의 무게에 짓눌려 땅바닥에 주저앉았다. 내릴 때는 소복하게 새색시처럼 내렸던 눈이 쌓인 채로 녹으며 물기를 견뎌내지 못한 것이다. 우리 인생도 이렇게 가벼운 무게로 평생 소리 없이 쌓였다가 어느 한순간 절망으로 꺾여 저 지하의 깊은 곳으로 들어가고야 마는 것은 아닌지.

나는 매일 아침 '고도원의 아침편지' 를 이메일로 받아 본다. 그것은 내 소중한 하루의 시작이면서 지침이 되기도 하고, 기준이 되기도 하는데 오늘 아침의 편지는 더욱더 가슴에 새겨 볼 소재이기에 글 한 줄 쓰지 않고는 못 배기게 만든다. 그것은 고도원의 가족사에 일어난 에피소드로 잔잔한 감동을 주고도 남음이 있기에, 그리고 반드시 여러 사람이 살아가면서 본받아야 할 일이기에 작은 실천의 시작을 알리려 이곳에 소개한다.

고도원 님에게는 예쁜 딸이 하나 있다. 그에게는 젊은 시절 정말 어렵게 살았는데 그 절망과 고통을 견디려는 방편으로 결혼을 했다. 그의 아내는 힘든 삶 속에서 두 차례의 유산을 거듭한 뒤 핏덩이를 얻게 되었다. 그들에게 희망과 살 용기를 준 딸이었다. 그래서 이름도 '살아서 새로 나왔다'는 뜻의 '새나'로 지었다. 어느덧 새나는 장성하여 연애하였고, 한의사인 오원교 군을 남편으로 맞게 된 것이다.

고도원은 아침편지 가족 모두에게 청첩장을 보낸다. '화환과 축의금은 받지 않습니다'라는 정중한 사양의 문구와 함께. 대신에 신랑.신부를 위하여 좋은 덕담 한마디씩 해 줄 수 있는 '축하 메시지'를 마음껏 부탁하였다. 그것을 책자로 만들어 신랑.신부가 평생 간직할 기념물로 전해 줄 생각이라고 한다. 이 얼마나 아름답고 사랑스러운 행위인가! 하얀 눈이 쌓인 들판을 맨 먼저 발자국 남겨 놓는 순간처럼 성스러운 감격으로 눈물 글썽일 일이다.

그가 이러한 결단을 내리게 된 동기는 분명히 있었다. 구구절절한 사연을 요약하자면 이렇다. 어려운 살림에 줄지어 치러지는 친구와 후배들의 결혼식에 참석은 해야겠는데 당시 2~3천 원 하던 축의금을 마련하기가 쉽지 않았다. 그때마다 결혼식장에 가야 할지 말아야 할지 망설이게 하는 것이 바로 그것이었다.

그러던 중 아끼는 후배의 결혼식 청첩장을 받고 고민 끝에 축의금을 마련하지 못한 채 예식장을 찾았다. 그곳에서 하객을 맞이하는 식장 입구에 '축의금을 받지 않습니다.'라는 안내문을 보고 아내는 커다란 감동을 하기에 이른다. 나중에 우리도 자식들 결혼시킬 때 축의금을 받지 않으리라는 다짐을 한 아내의 약속을 지키기 위해 실천을 한다는 부부의 모습이 눈이 부시도록 아름답지 아니한가? 남들도 다 받는 축의금, 그동안 뿌렸던 축의금이 얼만데 하며 딸과의 갈등도 있었지만 결국 고도원 님은 아내의 편에 손을 들어 약속을 지키게 되었다는 훈훈한 이야기다.

우리는 흔히 가족의 대소사뿐만 아니라 사회단체 활동을 하면서 화환이나 축의금이 그 사람의 권력이나 명예를 판단하는 잣대로 이용돼 오고 있다. 개인 집안의 경사스러운 행사에 자신의 조직력을 백분 활용하여 위상을 드높이고자 하는 사람들이 얼마나 많던가. 또 살면서 자녀의 혼인을 빙자로 부모가 인간관계를 맺어 온 많은 사람에게 금전적인 부담을 주고 있지는 않던가.

물론 우리나라의 전통적인 관습으로 볼 때 두레나 계 등을 통하여 상부상조하는 풍습 자체를 배척하거나 부정하지는 않는다. 그러나 그것들은 이미 시대적으로 생활방식과 환경, 목적 자체가 급격히 다르게 변천했다. 이제는 정말 달라져야 할 때가 다가오고 있다. 돈이 없어서 축하해 줄 자리에 떳떳이 나타나지 못하는 사람의 심정을 생각해 본 적이 있는가? 슬픈 일이건 기쁜 일이건 진심으로 가슴으로 다가가 마음을 위로해주고 축하해 줄 수 있는 분위기를 우리가 만들어야 한다. 그럴 때 받는 사람의 입장에서도 가슴으로 진한 감동을 할 수 있지 않을까.

마음속의 진실이 물질과 금전을 준비하지 못함으로써 묻히는 일이 없도록 축의금과 화환 문제를 심각하게 거론해 볼 필요가 있을 것이다. 물질만능주의에 시달려서 인간으로서의 원초적 본능이 사장되는 일이 없도록 진정한 행복추구를 위한 다른 대체방법을 연구해 볼 때도 되었다는 생각이다. 또한, 이러한 실천은 사회 지도층 인사와 지식인들이 먼저 솔선수범하여 세상 널리 번졌으면 좋겠다.

중년 이후의 내 삶에 대하여

나는 요즘 콜라젠 화장품을 사용한다. 나는 요즘 핵산 건강식품을 복용하고 있다. 나는 요즘 건강과 노후를 위해 꾸준한 운동을 하고 있다. 나는 요즘 중년 이후의 내 삶에 대하여 많은 생각을 한다. 나는 요즘 이러한 것들 속에 파묻혀 사는 것이 즐겁다.

불혹의 나이로 접어든 지 엊그제. 내 삶을 돌이켜 볼 나이도 되었다. 그래서 틈나는 대로 나의 과거를 되돌아보고 현재를 설계한다. 나의 현재 속의 문제점들을 하나둘씩 꺼내어 먼지를 닦는다. 뽀얗게 알몸을 드러낸 지금을 바탕으로 미래를 그려본다.

올해 1월, 대학 졸업과 동시에 사업에 뛰어들었다. 대학원에 입학원서를 내고 합격통지서를 받았지만, 이다음 다가올 내 인생의 노후를 어떻게 맞이할 것인가에 봉착하니 현재에 대한 갈등이 나의 머리를 마구 후벼대는 것이 아닌가. 진학보다는 경제적인 활동이 나에게 현실적이라는 선택을 한 것이다.

그간 외모와 피부에 전혀 관심이 없던 나는 기능성 화장품 시장에 뛰어들었다. 어느 날, 거울 앞에선 나의 모습이 너무도 형편없고, 초라해 보였기 때문이다. 눈가에 주름이 자글자글할 뿐만 아니라 얼굴에 탄력도 없고 축 늘어진 피부가 역겨웠다. 게다가 불어난 체중은 줄어들 줄 모르니 한심하기 짝이 없는 천상 '아줌마'였다. 주름을 펴주고, 10년 젊어진다는 유혹 때문에 지금까지 〈하이드로덤〉 사업을 한다.

피부 주름은 물론 노화된 콜라겐을 재생시켜 젊고 탄력 있는 피부로 가꾸어 준다고. 기미와 잡티를 제거해 주고 미백효과로 얼굴을 예쁘게 만들어 준다고. 정말이지 바르기만 해서 뱃살을 제거해 준다는 바디쉐이프를 꾸준히 발랐더니 놀랍게도 나의 허리가 3개월 만에 4.5인치 줄어드는 효과를 보았다. 얼굴 역시 피부가 고와지고 작아지며 탄력이 생기며 주름이 감소하는 덕분에 신이 난다.

우선은 나의 만족이 내 사업에 윤활유 역할을 함은 두말할 필요도 없으리라. 게다가 얼마 전 '핵산 건강프로젝트'로 나온 영양식품을 복용하며 나의 건강에 활력이 생길 뿐만 아니라 비만 관리 및 피부가 더욱 빛을 발하고 있다. 핵산은 우리 몸에 있는 유전자가 20대 이후에 급속히 줄어드는 까닭으로 병이 생기고 늙고 죽어가는 것을 막아주고 치료 역할을 하는 것이다.

내가 이렇게 건강을 위해 관심을 가지고 직접 실험하고 실천하는 까닭이 있다. 얼마 전, 친정아버지가 폐암 1기라는 판정을 받고 서울강남 성모병원에 입원을 하셨다. 믿기지 않는 선고였지만 피할 수 없는 상황이었기에 좀 더 정확한 진찰을 받기 위함이었다. 정밀검사를 마치고 오늘 결과를 통보받았는데, 폐암의 증세는 발견하기 어렵다는 얘기다. 일단은 폐결핵으로 판정을 받고 퇴원을 한 아버지는 안도의 한숨을 내쉬며 웃을 수 있었다.

나이가 들면 당연히 병이 들고, 죽음으로 가는 길은 점점 가까워지는 것. 누구나 피해 갈 수 없는 생로병사 앞에서 그래도 우리는 좀 더 건강하고 아름답게 오래오래 누리다가 세상을 떠나고 싶어 하는 것이다. 그런 의미에서 나는 지금부터라도 기존의 생각에서 벗어나 틀을 깨고 나를 위한 투자와 건강 지키는 일에 게을리하지 않으리라 다짐을 한다.

유전자 손상이 원인이 되어 발생하는 각종 성인병이나 현대병을 100% 퇴치하지 못하므로 '예방보다 더 좋은 약은 없다'라는 말이 가장 효과적인 방법이라는 말에 실감이 난다.

21세기는 내가 중년으로 살아감에 있어 아주 중요한 시기임을 놓치지 말아야 한다. 지금까지 살아온 내 인생이 멋모르고 대충 산 시간으로 엮어졌다면 이제부터 살아갈 내 인생은 멋과 함께 아름다움과 건강이 동반된 화려한 끈으로 이어 갈 것이다. 내 가족과 내 부모님들과 함께 말이다. 그리고 가능하다면 더불어 사는 내 이웃과 전 세계에 존재하는 모든 이들과 함께였으면 좋겠다.

나는 지금 정말 좋은 사람들을 만나고 싶다. 나는 지금 많은 정보를 공유하고 나누고 싶다. 나는 지금 못다 한 사랑을 내 안에 묻고 싶다. 나는 지금 더 높은 이상을 꿈꾸며 아름답게 살고 싶다. 나는 지금 이 순간이 가장 행복하다고 느끼며 노년을 맞이하고 싶다.

내가 기댈 수 있는 유일한 존재를 찾아서

어찌하여 세월이 흐르면 흐를수록 사는 게 이다지도 힘이 들더란 말인가? 유년시절에는 무지와 철없음으로 시간을 보냈어도 항상 즐겁고 신이 났는데 중년이 된 지금 난 뭐가 그리도 복잡하고 심란한지 늘 방황과 자책 속에 산다. 살면 살수록 어렵고 고단하다는 불평만 늘어놓게 되니 스스로 한심하고 못났지 않은가. 거미줄처럼 공중에 떠 있는 내 영혼을 찾아 곡예를 부리고 싶은 휴일의 아침.

눈을 뜨자마자 곤히 잠자고 있는 아들 녀석을 흔들어 깨운다. 무언지 모를 그리움으로 친정 부모님을 뵙고 싶어 분주한 발걸음으로 종종거린다. 덩치가 큰 사내 녀석은 뒹굴뒹굴 짜증을 내더니만 끝내 일어나질 않는다. 밉고, 야속하고, 서운한 감정을 싸 들고 나 혼자 가방 하나 들고 현관을 나온다. 청과물에 들러 제철 과일 중 물복숭아 최상품으로 구매를 하고 체리도 몇 개 집어 들었다.

'그래. 까짓것 가는 거야. 나 혼자면 어때. 어차피 인생은 혼자인 거 아냐?' 입속으로 중얼거리며 액셀을 힘껏 밟았다, 그리고 볼륨도 크게 올렸다. 혼자서 여행을 하거나, 방황하거나, 고독을 씹거나 한다는 것은 짜릿하다. 자유를 찾는 기쁨과 충만한 여유로움을 동시에 만끽하며 나를 찾을 수 있으니. 게다가 온갖 시름과 고통을 나 혼자 짊어지고 사는 듯 무게를 느낄 수 있으니.

휴게소에서 쉴 필요도 없다. 주유소를 들를 필요도 없다. 내 빈 몸 하나 가볍게 얹은 바퀴만 쉴 새 없이 돌린다. 어서 빨리 내 그리운 임을 만나고 싶다는 열망 하나만 껴안고 울부짖는다. 사랑하는 사람이여! 내 유일한 둥지요, 바다인 당신 품으로 달음박질치는 나.

거기는 항상 비어 있었다. 내가 뛰놀고 꿈을 키웠던 교정의 여러 군데에 풀이 누워있었다. 한낮의 더위 때문이었을까. 거기엔 늘 나무그림자뿐 아무도 없었다. 나는 그곳을 맨발로 걸어보았다. 플라타너스 그늘 밑에 앉아 시선을 고정했다. 친구들과 옹기종기 쪼그려 앉아 손톱에 흙때 묻히고 공기놀이하던 때를 회상했다.

잠시 현기증처럼 몽롱함으로 휘청거리며 간신히 친정집 앞에 도착했다. 아버지는 토끼에게 줄 풀을 뜯고 계셨고, 엄마는 나를 보자 반갑게 두 팔을 벌렸다.

"우리 큰 딸 왔네~ 어서 와. 아이고 피부가 탱글탱글하니 이뻐졌네 우리 따알~" 엄마는 늘 내 마음의 고향이요, 안식처였으며, 언니였고, 푸른 바다였다. 그 넓은 가슴을 닮으려 해도 나는 왜 이렇게 힘이 드는 건지 알 수가 없다.

"엄마, 이건 양파에다 솔잎을 따서 섞고 당뇨와 혈압에 좋은 한약재를 사다 가마솥에 폭 고아 만든 약이에요. 인지에 사는 언니가 직접 다려 주신 거니까 하루 세 번씩 거르지 말고 꼭 챙겨 드세요. 엄마랑 아빠랑 함께 드시는 거 잊지 마시고…"

"아니 어쩐 걸 이렇게 많이 가져왔니? 이걸 언제 다 먹으라고. 아이고 이거 비싸겠따아."

"아휴 그런 거 신경 쓰지 마시고 그저 건강하게 오래오래 다정하게 사시기나 하세요."

엄마는 얼굴에 싱글벙글 웃음을 가리지 못하고 연신 신이 나서 말씀하신다.

"화장품 또 갖고 왔어? 그거 너무 비싸서야 원 나는 못 사서 쓰겠더라."

"엄마 얼굴 많이 좋아졌네 머. 피부가 화사하니 예뻐지셨구먼 뭘. 꾸준히 써 보세요."

안방 화장대에 화장품 떨어진 지가 꽤 됐지만, 딸에게도 피해 주기 싫으셔서 말씀을 안 하시는 우리 엄마의 마음은 어떤 마음이었을지 감히 추측해본다.

잠시도 가만있지 못하시는 부지런함 때문에 시골 친정집은 늘 깨끗하고 시원하다. 집 안에서 나오는 쓰레기를 깔끔하게 소각하시고 축사도 아침저녁으로 깨끗이 청소를 해 주시니 그놈들은 분명 복을 많이 타고 난 짐승들이려니. 아버지의 얼굴도 뽀얘니 물복숭아 닮은 것처럼 화사해 보였다. 순간 마음이 차분하게 가라앉으며 머리가 맑아지는 느낌으로 방바닥에 살포시 누웠다.

두 팔을 머리 위로 올리고 손깍지를 끼웠다. 두 다리를 쭉 뻗고 깊은 심호흡으로 한숨을 들이 내쉬었다. 저절로 눈이 감기며 구름 위에 뇐 것처럼 포근하고 부드러움으로 잠든 사이 엄마와 아버지는 물복숭아 껍질을 벗기며 도란도란 이야기꽃을 피우고 계셨다. 나의 부족한 모습과는 달리 그 모습이 너무도 사랑스럽고 아름다워서 눈물이 핑 돌았다.

"난 실지 이제 와 얘기지만 아버지가 폐암이라는 선고를 받았을 때 눈앞이 깜깜했었단다. 자식도 중요하지만, 나이 들어서는 남편 없이 사는 여자를 보면 정말이지 초라해 보인단다. 평생을 동고동락한 부부가 이 세상에서 제일 아름다운거여. 영미 너도 장호 아빠한테 잘해주고 오손도손 재미나게 살도록 혀."

엄마의 자장가 같은 삶의 이야기를 듣고 돌아온 서산은 또 다른 세상처럼 반짝반짝 빛이 나고 있었다.

제2부

그 중 탐나는 비밀

목욕탕 사우나에서 고스톱을?

배낭 하나에 마음 넉넉히 실어 아들과 남편 나, 이렇게 셋이서 훌쩍 떠나기 위한 모처럼의 여유가 가져다주는 가을 여행! 안동을 향해 출발한 시각이 13일 오후 4시 정각- 주말이기도 하고 가을 단풍을 즐기려는 행락객들 때문에 도로가 막힐 것을 염려했지만 발길 닿는 대로 시각 닿는 대로 움직이기로 합의를 보고 출발한 게 다행이었어요.

근래에 개통된 서해안고속도로를 타고 안산까지, 다시 영동고속도로를 타고 원주에 도착, 원주에서 제천까지 일부 개통 된 중앙고속도로를 탔는데 안동에 도착하기까지 3개의 고속도로를 다 타본 것은 이번이 처음으로 부분부분 지체와 정체로 막히기도 했지만, 일상을 접고 모두를 떠난다는 기쁨 하나로 만족했답니다.

늦은 8시 30분 강변 축제장에 도착했을 때는 풍물놀이패의 마당극이 펼쳐지고 있었는데 얼마나 실감이 나던지 배고픔도 잊은 채 끝날 때까지 꼼짝을 할 수 없었어요. 공연이 끝나고 나니 밤은 깊어 그 많던 사람들은 모두 자기의 둥지를 찾아 어디론가 자취를 감춰 버리고 남아 있는 건 텅 빈 객석에서 풍겨 나오는 잔잔한 감동의 물결로 가슴이 짜릿했어요.

다시 새날이 밝아 와 어제의 장시간 피로감을 풀고자 숙소 내에 있는 목욕탕엘 갔는데 여기서 또 재미있는 일이 일어났어요. 모두 실오라기 하나 걸치지 않은 채 벗고 있는 여인네들의 모습은 하나같이 축 늘어진 뱃살을 소유한 아줌마로 여전히 살 빼기 작전을 시행하느라 사우나와 냉탕을 오가며 들락 단락 거리고 있을 즈음 희한한 광경을 목격했는데요.

"하이고 마, 그리 남편이 있을 때는 마 시어머님한테 그리 잘 하는 척하고 마 남편이 읍쓰면 마 그리 구박을 한다네에" 하면서 경상도 특유의 억양으로 주거니 받거니 이야기꽃을 피우더라고요.

저야 뭐 안동이라는 객지 발을 받아서 얌전히 쪼그리고 앉아서 그 이야기 들으며 몸속의 노폐물이나 빼고 저 땀을 뻘뻘 흘리고 있는데 갑자기,

"아주메에 마 이리 오소. 이거나 한판 치자예" 하는 거예요. 너무 얼떨결에 저를 선택해 준 덩치 큰 아줌마의 위력(?)에 눌려 고스톱을 치자는 말에

"저여? 저 이거 잘 못 치는데 제가 끼면 판만 다 깨는 스타일이거든요." 했더니만

"아이구 마 괘얀습니더. 그냥 심심해서 하는긴데 머." 하더라고요.

저는 괜히 촌스럽게 거절하기도 그렇고 해서 바닥에 살그머니 내려앉아 돌리는 패를 펼쳐 들고 동참을 하기 시작했어요. 평소엔 꼴불견이라고 생각하며 그런 모습들을 보면 격멸하기까지 했었는데 이게 어찌 된 일이람! 아이고 모르겠다 싶어서 심심하기도 하니 그냥 한 판 쳐보자는 심산으로 치기 시작했죠.

사우나 안이 뜨거운지 어쩐지 느끼지도 못한 채 흐르는 땀을 연신 훔쳐가면서 정신이 팔렸는데 이게 어찌 된 일인지 선무당이 사람 잡는다

고 제가 계속 이기는 거예요. 첨엔 그럭저럭 웃어가면서 "이곳 안동 국제탈춤페스티벌 축제를 구경하기 위하여 충남 서산에서 왔다"고 하니깐 "그래요? 저희는 이곳에 살면서도 아직 안가 봤는데." 하며 화기애애하게 놀이를 했는데 자꾸만 선을 잡으니깐 표정이 서서히 굳어지는 느낌이었어요.

'이 아줌씨가 꾼 이면서 내숭을 떨었구먼' 하는 생각을 가지는 것도 같고, '매일 화투만 치며 세월 보내는 여편네 아녀?' 라는 눈빛으로 나를 바라보는 것 같기도 해서 정말 그 자리가 부담스럽더라고요. '음… 빨리 내가 져서 이곳을 나가야지' 하는 마음으로 패 돌리기를 서너 번. "어라? 아지메는 마 화투두 왼손잽인갑네." 하는 말이 어찌나 가시처럼 들리는지. 그래도 이상하게 자꾸만 저한테 쩍쩍 달라붙는 화투장을 어쩌란 말인겨. 흑흑 설마, 이거 이러다 오늘 하루 다 망쳐 버리는 건 아닌지 몰라. 나만 홀딱 이기고 빠져나오는 게 예의도 아닌 것 같고, 멤버가 구성될 때까지는 함께해야 할 것 같은데 마침 그 덩치 큰 아줌마가 선을 잡게 되었어요.

그때를 놓칠세라 "저어, 제가 일정이 잡혀져 있어서 그만 나가 봐야 할 것 같아요. 죄송해서 어쩌죠?" 하고는 씩 웃어 보였죠. 사우나 하면서 이렇게 함께 시간 보내게 되어 너무 즐거웠다는 인사말을 남긴 채 밖으로 나와서 시계를 보니 아이쿠 예정된 시간보다 30분이나 초과 된 거예요. 후다닥 매무새를 단장하고 나왔더니 아니나 다를까. 남편이 눈에 힘을 주고 짜려 보드라고요.

"이제 앞으로 이런 식으로 하면 어렵지~빨리 나오라고 할 때는 언제고 이렇게 늦게 나와서 사람 기다리게 만들면 어떡해." 한마디 딱 하기에 사우나 하면서 화투 쳤다는 말은 차마 못 하고 꼬리를 바짝 내렸지요.

사람이 바글바글한 해장국집이 눈에 띄기에 예쁘고 귀여운 모습으로

“자기야, 우리 여기서 아침 먹고 빨리빨리 움직여서 안동 보러 가야지.” 하면서 아들의 도움을 받아 남편의 팔짱을 끌어 이끈 후부터 즐거운 여행이 시작되었어요.

전혀 예상치 못했던 목욕탕에서의 고스톱! 낯모르는 사람에게 같이 동참하자는 넉넉한 몸을 가진 아줌마! 내가 무엇 때문에 안동에 오게 되었는가를 잠시 잊게 해 준 순간들! 어찌 생각하면 볼썽사나운 모습의 목욕탕에서의 풍경이었지만 잠깐 동안 안동의 아낙네들과 함께했던 유일한 추억거리 이기에 서산에 돌아올 때까지 혼자서만 웃을 수 있어 기억에 남는 순간이었답니다.

안동 국제탈춤페스티벌을 다녀와서

지역마다 이맘때 쯤 이면 각종 축제의 봇물에 휩싸여 한마당 화합의 분위기가 자칫 어수선해질 수도 있는데요. 안동을 세계적 관광도시로 조성하고 전통문화의 세계화를 이룬다는 목적으로 매년 10월에 개최된다는 〈국제탈춤축제〉에 지난 10월 13일부터 14일까지 1박 2일간 다녀왔습니다.

세계 각국을 대표하는 전통춤의 향연과 세계인들이 피부색과 이념을 뛰어넘는 새로운 세상을 염원하는 신명 풀이의 마당으로 우리나라를 대표할 수 있는 문화관광 축제이기도 하죠.

우선 낙동강 변에서 펼쳐지고 있는 강변 축제장으로 발길을 옮겼어요. 마침, 이곳에서는 퇴계 이황의 탄신 500주년을 맞이하여 〈세계유교 문화축제〉, 제31회 〈안동민속축제〉 등 3개의 행사가 함께 어우러지고 있었는데요.

각종 탈춤놀이, 판소리, 굿 한마당, 연등불 띄우기, 하회탈 놀이, 풍물경연대회 등 볼거리가 무척 다양하고 이색적이었는데, 그중 가장 눈길을 끈 것은 중요무형문화재 제69호로 지정된 〈하회별신굿 탈놀이〉

였어요.

오리나무를 깎아 한지를 입히고 채색을 한 후, 옻칠해서 만든 가면인 국보 제121호 안동 하회탈을 머리에 쓰고 마을의 안녕과 풍농을 기원하는 별신굿.

사회상의 풍자와 해학이 듬뿍 담겨 있는 이 탈놀이에 쓰이는 하회탈은 각시탈, 중탈, 양반탈, 선비탈, 초랭이탈, 백정탈, 할미탈 등 10여 종 11개가 전해진다네요.

넓은 광장 옆으로 지금 한창 공사 중인 안동실내체육관이 눈에 띄었는데 지하 1층과 지상 3층의 구조로 테마별 각양각색의 조명 및 레이저 빔과 실내체육관 앞 강변에 만들어질 분수대는 시민들에게 또 하나의 볼거리가 될 것 같았어요.

축제의 열기와 따사로운 햇살이 약간은 더운 듯했지만 기분 좋은 더위 속에서 안동의 특산물이라는 〈간고등어〉와 〈안동 막걸리〉로 목을 가볍게 축이고 요즘 한창 인기리에 방영되고 있는 KBS 역사드라마 〈태조 왕건〉 촬영장으로 출발.

지난해 5월부터 성곡동 민속촌 인근 1만3천여 평의 부지에 25억 원의 예산을 들여 촬영세트장을 완공하고 올해 4월 28일 일반인에게 개장했다고 해요. 사극 촬영에 필수적인 감옥 시설이 설치된 곳은 용인민속촌과 이곳 안동촬영장뿐이래요.

이곳 세트장에는 야외민속촌(윗트골)에 조성된 드라마촬영장이 있으며 안동호 일원에는 고려 시대 목선 6척과 접안시설 및 망루 등이 마련되어 있는 해상촬영장이 있고 바로 민속 문화의 보고로 일컬어지는 안동민속박물관이 자리하고 있었어요.

말로만 듣던 사극 촬영장을 직접 본 아들이 하는 말.

"TV로 보는 거랑 완전 딴판이네요? 어떻게 저렇게 만들 수가 있데요? 역시 TV로 보는 게 훨씬 멋있어요. 참 신기하네요?" 고개만 갸우뚱 할 뿐!

'지금 네가 어찌 알겠냐. 좀 더 커 봐라 이놈아. 인생도 다 그런 거라

는 걸 알게 될 것이다.'

　조금은 빡빡한 일정 속에서 이제 우리가 마지막 코스로 잡은 곳! 바로 안동의 마을을 상징한다는 〈하회마을〉에 대하여 잔뜩 부푼 기대를 하고 갔는데 워낙 많은 관광객으로 진입로부터 막히기 시작하는데 가다 서다 반복하기를 30여 분.

　중요민속자료 제122호로써 안동시 풍천면 하회리에 자리하고 있는 하회마을은 풍산류씨(豊山柳氏) 동성마을로 낙동강의 흐름이 마을을 감싸며 'S'자 형으로 흐르고 있어 하회(河回)라는 지명을 얻게 되었답니다. 그야말로 마을 전체가 하나의 박물관 역할을 하고 있었는데요.

　마을을 중심으로 3개의 산이 병풍처럼 둘러싸여 있어서 천혜의 요새처럼 보였어요. 마을 앞으로는 유유히 흐르는 낙동강과 기암절벽의 〈부용대〉가 보이는데 끝없이 펼쳐진 백사장과 울창한 소나무 숲이 너무 아름다웠어요. 마냥 벤치에 앉아서 흐르는 물속의 돌멩이와 암벽을 바라보며 밤을 새웠으면 좋으련만.

　마을 어귀를 돌아보며 실제 사는 모습의 주민들과 이야기도 나눌 수 있고 인심 좋은 댁에서 파전에 동동주 한 잔씩 걸치고 나오는 관광객들도 많았어요. 집마다 기념품이나 그 마을의 특색인 먹거리를 팔고 있었는데 제사 후 제사음식으로 비빔밥을 해 먹던 안동풍습에 따라 평상시 제사를 지내지 않고도 제사음식과 같은 재료를 마련하여 비빔밥을 만들어 먹는 〈헛제삿밥〉 음식이 무척 특이하고 신기했지요.

　특히, 이곳 안동은 중국, 일본 등 외국인 관광객들이 많이 찾는 곳으로 유명한데요. 저희가 세계유교 문화축제장이 열리는 도산서원에 도착했을 때의 일이었어요. 마침 퇴계탄신을 기념하는 국제학술대회가 열리고 있었는데, 그 서원의 입장하는 모든 사람이 걸어가게 되어 있더라고요.

　그런데 어찌 된 일인지 고급승용차가 떡 진입을 하는 거예요. 관광객들은 하나같이 눈살을 찌푸렸고 불쾌한 표정이 역력했는데 이것이 바로 옥에 티! 조금만 신경 쓰고 조금만 불편을 감수한다면 이런 기분은 느끼지 않아도 될 일을 시민들에게 모범을 보여야 할 분들께서 자기의 위력을 과시라도 하는 양 이런 모습은 어딜 가도 한두 사람 눈에 띄는데 정말 하루빨리 사라졌으면 하는 모습이랍니다.

이제는 안동에서의 모든 일정을 접고 다시금 서산을 향해서 돌아가야 할 일만 남았어요. 여유만 있으면 하회마을에서 하룻밤 묵으며 그곳의 정취를 더 느끼고 싶은데 아쉬움을 뒤로 한 채 떠나야 했지만, 그곳에서의 짧은 일정 속에서도 가슴 뿌듯했던 것은 안동시 농업기술센터에서 근무하시며 저희 KBS n리포터로 일하시는 심일호 임께서 정성을 다하여 자기고장에 대해 안내를 해 주시고, 홍보해 주시는 모습에서 진정 우리가 본받아야 할 대상이라는 생각을 깊이 간직하고 돌아왔답니다.

스님이 연예인과 만나 속세의 恨을 푼다

둥 둥 둥 둥 딱딱 둥 따닥 따악 둥 두둥둥 따다닥 둥둥

커다란 법고가 찢어져라 혼신의 힘을 다해 두드리는 진경 스님의 넋 나간 혼이여. 그것은 차라리 한 사나이의 울부짖음이었고, 가을을 잊기 위한 몸부림이었습니다. 떨어지는 낙엽의 아름다움을 거부하며 흐느끼는 전율 사이로 온 천지에 나의 서러움과 인생무상에 대한 소리 없는 절규의 반항이기도 했는데.

마곡사의 낙엽축제 중 마지막 날의 하이라이트인 〈산사음악회〉는 그렇게 시작되었죠. 충남 공주시 사곡면 운암리에 자리하고 있는 마곡사(麻谷寺)는 신라 선덕여왕 9년에 고승 자장율사께서 창건하였는데 자장율사께서 당나라의 종남산 운제사에서 밤낮을 가리지 않고 기도하던 중 문수보살 님을 친견하기에 이르러 부처님의 진신 사리와 부처님이 쓰시던 가사 발우를 받고 귀국하여 명승지에 절을 짓고 탑을 세워 사리를 봉안한 7대 가람중의 하나로 그 법을 얻으려고 모여드는 사람이 마치 삼(麻)에 삼대가 들어서듯 빽빽하게 서서 골짜기(谷)에 꽉 들어찼다 하여 "麻" 자와 "谷" 자를 넣어서 마곡사라 하였다네요.

그 깊은 골짜기에 자리 잡은 마곡사의 가을낙엽은 이미 떨어질 대로 다 떨어져서 발길 닿는데 마다 '바스락' 거리는 추억의 소리만으로 가을 타는 중년들의 가슴을 어루만져주기에 충분했어요. 둘레가 넓고 키가 큰 노송들이 그 나이를 말해주듯이 여러 갈래 찢겨 있는 앙상한 가지 사이에 마곡사 정현 스님의 대형 달마도를 비롯해 YATOO(자연설치예술) 작가들처럼 흉내 낸 광목천에 관람객들이 그려놓은 작품들을 군데군데 늘어놓음으로 이번 행사의 참 의미를 발견할 수 있었어요.

불교의 대중화, 불교의 생활화, 불교의 세상화. 주지 스님이신 진허 스님의 깨어있는 세계에 우리 일반인들까지 함께 어우러져서 더불어 공생공존 할 기회를 마련해 주는 행사가 아니었나 싶네요.

산사음악회에는 인기 개그맨 김병조 씨의 사회로 인기가수 최진희 씨를 비롯해 노사연, 현숙 등 인기가수가 출연하는 이색적인 모습이었는데 옛날 같으면 감히 상상도 못 할 일이 아니었던가!

이러한 프로그램과 진행하는 모습을 바라보며 어쩌면 세월의 변화하는 모습을 새삼 깨닫게 되었지만, 그것이 결코 나빠 보이거나 추해 보이지 않고 외려 한없이 아름답고 고귀하게까지 느껴질 정도로 푸근하고 행복한 순간이었답니다.

특히, 현재 통도사 승려로 계시며 사찰학춤 보존회 회장으로 계시는 백성 스님의 현란하고도 화려한 '학춤'은 두고두고 잊지 못할 백미 중의 백미로 꼽을 수 있었는데 인간이 가지고 있는 그 이름으로 한 마리 학을 대변하는 몸짓들. 고고하게 머리 세우고, 훨훨 날개 퍼덕이는 몸짓, 뭇 다른 무리들을 유혹하는 꼬리 짓, 외로움을 달래기 위해 빙그르 돌며 몸부림치는 뒤틀림 짓.

그것은 분명 한 마리 학임이 틀림없었답니다. 마곡사 깊은 골짜기 어디에 숨어서 자신의 모습을 드러내지 않으려다 일반 대중의 한 사람에게 들켜버려 어쩔 수 없이 끌려 나와 그동안 인고의 세월 속에서 갇혀 못내 터트렸던 울분의 한풀이였죠.

또한, 8살에 수덕사에 입문하여 지금까지 그곳에서 외로움을 달래며 엄마의 따뜻한 젖가슴을 그리워하고, 일찍이 헤어진 동생들과 응어리진 아픔을 풀기 위하여 통기타를 둘러메고 목이 터지라 노래를 부르고 있는 도신 스님!

누군들 이 세상이 외롭지 않으랴. 어느 누군들 이 세상에 슬픔 없이 기쁨만 존재하랴 마는 자신의 엄마에 대해 그리움은 그 누구도 감히 다가가지 못할 성역처럼 느껴지기도 했어요. 그 깊고 깊은 가슴속 응어리를 풀어내는 노래 속엔 피 끓는 애달픔과 모든 것을 비우고도 하나 가득 버려지지 않는 恨이 서려 있음을 느낄 수 있었는데 그것은 차라리 영원히 삭혀지지 않는 절규의 몸부림이었어요.

여느 때 같았으면 이 시간이 승려들의 수도시간으로 어둠이 내리고 까만 밤하늘의 별들과 달님의 미소를 한껏 받아 움켜쥐듯 고요한 정적이 흐르는 산속에 청아한 목탁 소리가 은은하게 울려 퍼졌을 텐데.

아직도 이곳엔 환호성 치는 젊음의 열기가 있고, 사이키 조명과 비눗방울의 퍼짐, 분위기를 띄워주기 위해 뿜어대는 연기 속에서도 절제된 화려함이 가져다주는 깊은 맛을 느낄 수가 있었지요.

지금도 내 가슴속엔 둥둥 두둥 울려 퍼지는 북소리와 소리 없는 몸짓으로 고고한 학의 날개 퍼덕임과 피 끓는 가슴으로 부르는 외로운 노랫소리들이 각인되어 아우성치고 있거든요.

손끝과 발끝에 혼을 불어넣어 춤을 추며 목이 터지라고 노래를 부르고 북이 찢어지라 두드러서 풀어질 한(恨) 이라면 남은 평생을 그렇게 아름답게 살아가기를 감히 기원해 봅니다.

울림이 멈추고 하나둘 흩어져 각자의 목적지를 향해 걸어가는 이들의 발자국 마다엔 맑은 영혼과 함께하는 산사 승려들의 가슴 절임을 가둬둔 가을낙엽이 태화산 자락의 아늑한 둥지로 남아 있었답니다.

중국대륙을 향한 해안 천삼백 리에 돛을 달고

섬, 바람, 파도, 갈매기, 그리고 사람들. 풍부한 수산물과 아름다운 해안 절경을 21세기 관광유람선과 함께 떠난다면 얼마나 좋을까요. 생각만 해도 가슴이 설레고 기분이 상쾌해지지 않습니까? 바로 그러한 조건을 다 갖춘 곳이 저희 서산의 인근 지역인 태안에 자리하고 있습니다.

출렁이는 파도와 홀로인 듯 크고 작은 섬, 그리고 끼룩끼룩 날갯짓으로 유혹하는 화려한 갈매기와 사람 사는 냄새가 물씬 풍기고 시원한 바닷바람과 넉넉한 인심으로 이곳을 찾는 관광객들을 반기는 파도가 있는 곳!

서해안의 안흥항에는 다양한 먹거리가 사계절 풍부한 곳으로 알려져 있는데요. 동해에서만 잡히던 것이 안흥항 바다의 수온이 적합한 온도를 유지하면서 하루 최대 만 상자 이상이 잡히는 싱싱한 오징어, 8월 말부터 9월까지 풍성하거든요.

껍질이 단단하고 청록색의 윤기가 흐르며 다른 지역의 것보다 크기가 커서 육질이 잘 부서지지 않고 담백한 맛이 일품인 꽃게, 10월 초에서 중순쯤이 최고고요.

　단백질이 풍부하고 감칠맛이 독특해 미식가들이 많이 찾으며 영양식으로도 최고를 자랑하는 대하, 11월부터 본격적으로 출하가 된답니다. 또한, 요즘 인기 있는 먹거리로 간월도와 홍성의 서부면 남당리 해수욕장에서는 물 좋고 싱싱한 〈새조개〉가 12월부터 1월까지 절정을 이루는데요. 새조개는 구이와 샤브샤브로 유명하지요.

　그 밖에도 여름철 보양식이나 영양식으로 인기가 있는 음식으로 맛이 독특할 뿐 아니라 값이 싸고 요리도 간편한 〈붕장어구이〉가 미식가들의 발걸음을 유혹하고 있기도 한데요. 먹거리가 풍부한 만큼 계절과 관계없이 많은 사람이 이곳을 찾아오지만, 또 다른 즐거움을 선사하는 것이 있답니다.

　차디찬 바람이 싫지 않은 유람선을 타고 바다 한가운데를 돌며 갖가지 기암절벽과 바위를 감상, 드넓은 망망대해를 마주하노라면 별천지에 와 있는 느낌을 받게 되는데요. 쪽빛 바닷물에 손을 담그면 내 마음은 어느새 푸르름이 되어 반짝이는 은빛 물결 속에 잠겨 한없는 망망대해 한가운데 있는 듯합니다.

　유람선의 요금은 A코스와 B코스로 나누어지는데 배 두 척으로 손님이 오시는 대로 정원이 차면 수시로 운항을 하죠. A코스는 안흥을 출발하여 가의도 →관장각→신진도까지 1시간 정도 소요되며 대인 기준으로 8천원이고, B코스는 묵개도를 거쳐 정족도, 관장각, 신진도까지 1시간 30분 정도로 1만 2천 원이에요.

　바다낚시를 좋아하시는 분들께는 예약만 하시면 언제든지 편하게 오셔서 즐길 수 있도록 낚싯배를 전세해 주기도 한답니다.

　안흥항 옆에 신진도가 있는데 원래는 신진도가 자체 섬이었으나 연육교를 매립하면서 육지가 되었다는군요. 이곳에는 수산물센터가 자리 잡고 있어 싱싱한 활어 횟감과 제철 수산물을 도맷값으로 살 수가 있답니다.

21세기 중국대륙을 목표로 한 서해안 시대의 무역항을 연결하는 중요한 요충지 역할을 하기도 하는 신진도항! 근흥면 가의도리 부근에 있는 사자바위와 여자들이 섬을 떠나지 않도록 제를 지내던 여자바위, 물개섬이라 불리는 정족도와 휴가지로 인기가 좋으며 갯바위 낚시를 즐기기에 좋은 가의도 섬!

저 멀리 보이는 등대 위의 작은 불빛이 깜박거릴 때면 붉은색 겨울 노을이 머리 위를 비추이는데 그 순간엔 황홀 무아지경이 되고 맙니다.

보고 또 봐도 늘 새롭게만 느껴지는 이곳 안흥항은 언제나 그 자리에서 푸근하게 감싸 안는 엄마의 품속같이 느껴지기도 해요.

해안 천삼백 리에 돛을 올리고 시원한 물살을 가르며 떠나는 유람선 여행! 풍부한 먹거리가 있어 좋고, 겨울의 낭만을 즐길 수 있어 정겹기만 한 안흥항에서의 겨울 여행은 두고두고 잊혀 지지 않을 아름다운 추억이 될 것입니다.

마검포에서 실치 회를 후루룩 쩝쩝~

'먹기 위해서 사느냐, 살기 위해서 먹느냐, 그것이 문제로다.' 이게 무슨 말이냐 구요? 여러분들은 우리 인간이 살아가기 위한 가장 기본적인 욕구충족이 뭐라고 생각하시는지요? 바로 식욕이 아닐까 생각을 해 봤는데요. 그 욕구를 충족시켜 줄 수 있는 풍성한 먹거리가 있는 동네. 바로 여기에 있습니다. 제가 사는 이곳 충남 태안 말이죠. 특히, 태안의 별미여행을 알리는 첫 신호탄인 '실치'가 예년보다 보름쯤 앞당겨 잡히고 있어 어민과 횟집들이 때 이른 관광객 맞이에 분주한 모습인데요.

3월엔 마검포 실치 회를 시작으로 4월엔 몽산포 주꾸미 회와 탕의 시원한 맛을 볼 수 있고, 5월엔 안흥항에서 많이 잡히는 꽃게와 찰박 요리(회로 먹고, 데쳐 먹고, 찌개로 먹고) 6월엔 원북 이원면이 유명한 박속낙지탕 등 갖가지 계절 음식이 유명하죠. 그 때문에 전국의 미식가들이 유혹을 이기지 못해 일부러 찾게 되는 저희 고장은 넉넉한 인심과 천혜의 관광자원, 풍성한 먹거리로 일 년 내내 사람들의 발걸음이 끊이질 않는 곳이랍니다.

요즘 제철을 맞이한 실치 잡이는 남면 마검포가 가장 유명한데 매년

3월 중순부터 수온이 상승하는 초여름 6월까지 계속되거든요. 하지만 실치회는 5월 중순쯤이면 실치의 뼈가 굵어지고 억세져서 제 맛을 잃게 되기 때문에 3~5월이 지나면 먹고 싶어도 먹을 수 없는 계절 음식이라는 것.

더구나 실치는 그물에 걸린 지 1시간 안에 바로 죽어버리는 급한 성격 탓에 어장에서 가까운 마검포 일대가 아니면 회로는 맛보기가 힘들지요. 나른한 봄기운으로 입맛을 잃어버린 분 있으시면 꼭 실치 회를 드서 보세요.

그럼 실치 회를 맛있게 드시는 법 간단하게 소개해 올릴게요. 실치 회는 갓 잡은 싱싱한 실치를 가운데로 하고 오이와 당근, 양파, 미나리, 쑥갓, 깻잎을 채 썰어 실치와 함께 보기 좋게 놓습니다. 그 위에 참기름을 살짝 둘러치고 양념 고추장과 함께 내놓는데 보기만 해도 군침이 살살 돌며 입안에서 사르르 녹아 내려가는 부드러움이여.

먹을 때는 작은 접시에 조금씩 덜어내어 양념 고추장에 비벼 먹거나, 아니면 처음부터 통째 각종 채소와 실치를 비벼서 먹기도 하는 데 어느 정도 먹고 남은 그릇에 밥이나 면에 비벼서 먹으면 또 다른 맛의 비빔밥이 완성. 정말 둘이 먹다 하나 죽어도 모를 정도죠.

또 다른 한 가지 요리법은, 실치와 시금치를 넣고 끓이는 실치국 요리. 실치국의 신선하고 깔끔한 맛은 실치의 칼슘 성분과 함께 건강식으로, 미용식으로, 해장국으로 인기가 그만이랍니다.

5월 이후에 잡히는 실치는 발장에 붙여 햇볕에 하루나 이틀 정도 말리면 옛날 도시락 반찬으로 등장했던 뱅어포(실치포)가 되는데요. 이 뱅어포는 통깨와 잘게 다진 파를 함께 섞어 넣은 고추장을 뱅어포에 고루 발라 프라이팬에 구워서 먹기도 하고 기름에 살짝 튀겨 먹기도 하죠.

어떠세요. 생각만 해도 침이 꿀꺽꿀꺽 넘어가게 되지요? 실치의 1일 어획량은 대략 배 한 척당 1천kg 정도로 연간 4~5천만 원에 이르는데 현재 실치 회는 한 접시에 2만 원으로 성인 4명이 먹기에 충분 하거든요. 뱅어포는 매년 현지에서 10장에 3천 원에 거래되고 있고요.

보기만 해도 몸에 좋은 실치 회가 전국 미식가들의 입맛을 유혹하는 계절입니다. 햇볕도 따사롭고, 동네 어귀엔 목련과 개나리가 활짝 피어 있는 봄. 안면도 꽃박람회를 앞두고 주말을 이용하여 가족과 함께 나들이 계획은 이곳 태안군 남면에 있는 〈마검포〉로 오셔서 실치 회를 후루룩 쩝쩝 드셔 보세요.

수덕과 덕숭의 첫날밤에 벌어진 일

충남 예산에 있는 수덕사 버선 꽃에 대한 전설입니다. 시사 하는 바가 크며, 가슴에 두고두고 새겨 볼 만한 이야기라서 달빛 사그라지기 전에 이렇게 글을 올려 봅니다. 부디, 많은 생각을 하시고 각자의 삶에 좋은 이정표가 되시기를 바랍니다.

『도련님, 어서 활시위를 당기십시오.』

시중들던 할아범이 숨이 턱에 차도록 채근을 하는데 과연 귀를 쫑긋 세운 노루 한 마리가 저쪽 숲속에서 오고 있었다. 활시위가 팽팽하게 당겨졌고 화살이 막 퉁겨지려는 순간 수덕은 말없이 눈웃음을 치며 활을 거두었다.

『아니 도련님, 왜 그러십니까?』 몰이하느라 진땀을 뺀 하인들은 활을 당기기만 하면 노루를 잡을 판이기에 못내 섭섭해했다.

『너희들 눈에는 노루만 보이느냐? 그 옆에 사람은 보이지 않느냐?』

『이 산골짜기에 저런 처녀가?』 하인들은 모두 의아해 했다.

『도련님, 눈이 부시도록 아리땁습니다. 노루 대신 여인을… 헤

『헤.』

『에끼 이 녀석, 무슨 말버릇이 그리 방자하냐. 자 어서들 돌아가자.』

수덕은 체통을 차리려는 듯 일부러 호통을 치고 갈 길을 재촉했으나 가슴은 뛰고 있었다. 노루사냥이 절정에 달했을 때 홀연히 나타난 여인, 어쩜 천생연분일지도 모른다는 생각이 들자 수덕 도령의 가슴은 더욱 뭉클했다.

『차라리 만나나 볼 것을…』

양반의 법도가 원망스럽기조차 했다.

『이랴.』

마상에서 멀어져가는 여인을 뒤로하고 집에 돌아왔으나 들떠있는 수덕의 가슴은 진정 되지를 않았다. 책을 펼쳐도 글이 눈에 들어올 리 없었다. 눈에 어리는 것은 여인의 모습뿐.

하는 수 없이 도령은 할아범을 시켜 그 여인의 행방을 알아오도록 했다. 할아범은 그날로 여인이 누구이며 어디 사는가를 수소문해 왔다. 그녀는 바로 건넛마을에 혼자 사는 덕숭 낭자였다. 아름답고 덕스러울 뿐 아니라 예의범절과 문장이 출중하여 마을 젊은이들이 줄지어 혼담을 건네고 있으나 어인 일인지 모두 한마디로 거절하고 있다는 것이었다.

수덕의 가슴엔 불길이 타올랐다. 자연 글 읽기에 소홀하게 된 수덕은 훈장의 눈을 피해 매일 처녀의 집 주위를 배회했다. 그러나 먼빛으로 스치는 모습만을 바라볼 뿐 낭자를 만날 길이 없었다. 어느 날 밤, 가슴을 태우던 수덕은 용기를 내어 낭자의 집으로 찾아 들었다.

『덕숭 낭자, 예가 아닌 줄 아오나….』

『지체 높은 도련님께서 어인 일이십니까?』

『낭자! 나는 그대로 인하여 책을 놓은 지 벌써 두 달, 대장부 결단을 받아주오.』

두 볼이 유난히 붉어진 낭자는 한동안 골똘히 생각에 잠겼다가 입을 열었다.

『일찍이 비명에 돌아가신 어버이의 고혼을 위로하도록 집 근처에 큰 절 하나를 세워 주시면 혼인을 승낙하겠습니다.』

『염려마오. 내 곧 착수하리다.』

마음이 바쁜 도령은 부모님 반대에도, 마을 사람들의 수군거림도 상관치 않고 불사에 전념했다. 기둥을 가다듬고 기와를 구웠다. 이윽고 한 달 만에 절이 완성됐다. 수덕은 한걸음에 낭자의 집으로 달려갔다.

『이제 막 단청이 끝났소. 자 어서 절 구경을 갑시다.』

『구경 아니 하여도 다 알고 있습니다.』

『아니 무엇을 다 안단 말이오.』 그때였다.

『도련님 저 불길을….』

절에서 불길이 솟구치고 있는 게 아닌가. 수덕은 흐느끼며 부처님을 원망했다. 낭자는 부드러운 음성으로 수덕을 위로했다.

『한 여인을 탐하는 마음을 버리고 오직 일념으로 부처님을 염하면서 절을 다시 지으십시오.』

수덕은 결심을 새롭게 하고 다시 불사를 시작했다. 매일 저녁 목욕재계하면서 기도를 했으나 이따금 덕숭 낭자의 얼굴이 떠오름은 어쩔 수 없었다.

그때마다 일손을 멈추고 마음을 가다듬으며 절을 완성 할 무렵 또 불이 나고 말았다. 다시 또 한 달. 드디어 신비롭기 그지없는 웅장한 대웅전이 완성되었다.

『나무아미타불 관세음보살.』 수덕은 흡족한 마음으로 합장을 했다.

『도련님, 소녀의 소원을 풀어주서서 그 은혜 백골난망이옵니다. 이 미천한 소녀 정성을 다해 모시겠습니다.』

마침내 신방이 꾸며졌다. 촛불은 은밀한데 낭자가 조용히 입을 열었다.

『부부간이지만 잠자리만은 따로 해주세요.』

이 말이 채 끝나기가 무섭게 수덕은 낭자를 덥석 잡았다. 순간 뇌성벽력과 함께 돌풍이 일면서 낭자의 모습은 문밖으로 사라졌고 수덕의 두 손에는 버선 한 짝이 쥐어져 있었다.

버선을 들여다보는 순간 눈앞에는 큼직한 바위와 그 바위 틈새에 낭자의 버선 같은 하얀 꽃이 피어있는 이변이 일어났다. 신방도 덕숭 낭자도 세속의 탐욕과 함께 사라졌다.

수덕은 그제야 알았다. 덕숭 낭자가 관음의 화신임을... 그리하여 수덕은 절 이름을 수덕사라 칭하고 수덕사가 있는 산을 덕숭산이라 했다. 지금도 수덕사 인근 바위틈에서는 해마다 「버선꽃」이 피며 이 꽃은 관음의 버선이라 전해 오고 있다.

어떠세요. 수덕사란 이름 참 예쁘죠? 애틋하기도 하고 가슴 아리도록 아픈 사연이 더더욱 정감을 느끼게 하는 전설이지 않나요. 게다가 바위 틈에서 '버선꽃' 이 핀다 하니 그 꽃 이름 또한 참 서럽도록 청초할 것 같은 상상을 갖게 하네요. 늘 가까이 있을 때 수덕사에 가면 버선 꽃을 꼭 찾아봐야겠어요.

3월 끝자락의 유혹 – 변산반도에 가다

2월이 유난히 짧다고 느껴졌기에 3월은 2월보다는 훨씬 알차고 유익하게 보내리라 작정을 했건만 벌써 3월의 끝자락에 서서 이렇듯 아쉬움을 달래는 건 아마도 지나온 시간이 너무도 빠름을 탓하는 것이 아닌가 생각해 본다.

한낮의 잔잔한 햇살도 살랑살랑 불어오는 봄바람을 이기지 못해 자취를 감추어 버린 흐린 날씨가 더욱 마음을 공허하게 만들어 버린다.

무작정 튕겨 치고 나온 마음 하나 가지고 핸들을 움켜쥔 채 해미요금소를 빠져나왔다. '역시 드라이브는 고속도로가 최고야.' 마음속으로 쾌재를 불러일으키며 달린 서해안고속도로 하행선.

가끔 속도감을 내며 스쳐 가는 차들이 내 친구가 되고 산에 부끄러운 듯 살포시 피어난 진달래꽃이 말동무 된다. 잔잔한 음악과 함께 봄 향기를 물씬 맡으며 3월의 끝자락에 서서 낯선 이정표의 유혹을 받게 된 곳이 부안 변산반도였다.

〈섬, 쌀, 바다가 있는 곳 - 변산반도로 오세요〉라는 광고표지판이 눈에 띄어 순간적으로 핸들을 꺾어 부안으로 향했을 때는 이미 타향이 아니었다. 늘 봐 왔던 시골 동네 어귀 같은 느낌으로 편안함과 푸근함을 주었다.

부안온천을 지나 부안댐을 갔을 땐 넓은 주차장을 꽉 메운 관광객들의 분주한 모습들. 크림 색깔의 백목련이 탐스럽게 피어 나를 반겨주는 듯하여 기분이 좋았고 뿜어져 나오는 분수대가 여름을 재촉하는 것 같아 계절의 신선함을 안겨 주었다. 댐이야 어디든 다 비슷하게 지어져 있어서 낯설지가 않았는데 그곳까지 거치는 도로 옆 바위산이 무척 인상적이었다는 기억밖에.

계속해서 이어지는 내부 안 관광지의 도로 바로 옆에는 바다가 가까이하면서 즐거움을 주었으며, 곳곳마다엔 '바지락죽', '신선한 해물탕' 이라는 먹거리 간판이 식욕을 돋우게 하고 저 멀리 외딴섬의 외로움은 나 홀로 바닷바람을 맞히기에, 충분했다.

해안도로를 타고 달리다 보니 뉴스나 잡지에서 눈여겨보기만 했던 〈새만금 간척지 전시관〉이 저만치서 궁금함을 자아낸다. 바닷물을 막아 여의도의 400배에 달하는 간척지를 형성하여 그곳에서 식량을 생산하게 하고 개발이익을 추구한다는 데는 이의가 없을 것이다. 하지만 한편으로는 말도 많고 탈도 많은 것으로 알고 있는데.

'당대의 이익추구로 인해 미래세대가 이용할 환경적 여지가 박탈된다. 새만금 갯벌이 갯벌로서 살아남는가, 뭍으로 변하고 마는가. 간척이 갯벌의 죽음만이 아닌 인근 바다의 죽음을 부른다.' 등등은 어떻게 설명될 것인가.

거대한 규모의 국가적인 사업임에는 틀림이 없으나 오는 2011년 완공을 목표로 진행되는 이 사업은 분명 미래세대의 소유일 수밖에 없는 현실에서 무엇이 옳고 그른 것인지는 좀 더 심사숙고한 판단과 선택이 중요하리라.

어찌 됐든 그 광활한 새만금 갯벌 간척사업현장을 직접 보고 나니 막연한 상상과 생각들이 교차하면서 감회가 새로움을 느꼈다. 내가 사는 서산에도 현대그룹 명예회장이었던 고 정주영 님께서 간월도 바다를 이미 간척사업 해 놓은 현장이 있기에 예사로이 보이지 않았다.

이런저런 생각들을 모두 접고 변산해수욕장을 마지막으로 제자리로 가기 위한 발걸음을 재촉할라 치니 하늘엔 먹구름이 잔뜩 끼어 있고 투두둑 빗방울이 하나둘 차창을 후려쳐 들뜬 마음도 금세 가라앉아 명상하기에 안성맞춤이 되었다.

요즘은 길가에 포장마차를 설치하고 그 지역의 특산물을 판매하는 곳이 늘었는데 그곳에도 〈개구리참외〉라고 쓰인 플래카드들이 자주 눈에 띄었다. 먹은 것이라곤 휴게소에서 커피 한 잔 뿐이었으므로 적당히 출출한 기가 돌았을 즈음 참외를 한 봉지 사 들고 속도를 내기 시작했다.

시간이 흐를수록 굵은 빗줄기로 변하여 거세게 내려 쏟아부었으므로 전방 시야가 또렷치 않았고, 브레이크가 미끄러짐을 느끼면서도 3월의 마지막 유혹을 이렇게 견딘 것에 대해 기쁨이 앞서 집에 올 때까지 흥분이 가라앉질 않았다. 그래서 기분이 좋았다.

서천 동백꽃. 주꾸미 축제를 다녀와서

평소 아끼는 후배 커플 결혼식이 끝난 후 적당히 무르익은 햇살을 가슴에 안고 충남 서천군 서면 마량리에서 열리고 있는 〈동백꽃. 주꾸미 축제〉 현장을 다녀왔다. 역시 이곳을 갈 수 있도록 충동을 일으킨 것도 따지고 보면 서해안고속도로의 발달을 들 수 있다. 교통 소요시간이 예전의 반으로 줄었기 때문에 인근에서 축제나 행사가 열린다는 소식만 있으면 바람도 쐴 겸 핑계로 삼아 훌쩍 떠나버리는 것이다.

해미요금소를 빠져 나와서 군산 쪽 방향으로 차 머리를 돌리고 새로운 세계에 대한 흥분에 빠져서 신나게 달릴 즈음 예상치 못한 일로 나를 곤혹스럽게 했으므로 참으로 난감하지 않을 수 없었다. 다름 아닌 '통행권'이 문제였다. 통행권을 받아 분명히 차 오디오 틈새에 끼워 놨었는데 서천IC를 빠져나오려니 그것이 눈에 띄지 않는 것이다.

하는 수 없이 있는 그대로 사정을 말씀드렸더니 차를 갓길에 정차해 놓고 관리사무실로 들어 가 보란다. 이게 무신 망신이람! 자세히 설명하고 사정을 해 봐도 소용없는 고속도로통행료. 일단은 서해안고속도로 전 구간의 요금 14,100원을 고스란히 물어내야만 했는데 나중에라도 통행권을 찾았을 시에 가져오면 그 차액을 환급해 준다는 약속만을 남긴 채 등을 돌려야 했다.

그나저나 이놈의 티켓은 당최 어디로 가버린 거야? 손이 달렸나 발이 달렸나 참으로 귀신이 곡할 노릇이구먼. 분명히 잘 받아서 운전석 옆 오디오 틈새에 끼워 놓았건만 어디로 숨었길래 어찌 이리 사람을 병신 만드는고?

아무래도 이 상황을 그냥 넘어가자니 나만 바보 될 것도 같고 혹시나 정말 치매의 초기증상이 아닌가 싶어서 차 안을 샅샅이 뒤져 보기로 작정을 했다. 아직은 정신이 멀쩡함을 증명해 보이고도 싶었고 해서 천 원짜리 지폐를 똑같이 그곳에 끼워 보면서 더 깊게 쑥 밀어 넣어 보았더니 가로세로 할 것 없이 한없이 들어가고 마는 것이 아닌가!

원인과 범인은 바로 여기에 있었구먼. 차 오디오 틈새가 헐렁하여 질주하는 속도에 조금씩 조금씩 밀려 들어가 급기야는 그 공간으로 쑥 들어가고 만 것이었다. 어쨌든 통행권이 없어진 이유를 알았고 가슴은 미어졌지만 그걸 꺼내려면 카스테레오를 모두 뜯어내야 하니 어쩌겠는가! 이 순간으로 모든 걸 접고 흥겨운 기분을 살려서 축제현장에 도착했다.

현장 입구에서부터 약간 밀리기는 했지만, 곧 드러나는 넓은 주차장. 많은 인파 속에서 흥겨운 가락의 엿 치는 피에로 장수의 즐거운 표정. 그곳 상인들의 분주하고 상기 된 얼굴에서 삶의 모습을 엿보았는데 아치형 애드벌룬을 통과하니 바로 눈 앞에 펼쳐지는 망망대해 바다!

어디선가 색소폰 소리가 흐느껴 울려 퍼지고 있고 저만치선 노래자랑을 하는지 쿵작쿵작 풍악과 함께 흥을 돋우고 있다. 잘 배열된 포장마차 앞의 간판을 훑어보니 〈서산식당〉이라는 코너가 눈에 띈다. 두말할 필요도 없이 그곳으로 들어가서 〈샤브샤브〉와 〈주꾸미볶음〉에 소주한잔 곁들이고 카!

쫄깃쫄깃 쫀득쫀득 입에 짝짝 들러붙는 것이 맛은 있었는데 갑자기 속상해지는 것이다. 왜, 이런 축제를 우리 지역에선 풍성하게 하지 못하는 것일까? 해물 하면 우리 지역이 더 싱싱하고 영양가 있다는 건 만인이 다 아는 사실인데 왜, 이런 주꾸미축제 같은 걸 다른 지역으로 찾아다니며 그 분위기를 느끼고 싶게 하는 걸까?

물론 우리 지역에서도 '꽃게 축제'니 '수산물축제'니 하기야 하지만 그 외에도 제철 음식이야 서산지역만큼 풍성한데도 드물 것인데 그것보다 우리의 행사 규모는 얼마나 빈약하고 뒤떨어져 있단 말인가 말이다.

풍성한 사계절 수산물(새조개, 겡게미, 실치, 주꾸미, 대하, 꽃게, 세발낙지 등)이 얼마나 많던가. 반드시 제철시기를 놓치지 말고 연중 내내 '먹거리 축제'를 개최하여 관광객들의 발걸음이 끊이지 않도록 유도를 하고 궁리를 해야 할 것이다.

이제는 예전같이 서산갯마을이 오지라는 누명을 벗어버릴 때도 된 것이다. 고속도로 교통망이 수월해져 있어 전국의 일일생활권이 보장되는 때 아닌가. 틈만 나면 이곳 서산에 오고 싶어 할 수 있게끔 市 정책으로 이어져야 한다고 본다.

이런저런 생각과 갈증을 가슴에 안고 뒤돌아 오는 그 길은 서해안고속도로 전 구간의 통행료보다 훨씬 쓸쓸하고 아련한 기분이었지만 한편으론 그보다 더 값진 안타까움과 바람을 가지고 오는 제2의 내 고향! 서산으로의 길은 멀게만 느껴지는 가까운 이웃집이었다.

나무와 결혼해 외로울 틈이 없었던 임

우리나라의 산과 나무를 자신의 분신처럼 아끼고 사랑하며 식물자원의 보고인 〈천리포수목원〉을 지난 30여 년간 지켜 오신 민병갈 원장님.

지난해 1월 암(癌) 진단을 받고 투병하면서도 운명을 앞두고는 고향 땅에 묻히고 싶다는 의사에 따라 태안군 보건의료원에서 4월 8일 오전 11시경 끝내 향년 81세의 나이로 타계하셨습니다.

평소 "나무와 결혼해 나무와 함께 살아왔기에 외로울 틈이 없다"는 민 원장님. 그의 나무 사랑은 1979년 미국이름(Carl Ferris Over field Miller)를 한국이름 '민병갈'로 바꾸면서 세간의 주목을 받기 시작했는데요.

미국 해군 장교로 1945년 우리나라에 입국 후 한국의 자연에 끌려 정착하기 시작하면서 지난 1970년대부터 식물자원 보유가 부국(富國)의 원천이라는 일념으로 충남 태안군 소원면 의항리 바닷가에 자리 잡은 천리포에 수목원을 건립, 국내에서 가장 많은 식물자원을 보유하고 4계절의 아름다움을 뽐내 식물 애호가들의 사랑을 듬뿍 받고 있답니다.

이곳은 철저한 회원 제도를 운용함으로써 식물을 아끼고 사랑하는 마음과 후세대에 보존할 수 있도록 정성 어린 손길로 하나하나 아름답게 가꾸고 있거든요. 이름 모를 풀 한 포기, 희귀한 나무들 틈새로 살아 숨 쉬는 맑은 공기가 방문객들의 탄성을 자아내게 하기도 하는데 방문객 중 어린아이들을 특히 신경 쓰는 이유도 여기에 있지요.

우리나라에도 이렇듯 헌신의 노력을 다 쏟아부으며 사리에 얽매이지 않고 푸르고 싱싱한 아름다운 세상을 위하여 가꾸고 어루만져줄 사람 있었으면 좋겠네요. 과연 나는 세상의 속된 마음 다 버리고 민 원장님처럼 살 수 있을까?

지난 1952년부터 1982년까지 30년간 한국은행에서도 근무했던 그가 바로 얼마 전(2002. 3.)에는 '금탑산업훈장'을 받기도 했는데요. 우리 지역에 이러한 분이 계셨다는 것이 자랑스럽고 아쉬워서 몇 자 적어 봅니다.

참고로 저희 지역에 이렇게 멋진 곳이 있다는 걸 두루두루 알리고 싶어 홈페이지 주소를 알려 드립니다. 특히, 외부인의 관심도 중요하지만, 그보다 더 우리의 지역민들 먼저 애정 어린 깊은 사랑 갖기를 희망하면서. http://www.chollipo.org/

-천리포 수목원 민병갈 원장님의 별세를 애도하며

당신의 그 고운 품속
언제나 그리워할 수 있으려는지요.

기다리다 만 님의 세월
그 뜻을 누가 이어 가려 하는지요.

내가 없어 당신의 손길 빌려 와
진자리 마른자리 살피시니 부끄러움만 가득 하여 이다.

아침이면 청명한 하늘 바라보며
지저귀는 새 소리에 식을 줄 모르는 기쁨을 누리던 당신.

이제 와 우리 곁을 떠나시니
마냥 못내 슬퍼 이렇게 우웁니다.

수많은 발자국 남기시고도
그 향기 어리어 끝내 눈을 감지 못하시던 숱한 나날들.

깊은 골 넓은 뜻 펼치려 애써 오신 흔적
분명히 이 땅 서.태안의 행복이었고 태양이었습니다.

따스한 날 벚꽃의 봄눈처럼 그렇게 흩날리시고
맑은 하늘 솜사탕의 구름처럼 머물다 떠나 가시 오소서.

영원한 기다림과 설렘으로 맞이한 당신
꿈속에서라도 영혼의 느낌 와 닿고 싶습니다.

하늘이시여!
이 사람 곱게 곱게 포장하여
드넓은 세상 만날 수 있게 하여 주시 오소서.

삼가 고인의 명복을 비옵니다.

고창 선운사 수산물축제를 다녀와서

알싸한 녹 내음이 코끝을 자극하는 하루를 버리고 마땅히 갈 곳 얻지 못해 헤매 일 즈음 또다시 무턱대고 서해안고속도로를 달렸어요. 고창 휴게소에서 용무도 볼 겸해서 주차하고 커피 한 잔 하려는데 〈고창수산 물축제〉라는 포스터가 보였어요.

제가 또 누굽니까. 여행이라야 거의 비슷한 이미지에 마음만 달리할 뿐 거기서 거기 아닙니까. 그래서 임도 보고 뽕도 따고 할 수 있는 고창 으로 발길을 옮겼지요.

고창휴게소에서 얼마 안 가니 고창IC가 나오는데 그곳을 빠져나와 선운사 쪽으로 이정표를 보고 쭉 찾아가는 데는 큰 어려움 없이 찾아갈 수 있었어요. 마침, 말로만 듣던 그 유명한 '선운사'에도 가보고 싶었 던 터라 그곳에서 벚꽃놀이도 하고 싱싱한 수산물도 실컷 맛보리라 기 대를 했죠. 수산물축제라는 것을 선운사 內에서 하므로 일거양득의 즐 거움을 느낄 만 하더라고요.

그곳을 거치기까지는 우리가 중학 시절 배우고 말로만 듣던 〈고인돌 운집 터〉가 있어 그냥 지나칠 수가 없었는데 그 큰 돌덩어리들을 어떻게 운반하고 날라다 고인돌을 만들었을까 의문이 가시질 않았어요.

고인돌은 크게 '북방식'과 '남방식'이 있다고 교과서에서 배웠지만 다 까먹어서 기억조차 희미해졌었는데 그 차이점을 확실히 배워 두었답니다. [남방식]은 식탁 모양으로 기둥이 높게 올려져 있으며 땅 위에 시신을 묻은 게 특징이고요. [북방식]은 바둑판 모양으로 낮은 기둥에 시신을 땅 아래 묻어둔 게 차이점이란 것.

돌을 어떻게 날랐는지는 아직 정확한 논문이 없어서 막연한 추측만 하는 실정 이지만 돌 하나 나르는데 사람 2천 명 정도 동원이 될 정도였다니 실로 어마어마하지요? 옛 조상들의 슬기와 지혜로움에 경탄을 하며 찾은 선운사 축제장!

역시 널따란 주차시설이 마음을 편안하게 하였고(주차비는 받지 않음), 하얗게 만개한 벚꽃이 축하해 주는 듯 눈꽃 되어 바람에 흩날리는데 마치 야외 웨딩홀을 지나가는 착각을 일으키게 할 정도로 장관이었습니다.

행사장은 선운사 못미처서 중간쯤 공터에 마련이 되어 있었는데 선운사까지 걸어서 불과 10분 안팎이었기 때문에 경치를 만끽하면서 천천히 걸어 올라갔지요. 느티나무와 삼나무, 잣나무들이 곧게 뻗은 샛길로 상춘객들의 발걸음은 가볍기만 하고, 즐거운 재잘거림으로 함박웃음이지만 졸졸 흐르는 개울가엔 짝 잃은 외기러기의 슬픈 곡조처럼 내내 심금을 울리더군요.

선운산을 등에 지고 널리 분포되어 있는 빨간 동백숲 자락 밑에 웅장한 자태 드러낸 선운사가 자리하고 있었는데 이곳저곳 모두 한참 보수 공사 중인지 제대로 그 위엄을 느낄 수가 없었답니다. 부는 바람에 가끔 울리는 풍경 소리와 어우러진 〈예다원〉이 자리하고 있어 머무는 발걸음 이기지 못해 녹 향내 나는 그곳으로 들어 갔더랬죠. 각종 기념품과 녹차에 필요한 다기들을 판매하느라 분주한 모습이었어요. 한쪽에는 차분한 분위기로 녹차의 진수를 맛보는 찻집. 그곳에서 작설차 한잔을 마시며 창밖 너머 자연을 감상하노라니 저절로 머리가 맑아지고 신선이 된 듯 몸이 가벼워졌어요.

적당히 허기진 배를 채우고 저 축제장으로 내려와 포장마차를 둘러보고 있을 때쯤 마당 한가운데에 사람들이 몰려 있음을 발견했죠. 뭘 하는데 저리 빙 둘러 웅성대고 있을까. 특별 이벤트라도 하나 보네 생각했는데 다름 아닌 '장어잡기대회'를 하고 있었어요.

그 유명한 〈풍천장어〉를 홍보하기 위하여 여러 마리의 장어를 풀어놓고 직접 손으로 잡아서 잡히면 가져갈 수 있도록 하는 게임을 하고 있었어요. 그날 행사 중의 가장 인기 있는 이벤트였는데 맘 같아서는 금방 잡을 듯해도 막상 팔 걷어붙이고 물속의 장어를 잡으려 쫓아다녀도 쉽게 잡히질 않았어요. 손에 잡혀서 꼭 집으면 날쌔게 미끄러져 도망가는 장어. 그 유연한 몸매가 남자들의 정력에 좋다는 소문은 들었겠다 뭇 남성들이 우르르 몰려들어 한바탕 왁자지껄 요동을 쳤는데요.

"어라, 이놈의 장어가 날쌔기도 해뿌리네. 요놈 잡히기만 해 봐라 그냥"

"어허, 이 양반아 장어가 그리 쉽게 잡힐 거 같으면 장어라고 이름 지었겠나?"

"내 기어이 잡아 가지고 오늘 마누라 호강 좀 시켜주고말텡께루~"

오고가는 정담 속에 그 얄미운 장어는 쉽사리 잡히지 않고 애만 태우고 있네요. 그때 요령 좋은 노신사분이 양복 입은 와이셔츠를 홀딱 걷어부치더니만 손가락을 지그재그 모양으로 금방 장어를 잡아 올립니다.

적당히 구경을 마치고 그 정력에 좋다는 풍천장어구이와 빨간 열매로 빚은 복분자술 한잔 턱 걸치고 나니 정말 힘이 솟아나네요. 주인장께서 한 수 거들어서 복분자에 대한 전설을 이야기해 주었어요. 산딸기과에 속하는 복분자 또한 남자들의 정력에는 그만이라면서 얼마나 풍을 떠들어 대는지 원. 그 술을 마시고 요강에 오줌을 누우면 요강이 빵 구가 날 정도로 힘이 세진다나 어쩐다나. 그저 남자들은 그놈의 정력타 령을 어째 그리 해 대는지.

그곳에서 한 가지 느낀 점이 있다면, 축제나 행사를 할 때도 일거양득 또는 1석 3조의 효과가 풍족히 누릴 수 있도록 관광객들에게 충분히 배 려해 주어야 한다는 거예요. 단순히 영리를 위한 수산물축제만의 행사 이기보다는 최대한 보여줄 수 있는 것들을 한데 모아 〈묶음 이벤트〉를 기획하여 다음 해에도 또 오고 싶은 마음과 뒤돌아갈 때 아쉬움이 남지 않도록 말이죠.

깔깔대며 웃고 즐기다 보니 어느덧 해가 뉘엿뉘엿 저물어 가고 있네 요. 그 많은 아저씨의 장어 잡는 몸부림과 복분자 술타령이 어찌나 우 습던지 서두른 발길로 돌아오는 내내 머릿속에서 맴맴 거려 나도 한번 배시시 웃고 말았네요.

태안 해안관광도로는 연인들의 드라이브코스

싱그러운 햇살이 좋았다. 바람이 불어서 더욱 좋았다. 게다가 물안개가 뽀얗게 피어올라 천상의 구름 위를 나는 것 같은 느낌이 좋았다. 일상을 탈출하고 싶은 여인네들은 언제나 주변에서만 맴돌 뿐 마땅히 안주할 곳이 눈에 띄지 않는다. 아니 생각이 나지 않음이겠지. 이런 날 마음 비우고 훌쩍 떠나보자!

서산 땅 밟은 지도 어언 14년 차 되는 중년의 모습. 이대로 썩어 문드러질 육신을 어느 곳에 눕힐 것인가. 가느다란 신음에도 깜짝 놀라 일어서며 휘청거리는 다리에 힘이 빠지면, 그땐 어느 모습이려는가.

아, 드넓은 바다와 푸른 안면송이 어우러진 곳에서 나를 부른다. 서산에서 태안을 경유 안면도 국제꽃박람회장을 가노라면 가을날 꽃게 축제의 마당인 백사장해수욕장이 눈에 띄게 되는데 그 이정표를 보고 좌로 핸들을 꺾으면 바로 〈태안해안관광도로〉가 이어진다.

2년여의 공사 끝에 완공되어 지난 4월19일부터 전면개통이 되었는데 이 도로는 전 구간이 108km이며, 2차선으로 소박하고 아름답게 만들어졌기 때문에 거창함보다는 어느 인심 좋은 한적한 시골풍경을 상상하면 될 것이다.

이번 '2002 안면도 국제꽃박람회' 개최에 발맞춰 교통대책에 큰 역할을 했으며 개통과 함께 지난달 21일에는 '제1회 전국 구간 마라톤대회 겸 마스터즈대회'를 가졌는데 이곳을 코스로 활용하여 참가선수와 관람객들에게 처음으로 선보인 바 있다.

가다가다 보면 오른쪽 해안을 따라 생소하고도 예쁜 이름의 해수욕장이 많이 눈에 띄게 되는데 백사장해수욕장을 거쳐 삼봉, 기지포, 안면, 두여, 밧개, 방포 등 어쩌면 내 마음의 향수를 그린 것처럼 정감 어린 이름들이라 느껴질 것이다.

드라이브하면서 각 해수욕장을 스쳐 지나노라면 좌측으로 군데군데 다소곳이 아릿땁고 포근한 모습의 민박집이 보인다. 마치 궁전 같기도 하고 테라스가 있는 가정집 같은 모양인데 이곳으로 휴양 목적으로 온 손님들에겐 최고의 안식처가 될 것이다.

해안관광도로를 달리다 보면 밭이나 논, 그리고 촉촉이 젖은 땅 위에선 여지없이 물안개가 꿈틀꿈틀 피어오름을 가슴에 담을 수가 있는데 바닷가 근처에 다다르면 한 치 앞이 보이지 않을 정도의 자욱한 물안개의 절정을 감상할 수가 있다. 요 때 차 세워놓고 뽀뽀 타임.

가도 가도 걷히지 않는 물안개 속으로 빠져들어 가는 이 마음은 못내 토해내지 못한 대지의 꿈틀거림에 대한 미련인가. 절규하는 여인의 말 없는 미소 이려는가. 나는 그 물안개 꿈틀거리는 아련함 위에 누워 편안히 쉬고 싶다.

방포해수욕장을 마지막으로 이어지는 곳. 지난 19일 폐막을 치른 안면도 국제꽃박람회 개최 장소인 꽃지해수욕장이 눈에 들어오게 되는데 이곳은 야외정원과 부속물들은 그대로 유지를 한 채 체육시설과 편의시설을 갖추고 오는 8월에 재개방을 할 예정으로 있다.

꽃지해수욕장의 바닷가를 걸어 끝에 다다르면 호텔형과 콘도형으로 뭇 연인들의 시선을 사로잡는 휴양지의 안식처인 롯데오션캐슬이 아름다운 자태를 뽐내고 있다. 그저 어색하지 않을 정도의 품격과 분위기를 갖춘 모습.

푸른 바다를 감상하며 시원한 공기를 직접 마신 후 테이블에 앉아 서로 눈 마주하고 거품 있는 생맥주 한잔할라치면 저절로 흐느끼는 색소폰 연주에 블루스 댄스를 하고도 부끄럽지 않을 정도로 낭만 있는 야외 식당도 행인들에겐 유혹이 될 수 있는 곳이다.

철썩이는 파도와 날으는 갈매기를 가까이에서 느끼노라면 누구든지 詩 한편은 나올만한 분위기와 경치에 빠지리라. 모래 위를 걷는 발자국마다엔 수많은 사연 담아 꼭꼭 묻어놓고 돌아 와 보지만 밀려오는 물살에 어김없이 또 씻겨 나가겠지.

백사장해수욕장에서 약 15분 정도가 소요되는 이곳 태안 해안관광도로는 다른 지역에서 느낄 수 없는 안면송과 크고 작은 해수욕장, 모래언덕을 직접 보고 느낄 수 있는 사구, 드넓은 바다가 이곳을 찾는 이들의 가슴을 확 트이게 하고 큰 꿈과 이상을 가져다준다.

특히, 해안관광도로의 개통은 서해안고속도로의 개통과 함께 호남권과 대전권에서 2시간이면 충분히 도착할 수 있는 여건을 갖추고 있으므로 그동안 개발에서 소외됐던 안면도 지역이 2000만 수도권 및 중부지역 배후 관광지로 크게 주목받을 수 있는 모습이라 하겠다.

이제 조금만 있으면 본격적인 피서철로 접어 들 것이다. 매년 서해안을 찾는 피서객들에게 또 하나의 볼거리와 즐길 거리를 갖춘 셈이고 9개소 해수욕장을 찾는 관광객의 통행과 수산물 운반이 수월해 짐에 따라 지역의 균형적인 발전과 주민들의 소득증대에도 크게 이바지 할 것이다.

꽃박람회 행사가 모두 성공리에 치러지고 난 후의 도로 곳곳은 그야말로 속 시원히 뻥 뚫린 연인들의 드라이브코스로 손색이 없다. 발길 닿는 대로, 마음 가는 대로, 그저 여유와 시간만 가져오면 된다. 아울러 세상사는 아름다운 지혜를 마음껏 담아가면 그만인 것이다.

참으로 서산인은 축복받은 사람들임에 틀림이 없다. 가까이에 명산과 올망졸망 다다를 수 있는 해수욕장이 즐비하고 먹거리와 볼거리가 풍부한 관광자원을 갖추고 있으니 말이다.

문학기행 '운보의 집'을 다녀와서

『나는 귀가 들리지 않는 것을 불행으로 생각하지 않았습니다. 듣지 못한다는 느낌도 까마득히 잊을 정도로 지금까지 담담하게 살아왔습니다. 더구나 요즘같이 소음공해가 심한 환경에서는 늙어 갈수록 조용함 속에서 내 예술에 정진할 수 있었다는 것은 오히려 다행이었다는 생각도 듭니다. 다만 이미 고인이 된 아내의 목소리를 한 번도 들어보지 못한 게 유감스럽고 또 내 아이들과 친구들의 다정한 대화 소리를 들어보지 못하는 것이 한(恨)이라면 한(恨)이지요. 예술가는 늙으면 대자연의 품에 안겨 자연의 창조주와 끊임없는 대화를 해야 한다고 늘 생각해 왔습니다. 늙어 가면서 하늘과 대화를 나누며 어린이의 세계로 귀의해야 한다고 믿습니다. 나더러 마지막 소원을 말하라면 "도인이 되어 선(禪)의 삼매경에서 그림을 그리는 것"입니다.』

운보 김기창 語綠 中에서 발췌한 글로 너무도 가슴에 생생하게 각인이 되어 지금까지도 머릿속에 윙윙 맴돌고 있을 정도랍니다. 마냥 아기 손가락처럼 여릴 것만 같던 연초록 잎사귀가 어느새 짙푸른 녹음으로 변해 있어 온통 드나드는 산마다 울울창창 젊음과 패기로 똘똘 뭉

처져 있네요.

여왕의 계절을 다 보내기 전에 삶의 질을 높이고 살아있는 느낌을 몸소 확인하고자 마련된 '서산문학회' 문학기행의 장소로 선택된 곳이 바로 '운보의 집' 이었어요. 충북 청원군 북일면에 위치하고 있는 운보의 집을 찾았을 때는 아, 이런 게 자연이구나. 이런 곳에서라면 뭔가 이뤄내도 이뤄낼 수 있겠구나 라는 생각이 저절로 들게 되었어요.

다섯 겹의 아담한 산이 병풍처럼 에워싼 품 안에 삼만 평 규모의 논과 밭이 있고 자연이 어우러진 전통양식의 한옥을 중심으로 운보미술관과 운보공방, 도예교실, 아트숍, 갤러리 레스토랑이 잘 어우러져 있는 곳.

언제든지 누구나가 자연과 함께 숨 쉴 수 있는 문화예술 공간으로 각종 편의시설을 확충하여 방문객들에게는 체험과 휴식을 누릴 수 있게 배려한 점이 특징이었어요. 아 참, 운보의집 주차장에는 자동차 전용 극장이 마련되어 있어서 낮에는 주차장으로, 밤에는 영화마니아들의 데이트 장소로도 손색이 없을 듯싶더군요.

운보는 1914년 2월 서울에서 출생하여 1930년 이당 김은호 선생의 사사를 하고 끊임없는 작품 활동에 전념하던 바 1984년에 드디어 운보의 집을 완공하기에 이르는데, 그러던 지난해(2001년) 1월 23일 별세하시면서 금관문화훈장을 수여하기도 했죠. 스스로 자신을 낮추어 바보라 칭하기도 하면서 실제 1976년에는 서울에서 '바보 산수화 개인전'을 갖기도 한 운보의 작품세계는 천진난만하며 어린아이의 해맑은 웃음같이 순수하게 느껴집니다.

늘 혼자의 외로움과 고독한 예술인의 분위기가 그의 얼굴에도 여지없이 드러나 보여서일까. 운보의 집이 자리하고 있는 충북 청원군은 故운보 김기창 화백 어머니의 고향이라네요. 마음으로만 그리워하며 자연을 벗 삼아 작업 활동에 전념하며 노후를 아름답고 고요하게 장식했던 숨결이 느껴지는 듯 내 마음도 모르는 사이 저절로 운보의 세계로 빠져들었어요.

　그의 학창시절 성적표와 저금통장, 여권, 주민등록등본 등이 가지런하게 놓여있는 전시관에선 그동안 느껴보지 못했던 그 무엇을 찐하게 전달하는 메시지가 있었습니다.

『나는 그때그때 생각나는 것을 그때그때에 하고 싶은 방법으로 표현합니다. 그 결과가 추상이 되던 구상이 되던 나에게는 같은 의미가 있습니다. 내 예술의 중심정신은 결국 진실과 순수성입니다. 진실하고 순수해야만 신과 대화를 나눌 수 있다고 믿습니다. 나는 한계성을 느끼지 않아요. 노경(老境) 속에서 지혜의 바다와 체험의 산에서 좋은 그림을 그릴 것입니다.』

　운보의 어록 中에는 평소 우리가 간절히 원하고 느끼는 부분들이 간결하고도 담백하게 표현되고 있음을 발견할 수 있으며 그가 살아온 모습들을 상상하기에 충분한 이야기예요.

　붓 하나에 수많은 점과 획을 그으며 이뤄내 온 발자취 따라 우리 인간들이 어떠한 모습으로 어떻게 살아야 하는지를 깨닫게 하는 순간 참으로 신기하고도 놀라운 사실을 발견하게 되었어요. 다름 아닌 현재 사용하고 있는 만 원짜리 지폐에 새겨진 세종대왕 초상화가 바로 운보 김기창 화백의 솜씨였다는 사실! 여러분들도 모르셨죠?

　그것 하나만으로도 운보는 길이길이 역사에 남을 빛나는 이름이었습니다. 그 사실을 알고 난 후 모두 놀라움의 탄성과 함께 괜스레 가져간 핸드백을 열고 지갑에 들어있는 만 원짜리 지폐를 꺼내 들고 확인하기에 이르렀는데 믿어지지 않을 정도로 똑같은 모습의 세종대왕이 저를 빤히 쳐다보고 있네요. 간혹 구겨져 있는 만 원짜리 돈을 슬그머니 꺼내서 빳빳이 펴고는 가지런히 넣어 두면서 생각했죠. 앞으론 절대 돈을 함부로 구기지 않으리라.

　많은 것을 생각하게 하고 미래의 비전을 제시해주는 묵언의 느낌을 받았으며 내 삶의 모습을 가다듬는 계기로 다가온 하루. 지금보다 훨씬 더 바보 같도록 순수하고 천치 같도록 맑고 깨끗하게 살아가야 할 텐데.

지금이 아니더라도 평생을 두고 닦아내야 할 내 마음의 이정표이리라. 제가 글로 길게 써 내려 설명하는 것보다 운보의 홈페이지에서 그의 생애를 직접 느껴보시기를 바라면서 아래 주소를 알려 드립니다. 각자 많은 생각과 느낌들을 가져오시길. http://www.woonbokorea.com

그날 밤, 김덕수와 나는 하나가 되었다

　은은한 조명 아래 울려 퍼지는 가락 사이로 온몸에 전율을 느끼며 환상 속으로 빠져들었던 그 밤, 그 순간. 나는 지금도 그 울림에서 벗어나지 못한 채 이렇게 그날 밤을 생각하며 내 감성을 가지런히 펼쳐 놓는다. 그날 공주로 가는 길은 엄마 품으로 돌아가는 푸근함과 함께 그를 만날 수 있다는 벅찬 발걸음이 가벼웠다. 행여, 늦으면 어쩌지. 미리 가서 그가 잘 보이는 자리에 앉아야 할 텐데. 다소 조급한 마음도 있었지만, 무엇보다도 내 사랑하는 엄마와 큰어머님을 모실 수 있다는 게 정말 좋았다.

　"엄마, 저 지금 공주로 출발하니깐 저녁 드시고 준비하고 계세요. 큰어머님도 늦지 않도록 미리 준비하고 계시라고 전해 드리세요"

　나 태어나 생전 처음으로 엄마와 함께 문화생활을 같이 해 보는 순간이다. 상상조차 하지 못 했던 엄마도 가슴 설레기는 마찬가지리라.

　"아이고, 오늘 딸내미 때미 좋은 구경하게 생겼네~ㅎㅎㅎ"

　"큰엄마도 이런 거 너무 좋아하는데 그동안 사느라고 잊고 있었어."

　한마디씩 내뱉는 말씀 중에는 은근히 자신들이 살아온 삶들을 반추해 보는 듯 왠지 조금은 쓸쓸해 보였고 지난 시간이 꽤 아쉬운 것처럼 여운을 남긴다. 다행히 딱 좋은 시간에 공주시문예회관에 도착할 수 있어서 마음이 놓였고 공주방송국에 있는 양숙 님이 마련해 놓은 특별석에 앉을 수 있어서 더 행복했다.

"지금으로부터 KBS 공주방송국 개국 15주년 기념 2002 국악큰잔치를 보내 드리겠습니다."

공주방송국의 양민오 아나운서의 사회로 진행된 이 행사는 처음부터 나의 시선을 사로잡는다. 관현악과 국악이 함께 어우러지는 절묘한 만남이 이토록 우아하고 간결할 줄이야. 웅장함과 다양함보다는 튕겨 오르는 듯 흐느끼는 선율의 대금과 해금의 고운 때깔. 이경섭 님의 곡 '방황'은 마치 나 자신을 혼란 속으로 빠져들게 유혹하는 떨림이었으며 그 멜로디 자체가 관현악이 묻혀있는 현악의 살풀이 풀어헤침 그 자체였다.

이어서 창과 국악 관현악이 믹서 되어 그리움으로 묻어나는 환상의 호흡을 노래한 김미숙 님의 성주풀이. 곱게 차려입은 한복 색깔 만큼이나 청아하고 아름다워 절절한 감마저 맴돌았다. 우송대학교 교수이신 이영신 님의 소프라노 역시 가슴을 엘 듯 파고드는 애틋함이 있었는데 '불인 별곡'의 리듬이야말로 내 정서에 꼭 맞는 탄력과 추억을 발산하기에 딱 좋았다.

올해 83세의 인간문화재 박동진옹 께서는 즉석에서 개국축하 덕담과 특유의 유머와 재치로 관객을 사로잡았으므로 끊이지 않는 박수갈채를 한 몸에 받았다. 인생 모두를 국악에 바치고 말년에 고향으로 돌아오셔서 후학들을 위한 문하생을 길러내는데 마지막까지 기력을 다하시는 모습이 참으로 감동적이다. 항상 상투에 갓을 쓰시고, 지금은 몸이 많이 불편하신 듯 지팡이를 짚으며 저벅저벅 걷는 모습에 그가 누구에게나 어디에서든 거침없이 '씨부랄놈아~'를 토해내는 게 싫지 않다.

8명으로 구성된 민속무용 부채춤을 추는 여인들의 모습과는 사뭇 대조적인 것이 역시 인간은 다 때가 있는 법. 그때를 최대한 활용할 일이다. 누구나 사람은 늙는 게지. 여자도 남자도 모두 늙으면 거침이 없어진다지. 그래도 나는 왜 그리도 주름진 얼굴과 힘없는 모습이 싫어지지?

대전 문지초등학교 2학년인 김보람 양의 판소리에 앙증맞음과 장래를 예측하자니 진짜 어여쁘고 화려한 국악의 여왕인 김성녀 님의 발랄함을 겸비한 국악가요가 흘러나온다. 역시 여자 예술인들은 꽃처럼 아름답게 차려입고 가꾸고 다듬은 흔적이 엿보인다. 그래서 곡과 연주를 듣기보다는 그네들의 외모와 매무새를 감상하게 된다.

드디어, 마지막으로 나나 엄마, 그리고 큰어머님 모두가 간절히 기다리고 기대했던 김덕수 사물놀이 한울림예술단의 공연이 시작되었다. 바닥에 멍석을 깔고 장구와 북, 징, 꽹과리를 들고나오는 '패'들의 모습은 마치 전사들의 한판 대결을 펼치기 위한 개선장군들의 기세 당당한 품새다.

당연히 나의 시선을 제압한 사람은 김덕수 씨였는데 이렇게 가까이에서 그를 볼 수 있었던 건 그날이 처음 이었다. 작고 땅땅한 체구에 그의 얼굴에서 풍기는 인상은 결코 귀공자 스타일은 아니어서 그동안 그가 걸어온 나날들이 순탄치 않았음을 금방 느낄 수가 있었다. 수북이 길러 놓은 시커먼 수염 사이로 희끗희끗 비쳐 나온 머리칼에서 응어리진 설움과 아직도 풀어헤치지 못한 그 어떤 멍울의 한이 보인다.

'따다닥 쿵 따딱 따라락 따악 쿵 징~둥둥 두둥~깨갱 깽 깨갱'

속도가 너무도 빠른 가락이 쉴 새 없이 가슴을 메치고 둘러치고 뜯어놓는다. 얼굴엔 금새 홍조로 땀방울이 뚝뚝 떨어지기 시작하고 미친 듯이 흔들어대는 어깨춤과 끄덕이는 고갯짓은 저절로 나를 환장하게 한다. 간헐적으로 토해내는 외침이 존재하자 흐르는 시간을 멈추게 하니 나는 그의 영혼 속으로 들어가 들썩들썩 하나 되는 춤으로 꿈틀거려 본다.

찢어질 듯 두드리는 북소리. 쌓여있던 찌꺼기를 모두 쏟아놓기에 좋았고 뚫어질 듯 두들겨대는 장고소리, 꽹과리 소리마저 거꾸로 피 솟는 오르가슴의 절정이다. 가만히 앉아서 꼼짝도 하지 못할 그 어떤 위력에 눌려 숨죽이다가도 모든 이들이 하나 된 모습으로 열광을 하고 탄성을 지르는 것밖엔 아무런 이유도 없다.

그렇게 그는 유유히 사라지고 남아 있는 객석엔 아쉬움을 달래려는 듯 삼삼오오 어깨를 나란히 무대를 바라보며 한동안 멍하니 여운을 간직한다. 엄마와 큰어머님께서도 감동이 크신가 보다. 친정집에 모셔다 드릴 때까지 김덕수 씨 얘기로만 입속에서 맴돌린 걸 보면 말이다. 그 날 밤, 김덕수 씨와 나는 그렇게 하나가 되었었다.

안면도 땅 끝 마을 '영목항' 가는 길

3월의 첫머리를 맞이하면서 바다와 하늘이 맞닿을 듯 서해안의 끄트머리 안면도 땅끝 마을로 가족여행을 떠났다. 서로가 바쁜 일상을 잠시 접어두고 밀렸던 감성과 느낌을 충전시키기에 더없이 좋은 시간이었으므로 간직하고픈 추억과 내가 밟았던 흔적들을 되짚어 보기로 한다.

그동안 안면도에 대해서는 꽃박람회를 수차례 소개한 바가 있어 널리 알려졌기 때문에 꽃지해수욕장을 뺀 나머지 해수욕장과 주변 풍경을 위주로 자세하게 훑어보기로 했다. 서산에서 출발하여 40여 분 지나면 안면읍이 나오는데 그곳에서 또 다시 15분정도 자동차로 달리다보면 신선하고 예쁜 이름의 '샛별 해수욕장' 안내판을 볼 수가 있다.

처음 '꽃지해수욕장'이 그랬듯이(지금은 너무 많이 알려져서 설렘이 사라짐) 이곳 역시 개장한 지 그리 오래되지 않아 잘 알려지지 않은 면이 있다. 하지만 조약돌 투성이의 넓은 해변을 마주하면 동해의 해변을 연상하게 되며 푸른 바닷물은 더없이 맑고 깨끗하다. 오붓하게 가족과 함께 백사장에 텐트를 치고 하룻밤을 보내기에 참 좋을 것 같다.

태안반도의 서쪽 끝 안면도의 마지막 항구인 영목항을 가다 보면 고남면 소재지를 조금 못미처 서해에서 동해의 푸른 물결을 느낄 수 있는 '바람아래 해수욕장'의 입구가 나온다. 굽이굽이 비포장 포장도로를 타고 갈대밭과 소나무 숲을 지나면 반짝거리는 파도가 모든 이들을 반갑게 맞이하게 되고 이곳을 처음 방문한 피서객은 우선 바다에 떠 있는 작은 섬의 아름다움에 감탄하게 된다. 골과 골 사이로 형성되어 있는 백사장이 매우 이채로우며, 용이 승천할 때 큰바람과 조수 변화를 일으켜 조개바탕과 모래 둑이 형성되었다는 이곳.

서산에서는 매년 YMCA 단체가 다양한 체험행사를 계획하는 곳이기도 하다. 서해안의 해수욕장은 리아스식 해안으로 백사장의 고운 모래와 아름드리 소나무의 그늘이 인상적이어서 언제든 마음 홀홀 털고 또 오고 싶은 곳이리라.

이번엔 안면대교를 지나 차량으로 약 25분 정도 가다 보면 고남면 소재지가 나타난다. 고남면 소재지를 진입하다 보면 우측에 장삼포해수욕장 안내 표지판이 있어 찾아가기에 어렵지 않다. 백사장 전체가 길게 이어진 해안선으로 조개잡이 및 게 잡이 등을 직접 체험할 수 있다. 특히 '마리아와 여인숙'이라는 영화 속의 해변이 바로 이곳이기도 하다. 난 여태 그 영화를 보지 못해서 구체적인 공감대를 형성하기엔 어려움이 남아 있다.

장삼포 해수욕장 주변 마을을 '대숙밭'이라 불렸다고 하는데 대숙이란 바닷가 바위틈에 서식하는 나사조개의 일종이란다. 이곳에서는 갯바위낚시와 야간의 배꼽고동잡기를 즐길 수 있으며 저렴한 가격으로 붕장어구이, 자연산 생선회를 먹을 수 있다. 이곳 역시 많은 사람에게 잘 알려지지 않았기 때문에 살짜쿵 연인과 함께 데이트하기 좋다.

장삼포 해수욕장을 지나노라면 그 곁에 바짝 붙어 있는 조용한 해변 마을이 나온다. 일명 장곡해수욕장으로 불리기도 하며 해변의 폭이 크지 않은 아늑하고 조용한 해수욕장이다. 주변은 농경지와 산으로 이루어져 있어 야영하기에는 적합하지 않지만, 전형적인 농촌마을로 민박이 가능하며 시골의 인심을 물씬 느낄 수 있는 곳이다. 이곳 역시 우선 해변이 안전하기 때문에 가족끼리의 한적한 피서 즐기기에 적당한 것 같다.

생활에 찌든 스트레스를 부서지는 파도의 하얀 물거품 속에 과감히 던져보자. 아직은 주변 시설과 먹거리 등이 풍부하지 않은 인상을 담고 왔지만 언젠가는 가슴 풋풋하고 따스한 사랑을 느낄 수 있는 사람과 어느 날 훌쩍 인적 없는 곳으로 떠나고 싶을 때 생각날 것 같은 장소다. 친절한 사나이의 훈훈한 인심이 오래도록 기억에 남을지 모른다.

운여해수욕장은 지포저수지, 법정사 입구에서 약 3Km 지점 장곡3구에 있다. 입구에서부터 모래가 주변을 뒤덮인 것이 마치 태안 원북에 있는 신두리 해수욕장을 연상하게 된다. 완만한 백사장과 오염되지 않은 깨끗한 물이 인상적이었고 흐린 날의 석양과 구름 떼가 만들어내는 경관은 정말 아름다웠다. 자그맣고 아담한 모습은 한 아름 가슴속에 폭 들어올 듯 껴안아 주고 싶다.

또한, 이곳은 안면 제일의 사구가 발달하여 바람아래해수욕장과 더불어 해마다 안면도 예술축제가 열리는 장소라는 것도 꼭 잊지 말아야겠다. 모든 해변이 사구에 둘러싸여서 차량은 통행할 수 없으므로 운여해수욕장에 들어가려면 길가에 차를 세워놓고 걸어가야 한다. 이참에 차라리 연인과 함께 어깨동무하며 두런두런 이야기할 수 있으니 더없이 좋지 않을까.

출렁이는 바다와 구름 많이 낀 하늘을 뒤로하고 땅 끝에 있는 마을 영목항을 향했다. 오른쪽 길가에 장엄한 건축물이 눈에 띈다. 이곳이 바로 고남면 고남리 '패총박물관'이다. 사실 그렇게 많이 오갔음에도 무관심 속에 그냥 스쳐 갔던 곳이다. 이번엔 직접 차에서 내려 내부를 둘러보고 머릿속 한 귀퉁이 자리를 내어 주리라. 패총박물관 하면 괜스레 낯설게 느껴질지도 모른다.

간단하게 설명하자면 고남리 패총에서 출토 및 수집된 유물을 중심으로 신석기 시대와 청동기시대의 토기, 석기 등이 전시된 곳이라고 이해하면 훨씬 편할 것 같다. 선사시대 사람들이 이용했던 도구를 직접 접할 수 있으며 문화체험시설도 갖추어져 있다. 박물관이라는 곳을 방문할 때마다 느끼는 것이지만 보고 나면 외려 머릿속이 텅 비는 멍함이란.

이제 많은 눈 씻음과 장관들을 마무리해야 할 순간이 다가왔다. 우리나라 사람들은 땅 끝에 있는 마을 하면 전라도 '해남'을 연상하게 되는데 충남 서해안 안면도에도 육지의 마지막 간절함으로 사람들의 발걸음을 기다리는 곳이 있다. 이름에서 느낄 수 있듯이 뭔가 새로운 이상을 쫓을 수 있을 것 같기도 하고 못내 다다를 수 없는 끝자락에 선 아쉬움을 느낄 수 있는 '영목항'이 바로 그곳이다.

분주한 일상에서 벗어나고 싶을 때 마지막이라는 느낌으로 찾게 되는 곳. 주말 이어서일까? 휴일이라서일까? 많은 사람이 북적대고 있었다. 선착장에서 서성이는 사람들은 갈매기와 파도, 그리고 사랑을 기다리고 있겠지. 올망졸망 늘어선 작은 섬(원산도, 효자도, 추섬, 빼섬, 삼형제 바위)들이 나를 오라 유혹을 하지만 계획된 일정이 없어 다음으로 미뤄야 하는 서러움만 가득하다.

다른 항구에 비해 어촌의 분위기가 물씬 풍기면서도 사람 사는 정을 느낄 수 있는 영목항에서 싱싱한 횟감으로 소주 한 잔 걸치고 나니 이 세상 어느 것도 부러울 것이 없어라. 조금만 벗어나서 탈출을 시도하면 즐거움과 기쁨으로 남은 나날들이 활기차고 희망 가득 아름답게 꾸며지리니 우리는 그것을 게을리하지 말아야 한다.

이렇게 가족들과의 여행을 접고 편안하고 여유롭게 쉴 수 있는 보금자리로 향했다. 천장 높은 통나무집 민박을 얻어 온 가족이 함께 윷놀이도 하고 맛있는 음식을 해 먹으면서 보내는 밤은 한없이 깊어만 갔다.

서울 막내 제부가 준비해 온 귀하디귀한 21년산 밸런타인 위스키를 비우고 또 비워내도 취하지 않는 안면도에서의 하룻밤은 두고두고 못 잊을 추억으로 남을 것이다.

스님과 함께 한 세 女子의 하루

밤새 내리고 새벽까지 뚝뚝 떨어지던 빗소리가 멈추고 상쾌한 바람이 솔솔 불어오니 마음마저 즐겁다. 이른 아침 세 女子가 충남 예산군 덕숭산의 정기를 잇고 있는 '수덕사'를 향해 달린 이유는 주지 스님의 진산식과 더불어 '만공 대 선사 탄신 132주년 다례 및 보살계 수계 대법회가 있었기 때문이다.

특별히 종교를 가지고 있지는 않지만 늘 마음속으로 편안함을 느끼고 마냥 산속의 고요함과 정적으로 나를 이끄는 곳이 바로 사찰이다. 바람에 흔들리는 풍경 소리는 때마다 심금을 울려주고 빡빡머리 반들반들 윤기 나는 매무새에 저절로 숙연해지곤 하는 자세가 스스로 지은 죄를 모두 풀어버리는 듯 홀가분해져 좋다.

세 女子가 수덕사에 도착하니 이미 많은 사람의 행렬이 이어졌고 행사장에는 수많은 축하 화환과 더불어 누군가를 기다리는 의자가 놓여 있었다. 우리는 사찰 뒤로 나 있는 등산로를 따라 올라갔다. 산산 곳곳에는 분홍진달래가 함빡 웃고 있었는데 몸집 작은 다람쥐 녀석이 마중 나온 것처럼 재롱을 부리니 마음마저 즐겁다. 조금은 숨 가쁨을 몰아쉬고 플라스틱 손잡이 바가지에 山水를 받아 마셨다. 내 헐어있을 창자가 말끔하게 재생되는 기분이다.

가는 곳곳의 불상 앞에서 두 손 모아 허리를 굽혀 정성껏 절을 하고 간절한 소망 기도하는 불자들의 모습에 똑같이 흉내를 내 보았다. 어색하기도 하고, 쑥스럽기도 했지만 역시 공을 들인다는 것은 좋은 것 같다.

오르고 올라 덕숭산 산마루를 조금 못 미치니 만공탑이 보이고 좀 더 오르니 경허, 만공, 혜명스님 등 불교계의 선지식인들의 영정 앞에서 현 총무원장이신 법장스님을 비롯해 큰 스님들이 다례를 지내고 있었다. 그런 모습을 가까이에서 볼 수 있었던 것도 행운이지만 평소 자주 뵙지 못할 존경하는 스님들을 뵐 수 있어서 더욱 가슴 벅찼다.

부처님 앞에서, 무슨 무슨 신(神)들 앞에서, 불상 앞에서, 사찰 앞에서 엎드려 절을 하고, 두 손 모아 반배를 하고. 아마도 백팔번은 했으리라. 내 생전에 하루 동안 이렇게 많이 해본 적이 없다. 가는 곳곳마다 또는 뵙는 스님들한테 절을 하는데 나중에는 오금이 저리고 종아리가 아려 오는 것이 보통 어려운 게 아니었다.

그렇게 등산을 마치고 대웅전에 다시 내려오니 제19대 주지 스님의 진산식(취임식)이 거행되고 있었다. 이번에 취임하시는 '법정 스님' 께서는 서산 운산에서 출생하시어 13세 나이로 입산 출가, 1955년에 덕숭총림 수덕사 방장이신 '원담 큰스님' 을 은사로 사미계를 수지 하신 바 덕망과 자비를 고루 갖추신 분이다.

진산식에 이어 보살계 수계가 이루어졌는데 수계라 함은 불교의 십중대계(十重大戒)와 사십팔경계(四十八輕戒)를 말함이다. 수계 접수처에 접수하면 수계증(受戒證)과 함께 법명을 받게 되는데 이참에 접수하고 법명을 공덕행(功德行)이라 받았다. 아마도 아직 젊으니 공과 덕을 열심히 행하라는 말인가 보다.

세 여자 중 두 분이 신자인데 그 두 분 중 한 분이 서산 운산에 있는 〈문수사)에 다니고 있고 나머지 한 분은 대전에 있는 자그마한 절에 다니고 계시다. 문수사 주지이신 〈혜찬 스님〉과 일행을 따라 '그때 그 집'이라는 식당에서 산채 정식으로 점심을 먹고 그 아래에 있는 '불교 조각원'을 답사했다. 비록 작은 공간이지만 그 예술의 가치는 말로 다 표현할 수 없는 지경이었다.

이어 우리는 운 좋게도 수덕사의 방장스님이신 '원담' 큰스님 방에 방문할 수가 있었다. 올해 일흔을 훨씬 넘기고도 얼굴에 주름 하나 없이 맑고 깨끗한 게 속세인과 확실히 구분되는 분위기를 느끼고도 남음이 있다. 수덕사 內의 모든 글씨는 원담 스님이 쓰셨을 정도로 그 필력은 알아주었는데 지금은 몸이 많이 쇠약해져 힘들어하는 모습이다. (그래도 예전보다 많이 좋아졌다 함.)

요즘도 컨디션이 좋으면 하루에 넉 자 정도는 30여 장 쓸 수가 있을 정도고 긴 문장 같은 경우 대여섯 장 정도는 거뜬히 쓸 수가 있단다. 다행히도 우리에게 좋은 뜻을 담은 긴 글을 두 장 선물해 주셨는데 그 화선지를 받아 들었을 땐 숨이 막힐 정도로 가슴이 뭉클해졌다. 두고두고 고이 소중하게 간직하리라. 고운 먹빛 다 할 때까지.

그렇게 감동에 감동을 더한 하루를 접고 오후 시간이 돼서야 세 여자는 수덕사를 빠져나올 수가 있었다. 돌아오는 길에 많은 도움을 주신 문수사에 들르려는데 전화가 왔다. 세 여자 중 한 분의 남편이 대전으로 발령이 났으니 빨리 와서 짐을 챙기라는 것이다. 졸리던 눈이 번쩍 떠지면서 작별을 위한 아쉬운 순간이 다가오고 있다.

문수사의 혜찬 스님과 차 한 잔 나누며 잠시 시간을 보낸 후 세 여자가 함께 한 하루를 고이 접으려니 헤어짐을 위한 전주곡이 흐르기 시작한다.

"나중에 뵙더라도 늘 건강한 모습이길 바라고요, 안녕히 가세요."
"영미씨도 좋은 글 많이 쓰시고 대전에 오시면 또 뵙도록 해요."

236

머릿속엔 아직도 흐드러지게 핀 진달래꽃과 귀여운 다람쥐가 술래잡기하고 있었다.

강릉 경포대해수욕장에서의 첫날 밤

- 3일간 나 홀로 여행기(1)

철커덕. 키를 꽂고 좌우로 돌리는 내 손목에는 이미 힘이 들어가 있지 않았다. 억지로 남아 있는 기운을 쏟아부어 열고 들어온 아파트. 텅 빈 어둠과 고요한 정적만이 나를 반겨주었다. 그래도 나는 이곳이 하나도 낯설게 느껴지질 않았고. 몸은 고단한데 정신이 너무도 맑고 가벼워 핑크빛 미소를 머금는다.

장호가 일본으로 수학여행을 떠남과 동시에 나도 어디론가 훌쩍 떠나리라는 다짐으로 배낭을 챙기기 시작했다. 요즘은 중학생도 '테마여행'이라며 해외에 나갈 기회가 많이 생겼다. 국내(서울)와 해외(일본) 두 군데 중 자신이 선택하여 학년의 반을 구분하지 않고 함께 떠나는 것이다.

그동안 만나지 못했던 친구들을 만나러 가야 할지 또는 산속에 들어가 꼼짝을 하지 말아야 할지를 망설이다가 무작정 핸들 닿는 대로 가리라 마음을 먹고 서해안고속도로를 달렸다. 음악 볼륨 업! 서서히 올라

238

가는 rpm의 속도! 앞만 보고 달리는 고속도로위의 자동차들은 어디론가 떠나가고 있었다. 그들 중에 나도 끼어 있으니 나는 무엇 하는 사람인가. 컵라면과 초코파이, 소주 몇 병을 덩그러니 트렁크에 싣고 뒤돌아볼 틈 없이 무아지경으로 달려가 머문 곳이 강릉이다. 문창과 동기생 종순이 와 경수 오라버니에게 연락했다.

오후 3시, 종순이 와는 평창휴게소에서 합류를 하여 드라이브를 즐겼다. 바비인형 같이 생긴 귀여운 종순이. 왈가닥 루시를 닮은 종순이는 천진난만한 순수 덩어리다. 7~80년대 애국가 맨 처음의 '해 오름 장면' 을 찍었다는 〈하조대〉를 갔다. 망망대해 드넓은 동해는 그야말로 웅장한 모습을 하고 있다.

서해가 올망졸망 아리따운 女子를 닮았다면 동해에는 크고 힘이 센 男子의 기개가 고스란히 담겨 있다. 바다를 보면 한없이 넓어지는 가슴으로 만물을 포용하는 아량이 생긴다. 이 순간만은 내 모든 걸 버릴 수 있으리라는 포기가 아닌 새로움이 솟아난다. 바다가 훤히 바라다 보이는 해조대의 야외찻집을 뒤로하고 경포대로 향할 즈음엔 이미 해가 뉘엿뉘엿 서쪽으로 지고 있었다.

5년 전이었던가? 가족여행을 하면서 강원도 일대를 죄다 훑었던 기억이 새롭다. 그때도 경포대에서 하룻밤을 묵었었는데. 나 홀로 3일간의 여행 중 그 첫날밤을 이곳에서 묵기로 함은 예사로운 인연이 아니다. 인생은 억지로 살아지는 게 아닌가 보다, 어쩜 똑같은 자리에서 머물게 되다니. 경수오라버니는 강릉에서 학원을 운영하고 있다. 여느 학원과는 차원이 다른 노하우를 자랑하면서 독특한 개념의 방식을 도입했는데 그게 학부모들과 학생들 간의 입소문이 자자해져 꽤 왕성한 사업이 된 것이다. 10시가 되어야 끝날 수 있다고 했지만 보고픔이 간절했는지 9시가 조금 넘어서 우리들과 합류를 하게 되었다. 너무 반갑다. 그는 40대 중반이 되어서야 문학의 꿈을 이루기 위해 열정을 불사르고 있다.

종순이가 그동안 가슴에 맺혀있던 답답함이 너무 깊었나 보다. 맥주에 소주를 한잔 섞어 두어 잔 마시고 나니 주절주절 실타래가 풀린다. 자신만이 가지고 있는 비밀스러운 과거와 현재에 대한 불만족스러움, 존재의 미래를 꿈꾸며 울다, 웃다, 울부짖다, 설움을 토해낸다. 술도 고팠고, 사람도 고팠고, 대화도 고팠는데 내가 와서 너무 좋단다. 친구들은 사방에 널려있지만, 막상 찾으려 하면 상대가 빈곤했던 거다. 그런 종순이의 심정을 백번 헤아리고도 남음이 있어 잠자코 그 하소연과 투정들을 다 받아 주었다. 그것이 행복이었고, 기쁨이었으며, 사랑으로 머물다 빠져버릴 일이다.

그래, 사람은 누구에게나 한가지씩은 가슴에 멍든 슬픔이 있으려니. 풀어지지 않는 그 응어리진 마음을 누구에겐가 토해내고 싶은 갈망이 존재하지. 때로 그것마저 잃어버리고 산다면 존재의 껍데기로만 허우적거리겠지. 휘청거리는 경포대의 밤바다는 잔잔했다. 백사장을 걷고 또 걸어도 해답은 나오지 않았다. 하얀 물거품이 나에게 무언의 메시지를 쥐어 주고 도망을 간다.

'인생은 예고 없이 왔다가 흔적 없이 사라지는 것' 이라고. '만남은 우연처럼 왔다가 인연처럼 맺어지는 것' 이라고. 나에게 지금 가장 필요한 것이 무엇인가를 일깨워주는 순간으로 남는다. 셋은 다시 의기투합하여 '바다로 간 자전거' 라는 카페로 갔다. 거기 말고 두 군데의 카페를 들렀는데 맘에 들지 않는다는 이유로 최종 선택한 것임에도 불구하고 '잭콕' 위스키를 마신 종순이가 왕왕거린다.

"난 이곳이 정말 맘에 안 들어. 처음부터 정말 오기 싫었었어. 자전거, 자전거를 탈 수 없는 사람이 어떻게 바다로 가냐구. 난 오월이 너무 싫어. 햇빛이 너무 눈부셔서 싫단 말야. 산도 푸르고 너무 완벽해서 싫어. 이 지겨운 오월이 빨리 갔음 좋겠어 등등 하하" 거의 울부짖으며 찢어놓는 소리로 억압된 자신을 마냥 질타하고 있었다.

경수오라버니는 참으로 대단한 사람이다. 먼 곳에서 온 나야 그렇다 치더라도 종순이의 그 앞뒤 안 맞는 외침을 푸근한 눈빛으로 한마디의 불편한 기색 없이 잘도 들어주며 어루만져주고 있다. 새벽 3시까지는 나도 인생을, 삶을, 문학을, 사랑을 논하며 기다렸지만, 그 이후부터는 간헐적인 하품이 나를 짓누르는 것이다.

눈꺼풀이 무겁기 시작했으며, 눈알이 서서히 충혈되기 시작했으며, 이야기를 들으며 졸고 있었다. 끝없는 토론과 오가는 대화가 끝이 난 건 새벽 5시를 알리는 여명의 빛이었다. 그제야 경수오라버니도 옆 지기가 있는 보금자리로 되돌아갈 수 있었고 종순이 와 나는 찜질방을 찾아 헤매다가 포기를 하고 모텔에 들어가 누웠다.

어둠을 뚫고 새벽을 달리는 푸르스름한 색깔의 그것이 물밀 듯이 쳐들어오자 그 기운을 이기지 못하고 스르르 눈을 감고 말았다. 아침이 밝아 오는 동안 나에게는 그 시간부터가 밤이 되는 것이다.

뜻밖의 사고로 머물게 된 원주에서

- 3일간의 나 홀로 여행기(2)

그렇게 늦게 눈을 붙였음에도 불구하고 아침을 맞이한 시간은 오전 8시가 조금 지나서였다. 종순이 는 여전히 콜콜 자고 있었지만, 방 안엔 일찌감치 해 오름의 햇살이 창문을 헤집고 들어 와 침대의 머리맡에 머물고 있어 힘껏 껴안아 주지 않을 수 없었다.

우선은 욕실에 들어가 욕조에 따뜻한 물을 하나 가득 받았다. 밤사이의 기억들을 더듬으며 입고 있는 옷을 하나둘 벗어 내렸다. 약간은 뜨겁게 느껴지는 물속으로 알몸을 살그머니 담갔다. 죽었던 세포가 일제히 반란을 일으키며 소름이 돋는다. 지그시 눈을 감고 더 깊은 곳으로의 몰입을 꿈꾸며 가라앉았다.

아, 3일간의 나 홀로 여행 중 하룻밤을 보냈구나. 경포대의 그 바다는 아직도 출렁이는 물살에 몸살을 앓고 있으며 화려했던 밤거리는 낯 설은 이방인을 외면한 채 고요히 잠들고 있다. 대전 KBS에서 걸려온 전화가 아니었더라면 라디오 방송을 잊을 뻔했다. 부랴부랴 PC방을 찾아 자료를 검색하여 원고를 작성하고 무사히 방송을 끝냈다.

경수오라버니야 부인이 있음에도 아랑곳하지 않고 우리들과 새벽5시까지 함께 있다 들어갔으니 원망도 들었겠지 짐작을 하고 그냥 종순이랑 둘이서 그 유명하다는 '초당할머니순두부집'으로 발길을 돌렸다. 3대째 강릉 초당마을에서 두부 맛을 이어가고 있다는 입소문을 들었던지라 서슴지 않고 찾아간 곳이었는데 예상외로 조촐하고 평범한 게 그저 그랬다. 그래도 그 모두부만큼은 정말 고소하고 감칠맛이 나는 게 일품이었다.

순두부 백반으로 아침을 먹고 있노라니 경수오라버니 부부가 나란히 손님을 맞으러 오는 게 아닌가. 참으로 반갑고 정겨운 모습이다. 초당할머니순두부집 앞마당엔 태극기가 펄럭이고 있었다. 아침식사를 마치고 경수오라버니가 집에 가서 차를 마시고 가란다. 종순이야 속이 다 뒤집힌 상태라서 만사 피곤한 형색이다.

두 부부가 사는 아파트에 도착하여 잠시 휴식을 하고 28일 날에 대한 일정을 계획하면서 울산에 있는 차영일 대표를 만나러 가기로 했다. 전화통화로 약속시각을 정해 놓고 그 집을 빠져나왔다.

이제는 강릉에서의 모든 사람들과는 안녕을 고해야 한다. 종순이도 안녕…경수오라버니도 안녕…그 부인도 안녕…그리고, 서해안에 먹거리가 풍부하니 언제든 놀러 오라는 인사말도 안녕. 다시금 영동고속도로를 타고 남원주 요금소를 빠져나왔다. 강릉에서 울산으로 가려면 중앙고속도로를 타야 했기 때문이다.

약 20km쯤 달렸을까. 자동차의 엔진 소리가 좀 이상하다. 가끔 울컥거리기도 하고 엑셀이 공으로 밟아지면서 rpm이 떨어진다. 왠지 불안한 마음에 비상 깜빡이를 켜고 갓길에 주차하려 하자 기다렸다는 듯이 부르르 떠는소리와 함께 시동이 꺼졌다. 참으로 난감하고 어이가 없었으며 황당하기까지 했다.

일단은 수습을 해야 했기에 보험회사에 연락을 취하고 래커가 오기만을 기다렸다. 불 예측 상태에서의 기다림이란 허망하고 공허했으며 조급하기만 하다. 10km까지만 무상으로 서비스하고, 1km당 2천 원씩의 부과금을 받는단다. 어쨌든 정비공장으로 가야 했기에 레커차에 자동차와 나를 함께 싣고 떠났다. 가장 가까운 정비공장을 찾아 도착한 곳이 원주다. 까닭 없이 멀쩡하던 차가 갑자기 멈춰버리니 난감하던 차에 뭔가 바람에 스쳐 지나는 예감이 불현듯 다가온다.

연료첨가제(세녹스)가 경제적이라는 말에 근래에 서너 번 주유를 했었는데 아무래도 그놈이 말썽을 일으키고 있다는 막연한 상상이 압도하는 것이다. 정비공장 기사가 아무리 차를 점검해도 그렇다 할 원인을 찾지 못하고 있을 즈음 시간은 흘러 해는 서쪽으로 자꾸만 기울어지고 있었다.

땅거미가 지고 하늘빛이 푸르스름해 지면서 아무래도 원주에서 하룻밤을 보내야 할 것만 같다는 느낌에 불현듯 생각난 사람이 있었다. 다름 아닌 원주교도소장님께 전화를 걸었다.

"안녕하세요? 서산구치지소 교정위원 오영미입니다. 제가 강원도에 왔는데 어쩌고저쩌고해서 원주 자동차 정비공장에 있습니다. 그냥 생각나서 전화로 안부를 드리는 겁니다." 했더니만

"아예, 무슨 말 인지 알아들었습니다. 정비가 끝나면 연락 주세요." 하면서 친절한 응답이 전해져 왔다. '어휴~ 낯선 곳에서의 구세주로군.'

웬만히 일찍 끝나면 늦게라도 그곳을 떠나리라 작정을 하고 있었지만 금방 끝날 줄 알았던 정비는 자꾸만 시간이 길어졌고 급기야는 연료통에 있는 필터가 녹아 그 찌꺼기가 원인이 되어 연료펌프와 인젝터 까지 다 막혀 버렸다는 결론을 확인했다. 그것들을 모두 주문하여 갈려면 또 시간이 걸려야 했는데 마침 전화가 왔다. 낯선 곳에서 예측불허의 사고를 당하고 있으니 인지상정이랄까.

전후 사정이야 어찌 되었든지 교정에 몸을 담고 있다니 반가웠겠지. 위기를 슬기롭게 대처함에 있어 대견스럽게도 생각했을걸. 낯선 여자가 교도소장님을 찾은 게 어쩌면 뜻밖의 신선한 충격으로 다가왔는지. 1시간여 동안 대부분을 고향 이야기와 인생 이야기로 보내니 벌써 어둠이 내린다.

눈을 감으며 또 감으며 머릿속에서는 하루 동안의 역사가 빙글빙글 돌아가고 있었다. 따뜻한 인간애와 친절함을 베풀어 주신 신상철 원주교도소장님께 진심으로 감사의 인사를 드린다. 고맙습니다. 몇 번을 생각하고 또 생각해 봐도 참 좋은 만남은 참 좋은 인연을 만들어 가는 것이다.

팔뚝만 한 월척으로 매운탕을 끓여놓고

- 3일간의 나 홀로 여행기(3)

29일 아침, 원주에서 눈을 뜨자마자 자동차 정비공장으로 갔다. 연료펌프가 막히고 망에 찌꺼기가 낀 것으로 보아 화학성분에 의한 원인으로 밝혀짐에 따라 조금이라도 아껴보겠다는 나의 알뜰함에 대해 이렇게 원망해 본 적이 없다. 앞으로 연료첨가제는 절대로 사용하지 않으리라 다짐을 하면서 서산을 향해 부르릉 시동을 걸어 힘차게 출발을 한다.

하루만 지나면 장호도 일본에서 올 테고 다른 일정을 잡아 여행을 떠나기엔 이미 김이 새버렸기에 나의 보금자리가 있는 서산으로 가기로 한 것이다. 한참 영동고속도로를 빠져나와 서해안고속도로에 올랐을 때였다. 예전에 가족들과 함께 갔었던 안흥항 신진도에 가고 싶어졌다. 일단 마음의 작정을 하고 나니 바쁜 마음에 휴게소에 한 번도 쉬지 않고 앞만 보고 신나게 달렸다.

안흥항 신진대교를 지나 신진도에 도착한 시간이 12시 20분경. 점심을 마치자마자 비가 부슬부슬 내리기 시작했다. 햇볕이 쨍쨍 내리쬐는 것보다는 훨씬 운치 있어 좋겠다고 생각했다.

우산을 펼치고 유람선 선착장엘 가서 티켓을 끊고 배에 올라탔다. 평일인데도 많은 관광객이 꽉 들어차고 있었다. 신진도는 원래 태안반도의 끝 작은 섬이었으나, 93년 신진대교가 생기면서 육지로 변신을 하게 된다.

중국과 가장 가까이 위치한 곳으로(약 179마일) '79년부터 항 개발이 시작되어 신진, 부억, 마도 섬 3개를 연결 '안흥외항' 이라는 명칭을 갖게 되었다. 현재는 10톤급 어선 872선 척을 수용할 수 있는 큰 항으로 발전되었으며 주변엔 아직 안흥8경의 절경들이 남아 있는 낭만과 멋이 살아 숨 쉬는 곳이다.

내가 선택한 코스는 C코스로 신진도 안흥외항 - 마도 - 사자바위 - 가의도 - 독립문바위 - 옹도 - 정족도 - 목개도를 거쳐 다시 신진도 안흥외항으로 돌아오는데 1시간 30분이 걸린다. 적당히 흐린 날의 낭만 기쁨이란 경험해 보지 않은 사람은 모르리라. 시원하리 만큼 상쾌하게 불어대는 바람에 창을 후려치는 빗방울.

저 멀리 물안개로 휩싸인 크고 작은 섬들이 망망대해에 둥실둥실 떠있는 모습들. 두리둥실 흔들리는 통통배에 몸을 맡기고 넘실거리는 바다 위, 날으는 저 갈매기들의 애끓는 비애의 소리를 들어보라. 속세의 어지러움은 잊고 지내는 듯 평화로운 바다 한복판에서 나는 또 하나의 미지를 발견하고 그것이 원하는 대로 그동안의 인생 궤도를 과감히 수정하고자 마음을 먹는다. 부스러기와 나부랭이들을 훌훌 털어버리기로 굳게 다짐을 해 본다.

진정 내가 원하는 것과 필요로 하는 것들에 대한 최소한의 영양분을 제공해줘야겠다는 생각이다. 너풀너풀 많은 날개 잃은 가지들을 거느릴 이유가 없다. 이제 얼마 남지 않은 인생을 저 바다와 함께 푸르게 가꾸고 편안한 정신세계를 영위하기 위해 내 남은 정력을 다 쏟아야겠다.

　3일간의 나 홀로 유랑한 여행은 어쩌면 볼품없이 초라하고 빈곤할지 모른다. 하지만 나에겐 참 다운 휴식시간이었고, 여유로움이었으며, 행복한 순간들이었다. 혼자서 당당히 떠날 수 있다는 건 그것만큼의 책임과 자유가 존재한다는 거다. 서로에게 짐이 되지 않고 신뢰를 쌓을 수 있는 절호의 기회인 것이다.

'모세의 기적' 제부도를 다녀와서

　　하루의 일상을 접고 어디론가 떠나고팠다. 너무 멀리 가기엔 좀 부담스럽고, 그렇다고 서.태안 지역에 있는 곳들은 대부분 다녀 본 곳이라서 식상함을 탈피 코 저 고속도로에 올랐다. 경기도 화성군 서신면(西新面) 앞바다의 작은 섬 제부도(濟扶島). 말로만 들어왔던 제부도를 향하여 햇살 가득 머금고 핸들을 잡았다.

　　서해안고속도로를 타고 서울 방향으로 가다 보면 비봉나들목이 나오는데 그 표지판 아래쪽에 자그맣게 안내 이정표가 적혀져 있다. 깜박 정신을 놓치면 그냥 지나치기가 일쑤여서 매송IC까지 갔다가 되돌아오는 수가 허다하다. 나 역시 그랬으니까.

　　제부도에 다다르니 미니 요금소가 세워져 있고 그곳을 통과하려면 한 사람당 1천 원을 내야만 들어갈 수 있었다. 난 운이 좋게도 시설관리공단에서 근무하는 직원의 안내를 받을 수 있었는데 너무 자세하고 친절하게 소개를 해 주어 정말 감사했다.

　　제부도는 하루 두 차례씩 바닷길이 열린단다. 면적 1㎢에 해안선 길이도 12km에 불과해 여의도보다도 작은 섬이지만 주말이면 많은 사람이 찾는 곳이다. 이렇듯 제부도가 명소로 떠오른 것은 바닷길이 갈라지는 '해할 현상' 때문.

흔히 '모세의 기적'이라 불리는 이 현상 덕에 많이 알려진 제부도. 마침 내가 도착했을 때는 썰물 때라서 4~5m 깊이의 바닷물이 빠져나가 바닷속에 잠겨 있던 2.3km의 시멘트 포장길이 모습을 드러내고 있었다. 길 좌우에 펼쳐져 있는 갯벌을 보며 시멘트 포장길을 건너는 묘미란, 아휴~짜리릿~

제부도의 유래를 잠깐 살펴보면, 예부터 육지에서 멀리 보이는 섬이라는 뜻에서 저비섬 또는 접비섬으로 불렸으나, 조선조 중엽 이후 송교리와 이곳을 연결한 갯벌 고랑을 건널 때 어린아이는 업고, 노인은 부축해서 건넜다는 뜻의 제약부경(濟弱扶傾)이라는 말에서 '제' 자와 '부' 자를 따와 개칭하였다 한다.

제부도의 해변 백사장은 너무 거칠어서 해수욕을 즐기기엔 부적합한 것 같다. 원래 서해안은 리아스식 해안이라서 이곳 역시 고운 모래를 자랑하였는데 북쪽으로 시화호가 건설되면서부터 이처럼 황막해졌다는 설명이다. 어차피 백사장의 폭이 좁고 갯벌이 발달하여 피서지로써는 적합하지 않은 듯.

언론과 매스컴에서 떠들썩하게 홍보를 한 것에 비교하면 직접 현장에 도착한 나로서는 너무도 볼품이 없고 초라해서 실망이 앞서고 뭔가 허전함이 더욱 펑펑 쏟아져 내리고 있었다. 그 상상했던 낭만은 어디로 가고 없는 걸까.

열린 바닷길을 가로질러 들어간 안쪽에는 식당과 숙박업소가 자리하고 있으며 갓길을 타고 쭉 연결된 노상엔 파라솔과 방갈로 같은 불법 시설물들만이 즐비하게 늘어 서 있다. 너무 상술적인 면에만 치우친 것 같아 느낌이 좋지 않았고 삭막하기까지 했다. 상상했던 제부도의 이미지와는 사뭇 동떨어진 자리매김들 같아 영 어수선하기만 했다.

그래도 이곳에 오면 연인들이 즐길만한 산책로가 있어 좋다. 아직은 미완성이지만 해변을 따라 구름다리 모양의 데이트코스가 낭만적이다. 다만, 난간 틈 사이가 너무 크게 구멍이 나 있으므로 어린이들이나 청소년들에게 사고의 위험이 노출되어 있어 조심스럽다.

제부도에는 '모세의 기적' 말고도 또 하나 놓치지 말아야 할 것이 있다. 바로 제부도에서 바라보는 서해의 낙조이다. 서해안 어디에서나 일몰을 감상할 수 있지만, 그중 몇 곳의 일몰 명소를 꼽을 때면 빠지지 않고 제부도가 들어간다니 가능하다면 제부도의 일몰까지도 감상하고 올라오는 것이 좋겠다.

주변을 다 둘러보고 나오려니 바다가 밀물 되어 다리가 잠기려 한다. 안전요원들이 단속을 철저히 하지만 가끔은 불의의 사고가 나기도 한단다. 다시금 요금소를 빠져나와 허기진 배를 채우기 위해 식당을 찾았다. 그 주변은 들어오면서부터 느꼈지만, 바지락 해물 칼국숫집이 아주 많다.

바지락 해물 칼국수야 서산에서도 실컷 즐길 수 있는 메뉴이기에 보리 익어가는 계절에 최고의 맛을 자랑하는 자연산 우럭 회와 매운탕을 먹었다. 용궁회센터라는 식당은 그곳에서 유명한데 역시 그럴만한 이유가 충분했다. 할머니의 정갈한 음식 솜씨와 두 부부의 친절하고 싹싹한 서비스 정신이 맘에 들었다.

해가 서산에 질 즈음 제부도를 등에 업고 나의 보금자리로 향한다. 역시 여행이란, 아니 둘러보기란 많은 생각과 경험을 통하여 무수한 선택과 판단을 가져오게 함으로써 시행착오를 적게 만드는 것 같다.

'백문이 불여일견'이라 했던가. 직접 다가가서 확인하고 느끼는 일 자체가 소중함이다. 이곳 제부도는 주말이나 휴일을 이용해서 방문하기보다는 주중에 시간이 나면 가벼운 마음으로 훌쩍 떠났다가 되돌아오는 곳으로 족하다. 왜냐하면, 많은 인파를 수용할 주차장이 완비되어

있지 않았을뿐더러 외길이기 때문에 가벼운 접촉사고의 위험이 항시
도사리고 있다는 사실이 그렇다.

무창포, 신비의 바닷길은 열리지 않았다.

오후의 따스함이 좋다. 서해안고속도로의 한적함이 여유롭다. 달리는 상쾌함에 기분이 한층 업(up) 되면서 즐겁다. 이번 달 들어서 바다의 향기 찾아 떠난 것이 두 번째다. 바닷길이 열리는 모습도 보고 싶었고 막연한 상상의 나래를 펴기만 했던 것들에 대한 도전이기도 하다.

지난번 〈제부도〉에 이어 이번 역시 가까운 이웃의 충남 보령시 웅천읍 관당리, 독산리 일원을 향해 달린다. 그곳에 바닷길이 열리는 〈무창포해수욕장〉이 제철을 만난 듯 움푹 들어가 똬리를 틀고 있기 때문이다.

무창포 해수욕장은 조선 시대의 군창지였던 곳으로 1928년 서해안에서 최초로 개장된 해수욕장이다. 무창포(武昌浦)라 하면, 무창(武昌) 서(西)쪽의 포구로 朝鮮(조선)때 稅米(세미) 倉庫(창고)가 있는 갯가에 포구라 해서 무창포(武昌浦)라 부른단다.

서산에서 출발해 서해안고속도로를 타고 가다 보니 이번 역시 고속도로 이정표 표지판에는 무창포해수욕장에 대한 자세한 표시는 되어 있지 않았다. 막연히 대천과 웅천 지역 부근으로 기억하고 있었지만, 확신이 서질 않는 바람에 주산나들목으로 빠져나왔더랬다. 그곳에서 좌회전하여 2차선을 타고 18km 정도 거리였다.

국도로 이어지는 2차선 치고도 좁고 울퉁불퉁해서 성수기가 되면 교통난이 심각하리라는 예감을 해 보기도 했는데 독자들께서는 대천IC를 통과하여 목적지까지 가기를 권유한다.

무창포해수욕장에서 드넓은 바다를 마주하면 바로 눈앞에 자그마한 예쁜 섬이 보인다. 옛날 구전(口傳)에 따르면 아기 장군이 죽었을 때 황새가 떼 지어 나타나서 슬프게 울었다는 섬으로 돌로 좌대(座台)가 놓인 것 같이 생겼다 해서 석대도라 부르는 섬이다.

바닷길이 갈라지는 신비한 모습은 한 달에 두 번, 매월 음력 보름과 그믐을 전후하여 4~5회 볼 수 있다고 한다. 물 갈림 현상은 조위 86cm 이하에서 시작되며 물 갈림이 나타나는 시간은 달마다 조금씩 달라지므로 미리 확인하고 가는 것이 좋으며, 절정 시간보다 1시간 먼저 도착하도록 한다.

파도가 넘실거리는 바닷길을 걷고 있노라면 푸르른 수면 위를 걷고 있는 듯 신비한 느낌에 젖어 들게 된다. 해수욕장에서 석대도까지 바닷길은 S자의 우아한 곡선으로 펼쳐지고, 바닷길 위로 사람들이 빼곡히 들어차 있는 모습은 그야말로 놓치기 아까운 장관이다.

관광객은 바닷길을 따라 걸으며 순식간에 열린 길 위에 아무렇게나 드러나 있는 각종 해산물을 손쉽게 채취할 수 있다. 매월 사리 때가 되면 무창포 해수욕장과 석대도 사이의 바다가 갈라져 '한국판 모세의 기적'으로 명명되며 여행 명소로 주목받고 있다.

또한, 무창포 앞바다에 떠 있는 석대도와 흑섬 사이로 넘어가는 낙조(보령 8경)는 무창포의 최대 비경으로 그야말로 장관을 이룬다. 사진작가들은 이를 촬영키 위해 무창포로 많이 찾아든다.

아직 무창포는 번잡한 휴양지라기보다는 조용하고 인심 좋은 어촌이라는 인상이 짙게 풍기는 곳으로 호젓한 바다 여행의 맛은 이곳이 제격이다. 해수욕장의 북쪽 연안을 돌아가면 무창포구와 만나는데 한적한 어촌 풍경을 간직하고 있는 작은 고깃배가 들어올 시간에 맞추면 저렴한 가격에 풍성한 횟감과 매운탕 거리를 장만할 수 있다.

무창포 여행의 장점은 서해안고속도로의 개통으로 수도권에서 당일치기로도 바캉스 여행이 가능한 곳이 바로 충남 서남부 해안의 보령과 서천 지역이라 하겠다. 또한, 무창포 바닷물은 시원하긴 하나 차갑지 않으며 수심이 완만하여 어린이를 동반한 가족 단위 휴양객에게 더할 나위 없는 장점이다. 안심하고 아이들을 바다에서 온종일 놀릴 수 있으니 말이다.

보령에는 해안 한가운데의 무창포 해수욕장을 중심으로 대천해수욕장. 용두해수욕장, 비인해수욕장 등이 있고 인근 섬으로 여행하기도 좋다. 보령 바로 아래의 서천 역시 장항에 이르기까지 비인만과 장구만을 끼고 있는 좋은 여름 여행지다.

대한민국 대통령의 별장 청남대 가는 길

모처럼 해님께서 반짝거리신다. 이토록 존칭어로 드높여 주는 이유는 계속되는 장마철의 눅눅함이 때로는 불쾌했기 때문이다. 7월을 맞이하고도 분주함이 채 가시지 않음과 일주일 분의 수업 분량을 매일매일 하루에 세 과목씩 뚝딱 해치워야 하는, 조금은 부담스러운 나날들을 뒤로하고 충북 청주를 향하여 핸들을 돌린다.

서산에서 출발하여 경부고속도로 청원IC를 통과하고도 척산 삼거리와 문의에 다다르는데 넉넉히 30분 정도가 소요되었으니 청남대까지는 통틀어 3시간이 소요되는 셈이었다.

청남대는 남쪽에 있는 '청와대' 라는 뜻으로 1983년부터 20여 년간 대한민국 대통령의 공식별장으로 이용된 곳이다. 노무현 정권이 들어서면서 일반인들에게 공개됨에 따라 하루에도 800~1,000여명의 방문객들이 다녀간다 하니 그동안의 궁금증이 얼마나 크고도 멀었는지 실감이 나고도 남음이 있다.

이곳에 가려면 우선 인터넷으로 예약을 해야 하고, 문의면에 있는 충북 관광안내소(문의파출소 앞)에서 예약접수증과 신분증을 확인한 후

서틀버스를 이용하여 출입할 수 있다. 따지고 보면 아직도 〈개방〉이라는 단어가 좀 우스워질 것이다. 하지만 명색의 대통령 별장으로 아직도 이용되고 있을 뿐더러 청남대의 보호를 위해서는 약간의 통제로 인한 불편함은 감수해야 하리라.

청남대는 오전 9시 40분부터 오후 4시까지 20분 간격으로 관람을 할 수 있다. 또한, 안내원이 방문객들과 함께 걸어가면서 친절하게 브리핑을 해 주니 별다른 걱정은 할 필요가 없다. 이곳 대통령의 별장인 청남대가 만들어진 것은 1980년 대청댐 준공식에 참석한 전두환 전 대통령의 지시로 1983년 6월 착공, 6개월만인 12월에 완공된 작품이다.

역대 대통령들이 여름휴가와 설 휴가를 비롯하여 매년 4~5회 정도, 많게는 7~8회씩 이용하여 20여 년간 총 80여 회를 이곳에서 보냈다 한다. 아늑하고 조용한 휴양시설 속에서 결단을 위한 숙고(청남대구상-금융실명제)를 했던 곳. 특히 역대 대통령 중 김영삼 전 대통령의 청남대구상은 유명한 일화로 전해지고 있다.

아름드리 심겨 있는 역사의 산물인 소나무와 온갖 무수히 많은 종류의 야생화가 자연과 더불어 존재하는 곳 청남대. 주변 경관이 수려해서 저절로 국정에 대한 구상이 흘러나올 듯하다. 지저귀는 새소리에 퍼덕이며 나르는 까투리 떼들이 정답게 느껴진다. 솔솔 불어오는 숲속의 향기는 몸으로 느껴지는 자연과의 대화였다.

하지만 대통령 별장을 둘러보면서 왠지 가슴 답답하고 멍청해지기 시작한다. 많은 사람이 갖는 호기심과 기대감이 기우이길 바라야 했던가. 할아버지들의 투박한 퉁퉁거림 속에 한숨이 흘러나왔고, 아직도 쓸데없는 사치와 공간 속에서 허세를 부리고 있는 건 아닌지 의심이 갔다. 진정한 민생을 위한 구상이라면 차라리 이름 모를 동네 어귀 주막집에서 시름을 달래보면 어떨까.

약 1시간 30분 정도 되는 청남대를 걷노라니 보트가 있는 낚시터도 보이고, 작지만 정교하게 꾸며진 미니골프장과 그늘 집도 보이고, 한참을 더 오르고 올라 맨 마지막 코스인 〈초가정〉에 다다르게 되었다. 그 정자에 대통령 내외가 앉아 도란도란 이야기꽃을 피웠다길래 그와 똑같은 자리에 살그머니 엉덩이를 들이밀었다. 좋긴 좋더구먼!

나는 차라리 이곳이 대통령별장이라는 느낌은 저 멀리 대청호수에 던져버리고 마치 자연휴양림에 온 것 같은 기분에 젖어 한 사나흘 평화로이 묵었다 갔으면 좋겠다는 생각이 앞선다. 좋은 곳에 오면 그저 나의 마음을 풀어놓기 위한 욕심이 가득하니 걱정이다. 그곳이 대통령의 별장만 아니었더라면 아마도 그 자리에서 털썩 주저앉아 떼를 부리고 싶었을 거다. 잘 다듬어진 조경들과 자연 그대로 잘 보존된 주변 환경이 부럽다.

그 넓은 공간에서 몸과 마음을 다스릴 수 있어서 좋겠다. 훌륭한 시설과 고급스러운 이미지의 인테리어들은 부럽지 않다. 누구보다도 건강한 판단과 굳은 의지가 요구되는 대통령이 결코 좋아 보이지는 않았다. 말 없는 역사의 목격자인 꽃과 나무 그리고 물은 그 마음을 헤아리겠지. 나는 그곳을 견학하면서도 내내 대통령은 생각나지 않고 다만, 어느 계절에 방문하면 좀 더 멋진 경치를 볼 수 있을까 라든지 이곳을 일반인들도 자유스럽게 이용할 수 있는 날은 언제나 오려나 등등으로 가득 차 있었다.

여하튼 난생처음이자 나에게는 두 번 다시 찾지 않을 것만 같은 그곳. 언감생심 꿈도 꿔 보지 못 했던 대통령별장을 방문했었다는 것만으로 족하다. 그리고 보니 먼 길의 여정 탓에 점심을 걸렀더니 시장기가 맴돈다. 척산 삼거리를 빠져나오니 눈앞에 커다란 간판이 눈에 확 들어온다. 여자에게 특히 좋다는 송어, 그로 인해 남자에게까지 영양가가 전해진다니.

수질 1급수에서만 산다는 그 '송어' 횟집 글씨를 따라 유혹에 빠진다.

258

이층집으로 손님들이 끊이질 않는 걸 보니 꽤 유명한 집인 것 같았다. 집주인이 송어를 직접 기르고 있어서 다른 집보다는 훨씬 싸고도 양질의 맛을 느낄 수 있다. 주황빛 도는 송어를 먹고도 푸짐하게 내 오는 매운탕을 다 먹으면 그야말로 배가 터질 만큼 부르다.

이제 서서히 또 하루는 느낌 속에 머물러 사라지고 그리운 것들만 가슴에 하나 가득 채워오는 나의 그림자는 서산에 지는 해를 따라 흔적 없이 기울어진다.

고마운 사람들아, 다정한 벗들아, 사랑스러운 자연아. 무엇을 얻고자 함이 아닌 무엇을 채울 것인가를 위해 다 함께 뜨거운 외침의 건배를 나누자. 나는 소용돌이치는 가슴으로 기다림을 배운다. 2003년 7월 5일 날씨 맑음 행복을 충분히 느끼고 그가 청남대를 방문하게 해 주신 임께 감사를 드리며 먼 훗날 청남대가 그야말로 사랑받을 수 있는 명소가 되길 진심으로 바라면서 두 눈을 꼭 감는다.

처음부터 끝까지 자세하게 설명을 해 주시며 안내해 주신 박하용 님께 감사드린다.

서해대교 밑 유람선이 불안하다

하늘엔 먹구름 뿌연 안개 속 먹이를 찾아 빙글빙글 맴맴 들끓는 속세를 닮은 갈매기들의 행진 가만히 바라만 보아도 멀미 날 환상, 하얀 물거품 일으키는 유람선 꽁무니 따라 쉴 새 없이 달려들어 헝클어지고 만다.

이 세상은 누구를 위하여 만들어져 왔는가. 왜 같은 하늘 아래 똑 같이 숨 쉬고 살면서 이토록 번뇌하며 괴로워해야 하는지 어떤 해답을 원하는지조차 잊고 지내며 끝없는 질문 속에서 헤어나질 못하고 있다.

"형님, 저 지금 바깥으로 나가고 싶어요."

손아래 동서의 목소리가 수화기를 타고 흐른다. 시집올 때는 제법 통통하고 탄력이 있었는데 지금은 영락없는 나무젓가락 모습이다.

"그래, 알았어. 준비하고 갈 테니까 그때까지 기다려"

간밤에 장호 녀석이 친구 민우를 집으로 초대를 하였다. 내가 보기엔 영양가 없는 명분을 내세워 함께 밤을 지새우기로 한 것이다. 우리 집에 컴퓨터가 2대 있는 것을 이용하여 '리니지게임'을 한단다.

모처럼 방학도 맞고 했으니 하루쯤 내가 희생하리라 너그럽게 마음을 먹는다. 그래도 뽕 뽕 거리는 음성과 스피커로 흘러나오는 팝송이 못내 거슬렸기에 그리 깊은 잠을 자지 못했지만, 친구가 있으니 맛난 식사준비를 해야 했다.

부랴부랴 대충 세수만 하고 머리를 질끈 뒤틀어 핀 하나만 꼽고 동서를 만나러 갔다. 무슨 말이 필요하랴. 곧장 방향을 틀어 달려간 곳이 삽교천이다. 마침 작년 4월 당진군 삽교호 관광지에 개관된 "동양 최초의 군함 테마 공원"[삽교호함상공원]이 그곳에 있었으므로 두루두루 마음을 달래보기에 적당한 곳이라 생각했다.

총연장 7,310m의 국내 최장 대교인 서해대교가 한눈에 내려다보이는 이곳, 대양을 호령하던 우리 해군의 자랑스러운 군함이 명예로운 퇴역과 함께 삽교호에서 새롭게 태어난 것이다. 우리는 가차 없이 유람선 매표소로 가서 티켓을 끊었다. 1인당 8천 원으로 약 1시간가량 배를 타고 서해대교까지 유람한다.

출렁이는 물살에 작은 배가 흔들리노라니 통통거리며 서서히 움직이기 시작한다. 저 멀리엔 서해대교의 웅장한 모습이 안개에 가려 뿌옇게 형체만 보일 뿐이다. 유람선엔 그리 많은 사람이 배를 타지 않았지만 대부분 일상의 탈출을 시도하며 뭔가 새로운 느낌을 받고 싶어 하는 사람들과 어르신을 모시고 함께 바람을 쐬러 나온 가족들의 모습이 대부분이다.

작은 변화에 감동을 할 준비가 되어 있는 그들에게 또 다른 기쁨을 제공하는 유람선. 사는 얘기에 이런저런 수다를 떨며 울적한 마음을 바다에 던졌더니 나름대로 진정이 되는지 한층 표정이 밝아진 동서. 따라 내 막혀있던 가슴도 서서히 풀어지기 시작했다.

'사는 게 다 그러려니, 그런 거지 뭐 별수 있나, 그렇게 풀어 버리는 거야…'

평소 서해안고속도로를 달리느라 도로 위에서만 보아 왔던 서해대교. 그 다리 밑으로 유람선을 타고 지나가는 느낌이 새롭다. 가까이 갈수록 더욱더 장엄하게 다가오는 모습에 또 다른 감회가 느껴진다.

'세상에나 어떻게 저리 큰 기둥들을 물속에 박아 놨을까?

다리라는 것은 참으로 여러 가지 의미를 가져다줄 뿐만 아니라 훌륭한 역할을 한다. 안타까움을 연결해 주기도 하고, 잊힐 것들을 이어 주기도 하니 비단 사물에 대한 것들이 아니고라도 우리 인간에게 많은 생각을 가져다준다. 그 하나의 다리로 인해서 더욱더 사랑하게 되고, 믿음을 안겨주고 있지 않은가.

떠나간 흔적이 있으면 반드시 그 길 따라 되돌아오는 유람선. 뱃머리를 돌려 원래의 자리를 향해 꾸역꾸역 돌진하고 있다. 시설물이라는 것이 사람의 마음에 따라 좋게도 보였다가 때로는 애물단지로 전락해 버리는 경우가 있다. 저 멀리 보이는 함상 공원과 테마파크가 그리 정겹게만 보이지 않은 이유는 동서의 마음과 내 마음이 우울하고 슬픈 까닭이겠지.

그래도 흐릿한 안개가 서서히 걷히면서 맑은 햇살이 비추니 저절로 기분이 점점 상쾌해지기 시작한다. 잊자, 잊자, 잊자. 그리고 슬기로운 지혜를 발휘하여 행복한 순간을 만들어 보자. 추한 것들에 대한 단상일랑 저 바다 위에 띄워 버리고 아름답고 사랑스러운 것들을 가슴 가득 껴안아 보자꾸나.

1시간 동안의 여정을 마치고 유람선에서 내렸다. 물 나간 자리엔 갯벌이 드러나 있고 그 위에는 능쟁이가 슬금슬금 기어 다니고 있다. 뒤돌아 바다를 바라보니 슬픔은 떠나가고 아름다움만 넘실대고 있었다. 상심한 까닭에 점심도 제대로 챙겨 먹지 못했기에 전망 좋은 횟집에 들러 우럭 매운탕을 신나게 먹어 치웠다. 역시 마음 달래고 삭이는 데는 여행이 최고얌.

동서의 마음이 확 풀어지고 안정적인 걸 보니 더 그렇게 생각된다. 야

무지고 성숙한 모습으로 현명한 처신을 기대해 본다. 하지만 유람선을 타며 내내 느낀 아쉬운 점이 있다면 단 한 가지. 승선객들의 안전을 위해 착용해야 할 구명조끼는 의자 밑에 다소곳이 놓여 있는 채로 주인을 기다리고 있다.

승선객들에게 착용하라는 안내방송 단 한마디가 없다. 만약, 불의의 사고로 배가 뒤집어졌더라면 선내에 있던 승객들은 서해대교 밑에서 모두 허우적거리거나 목숨을 잃었을 것이다. 어쩌면 안전에 대한 불감증이 다시금 되살아나고 있는 건 아닐까?

오징어축제 끄트머리 달빛에 취해서

지금 안흥외항(신진도)엔 가을 닮은 오징어가 풍년일세~ 살랑거리는 바람이 불어서 참 좋다. 따갑지 않은 햇살이 온갖 들판을 적셔주어 더욱 좋다.

이 밤, 청명한 하늘 구름 사이로 흐르는 달빛이 너무도 꽉 찬 아름다움에 가을을 느낀다. 뾰족한 꽃잎에 갖가지 색깔을 입히고 모가지 길게 드리운 모습으로 그 누구를 향한 그리움인지 불어오는 바람 따라 잘도 흔들어댄다 길가에 핀 고고한 자태의 코스모스가.

제법 선선해진 절기를 가슴에 안고 안흥항을 향해 달린다. 지난 8월 2일부터 9일까지 안흥외항에서 제1회 오징어 축제가 개최되었다는 것을 알면서도 일부러 복잡함을 피해 뒤늦은 현장을 찾아본다. 하지만 여전히 많은 사람의 방문으로 북적대고 있는 모습이다.

오징어가 이렇듯 대풍년인 것은 불과 2~3년 전부터이다. 동해에서만 잡히던 것이 안흥항 바다의 수온이 적합한 온도를 유지하면서 하루 최대 만 상자 이상이 잡히는 싱싱한 오징어. 팔딱거리는 몸통에 뒤틀리는 듯 발악을 하며 짧은 다리를 꼬아댄다. 앞으로 추석 때까지는 이렇게 맛깔 나는 오징어를 접할 수 있단다.

안흥외항은 신진도를 일컫는데 이곳은 연육교가 연결되면서 섬이 육지로 변한 곳이다. 맨 처음 계획한 것만큼 호응이 좋지 않아 관광객들에게 조금은 썰렁한 분위기를 보여주곤 하였는데 지금 안흥항 신진도에는 사람 사는 냄새와 활기찬 어부들의 모습이 자랑이다.

수협공판장을 둘러싼 수산물센터와 횟집들이 즐비하게 늘어서 있고 그 주변엔 밤이 새도록 사람들의 발걸음이 끊이질 않는다. 밤에도 불을 밝혀 오징어잡이에 물이 오른 까닭이다.

요즘처럼 신진도항에 배가 많이 정박하고 있는 모습도 새롭다. 동해안 어선들이 서해안으로 모두 내려왔기 때문이다. 비치파라솔 아래 간이 탁자가 마련되어 있어 번개탄에 구워 먹을 수도 있는데 양념장 값으로 1인당 2천 원을 받는다.

일단 수산물센터에서 활어 오징어를 직접 사면 기계에서 한입에 쏙 넣을 수 있을 정도로 얇게 썰어져 나온다. 1만 원으로 오징어 중치 4마리를 살 수가 있는데 둘이서 배가 터지도록 먹을 수 있다. 또한, 은박지에 싸서 숯불에 구운 통오징어를 살수도 있다. 역시 1만 원에 3마리를 주므로 그리 적지 않은 양을 맛볼 수가 있게 된다.

축제 기간에는 물량이 적어서 2마리에 1만 원씩 팔았다지만 마침 운이 좋아서 오징어 맛을 넉넉히 즐기고도 남았으니 복 있는 女子는 뭐가 달라도 다른가 보다. 쫀득쫀득 쫄깃쫄깃 혀끝에 닿을 때마다 단맛이 일품인 오징어. 2만 원만 있으면 호주머니 걱정을 하지 않고도 한 테이블에 4명은 거뜬히 먹을 수 있으니 얼마나 좋은 술안주이던가. 아이스박스에 냉장을 잘 해 놓은 소주 덕분에 쓴 줄도 모르고 홀짝홀짝 단숨에 한 병을 비워 버린다.

끼룩끼룩 간헐적인 울음으로 시선을 제압하는 갈매기 떼. 낭만과 추억을 쌓기에 부족함이 없는 고깃배와 바다. 은은한 향기 품어내어 알싸한 詩라도 한 수 읊어대면 이 세상 부러운 것이 무엇일쏘냐. 이대로 죽어도 좋을 만큼 행복한 햇살 두 눈에 가득 담아가리. 아직도 늦지 않았다. 오히려 한적하고 여유로워 그곳을 찾기에 더욱 좋다. 이제는 철 지난 바닷가가 되어 밀물의 충만함을 듬뿍 느낄 수 있다. 다정한 사람들끼리 어울려 훌쩍 떠나 볼 일이다.

황금빛 보름달을 껴안은 나, 가을 속으로 자꾸만 빠져들어 가는 이 밤. 달빛 참 청아하고 곱다. 보고픈 임 닮은 보름달 밤새도록 껴안고 싶다.

동서화합교가 있는 화개장터와 쌍계사

그곳에 태풍 매미가 훑고 지나간 흔적이 있으면 어쩌나 걱정을 했다. 전날 TV에서 방송되는 피해 상황과 재난지역을 들은 바 있기 때문에 짐작할 뿐이지 내가 사는 이곳 서산엔 눈곱만큼의 실감조차 느끼지 못할 지경이었기에 늘 마음속으로만 손꼽아 고대했던 목적지 지리산을 향해 핸들을 돌린다. 가면서도 내내 한구석 찜찜했는데 같은 하늘 아래 살면서도 각자의 마음이 다른 이유이다.

서해안고속도로를 타고 동군산을 빠져나와 전주, 임실, 남원을 통과하니 구례와 하동이 눈앞에 선하니 떠오르고 지리산이 우뚝 머릿속을 스친다. 가수 조영남이 구수하게 불러대곤 했던 '화개장터'가 궁금해졌다.

내친김에 쭉 빼서 우선은 화개장터를 찾느라 하동 끝까지 가노라니 고운 모래가 금빛으로 반짝인다는 섬진강 물줄기가 흙탕물 되어 유유히 흐르고 있었다. 나는 분명 복 받은 女子다. 날씨 화창하고 기분 상쾌하잖은가. 남북한을 합쳐 아홉 번째로 긴 그 섬진강의 감동과 환희에 젖어 넋을 잃고 있자니 저기 눈앞에 커다란 글씨로 '화개장터'라고 씌어 있는 간판이 보였다. 앗싸~ 저기가 바로 그 유명한 화개장터로구나.

경상도와 전라도를 잇는 '동서화합교'가 웅장하게 세워져 있고 가는 곳 마다엔 강줄기가 계속 이어지고 있어 관광객들을 사로잡을만했다. 예전엔 제법 큰 장이 섰으나, 지금은 터만 고스란히 남아 있는 형태로 그나마 원래의 화개장터는 건물과 빌딩이 들어서 조그마한 마을을 형성하고 있다.

코딱지만 한 땅덩어리 안에서 지역감정에 의해 민심이 흉흉해져야만 했던 이유를 되새겨보며 먼저 가신 임들과 남아 있는 임들을 가만히 꼬집어 아프게 하는 명상시간을 가졌다. 화개장터의 명맥을 유지할 수 없게 만든 주범은 역시 대형마트란다. 시골할머니들의 풋풋한 고향 냄새는 이제 그곳에서도 더는 존재치 않게 된 것이다.

전설 속에 묻힐 화개장터를 관광 상품으로 개발시키기 위하여 새롭게 구축한 모습은 영락없는 상술로밖에 이해가 가지 않지만, 상인들은 나름대로 역사와 전통을 이어가려 노력하고 있다는 점에서 허전하지 않았다.

녹차의 원조가 하동이라는 것을 세인들은 잘 모를 것이다. 나 역시도 보성 녹차가 제일인 줄 알았는데 그건 모르는 사람들의 얘기란다. 찻집의 남자 주인이 따라주는 녹차를 마시며 문화와 정치를 논하다가 그 부드럽고 깊은 차 맛에 반해 하동 녹차 한 통을 사왔다, 녹차를 사랑하기에. 역시 지방자치제 이후에는 그 지역의 특산물을 적극적으로 홍보해서 알려야 할 필요가 있군!

하동엔 유명한 곳이 또 하나 있는데 그것이 바로 '쌍계사'다. 대한불교조계종 제13교구 본사로 벽암, 백암, 법훈, 만허, 용담 스님 등의 중창을 거쳐 현재에 이르는 동안 고색창연한 자태와 웅장한 모습을 자랑하고 있는 곳이다.

들어서는 입구 십리 길엔 벚나무 가로수가 아름드리 운치를 더했고 끊임없이 흐르는 계곡물이 시원스레 펼쳐져 가슴을 확 트이게 해 주었다. 대웅전 옆 마애불을 바라보며 내 고장 운산에 있는 '마애삼존불상'을 생각했고 불암폭포를 거슬러 올라가려니 갑자기 '용현계곡'이 생각났다.

경남 하동군 화개면 운수리 일대는 시도기념물 61호로 모두 '차시배지'다. 재배가 아닌 야생 차밭이 남아 있어 기념물로 지정되어 보호하고 있는 곳. 이곳의 차는 대나무 이슬을 먹고 자란 잎을 따서 만들었다 하여 죽로차 또는 작설차라고도 한다.

쌍계사를 뒤로하고 구례를 향할 즈음엔 석양이 구름에 가려 보일 듯 말 듯 할 때였다. 지리산 피아골 이정표가 보이길래 잠깐 둘러 볼 요량으로 핸들을 돌렸다. 하지만 어디 가나 늘 느끼는바 이지만 이곳 역시 국립공원임에도 불구하고 2,800원의 입장료를 받고 있었다. 큰 금액이 아닌데도 기분이 유쾌하지 못하다.

힘 있고 우렁찬 계곡물 소리만 실컷 들으며 그곳을 유유히 빠져 되돌아 나왔다. 이왕지사 차라리 구례의 분위기를 느끼고파 읍내로 들어갔다. 전형적인 시골이었고, 외진 마을의 외로움 같은 이미지가 강했다. 저녁노을은 자꾸만 구름과 하늘 사이에서 몸부림치며 저물고 있었는데 이로써 하루를 접으리라 작정하고 '지리산온천'을 향해 액셀을 힘껏 밟는다. 내일이면 그 추억의 폭포처럼 힘찬 계곡물이 흐르는 지리산으로 가리라.

지리산온천에서 천은사 노고단까지

서서히 땅거미가 지고 산 깊은 지리산자락 넘어 하늘에 하나 둘 별이 쏙쏙 모가지를 내밀고 있다. 시원한 광장 분수대 앞에서 생맥주 한잔을 목구멍에 들이밀었다.

지리산온천 입구에 다다르면 도로 양옆을 가로질러 세워놓은 환영 탑이 방문객들로 콩딱거리는 설렘과 잔뜩 부푼 기대를 하게 한다. 게다가 '관광특구'라는 문구가 제법 화려하기에 볼거리와 즐길 거리가 다양하리라 상상을 했지만, 막상 현장에 도착해 보니 썰렁한 분위기에 그럴싸한 시설물은 없었다.

단지 온천지역으로써 숙박시설과 콘도, 수요가 미치지 못했는지 문 닫은 음식점을 포함한 식당만이 오지 않는 손님을 기다리고 있다. 아마도 춘삼월에 열리는 '산수유꽃축제' 때나 북적거리겠지. 산수유는 한약제 중 감초 다음으로 많이 들어가는 것으로 이뇨작용이 좋아 정력증진에 효과가 있다. 그 나머지 계절엔 깊어가는 가을 11월 무렵 '피아골 단풍축제'를 기다려야 할 것 같다. 구례가 전국 최장수 마을 중 하나로 노인 인구 비율이 가장 높다는 명성을 얻게 된 것도 산수유라지?

아침에 눈을 뜨니 눈이 부시도록 아름다운 햇살과 금방이라도 쏟아져 내릴 것만 같은 코발트 빛 하늘이 내 마음을 몽땅 앗아가 버릴 지경이다. 섬진강 변에서 잡는다는 '재첩국'으로 아침 속을 달래본다.

천은사 이정표를 따라 힘차게 시동을 걸었다. 주인의 심정을 읽었는지 나의 애마(?)도 신이 난 듯 경쾌한 엔진 소리와 함께 부르릉 바퀴를 굴리고 있다. 샘물이 숨어버렸다는 뜻을 지닌 천은사를 지나 꼬불꼬불 계속되는 포장길을 따라 지리산 위 하늘을 향해 긴장을 놓지 않았다.

해발 1,507m의 고지를 향해 가는 동안 내내 나의 입에선 저절로 탄성과 환희의 감동이 흘러나왔다. 언젠가 이곳을 찾았을 땐 날씨가 흐린 탓에 제대로 주변 경관을 보지 못했던 아쉬움이 컸던 까닭이다. 그 아쉬움을 이제는 맘껏 풀어헤칠 수 있는 절호의 기회인 것이다.

늙은 시어머니 제단이라는 뜻이며, 예부터 아이를 못 낳는 아낙네들이 치성을 드리는 노고단을 오르며 몇 번이고 뒤를 돌아다보며 고개를 젖히고는 맑고 푸르른 하늘을 향해 속세의 집착까지 모두 날려버렸다. 작고 얇은 것들에 대한 부끄러움들도 그 울창한 숲속에 꼭꼭 숨겨두었고 되도록 살갗에 닿는 아름다운 것들만 가득 안으려 몸부림쳤다. 한오백년도 못 사는 인생을 좀 더 멋지고 화끈하게 살 궁리를 다 했다.

산마루 턱 휴식처인 '성삼재'에서 내려다본 지리산자락엔 구름 한 점이 없었다. 지리산 10경에 '노고단 운해'가 끼어 있음을 알고 있는지라 기꺼이 찾았지만, 너무도 맑고 푸르른 날씨 탓에 운해의 장관은 보지 못하고 하산을 해야 했다. 노고단 정상까지는 못 가더라도 중턱까지는 밟아야겠기에 아주 여유로운 마음으로 천천히 새소리와 물소리를 들으며 자연을 담아왔다.

오르고 또 올라 마치 두 손을 뻗으면 곧 하늘이 닿을 것만 같았던 그곳에서 다시금 내리막길을 타자니 '하늘 아래 첫 동네'라는 팻말이 눈에 띈다. 참으로 정겹고 다정한 이름, 그러면서도 이토록 설레는 단어들.

그래, 하늘 아래 첫 동네가 바로 이 '심원마을'이라 이거지? 그렇군!

차창 밖으로 손을 내밀어 자연의 살결을 조금이라도 더 느끼고 싶었고 푸드덕거리며 날아다니는 꿩들을 바라보며 나는 어느새 자연인이 되고 싶어졌다.

갖가지 이름 모를 나무들의 무성함과 초록이 싱싱한 초가을의 정취는 나에게 있어 더 넓은 가슴을 가지게 했고, 더 깊은 사색을 갖게 했다. 자애로운 사람이 되리라. 따뜻한 사람이 되리라. 봉사하는 사람이 되리라.

심원계곡의 알싸한 향기에 흠뻑 취하노라니 벌써 도계삼거리를 지나 남원을 향하고 있었다. 장장 1시간이 넘는 드라이브코스는 길이 잘 포장된 관계로 힘든 줄 모른다. 오히려 선남선녀 연인들은 꼭 한번 들러봄이 좋을 강력추천코스다.

그렇게 모든 일상으로부터의 탈출을 마무리하고 다시금 현실의 세계로 접어든다. 떠날 때와 돌아올 때의 마음이 한결같지 못함은 떠날 때는 비움으로, 돌아올 때는 가득 안고 옴 때문이리라.

내 살아야 할 이 땅, 삼천리 금수강산이 참 아름답다. 어디든 돌아다녀도 지루한 곳이 없고, 의미 없는 곳이 없으며, 사랑스럽지 않은 곳이 없다. 각자의 향기 나는 특색으로 그 자리엔 언제나 새로운 이야기 가득하다.

나 돌아오는 그 길목에는 11월에 있을 "피아골 단풍축제" 홍보용 플래카드가 바람에 펄럭이고 있더라. 갑자기 우리 서산의 "천수만철새기행전" 플래카드는 언제쯤 걸려있을지 궁금해지기 시작했다.

가을 타는 사람들은 오서산으로 가라!

나에게 가을은 외로운 계절이며, 상념의 계절이며, 방황의 계절이다. 왠지 청명한 가을 하늘을 보면 나만 혼자인 것 같이 느껴지기도 하고 바람 불어 옷깃을 여밀라치면 나만이 고독한 것 같아 자연을 벗 삼지 않으면 이내 마음의 병이 들어버릴 것만 같다.

가을은 남자의 계절이라는데 아마도 난 전생에 여자가 아니었나 보다. 내가 유난히 가을을 좋아하고 기다리는 이유가 있다. 가느다란 이파리 출렁거리며 기우뚱거리는 길가의 코스모스가 예쁘고 물기 없는 듯 메마른 억새꽃이 고개 숙이며 흐느적거리는 모습을 보면 마치 내 마음을 닮은 것 같아 괜스레 눈길이 머물고 그러기에 가까이서 보듬어주고 픈 동정 아닌 동정이 생기는 것이다.

그래서 나는 떠난다. 가을이 더 깊어지기 전에 너를 만나러 간다. 아우성치는 인파에 몰려 꺾어진 모습을 보지 않으려 일찍 다가간다. 발소리조차 웅성거리지 않기 위해 아무도 몰래 그곳에 머물다 오리라. 등허리엔 배낭을 메고, 머리엔 흰 모자 꾹 눌러쓰고, 긴 남방 너풀거리며 그렇게.

역새로 유명한 오서산으로 떠나는 날은 참으로 햇살이 눈부신 오후였다. 미치도록 푸르른 하늘 때문에 눈물마저 흐를 지경인 것을 꾹 참으며 서해안고속도로를 힘껏 밟고 광천 요금소를 빠져나왔다. 서산에서 광천까지는 불과 30분도 채 안 되는 거리기에 맘만 먹으면 언제라도 훌쩍 떠날 수 있는 가을 산행 코스로 안성맞춤이다. 비교적 이정표가 눈에 잘 띄었으므로 헤매 일 필요는 없다.

넓게 마련된 주차장에 차를 세워놓고 본격적인 걸음마를 시작한다. 비포장으로 시작되는 입구에 마석을 뿌려놓은 것으로 미루어 머지않아 포장을 할 듯싶다. 산책하는 기분으로 20분 정도 걷노라면 '정암사'가 나온다. 목마른 사람들은 물을 마실 수 있으며, 힘든 사람들은 쉬었다 가기도 하는 곳이다. 작년 겨울 산행 때에는 한창 공사 중이었는데 깔끔하게 정돈된 모습을 보니 감회가 새롭다.

그 중, 나는 어딜 가나 우리나라 전통 항아리가 놓여있는 장독대를 보면 저절로 손이 가지고 마음이 훈훈해진다. 크고 작은 항아리들이 나란히 자기 자리에서 사랑을 익히고, 인생을 익히고, 영혼을 익히는 것처럼 나도 그 뚝배기 같은 한 조각 베풂을 배우고 싶은 거다. 시골집 뒤 곁에 우뚝 서 있는 장독대가 나의 고향인 것 같이 정암사 곁에 자리하고 있는 장독대가 그렇게 좋아 보였다.

굽이굽이 비탈진 오서산은 나를 가만두지 않았다. 조금만 가파른 언덕이 나와도 숨을 헐떡거려야 했고, 발바닥에 닿는 돌멩이에도 미끄러져 휘청거려야 했다. 군데군데 여기저기에 '제1회 오서산 억새 등산대회'를 알리는 플래카드가 걸려 있다. 해발 790m, 금북정맥의 최고봉이라 일컬어지고 있는 오서산을 홍보하는 것이리라.

까마귀와 까치가 많이 살았다 하여 붙여진 이름으로 정상 능선에는 억새가 유명하다. 산 정상에 오를 때까지는 오서산의 매력을 잘 느끼지 못한다. 그저 꼬불꼬불 가파르기만 하고 여유라고는 찾아볼 수 없는 멋대가리 없는 산이다. 가도 가도 끝이 안 보이는 듯 지루하기도 하고 힘에 부쳐 중턱에서 포기하는 사람들도 많다.

'내 기어이 정상에 올라 그리도 보고팠던 억새를 실컷 보리라' 이를 악다물고 기어올랐다. 저기, 정상이 보인다. 저기 저 희끗희끗하니 나폴거리며 춤을 추는 것이 필시 억새로다! 송골송골 맺힌 땀방울의 짠맛이 이리도 쉽게 잊히더란 말인가.

그야말로 내 발밑의 속세는 너무도 보잘것없이 느껴졌다. 한없이 펼쳐지는 대자연으로부터 위대함이 엄습해 오고 가슴을 확 트이게 하는 바람으로부터 아수라장의 현실을 내쫓고 있다. 목마르고 힘들었던 순간의 고통은 금세 사라져 희망의 미소만 머금고 있는 나.

아아- 절로 흘러나오는 탄성들이 한 편의 시처럼 들린다. 부는 바람도, 젖은 등도, 화끈거리는 발바닥도 모두 사랑이다. 그 사랑으로 내 그립던 가을은 넘실거리는 햇살에 의해 따갑게 익어간다. 은빛 찬란한 고기 비늘 닮은 억새 하나에 이리도 곱게 나를 죽일 수 있단 말인가. 눈 부시는 태양을 마주 보며 징그럽게 가을을 타던 내 마음을 어떻게 잠재울 수가 있더란 말인가.

거의 수직에 가까운 난코스를 정복하고 나니 혼자서 걸을 수 있도록 좁게 열린 오솔길로 길고 긴 능선 자락이 이어진다. 언 듯 보면 양옆에 널려있는 억새가 마치 솜사탕을 꽂아 놓은 것 같기도 하고 초록이 하얀 밀가루를 뒤집어쓴 듯 희끗거리는 모양새가 나를 미치게 만든다. 너의 부드러운 살갗을 어루만지자니 나의 손이 너무도 억세게 느껴져 부끄럽기만 하더라.

능선 따라 오르고 오르니 팔각정의 쉼터가 나를 반겨주었다. 오는 동안 변변한 벤치 하나 없더니만 정상에야 그럴싸한 휴식공간이 떡 버티고 있는 거다. 저 멀리엔 통신 탑이 세워져 있어 최고봉의 위력을 다시금 실감케 된다. 시원한 바람에 한기가 느껴졌는데 금방 먹은 김밥이 뱃

속에서 꽁꽁 얼어붙는 느낌이다.

덜덜 떨었던 정자 밑 그늘을 뒤로하고 다시금 오던 길로 되돌아 하산하기로 한다. 억새의 감동도 잠깐, 하마터면 하산 길에 낙천할 뻔했다. 땅 위까지 뻗어 올라온 나무뿌리가 나를 미끄러지게 했고 자잘한 돌멩이들이 발바닥을 가만두지 않았기에 휘청거렸으며 듬성듬성 솟아오른 돌부리에 걸려 아래로 고꾸라지는 위험이 있었다.

다행히 민첩한 순발력으로 큰 상처는 없었지만(디카 보호하느라) 팔뚝에서 흐르는 선홍색 피가 그날따라 왜 그리도 아프게 보이던지. 내려오는 그 길은 또 왜 그리 경사가 많이 졌던지 아찔하다.

두 다리는 후들거리고 발걸음은 제대로 떨어지지 않았지만 그래도 가을 탄다고 생각되어 질 때는 또 다시 오서산을 찾으리라.

서른여덟, 그 女子의 가을 유혹은 무죄

깊어가는 가을의 끄트머리, 추억여행(1)

내소사와 곰소항

서른여덟 해의 가을은 나를 가만 놔두지 않았다. 몸서리치게 푸르른 햇살을 가슴에 안고 떠나는 가을 여행! 짜릿하리만큼 눈이 부신 하늘을 벗 삼아 배낭 하나 질끈 메고 처음 떠나는 계절의 끄트머리, 단풍에 흠뻑 취해보기로 한다. 곧게 뻗은 고속도로는 생각보다 숭숭 잘 뚫리었고 설렘과 들뜬 내 마음을 알아주었는지 신나는 음악 소리에 맞춰 살랑살랑 바람도 잘 불어준다. 늘 비슷한 생활의 일상을 접고 떠나는 일. 그것은 나만이 간직할 수 있는 자유이며 특권이기도 하므로 무죄다.

무작정 가슴에 묻어 둔 목적지를 향해 달리다 멈춘 곳이 〈내소사〉다. 전북 부안군 진서면 석포리에서 북쪽으로 1.2km 정도의 거리에 있는 내소사는 백제 무왕 34년(633)에 창건되었다고 전한다. 혜구(惠丘) 두타 스님이 이곳에 절을 세워 큰 절을 '대소래사', 작은 절을 '소소래사'라고 하였는데 그 중 대소래사는 불타 없어지고 지금의 내소사는 소소래사라고 한다.

언젠가 변산반도에 갔다가 내소사의 이정표가 있길래 잠시 들르려다 만 곳. 주차비가 4천 원으로 유난히 비싸다는 느낌이 들었던 기억이 새롭다. 게다가 입장료는 2천6백 원이나 되니 그곳을 들어가려면 1인당 7천 원 정도를 부담해야 한다. 좋은 장소를 관리하고 보존하는데 필요한 경비려니 이해해도 마음이 찜찜한 것은 어쩔 수 없다.

내소사 입구에 들어서니 하늘을 찌를 듯 거목의 보리수나무가 떡 버티고 있었으며 수령이 약 5백여 년이 되는 느티나무(할아버지 당산)와 높이 약 20m, 둘레 7.5m의 약 천여 년쯤 되는 느티나무(할머니 당산)가 인상적이다. 울창한 전나무 숲길의 산책로는 나의 마음을 충분히 매료시킬 만했으며 저절로 머리가 맑아지는 듯하다. 게다가 전나무 숲길을 벗어나면 일주문 앞까지 단풍나무 터널이 이어지고 초록에서 빨강까지 울긋불긋 형형색색의 빛깔로 나를 유혹하고 있었다. 아담하면서도 평평하니 마음이 편안해지는 게 그저 눌러앉아 사색에 잠기고 싶은 충동이 일었지만 깊은숨을 두어 번 들이마셨다가 내쉬는 일로 아쉬움을 남긴 채 곰소항으로 발길을 돌린다.

곰소항은 줄포항이 토사로 인해 수심이 점점 낮아지자 그 대안으로 일제가 제방을 축조하여 만들었다. 목적은 이 지역에서 수탈한 각종 농산물과 군수물자 등을 일본으로 반출하기 위해서였다고 한다. 곰소에는 항구 북쪽에 8ha에 달하는 드넓은 염전이 있어 소금생산지로도 유명하지만, 근해에서 나는 싱싱한 어패류를 재료로 각종 젓갈을 생산하는 대규모 젓갈 단지가 조성된 것이 특색이다. 주말이면 쇼핑을 겸한 관광객들로 붐비는 곳이 바로 곰소항인 것이다.

곰소항 입구에 들어서니 젓갈 냄새가 코를 진동한다. 짭짤하면서도 구수한 내음이 저절로 식욕을 돋게 하는데 곰소는 원래 3개의 섬으로 되어 있었다 한다. 얼마 전만 하드래도 전북의 군산 다음으로 큰 항구이어서 5월과 6월 중 파시 때에는 수백 척의 어선이 드나들었으나 자원 고갈과 함께 곰소 앞바다에 토사가 쌓이면서 점차 항구로서의 의미를 잃어가게 되었단다.

그 후, 지역주민들의 꿋꿋한 자구책으로 젓갈 단지를 구성하게 되었는데 곰소는 젓갈 단지 외에도 연근해에서 잡아온 싱싱한 횟감을 판매한다. 죽 늘어선 젓갈 판매장이 가지런하니 정겹게 느껴졌다. 각종 갯것을 말려 주렁주렁 매달아 놓기도 하고 매장 내에는 커다란 드럼통 가득 각종 젓갈이 제멋을 뽐내고 있었다. 새우젓, 오징어젓, 밴댕이젓, 황석어젓, 멸치젓, 어리굴젓, 조개젓 등등 가짓수도 엄청나다.

나는 음식을 할 때 되도록 싱싱하고 통통하게 살이 오른 새우젓으로 간을 한다. 특히 나물볶음에는 소금 대신 반드시 젓갈로 맛을 내는 버릇이 있다. 아들내미가 좋아하는 오징어젓과 새우젓(육젓)을 사들고는 무료로 맛보게 하는 시식코너에서 골고루 맛을 보노라니 입안이 짜디짜다. 입안이 중탕 될 때까지 물을 연신 들이켜고는 곰소항 재래시장을 들러보았다. 역시 반듯하고 깨끗하게 정돈된 최신시설도 좋지만, 전통과 향수를 느끼기엔 울퉁불퉁 어지럽게 펼쳐진 상태의 불규칙한 배열이 때론 더욱더 정감 있어 좋다. 복잡하고 좁디좁은 골목길엔 재래시장을 구경하러 온 인파로 발 디딜 틈이 없다.

그중 유독 나의 눈에 띈 것은 정말로 팔뚝만 하게 굵은 갈치였는데 국산이라며 한 묶음에 1만5천 원이란다. 내 상식으론 그 갈치가 진짜로 국산이라면 단 한 마리에도 1만 원은 거뜬히 넘을 것 같은 크기였다. 판자와 스티로폼을 쌓아 만들어진 좌판엔 서로 비슷한 생물과 건어물들이 쫙 깔렸다. 나는 이곳에서 정녕 사람 사는 냄새를 맡으며 내일을 위한 쉼터로 발길을 돌리기로 한다.

서른여덟, 그 女子의 가을 유혹은 유죄

깊어가는 가을의 끄트머리, 추억여행(2)

내장사와 백양사

정읍에서의 하룻밤을 뒤로하고 〈내장사〉를 향했다. 이른 아침 상쾌한 공기가 기분을 산뜻하게 하였고 깔끔하게 정돈된 도시의 모습이 그저 아름답게만 느껴졌다. 내장산 이정표가 보이면서 그리 멀지 않은 곳에 내장사가 있으리라 상상을 하자니 숨이 더욱 가빠지기 시작한다. 하지만 근처에 채 미치기도 전부터 길게 늘어선 차량이 모두 멈추어 있다. 오전 8시밖에 되지 않았는데 벌써 차가 밀리기 시작하는 거다.

역시 최고의 절정을 감상하기 위해 전국에서 몰려든 인파로 인하여 거북이운행과 가다 서기를 반복하며 기다림을 저절로 배우게 하고 있다. 제5주차장까지 꽉 차 있는 차량을 보며 내친김에 그냥 쭉 올라갔다. 양쪽 길옆에 한 치의 공간도 없이 차곡차곡 주차된 모습과 연신 호루라기를 불며 교통정리를 하는 경찰관의 모습도 재미있다. 행락객들을 구경하는 시간도 아깝지 않게 느껴졌고 도로에서 머물러 주변 경치를 감상하는 일도 외려 싫지가 않았다. 나를 다스리는 것은 언제나 내 마음먹기 달려 있음을 깨닫는 순간이다.

드디어 길고 긴 기다림의 보람으로 내장사 입구에 발을 떨어뜨린다. 이곳저곳의 단풍이 모두 술에 취해 빨갛게 물들어 있다. '어쩜 저리 빛깔이 고울까?' 감탄에 감탄을 연이어 남발해도 들은 척하지 않는 그네들이 외려 밉기까지 한 가을 유혹! 그래도 아쉬운 건 나였으므로 더불어 어깨를 나란히 계속 걷기로 한다.

전북 정읍시 내장동 내장산 국립공원 내에 있는 내장사는 백제 무왕 37년(636) 영은조사에 의해 건립되었다. 본래는 50여 동이 넘는 큰 규모로 '영은사'란 이름으로 불렸으나, 그 후 여러 차례 난을 겪으면서 소실되었다가 중건되어 현재의 내장사가 되었는데 이는 1970년대에 지어진 것으로 고찰의 풍모를 느끼기엔 너무도 깔끔하고 새것의 냄새가 난다.

하지만 역시 깊어가는 가을의 정취를 느끼는 데는 전국에서 최고의 화려함과 아름다움을 자아내지 않나 싶다. 나조차도 절보다는 단풍나무의 색깔에 더 관심이 많았으니까.

단풍은 내장사 입구에서부터 내 눈을 황홀 지경으로 몰아넣을 만했다. 그 유명한 단풍터널은 내장사의 일주문을 지나 부도밭까지 이어진다. 무엇보다도 드넓게 펼쳐진 공간이 마음을 편안하게 했고 나들이 나온 행락객들에게 최상의 휴식처가 되고 있음이 부러웠다.

길게 '내장천'을 따라 한없이 걷다 보면 그야말로 천국으로 향하는 기분이 든다. 아직은 푸르름이 남아 싱그러움을 더해주는 산책로가 있어 좋았고, 그 반대편엔 아스팔트 도로 양옆으로 붉게 물든 단풍터널이 환상적이다. 한참을 걸어도 끝이 보이지 않을 것 같은 느낌은 나에게 더욱더 새로운 호기심을 가져다준다.

조잘거리는 실바람에도 어쩌지 못하고 떨어지는 낙엽들. 실개천을 따라 하나둘 모인 각양각색의 나뭇잎. 그것들을 놓아줄 수 없어 뛰어내려간 아이들의 고사리손이 단풍 닮았다. 나는 대체 무엇을 기다리며, 누굴 찾아 예까지 왔던가. 새삼 눈물이 핑 돈다.

가을은 그렇게 자꾸만 깊어간다. 노란 은행잎이 바닥을 이리저리 나뒹굴고 연둣빛 느티나무 이파리가 허공을 돌며 춤을 춘다. 갈색 참나무도 뒤질세라 파르라니 떨며 몸을 날린다. 나도 따라 무거운 굴레를 벗어버리고 뒹굴고 싶어졌다.

내장사의 단풍은 50~200년 된 나무들이 그득하다. 단풍나무 터널의 웅장함은 말로 다 표현하지 못하겠다. 언어장애인 버벅거리듯 알아듣지 못할 방언으로 나 혼자만의 비밀스러운 느낌을 쏟아내고 싶은데 그게 마음먹은 대로 표현되지 않을뿐더러 내 그릇이 거기에 미치지 못함이 그리도 서럽더라.

내 생에 지금까지 가을의 깊은 맛을 이토록 절실하게 느낄 수 있음에 감사한다. 복잡한 것이 싫어 절정의 단풍시즌에는 꼼짝하지 않았었고 한가한 때를 고르자니 이렇게 아름답고 화려한 가을을 접할 수 없었음이다. 서른여덟, 나의 가을 유혹은 내 마음을 간절히 흔들어 놨으므로 '유죄'임이 분명하다.

얼마나 걸었던지 무릎이 시큰거릴 정도였지만 푸른 하늘의 청아함과 정열의 햇살, 맑은 공기가 온몸을 수혈하듯 구석구석 속속들이 파고들어 피곤함을 느끼기는커녕 날아갈 듯이 몸이 가벼웠다. 나의 건강과 나의 정신과 나의 사랑이 온 누리에 멀리 퍼지기를 기원해본다.

그 화려함과 아름다움을 뒤로 정오를 알리는 배꼽시계에 전쟁이 났다. 돌솥비빔밥으로 배 속 창자를 가득 채우고는 마지막 코스인 백양사로 출발! 내장사에서 나와 곧바로 오른쪽으로 핸들을 돌리면 전남 전북이 갈라지는 갈재, 굽이굽이 가파른 고갯길을 넘어서게 된다.

맨 첫머리에 있는 웅장한 바위산으로 학모양의 형국을 하는 백암산 자락에 있는 백양사는 아름다운 숲속의 천년고찰이다. 남도 땅 제1경 승지로 꼽히는 백양사는 송광사 등과 더불어 호남 최대의 고찰로써 내장사가 잘 꾸며진 단풍나무의 으뜸이라면 백양사는 자연 그대로의 멋을 간직한 최고의 풍경이다.

매표소까지 이어지는 약 1.5km 구간의 산책로는 연인들의 데이트코스로 제격이다. 산책로가 끝나는 곳에 단풍나무로 둘러싸인 쌍계루가 있어 백양사 단풍의 절정을 보여준다. 백양사는 봄이 훨씬 아름답다고 하지만 절대 그렇지가 않다. 다양한 종류의 단풍들이 어우러져서 빚는 아기단풍은 백양사만의 자랑이기도 하다.

또한, 백암사의 경내 맞은편에는 천연기념물로 지정된 수만 그루의 비자나무가 군락을 이루고 있어 필자의 눈길을 끌었다. 주차장에서 절까지 오르는 숲길에도 몇 아름씩 되는 갈참나무와 비자나무 숲이 우거져 있음은 단풍과는 또 다른 백양사만이 가진 매력이 아닐 수 없다.

예전에 우리 엄마가 그랬었다. 내장산 단풍과 백암산의 백양사 단풍은 우리나라에서 최고로 멋진 가을 풍경이라고. 나는 내 나이 서른여덟에야 그 뜻을 알게 되었으니 이 아름다운 세상에 나 홀로 꼿꼿이 서게 하여 주신 어머님께 진심으로 고마움을 느끼며 감사하게 생각한다.

정말이지 올가을은 나에게 두고두고 잊히지 않으리라. 그 추억을 고이 간직하고자 색색의 단풍잎 몇 장을 시집에 곱게 꽂아놓고 나의 미래에 대해 꿈을 고스란히 담아 온다. 삶이란 어쩌면 찰나에 머무는 영원한 추억일지도 모르겠다. 그래서 난 가을 여행에서 돌아오는 순간까지 숨을 멈출 수 없었다. 그래, 매 순간을 사랑하자. 주어진 내 모든 것을 알뜰히 사랑하자.

역대 대통령이 장승 되어 서 있었네

가을, 깊어 간다. 겨울, 다가온다. 그사이 나는 공주 마곡사로 떠난다. 햇살 좋다. 행복 머문다. 그래서 그 느낌으로 가슴 깊이 묻어 둔다.

오늘은 가을을 보내기 아쉬워 흘리는 눈물, 또는 그 겨울을 재촉하는 무지갯빛 비가 내렸지만, 그날의 상쾌함을 기억하며 컴퓨터 자판을 두드리기 시작한다. 비여, 하염없이 흩뿌려다오. 임아, 슬픈 표정 짓지 말아다오. 내 마음이 너무 아파 따라 눈물 흘리고 싶구나.

소박한 농촌의 향기를 맡을 수 있어서 국도를 달리는 재미가 쏠쏠하다. 아기자기한 도로 위 여유를 한 움큼 짊어지고 흘러간 포크송 듣는 맛 또한 짭짤하다. 뭐니 뭐니 해도 계절을 실감하며 주변의 변화를 바로 느낄 수 있어 새롭다. 그런 마음으로 친정 동네 방향인 공주 마곡사를 향하여 한 발짝씩 내딛는 기쁨은 무한 지경이다. 가을 끝자락에 매달려 있는 감성을 한껏 쏟아붓기에 아쉬움이 없는 여정이었으니 더 말해서 무엇하랴.

우선 마곡사에 진입하려면 거대한 장승들을 세워 둔 '장승마을'이 떡 버티고 서 있다. 역대 대통령들의 모습을 담은 장승들을 모아 한쪽에 전시를 해 놓았고, 고추, 신랑. 각시, 동물, 여인상 등 갖가지 모양을 자랑하며 늘어선 장승을 보노라면 마곡사로 진입하기 전 관광객들에게 탄성을 자아내게 하는 또 하나의 즐거움을 제공하고 있다. 단지 '장승'만을 구경하러 왔다 해도 서운하지 않을 웅장한 모습들로 참 재미있다.

예전에 마곡사를 들러보고 오래도록 가보지 못한 사람들은 어리둥절할지도 모른다. 마곡사의 주차장을 매표소 아래 초입에 100여 대는 능히 주차할 수 있도록 내려놓았고 주차장을 지나 매표소까지 10여 분을 걸어가는 동안 식당과 나물을 팔던 좌판은 온데간데없다. 그 옛날 도토리묵과 빈대떡에 동동주 한잔의 풍류는 모두 주차장 주변에 조성해 놓았다. 그야말로 절 다운 '속세로부터의 벗어남'을 위해 모두 재정비한 탓이다.

한가로운 계곡을 따라 한참을 걷다보면 해탈문으로 들어서는 넓은 공터가 나온다. 공터 옆엔 '해탈문'과 '천왕문'이 있는데 그곳을 지나야만 계곡을 건널 수 있는 다리가 나온다. 〈극락교〉라는 그 다리를 건너야만 〈마곡사〉에 다다를 수가 있다. 극락교의 난간에 기대어 다리 밑을 바라보면 두 번째로 탄성이 절로 나오게 되는데 족히 한자가 훨씬 넘을 듯한 잉어 떼가 맑은 물속에서 헤엄치는 것을 한눈에 볼 수 있다.

화려한 몸짓의 잉어 떼만큼이나 마곡사의 단풍은 그 빛깔이나 자태가 품위 있고 웅장하다. 그 빛에 취해 내 얼굴마저 붉게 물들어 버릴 것 같은 두려움이 채 가시기도 전 내 몸과 마음은 이미 그 단풍나무 아래 떨어진 낙엽 위에서 낭만을 즐긴다. 고사리 같은 빨간 손바닥들이 바닥에 쫙 깔린 모습은 융단을 깔아놓은 침대처럼 포근하다. 나는 자꾸만 그 위에 눕고 싶은 충동이 일어 그것을 참느라 온몸에 기운이 쏙 빠진다.

극락교를 넘어서 전통 한옥 정원 같은 단아한 마당 한가운데로 들어서면 좌측으로는 멋스러운 향나무가, 중앙으로는 5층 탑이 특이하다. 좁고 길게 뻗은 탑의 모습이 빈약하고 탑의 꼭대기에 얹힌 상륜부가 금속으로 만들어져있다. 고려 말기에 중국 원나라의 영향으로 들어온 라마교 양식으로 고려 말에 세워진 탑이라 한다. 또한, 우측으로는 타종각이 그 자태를 뽐내고 있는 모습이다.

이곳에 심겨 있는 향나무는 백범 김구 선생이 황해도 안악에서 일본인 육군 중위 '쓰시다'를 살해한 후 감옥에 갇혔다가 1898년 탈옥하여 잠시 마곡사에 몸을 의지했었는데 해방 후 마곡사를 다시 찾아 옛날을 회상하며 심은 나무라 한다. 나무는 그 역사를 말해 줄 때 더욱 소중하고 아름답게 느껴지기 마련인가 보다.

마곡사 전경을 둘러보고 뒤편 계곡의 징검다리를 건너 산책을 마치고 내친김에 김구 선생이 은거했었다는 '백련암'을 향하여 발걸음을 옮겨 본다. 꽤 가파른 길을 따라 2km 정도 걷다 보면 아담하니 한적한 암자가 나온다. 하얀 팻말 위에는 '김구 선생 기도처'라는 안내문이 쓰여 있었다.

그 옆 암자 내부에는 많은 이들이 다녀간 흔적의 연등이 주렁주렁 매달려 있고 부처님 불상오른편으로 액자에 갇혀있는 김구 선생의 초상이 반듯하게 세워져 있다. 이름이 예뻐 다시 찾고픈 암자 백련암을 뒤로하고 내 사는 곳 서산을 향해 핸들을 잡았을 땐 파란 하늘에 구름 한 점 없이 따사로운 태양의 빛으로 땀이 보송보송 돋아나고 있었다. 늦가을에 느껴보는 아름다운 세상의 고집스러움이 아닌가 내내 의심을 하며 상념에 젖는 나.

미당 서정주 시 문학관(생가) 및 고창 선운사를
다녀와서

밤새 잠을 설침. 어제와 그저께 하늘이 잔뜩 흐려 있었고 비마저 내린 까닭에 은근히 걱정됨. 새벽에 눈을 뜨며 괜한 근심을 했다고 생각함. 싱그러운 햇살이 너무도 반갑고 고마워 내친김에 아침 운동을 하기로 작정을 함. 아파트 현관을 나와 상쾌하고 신선한 공기를 가르며 하루를 너에게 전부 맡기면서 하는 말, 사랑한다!

오늘이 11월 하고도 16일째니 가을의 끄트머리리라. 앙상한 계절의 떠나보냄을 아쉬워하기라도 하는 양 왠지 쓸쓸하고 우울한 기분들은 모두 날려 보내고 신나는 가을 여행으로의 출발은 그렇게 시작되었다.

오전 10시 서산시청 앞에 대기하고 있는 관광버스에는 하나둘 예약된 인원이 승차하고 있다. 출발한 지 약 2시간 30여분 만에 선운사 요금소를 빠져나올 수 있었는데 그곳에서 미당 시 문학관까지는 금방이어서 벌써 두근거리는 마음을 감추지 못한다.

꼬불꼬불 울퉁불퉁한 '질마재 고개'를 넘어서니 우뚝 솟아오른 건물이 보인다. 처음 느낌은 마치 폐허 된 건물인 듯 으스스한 기분이 들었고 금방이라도 달걀귀신이 나올 것만 같아서 영 실망이 이만저만 아니었다. 참말로 이상하기도 하고 별꼴을 닮은 이상한 문학관이로구나…
속으로 뇌까려 본다. 안으로 들어서니 마당엔 잔디가 깔려 있어 그런대
로 정겨웠으나 저만치 보이는 건물은 여전히 뭔가 어울리지 않는 느낌
에 연신 고개만 갸우뚱거리게 했다.

버스를 마당 주차장에 세워두자 껌처럼 붙어있었던 의자에서 엉덩이
를 떼어내고 하차를 한다. 고창문인협회에서 활동하고 있는 회원 한 분
이 친절하게 마중을 나와 안내를 한다. 우선은 〈미당 서정주님의 생가〉
를 향하여 발걸음을 옮기기 시작했다.

얼마 전까지만 해도 친척이 이곳에서 거주하며 관리를 하느라 지붕을
슬레이트로 고쳤었단다. 현재는 아무도 살고 있지 않은 모습으로 1970
년경부터 방치되어 있다가 2001년 8월에 옛 모습으로 복원했다 하는 데
정말 허술하고 어설프기 그지없어 보였다.

안채와 별채로 꾸며진 생가 지붕은 아직 이엉을 엮지 못해 허름한 모
습이었고 마당 한가운데 마련된 우물과 뒤꼍의 굴뚝은 어쩐 일인지 자
연스럽지 못하다. 마루 귀퉁이엔 다듬이와 빗자루가 소품처럼 다소곳
하게 자리를 지키고 있다. 어쩜 이리도 엉성하게 방치되었더란 말인가?
의문의 부호 속에 꼬리를 물며 스쳐 가는 단상이 혹시 '친일파'였기 때
문인가? 그래도 그렇지 너무했다는 아쉬움만 가득했던 순간은 계속된
다.

미당 서정주님의 생가 바로 밑엔 그의 동생인 〈서정태 시인〉의 집이
있다. 조금은 음습한 기운이 맴돌기도 하고 여전히 가슴이 찜찜한 기분
이 드는 건 어쩔 수 없나 보다. 서정태 님의 아호가 우하인 까닭에 '又
下亭'이라는 붓글씨가 현판처럼 붙어있다. 우하가 자주 고향을 방문하
며 방안에 귀한 난(蘭)들을 많이 보관했었는데 늘 살지 않고 비어 있는
때가 많은 까닭으로 관광객들 또는 주민들이 하나둘 가져가는 사례가

있었단다. 하여 도난방지 목적으로 창문에 볼품없는 쇠창살을 설치해야만 했다.

미당 서정주님은 생전에 검소한 생활을 즐겼으며 아내에게는 시장 보는 심부름을 잘했을 정도로 자상한 면을 보였다. 필체를 보면 굉장히 꼼꼼하고도 세심했을 것으로 추측이 된다.

미당 시 문학관에는 그의 유품자료들이 여타 문학관 보다 훨씬 풍부하게 보관되어 있다. 2000년에 타계하셨으니 오래 사신 편이었고 그야말로 큰 별로써 활동을 많이 한 업적이리라. 어찌 되었든 외형상으로 보였던 허술함이나 실망감은 이내 사라질 수밖에 없었다.

4층까지 계단을 타고 오르는 동안 미당의 체취에 흠뻑 빠질 수 있어 행복했고 나는 언제나 이렇게 멋진 작품을 만들어 남기고 갈 수가 있을까 하는 생각으로 부끄러웠다. 맨 꼭대기 옥상에 오르니 그 주변의 마을이 한눈에 들어와 가슴이 확 트인다.

저 멀리 산 중턱의 묘가 바로 미당의 묘란다. 그곳은 생가와 달리 양지바르고 따스하게 보인다. 차라리 생가가 앞마을에 있었더라면 지금처럼 이렇게 푸대접(?)을 받지 않았을지도 모른다는 생각을 내 멋대로 하고는 저벅저벅 내려왔다.

이제는 이곳을 떠나야 할 시간이다. 마당 위 잔디에서 자유로움을 접고 단체 사진을 찍었다. 시간이 많이 흘렀기 때문에 시장기가 돌았으므로 일부 사람들은 이미 차 안으로 가 대기하고 있었다.

미당의 친일과 5공 정권에 야합한 행적 때문에 지금까지 세간에 손가락질의 대상이 되는 점이 아쉽지만 얄밉다. '황순원 임처럼 꼿꼿하고 깨끗하게 사셨더라면 역사에 길이길이 빛날 유성이 되셨을 것을.' 살아생전에 어떻게 살아야 하는가를 진하게 느끼게 하는 부분임을 잊지 않으리라.

당연히 동백꽃이 피어있지 않으리라 생각함. 다만 사철 푸른 동백잎을 만날 수 있는, 미당 서정주의 '선운사 동구(洞口)'가 새겨진 시비를 보러 기대함. 시비는 제목처럼 선운사 동구에 서 있었음. 미당의 친필이 동백꽃을 대신하는 듯 반갑게 맞이함. 가슴이 아리도록 깊은 추억으로 언제든지 새로움.

"선운사 골째기로/선운사 동백꽃을 보러 갔더니/ 동백꽃은 아직 일러 피지 안했고/막걸릿집 여자의 육자배기 가락에/ 작년 것만 상기도 남었읍다/그것도 목이 쉬어 남었읍다."

위 시는 서정주님께서 선운사 입구의 동백장 여관에서 머물며 쓴 작품인데 지금은 〈동백호텔〉로 바뀌어 옛 정취를 느껴보기에는 왠지 낯선 감이 있다. 그래도 지금 내 마음처럼 동백꽃을 보지 못하는 아쉬움은 동감이 아닌가 싶다.

선운사 입구에서 대웅전까지 왼쪽으로 계곡이 보이는데 아직도 채 떨어지기 아쉬워하는 단풍이 눈물 나도록 아름답게 매달려 있다. 함께 갔던 가족사진을 예쁘게 찍어주기 위해 디카 줌 렌즈를 쥐었다 놓기를 반복한다.

선운사 앞마당엔 옷가지를 모두 벗어 던진 감나무 두 그루가 마주 보고 있고 계절의 막바지 그 끝자락을 부여잡고 아쉬움을 떨치러 나온 등산객들이 북새통을 이룬다. 예상보다 따스한 기온이 우리네 가슴을 활짝 열어 보일 수 있도록 도와주고 있어 행복하다.

11월 16일, 이번 문학기행은 서산문학회원과 일반 시민이 함께 어우러진 떠남이었으므로 다른 여타 문학기행보다 의미 있고 보람 있는 행사였다. 이로써 제1회 서산문학제의 행사는 대단원의 막을 내리게 되는 셈이다.

계절을 망각한 이상기온 현상 때문 이런가. 전국에 개나리가 피었다

는 소식을 접하더니만 이곳 선운사에 때아닌 동백이 알싸하게 피어 행
인들의 가슴에 불을 지르고 있다. 붉디붉은 그 입술에 초록이 아우성치
고 있어도. 때를 잊은 기다림이란 또 인생무상이 아니런가.

특별한 만남이 있는 2003 송년음악회

나는 앞으로도 될 수 있으면 사람 사는 냄새를 맡으며 살고 싶다. 가능하다면 일상생활 말고 특별한 시간을 가지며 감동을 하고 싶다. 무언가 나를 위해 준비된 시간을 기다리노라면 차디찬 식혜 위 살얼음을 마시는 것처럼 설레 이기까지 한다. 그래서 나는 때때로 이벤트를 즐기고 품위 있는 만남을 재촉하기도 한다.

KBS 공주방송국과 공주시가 공동 주최한 〈2003 송년음악회〉 초대권과 팸플릿을 받아들고 며칠 몇 날을 보고 싶고 듣고 싶었던 가슴 벅참에 부푼 기대로 머릿속이 빙글빙글 돈다.

평소 보고 싶었던 〈장사익〉이 그랬고, 전자 바이올리니스트 〈유진박〉과 88올림픽을 뜨겁게 달구어 한겨레의 단결과 화합을 위해 열창하던 〈코리아나 홍화자〉가 그랬다. 깊어가는 겨울밤 화려한 무대를 수놓으며 열광의 도가니로 몰아넣을 만하지 않은가.

공주 백제체육관에 도착한 시간은 오후 5시 50분쯤 되었을 거다. 좀 더 여유롭게 출발하여 숨을 고르고 싶었는데 가까스로 입장하고 보니 객석에 사람들로 꽉 차 있어 그 날의 분위기를 짐작하고 남음이 있다. 1

층과 2층, 3층까지 자리를 가득 메운 사람들의 표정은 하나같이 상기되어 있었다. 나는 운 좋게도 공주시장인 오영희 언니와 악수를 하고 맨 앞줄 VIP석에 앉게 되는 행운을 얻었다.

오프닝연주로 공주시 충남교향악단의 쇼스타코비치, 서곡 축전 작품 96번을 감상한 후 내 마음속에 그리움으로 보고팠던 〈장사익〉의 노래를 듣게 되었다. 역시 우리나라 전통의 얼을 살리고 넋을 기리는 한복의상을 단정하게 입고 나온다. 가슴을 파고드는 전율을 느끼게 하는 그의 목소리는 애절한 '찔레꽃' 못지않을 정도로 모든 이들의 심금을 울리며 사로잡았는데 그야말로 대중의 인기를 한 몸에 받고 있었다.

가수 장사익은 1993년 전주 대사습놀이 태평소로 장원을 한 저력이 있는데 서태지와 아이들의 "하여가"에서도 태평소를 연주하여 멋들어진 하모니를 보여주기도 했다. 토속적이며 지극히 한국적인 감성으로 수많은 팬을 확보한 그가 트로트인 '대전블루스'를 불러줄 때는 익살스러움과 재치 있는 위트가 섞여 관중들이 열광의 박수를 받음과 동시에 '앙코르'를 외치게 하는 매력을 보여 주었다.

일부러 웃기려 하지 않아도 웃음이 배어 나오는 그런 사람. 유치한 말투와 속된 몸짓을 하여도 천박하거나 저질스럽지 않게 느껴지는 사람. 커다란 움직임이 없어도 큰 나무같이 보이는 사람, 그 사람이 바로 〈장사익〉이었다. 그의 노래가 끝나고 충남국악관현악단의 연주 'Frontier! ~Voices from the East/양방언 곡'을 들었다. 이 곡은 2002 부산 아시안게임 공식 음악으로 선정되어 많은 한국 팬들의 사랑을 받은 곡으로 유명하다.

국악과 관현악의 만남이 주는 또 다른 색깔은 평소 쌀밥만 먹다가 영양밥 같은 특식을 먹는 느낌으로 잔잔한 반란의 감동으로 다가왔다. 그보다 더 먹고 싶은 것은 정말 특별하고도 신선한 음식을 골라 먹을 수 있는 외식이다.

나에게 그 특별한 외식이 바로 〈유진박〉의 화려한 무대였다고 하면 사치일까? TV 방송 매체에서 또는 비디오로 접해본 것이 다였던 내게 온몸으로 던지는 자유스러움과 열정이 묻어나는 땀 냄새를 맡게 해 주는 찰라다. 올해 26세의 젊은 청년이 8살 그 어린 나이에 바이올린의 신동이라는 소리를 들으며 줄리아드 예비학교에 입학했다는 사실이야 예술에 관심 있는 사람이면 다 알고 있으리라.

지난 '96년도 힙합바지에 껄렁껄렁한 모습으로 이상하게 생긴 바이올린 하나 가지고 홀연히 나타난 남자. 전자 바이올린이 주는 음색에 길들여지기는 '바네사메이'가 먼저였으리라. 비교적 점잖은 나비넥타이를 목에 걸고 검은색 정장을 입긴 하였지만 역시 반짝거리는 다림질 표시가 나는 자유로움과 정열적인 몸짓이 동반된 음악에 도취한다.

유진박이 가지고 다니는 바이올린은 특이하다. 보통 바이올린에 첼로와 비올라 가닥을 하나씩 더 단 괴상한 악기다. 전자 바이올린이 내는 굉음이 가슴속 잔 찌꺼기들을 하나씩 풀어내기 시작했고 인간의 감성이 가진 그 이상의 감성과 또 다른 무엇을 품어내는 마력을 내보였다. 내 영혼까지 빨려 들어가는 '어쩔 수 없음'을 여기에서 또 한 번 느끼게 된 것이다. 홍동기 님의 곡 '고구려의 혼'을 듣고 있노라니 말발굽 소리와 힘찬 함성이 들려오는 듯하다.

신시사이저와 타악기가 웅장한 스케일를 갖고 어우러짐으로써 그야말로 고구려의 진취적인 기상을 실감하게 할 뿐만 아니라 이름 모를 힘이 솟아오르게 한다. 비발디의 사계 중 '겨울'은 차가운 이웃들에게 따스함과 용기를 불어넣어 주는 영양제가 된다. 코리아나의 홍화자가 불러주는 The Victory에 맞춰 연주하는 유진박이 너무도 아름답게 보였다.

그리고 효녀 가수 '현숙'의 발랄함과 성의 있는 공연자세는 즐겁고 신나는 시간을, 속옷 CF 주제곡을 부른 가수로 너무 잘 알려진 'JK 김

동욱’은 잔잔한 음색으로 매력 포인트를, 젊음과 패기가 넘치는 인기 가수 ‘코요테’의 화려한 무대는 청소년들의 환호성으로 그 열기를 더해갔다.

환상적인 레이저쇼와 물방울쇼, 불꽃 폭죽이 터지면 어김없이 흥분을 하는 그네들을 보며 ‘역시 젊음은 다 때가 있는 거야’라며 나 혼자 속으로 고개를 끄덕거리고 있었다. 음악회 중반을 넘어서 누가 시작했는지 모를 ‘촛불 전달식’이 자연스럽게 이어졌다. 하나둘 불을 밝혀 따스한 사랑을 나누는 뜻깊은 자리였기에 마음마저 숙연해진다.

사랑은 먼 곳에 있는 것이 아니다. 곁에 있는 사람과 나누는 진정한 사랑을 배우자. 작은 불씨 하나가 체육관 전체를 환하게 비추이니 따스한 온정의 손길이 멀리 퍼지리라. 추운 계절 겨울이 아니라, 겨울도 따뜻한 계절이 될 수 있다는 걸 새삼 깨닫게 되는 순간이다.

매년 이쯤 되면 누구나 ‘다사다난’이라는 표현을 자주 쓰곤 한다. 언제나 그렇지만 올해는 유난히 어려운 이웃들도 많이 눈에 띄고 각박한 세상 분위기 탓인지 가까운 지인들끼리도 가슴이 메말라가고 있는 모습이다. 부디 저물어 가는 한 해의 간이역에 머물러 특별한 만남이 있는 곳을 찾아 ‘손에 손잡고 벽을 넘어서’ 세월이 흘러도 변하지 않을 자리 하나 마련해 보길 바란다.

겨울 닮기, 솜사탕 천국인 하늘 위를 날자

-제주 서귀포 바다로 가는 길목에서-(1)

제주도에 폭설이 내리고 폭풍주의보가 발효되었다는 소식이 들려왔
다. 겨울답지 않은 날씨 때문에 때로 은근히 화가 나기도 했었지만, 막
상 떠날 채비를 하니깐 갑자기 사나워지는 날씨에 걱정과 실망이 가득
파고든다. 그래도 내일은 괜찮겠지 하는 마음으로 차선책을 마련해 놓
고는 까만 밤 어둠이 걷힐 때까지 아픈 허리 쥐어짜 가며 잠을 설쳐대
기에 이르렀다.

女子는 도대체 무슨 죄를 많이 지었길래 한 달에 한 번 마법에 걸리는
행사마저 제날짜에나 맞출 것이지 왜 미리 서둘러 소식을 전해 오는지
알 수가 없다. 예전에도 매번 느꼈던 것이지만, 명절이나 특별한 행사
또는 며칠 몇 날을 별러서 가는 먼 여정에 꼭 일이 터지고야 많이 환장
할 노릇이 아닌가. 이번에도 예외는 아닌 듯 전날부터 영 컨디션이 좋지
않더니만 드디어 전쟁(?)은 시작되었다. 빌어먹을, 어찌 그리 복이 없는
지. 그렇게 나의 '겨울 닮기' 여행은 시작된다.

내가 이 세상에 첫선을 보이며 울음을 터트리고 태어난 계절이 겨울이기 때문일까? 하얀 눈 쌓인 풍경을 유난히 좋아해서 학창시절 여름보다는 겨울이 좋다고 떠들어댔던 기억이 난다. 그 매섭고 차가운 바람을 맞으며 홑바지에 얇은 웃옷 하나로 멋만 차렸었지. 그때 우리 엄마는 나에게 이렇게 말씀하셨었다. 멋 차리다 똥 뒤 깐에 빠져 죽는다고.

공항에서 탑승절차를 밟고 기내에 올라 자리를 찾아 앉으니 안내방송이 나온다. 안전띠를 매고, 휴대폰 전원을 꺼주고, 이제부턴 노트북과 통신을 할 수 있다고. 힘찬 엔진 소리와 함께 굉음을 내며 이륙한 비행기는 신기하게도 높이 잘도 날았다.

비행기 탈 때마다 느끼는 거지만 역시 이번에도 기내의 창밖으로 펼쳐지는 구름이 환상적이다. 마치 솜사탕이 천지로 펼쳐져 있는 모습 때문에 기분이 한층 발랄해지기 시작했다. 하지만 여전히 머리가 맑지 않고 혼탁했으므로 숙소인 '바다로 가는 길목' 펜션에 도착할 때까지 몸이 천근만근 피곤하고 힘들게만 느껴졌다.

제주에서 서귀포까지 가는 리무진을 타고 가는데도 오락가락 일정치 않은 날씨 후유증으로 개운치 않았다. 하지만 막상 그곳에 도착하고 보니 너무너무 푸근한 게 그동안의 불안과 기우는 모두 사라지면서 따스함이 밀려왔다. 제주에서도 가장 따뜻하고 복 받은 땅이 '보목' 이란다.

잠시 여정을 풀고 나니 머리가 맑아지면서 시장기가 돈다. 주인이 추천해 주는 식당으로 가서 '갈치조림' 을 주문했다. 보기에도 먹음직스러웠는데 실제 입속으로 들어가니 살살 녹는 게 제주 일품요리로 자랑할 만하였다.

남산만 해진 배를 통통거리며 식당을 나와 숙소까지 걷기로 한다. 그 주변엔 정방폭포와 천지연폭포, 해상해저 관광 잠수함 타는 곳, 월드컵 경기장과 중문관광단지 등이 10분 내지 20분 거리에 놓여있다. 특히 중문관광단지에는 천제연폭포와 여미지 식물원, 퍼시픽랜드 등 눈요기를 할 수 있는 볼거리가 즐비해서 관광객들이 많이 찾는 곳이다. 몇 발자국 걷다 보니 정방폭포가 1.2km라고 씌어있는 이정표가 보인다. 가는 길이므로 그곳에 들러 겨울의 폭포는 어떤 모습을 하고 있는지 확인하기로 한다. 입장료 2천 원을 내고 좁다란 계단을 타고 내려가니 저 멀리 확 트인 수평선이 보인다.

제주의 바다는 엄마의 자궁처럼 포근하고 부드럽게만 느껴졌다. 넓고 푸르지만, 결코 사납지 않으며 무섭지도 않은 평온한 모습이다. 힘찬 기개를 자랑하는 뽀얀 물줄기가 높이 23m의 우람한 해안 절벽 위에서 우레와 같은 소리를 내며 찰나의 속도로 떨어지는 모습은 보기만 해도 짜릿하다. 바다로 직접 치닫는 물줄기와 낙하 되는 물방울은 가까이 가면 갈수록 얼굴에 시원스레 닿게 된다. 제멋대로인 냥 나부라져 있는 돌멩이를 의자 삼아 한참을 앉아 있었다.

일 년 내내 변치 않고 똑같은 모습으로 떨어지는 물줄기 속에서 또 하나의 인생을 배운다. 언제나 변하지 않는 절개와 세상의 찌든 잡것들을 쏟아붓듯이 버릴 줄 아는 멋. 소유와 집착에서 벗어나 많은 사람에게 나누어 줄 수 있는 아름다운 삶. 그리고 욕심을 부리지 않음으로써 마음이 부자이고 따뜻해질 수 있는 가슴. 그런 것들을 나는 정방폭포에서 깨닫고 다시금 앞으로의 내 삶에 대입하며 다짐한다.

끊임없이 퍼붓는 물줄기가 넓은 바다와 만나듯이 내 작은 소망이 어서 빨리 이루어지라고. 정방폭포 앞바다를 물끄러미 바라보고 있노라니 해녀들이 해리 질을 하고 있었다. 제주도 비바리 대부분이 해녀들로 직접 생계를 꾸려나간다는 얘기를 들었지만 가까이에서 직접 그네들을 발견하니 또 다른 감회로 다가왔다.

추운 겨울인데도 물안경과 잠수복을 입고 바닷속을 누비며 생물을 잡아 올린다. 그녀의 남자들은 지금쯤 아랫목에 누워 강장제와 정력에 좋은 음식을 먹으며 그녀를 기다리고 있을까? 하얀 스티로폼이 있는 주변엔 어김없이 해녀가 잠수하고 있었는데 얼마간의 시간이 흐르니 바닷가 바위틈에 망을 내려놓고 머릿속으로 돈을 계산하는가 보다. 하나둘 세는가 싶으면 소라의 크기를 골라내어 따로 담는 모습에서 괜스레 마음이 아려오는 건 무슨 까닭인지 모르겠다. 이것을 식탁에 올려야 하나. 아니면 시장에 내다 팔아야 하나. 내 생각에서 멀어져간다.

다시 무작정 걸었다. 햇살은 너무도 포근하고 따사롭다. 겨울을 닮으려, 겨울을 찾으러 떠나 온 이곳이 아무런 소리도 내지 않고 죽어가려 한다. 밀림에서 낮이 익을만한 야자수의 거리가 얄밉도록 하늘을 높이 찌르고 있다. 한참을 걸으니 '산책로' 라고 쓰인 팻말이 오뚝하다. 나의 시선을 유혹하기에는 그런 것들이 최고임을 아는가?

한 치의 망설임 없이 산책로를 따라 또 걷는다. 돌담길 마을을 지나 발걸음을 떼어 놓으니 바다가 보인다. 동네 어귀 곳곳에는 비닐하우스가 눈에 띄었고 한쪽으로 꽤 넓게 조성해 놓은 미나리꽝이 특이하다.

어쩜 저토록 신선한 초록으로 입맛을 돋우고 있는 걸까. 미나리꽝에 그물을 천정 삼아 펼쳐놓은 건 또 무슨 연유일까. 어라? 이 나무는 대체 어디에 뿌리를 두고 있는 거야? 곁 가지를 벌거벗고도 발아래 흙 디딜 틈이 없었나? 알몸으로 드러낸 발가락에 무슨 사연이 그리도 많은가. 그 속 어디에 또 다른 인연으로 숨죽이며 기다림을 배우고 있는가. 내 몸 전체를 휘감는 실핏줄이 엉키고 뒤틀려서 몸살을 앓고 있다.

봄이 되면 태연하게 푸르른 잎 새를 틔우며 또 다른 유혹을 하겠지. 이름 모를 벌거숭이 나목이 나에게 인생 가르침을 주고 있다. 위를 바라보며 화합을 꿈꾸되 아래의 하찮은 것까지 잃지 않는 지혜, 적절한 머무름으로 균형을 이루며 어우르도록 '참' 을 일깨워 준다. 나의 이런저런 궁금함은 보이고 들리는 그날까지 계속되리라.

제주도 서귀포의 하루가 저물고 있다. 보목동은 정말로 안온하고 포근했으며 따스했다. 까만 밤하늘 총총히 떠 있는 별들이 초로롱 거렸고 그 옆 손톱 끝 닮은 달님마저 영롱하여 내 맘 나도 모르게 새초롬히 눈썹 아래로 내리게 되더라. 향내 나는 자줏빛 촛불을 밤새 밝혀놓고 창 넓은 방 안에서 바라보는 바깥풍경은 감동이었다.

또 하루를 접고 나면 새로운 날이 바짝 서 있을 테지. 영원히 새겨두어야 할 이름일랑 고고하게 간직하자. 겨울을 닮아서 '겨울 여자'였을까? 겨울을 사랑해서 '겨울 아이'였을까? 나의 겨울 찾기 그 처음의 어둠이 영글어 가고 있다.

겨울 닭기, 떠오르는 태양을 힘껏 마시자

-제주 서귀포 바다로 가는 길목에서-(2)

독한 위스키 대신 부드러운 포도주를 마셨기 때문일까. 자신의 몸을 태우며 밤새 불 밝혀준 촛불의 정성 때문일까. 산장 분위기의 통나무집 '바다로 가는 길목' 때문일까. 몸이 솜털같이 가볍게 느껴지고 날아갈 듯이 상쾌한 기분으로 잠에서 깨어났다. 어젯밤에 주인아주머니께서 〈해 오름 맞이〉를 가려거든 모닝콜을 해주겠노라 약속했으므로.

채 어둠이 가시지 않은 새벽이 확 트인 창문을 비집고 들어온다. 기지개를 켜고 간단한 맨손체조로 스트레칭을 하니 정말 개운한 느낌이다. 간단하게 밑 화장을 하고는 혹시나 추울까 봐 목도리를 꽁꽁 매고 밖으로 나갔다. 주인아주머니의 상냥한 문안인사에 다정함마저 품속으로 파고든다. 아침 7시 20분에 '해오름'의 장관을 볼 수가 있다며 여러 일행과 동행하기로 했다.

'바다로 가는 길목'에서 도보로 10분 거리에 있는 절오름은 높이 95m의 아름다운 해변 오름이다. 보목포구를 감싸듯이 해안으로 바짝 다가

선 곳에 있는데 예로부터 '재지기 오름' 또는 '재재기 오름' 등으로 불러 오고 있단다. 그리 높지도 않으며 등산로가 나무계단으로 말끔하게 정리되어 있어 너무도 편안하다.

이곳 정상에 오르면 서귀포 시가지와 섶섬, 문섬, 범섬 그리고 가파도까지 한눈에 들어오게 된다. 주인집 부부는 건강 삼아 매일 아침 재오름의 일출 맞이를 다닌다고 했다. 맑은 공기를 마시며 떠오르는 태양을 벗 삼아 산책하는 그들의 삶은 우리와 다를 테지. 자기 주변에 작은 행복을 꿈꿀 수 있는 환경이 자리하고 있다는 건 참 멋진 행운이 아닐 수 없다. 적절히 등에 땀 날 정도의 아침 산책코스가 가져다주는 하루의 값진 선물을 사랑한다. 최근에 설치했다는 1115개의 목계단과 두 방향으로 나누어진 전망대가 부럽기만 했다.

매일 아침 이글거리는 붉은 빛으로 떠오르는 태양이 우리에게 어떤 희망을 가져다주는가? 항상 똑같은 모습으로 늘 그 자리에서 빛을 발하건만 사람들은 때 마다 새로움으로 맞이한다. 어제보다는 오늘이 훨씬 찬란하고 화려한 모습이기를 바라면서 기다린다.

태양은 무언으로 다가오는 삶의 지침서이며, 인생의 이정표임에 틀림이 없다. 그것을 우리는 시시때때로 버리고 선택하는 반복의 일상 속에서 가치를 잊어버리며 살고 있지는 않은지. 수시로 변하는 날씨의 변덕스러움으로 화려한 일출을 기대했건만 이미 수평선 너머 저쪽엔 구름이 두껍게 쌓여있어 우리들의 마음을 더욱더 애태우고 있었다.

차츰차츰 구름을 뚫고 솟아오르는 태양을 바라보자니 탄성이 절로 흘러나왔다. 나는 새벽과 아침 사이에 뜨는 태양을 보면 깊은숨을 내뱉으며 호흡을 가다듬고 이글거리는 태양을 한입에 꿀꺽 삼키는 버릇이 있는데 서귀포의 태양도 여지없이 홀랑 집어삼키고 말았다.

배가 불러왔다, 가슴 풍만 볼록하게 태양을 마셨으므로. 내 가장 가슴으로 사랑하는 사람을 위하여 기도했다. 어제와 내일이 아닌 현재를 철저히 사랑하게 해 달라고. 지금 내 곁에 있는 단 한 사람을 위하여 목숨도 아깝지 않도록 작은 소망 이루게 해 달라고. 그리고 먼 훗날 아프지 않을 추억 곱게 쌓으리라고. 일행들은 차편으로 절오름을 뒤로하고 훌쩍 떠났지만 나는 주인장께서 알려주신 보목마을 포구 어귀를 산책하며 걷기로 했다.

절오름 정상에서 아래로 내려오다 보면 故 이주일 코미디언이 별장으로 사용했던 집이 보인다. 돌담이 높이 쌓여있는 2층짜리 집인데 큰아들을 잃고 나서 외로움을 달래기 위해 머물렀단다.

사람들은 누구나가 외로움을 안고 살아간다. 그 깊이가 높고 낮음의 차이는 있을망정 가슴 한쪽 쓸쓸함과 허전함이 동반된 외로움이란 겉으로 다 드러나지 않아서 그렇지 않게 보일 수 있다. 그러나 어느 누가 외롭지 않은 사람 있으랴. 인생 자체가 굴곡 있는 삶의 연속인 것을 그 모든 슬픔과 그리움을 어떻게 가슴으로만 삭힐 것인가. 그래서 여행을 하고, 어디론가 훌쩍 떠나서 나만의 공간에 머물며 독서와 사색을 즐기는 것. 이것이 나의 외로움을 달래는 최선의 방법이요, 또 다른 내 모습을 발견하기 위한 몸부림이다.

내친김에 저만치 빨간 등대가 보이는 곳까지 가보기로 한다. 옛날 어린 시절 '등대지기'라는 노래를 부르면 그리도 서글퍼 눈물이 나왔었는데 지금의 등대는 너무도 신식이고 세련되어서 하나도 외로워 보이지 않는다. 그래도 입가에서는 벌써 허밍으로 리듬을 타고 있었으니 나도 구닥다리 세대임에 분명하다. 나이를 먹으면 먹을수록 옛것이 그리워지고 추억에 매달리게 된다더니 내가 그 꼴이다.

심신이 여유롭고 편안하니 서둘 것이 없는데다가 어차피 관광을 목적으로 떠남이 아니기에 주변의 작은 것까지 세심한 눈으로 바라보게 되고 아름답게 느껴질밖에 더 있겠는가. 등대를 돌아 저 먼 곳으로 시선을 고정하니 한라산의 고고한 자태가 나를 감동시키기에 이른다. 제주도 사람들도 년 중 구름 한 점 없는 한라산의 맑은 모습을 보기 어렵다고 한다. 정상부근엔 만설이 뒤덮여 있어서 그 감동이 두 배에 이르고 선명한 한라산의 매력에 흠뻑 빠지게 된다.

그러기를 30여 분 보목마을 이곳저곳을 걸었다. 골목골목 집집마다엔 감귤나무 없는 곳이 없었으며 아직도 돌로 담을 쌓아 바람을 막고 있는 풍경이 정겹다. 진노랑 감귤이 너무 흔해서 담 넘어 손에 닿을 것도 일부러 몰래 따 먹고 싶은 생각이 없어졌다. 숙소로 돌아가면 그 앞 텃밭에도 꽤 많은 귤나무가 있어 그곳에 오는 손님들에게 '귤 따기 체험'을 갖도록 한다. 우리 역시 전지가위를 들고 주인아주머니께서 가르쳐준 대로 바구니에 맛있는 귤을 골라 따서 사가기로 했다. 1만 원만 내면 손수 내가 딴 귤을 박스에 담아 가지고 갈 수 있다. 귤 따기 체험은 의외로 재미있고 쉬웠는데 귤을 따면 딸수록 욕심이 생겨 많이 딸 수밖에 없었다.

바다로 가는 길목에는 달콤하고 맛난 귤이 있다. 그 귤을 맘 놓고 얼마든지 따 먹을 수 있고, 직접 딴 귤을 저렴한 가격에 사 올 수도 있다. 제주에서도 가장 따뜻하고 아름다운 장소라 자랑하는 서귀포. 아침에 일출 맞이하며 소망을 담아 띄울 수도 있고 귤 밭 모퉁이에 아롱다롱 둥지를 튼 '허브향'을 맡을 수도 있다.

손수 귤을 따서 박스에 담아 택배로 보내달라고 부탁하고 1박 2일의 짧은 여정을 아쉬워하며 다음을 기약한다. 그렇게 2003년의 겨울 닭기 여행은 고이 접어 호주머니에 넣는다. 다시금 일상으로 돌아오는 길목 제주공항에서 감색 물들인 벙거지가 눈에 띄어 머리에 눌러 쓴다. 모두 와는 안녕이다, 내 마음속 그것들과 나의 탄생을 기념하며.

배가 산으로 올라간 선크루즈호텔에서

'이젠 좀 한적하겠지' 생각하며 정동진으로 발길을 옮겼다. 북적대는 것들 속에 뒤엉키는 건 죽기보다도 싫은 까닭에 남들보다 늦게 찾은 동쪽의 바닷가였다. 계절을 잊은 철 지난 파도 소리와 많은 대화를 나누고 싶었고 지나간 이들의 발자국 적은 백사장 모래 위 사연들을 주워 담고 싶었다. 포르말린 같은 생각들을 죽이며 무작정 끝없는 고요를 꿈꾸고 싶었던 거다. 이미 입소문으로 자자해져 퇴색될 대로 망가져 버린 정동쪽의 바다 정동진. 어쩌면 우리는 끊임없이 옛 모습의 정겨움을 갈구하고 있는지도 모른다. 맨 처음 발견된 대륙의 미개발 상태를 나 혼자 즐기고픈 욕심이었을까?

까만 밤 어둠을 뚫고 서울 청량리에서 적막한 철길 위를 달리는 기차가 그리웠고 새벽녘 동트기 전 암청색의 세상 속에서 떠오르는 동해의 태양이 정겨웠으며 이글거리는 몸짓으로 정열을 불태웠었던 일출이 아직도 가슴을 방망이질하고 있다. 그러나 각종 매스컴과 TV 드라마 '모래시계'가 방영되고 난 후부터 주변의 판자촌 대신 화려한 호텔과 빌딩들이 숲을 이루고 좁아터진 백사장의 포장마차 대신 근사한 공원과 산책길이 마련되어 있다.

삼성 재단에서 세운 거대한 모래시계는 1년에 한 번씩 꼭 제날짜에 뒤집어지고 인공으로 만들어 놓은 ‘한국형 세느강’ 과 ‘한국형 미라보다리’ 를 볼 수 있다. 파리의 그것과는 비교하기에 턱없는 모습이지만 나는 그런 느낌으로 그곳을 건넜다.

정동진역 바로 앞에는 사공이 많아서 배가 산으로 올라갔다는 그 유명한 ‘선크루즈호텔’ 이 장엄한 모습으로 떡 버티고 있다. 상상했던 모습 그대로였는데 그 옆의 작은 배가 한없이 초라해 보여 불쌍하기까지 했다. 선크루즈호텔에 들어서니 과연 떠들썩할 만큼 대단한 시설과 멋진 분위기로 황홀하다. 전망이 제일 좋은 객실을 부탁하여 여정을 풀자마자 베란다 창문을 열었다.

찬바람이 얼굴을 세차게 후려쳤으나 쓰라리지 않았고 대신에 행복함만 밀려왔다. 선크루즈 6층 선상에서 바라본 정동진역은 반들반들한 건물들에 숨겨져 초라한 듯 잘 보이지는 않았으나 여전히 정겨움으로 남아 있었고 오른쪽으로 망망대해의 푸른 바다가 한눈에 들어오니 팔등에 소름이 돋을 정도로 짜릿했다.

동해의 바다는 일교차가 적은 관계로 서해안과는 사뭇 큰 차이가 있다. 거의 느끼지 못할 정도의 물 나감이 밤새 몸살을 앓고 설움이 눈물을 짓는다. 사나운 모양으로 하얀 포말을 일으키며 자신을 학대하는 파도가 슬퍼 보인다.

한없이 넓게 드리워진 정동진의 바다는 끊임없이 도전하는 남성이다. 지칠 줄 모르고 달려들어 바위에 부딪히고 멍이 들어 파란 색깔이다. 청춘을 불사르는 젊음이 있어 아침마다 뜨거운 태양 빛에 물드는 불사조다.

속이 확 트인다. 뛰어내리고 싶다. 너와 내가 하나 되어 헤엄을 치리라. 강릉에는 초당두부가 유명한 관계로 식당의 메뉴마다 올라와 있는 게 특색이다. 모두부에 김치를 얹어 한입에 꼴깍, 텁텁한 막걸리가 생각났지만 참기로 한다. 바닷물로 간수를 맞췄으므로 그 맛이 좀 독특하고 기발하기까지 하다.

주인집 아주머니가 추천해 준 생선구이 정식에는 ‘세치’라는 생선이 나오는데 이쪽 지방에선 흔히 ‘이면수’라고 생각하면 큰 차이가 없을 것이다. 대신에 크기가 헤라클레스 손바닥만 하다고 해도 과언이 아닐 정도로 푸짐하다. 식당에서 밥을 먹으면 나온 반찬을 싹싹 비우는 성격이 있는데 이번에도 예외는 아니어서 배가 터지기 직전에 일어서니 앉았을 때 보다 더 불룩 튀어나온다.

시원한 바람 맞으며 마시는 커피 한잔은 나에게 또 다른 여유와 행복함을 던져준다. 낯선 곳으로의 발걸음이 주는 기쁨 중 보고, 듣고, 먹고, 즐기는 일이야말로 최고가 아닐까? 그 나머지는 느낌으로 간직하며 글을 쓰고 시를 짓는다. 에디슨의 참소리 박물관에 대하여, 그리 친숙하지 않은 조각공원에 대하여 지금처럼 이렇게.

정동진역 주변을 멋스럽게 즐기기 위해서는 ‘심곡항’과 ‘금진항’을 빼놓을 수가 없다. 선크루즈호텔을 끼고 산을 넘으면 꼬불꼬불한 2차선 좁은 도로가 나오는데 그곳에선 여전히 또 다른 볼거리와 편안함을 제공하기 위한 개발이 한창이다. 강원도가 오지였다는 모습 자체로 덩그러니 자리하고 있는 어촌마을이 눈에 들어온다.

돌담을 쌓아 바람을 막은 흔적에 사람이 살지 않는 빈집도 몇 채 남아 있다. 그 옛날 방안에서 오줌을 누던 시절의 요강 닮은 항구가 바로 〈심곡항〉이다. 언 듯 보면 초라한 것이 실망스러울 수도 있지만 차라리 작고 알찬 모습에 정겨울 수도 있다. 심곡항을 지나면서부터 해안도로가 이어지는데 갖가지 기암절벽과 바위들이 멋지다. 철썩이는 파도가 그것들과 부딪쳐 바다 폭죽처럼 화려하고 경쾌한 볼거리를 제공한다.

바다를 끼고 이어지는 해안도로는 사연이 있는 아름다운 곳이다. 정확한 근거는 없고 심증뿐이긴 하지만 그 옛날 '헌화가'에서 노인이 수로부인에게 꽃을 꺾어 바친 사건의 현장이 바로 이곳이라는 것이다.

그래서 붙여진 이름 〈헌화로〉를 따라 금진항에 다다르면 태안의 안흥항에 비유되는 싱싱한 자연산 활어회가 팔딱거리는 모습을 매일 오전 8시면 볼 수 있다. 일상에 지쳐 어디론가 떠나고픈 사람들은 활기가 넘치고 아름다운 항구 금진항으로 가보길 권한다. 아직은 포근함보다는 왠지 삭막한 느낌의 어촌마을이 비단 겨울이라서만은 아니다.

햇살에 반짝이는 은반의 출렁임에 비해 곳곳마다 마련되어 있는 군 초소가 애처로웠고 가만두면 좋을 것들을 개발하려 몸부림치고 있는 건물들이 웃길 정도로 어울리지 않았다.

이런저런 상념에 젖어 끝에 다다른 곳이 〈옥계해수욕장〉이었는데 해수욕장이라야 볼품없고 시설도 아무것 없어 형편없었지만 오염이 되지 않았고 몇백 년은 족히 되었을 굵은 소나무들로 둘러싸인 숲이 멋스러워 감탄이 절로 나왔다.

그렇게 어둠이 내릴 때까지 한순간 시선을 떼지 못하고 밤을 맞는다. 푸른 바다는 간데없고 밤새도록 화려한 조명 아래 하얀 포말만 춤을 추고 있다. 이 세상 종말을 고하면 그때 멈춰지려는지 도대체 그 마음을 알 수 없어 내가 지친다.

멎지 않고 울어대는 파도 소리에 견딜 수 없는 그리움으로 선크루즈 호텔 전망대의 문을 열었다. 실내에서 느끼지 못한 공포감과 무서움이 동시에 밀려와 섬찟하기까지 하다. 심장은 조막만 해서 바짝 오그라들었고 저절로 어깨가 움츠러 들어오는 것을 막을 수가 없다. 마치 엄마의 자궁에서 머물다 큰 세상 밖으로 나왔을 때의 두려움 그것과 똑같았으리라.

낮에 느꼈던 환상과 아름다움은 일시에 사라지고 어둠이 주는 떨림은 계속되었다. 배의 난간을 붙잡고 아래를 내려다보니 뛰어내리고 싶은 마음은 아예 싹 가셔버린다. 밤에도 쉬지 않고 항해하는 배, 정동진과 밤새 시름하는 크루즈가 미웠다.

인생도 두 얼굴일까? 삶도 이렇듯 가면을 쓰고 있는 것일까? 모든 역사는 밤에 이루어진다더니, 내 마음이 두려운 까닭인지 자꾸만 이름 모를 음모가 느껴진다. 기세 당당한 산 위의 배 앞에서는 밤바다도 힘을 잃는가 보다. 금방이라도 온 세상을 집어삼킬 듯이 성난 파도가 새벽이 올수록 잔잔해지는 것을 보면 말이다. 더 이상 세상 밖의 두려움에서 벗어나기 위해 전망대의 문을 꼭 닫고 침실의 이불을 푹 뒤집어쓴다.

모래언덕을 밟기만 해도 벌금이 3백만 원

　서산.태안환경연합회에서는 지난 6월 5일 '환경의 날'을 맞이하여 태안군 원북면 신두리에 위치한 사구 천연기념물 제431호인 모래언덕 〈신두리해수욕장〉에서 생태계체험을 통한 환경정화작업과 함께 자연을 찾아 떠나는 현장학습이 동시에 이루어졌습니다.

　환경연합회원과 가족, 관내 학생을 비롯하여 자연환경에 관심 있는 주부와 직장인 등 300여 명의 지킴이가 참석하여 신두리의 모래언덕 주변에 널려있는 폐어구와 드럼통 등 각종 쓰레기를 주워 모으는 행사를 했는데요.

　우리가 지켜야 할 소중한 재산이 몸살을 앓고 있는 모습에 눈살이 찌푸려집니다. 환경 지킴이들이 정기적으로 찾아 와 정화작업을 벌인다지만 무분별하고 무차별적인 개발이라는 명분으로 그 아름답고 소중한 자원인 사구는 자꾸만 사라져 가는데 대규모의 리조트가 들어서며 펜션과 상업적인 부분에만 치중하여 사구 본래의 생태계가 파괴될 뿐만 아니라 자연환경 자체가 모습을 잃어가고 있습니다.

　우리가 지켜가야 할 지구환경의 소중함을 잊고 사는 사람들, 유흥과 쾌락만이 인생의 참 맛인 양 즐길 거리만 찾는 사람들, 자신의 이익에만 눈이 어두워 큰 바다를 잃어버리는 사람들, 빛 고운 모래 속에 숨어 있는 것들이 얼마나 부끄럽고 추잡한 것들인지 신두리를 바라보며 가슴 깊이 반성하고 뉘우쳤으면 좋겠습니다.

지난 2001년 11월 26일 전체 사구 60만 평 중 30만 평을 문화재청이 지정한 사구 천연기념물 제431호인 〈신두리 사구〉는 내가 서산에 살면서 즐겨 찾는 곳 중의 하나입니다. 고운모래가 아름답고 초등학교 시절 음악책에 실려 있던 '해당화' 란 노랫말의 주인공인 그 꽃을 처음 본 곳이 그곳이라서 그런지 신두리 해수욕장은 아무런 까닭도 없이 다가서면 다가설수록 정이 느껴집니다.

불과 4~5년 전만 하드래도 자연 그대로의 순수함과 멋진 낭만이 숨쉬고 있는 장소로 뭇 연인들의 데이트코스로 또는 편안하고 아늑한 쉼터로 애용되던 장소였었지요. 지금은 '하늘과 바다사이' 라는 펜션이 병풍처럼 들어서 있고 사유 토지자 들의 재산권을 행사하며 사구보존을 반대하는 팻말이 보이며 이와 반대로 문화재청과 태안군에서는 차량통행금지를 명하고 있습니다.

개인의 사유지 권리를 주장하며 천연기념물인 사구 보존에 반대하는 사람들이 어쩐지 얄밉고 예사롭게 보이질 않습니다. 겉만 번지르르했지 욕심 덩어리로 가득 찬 돼지와 다를 바가 어디 있겠는지요. 인생사 세상의 모든 이치가 모순의 실타래로 얽혀 있다지만 신두리를 방문할 때마다 명치 끝 가슴이 울컥거리는 건 우리 후손들에게 물려 줄 자연이 자꾸만 망가져 가고 있음이 안타까워서일 겁니다. 나의 작은 욕심과 이기심을 버릴 수만 있다면 얼마나 좋을까요? 그래서 내 가까이 이렇듯 소중한 자원이 있어 행복을 느낄 수 있다면 지금 이 순간 그네들과 어깨동무하며 밤새도록 가슴으로 사랑하겠네.

아무 생각 없이 모래언덕을 밟았다가는 벌금 3백만 원을 내야 하니까 조심하세요. 사유 토지주들이 문화재청 관계자들의 출입을 금지하는 팻말을 세워놓고 있습니다. 사구보존을 결사반대하는 사유 토지주들의 경고성 문구가 눈살을 찌푸리게 합니다. 문화재청과 태안군은 사유 토지주들과는 반대로 차량통행과 야영을 금지한다고 하고 천연기념물로 지정된 장소에 사유 토지주들은 '청소년 수련원' 신축 예정지라는 팻말을 세워놓았습니다.

신두리 사구에는 갖가지 생물들이 둥지를 트는 보금자리가 있으며, 갯방풍이라 불리는 청초하고 순박한 꽃과 붉게 핀 해당화의 군락이 있어 더욱 아름다운 모습입니다. 우리 주변에 흔히 널려있는 '개망초'도 외래식물이라는 사실 알고 계시나요? 신두리 사구에 들어온 외래식물로는 '달맞이꽃'과 '개망초' 등이 있는데 제거작업이 한창입니다. 무분별한 모래 채취로 심하게 훼손된 사구의 모습. 거대한 스티로폼을 뚫고 기생하는 식물의 질긴 모습이 순간 섬뜩하게 느껴졌습니다.

「랑그루아다리」가 있는 청산수목원

충남 태안군 남면 신장1리 청산수목원 內 예연원(藝蓮園). 지금쯤이면 자녀들이 모두 여름방학에 들어가 집안에서 이리 뒹굴 저리 뒹굴 하며 하루 종일 입씨름에 말썽을 부리는 개구쟁이 뒤치다꺼리 하느라 힘 드시죠. 이제 장맛비도 물러갔으니 집에서 간단한 김밥 싸 들고 야외로 나가보심은 어떨까요. 자, 지금부터 제가 아이들의 학습에 도움이 되고 정서적으로 풍요로움을 주는 곳을 안내하겠습니다.

이곳이 바로 지난 7월 23일부터 연꽃박람회가 열리고 있는 청산수목원입니다. 세계 각국에서 수집한 200여 품종의 연꽃과 수련이 한껏 멋을 부리고 있는데요. 서해안고속도로를 타고 서산IC나 해미IC로 나오실 경우에는 서산을 경유하여 태안읍을 거쳐 몽산포 조금 못 미치는 곳에 있고, 홍성나들목에서 빠져나오면 철새도래지인 간월도 부남호를 거쳐 청포대와 몽산포를 거치면 바로 이정표를 따라 가노라면 쉽게 찾을 수가 있습니다.

그곳에 도착하게 되면 무료 주차장이 있고, 조금 더 걸어가면 매표소가 나옵니다. 수목원으로 들어가려면 입장료를 내야 하는데 어른은 3천 원, 어린이는 2천 원이네요. 우선 입구에 들어서면 정교하게 쌓아 놓은 돌탑을 볼 수가 있는데 돌탑 구석구석에 아름다운 분재를 구경하면서 연꽃을 관람하면 재미가 두 배로 늘어나게 되지요. 연이 담겨있는 그릇 밑바닥을 가만히 살펴보면 배가 불룩한 올챙이들이 눈에 띄기도 합니다.

발걸음을 되돌려 나오노라니 커다란 비닐하우스 안에 연 육묘가 가득하네요. 이쪽저쪽으로 고개를 돌리니 푸른 생태 숲을 자랑하는 수목원이 보이고 그 아래 야생화원과 주택을 낀 돌담길로 걸어가면 잘 정돈된 먹거리 장터가 나오고요. 그 앞에는 물레방아 돌아가는 풍경이 정다운 〈농경문화 전시관〉이 보입니다. 주변 경관이 얼마나 아름답고 황홀한지 그곳에서 한참을 머물고 싶은 생각에 시간 가는 줄 모를 지경이지요.

천천히 주변의 초록을 감상하며 걷노라니 〈수련원〉과 〈예연원〉이 보이네요. 나무로 만들어 놓은 다리 사이는 연인들에게 낭만과 추억을 안겨주기에 충분했고 무성한 연잎들 틈으로 연꽃의 우아한 자태를 뽐내는 듯이 고개를 내민 고고함이여! 저녁노을 살짝이 스러질 즈음 땅거미 밟으며 당신의 손을 꼭 잡아봅니다. 자비와 평화로움으로 우리 세상 더욱 아름답게 꽃 피울 수 있는 자리 되게 하시옵소서.

마음속으로 기도를 드리고 또다시 발걸음을 옮겨놓은 곳은 바로 '랑그루아다리' 입니다. 이곳 청산수목원의 특징을 말하라면 저는 이렇게 얘기하겠습니다. 「네덜란드에서 태어난 인상주의 화가 빈센트 반 고흐의 다리를 만날 수 있거든요. 고흐는 '랑그루아다리' 의 풍경이 맘에 들어 다섯 번이나 그렸다는데요. 고흐의 화첩에 담겨있는 그림을 이곳에 재현하여 그의 예술혼을 기리고 있는 거래요.」라고요.

저는 개인적으로 이곳 청산수목원을 돌아보며 해바라기가 있는 길이 참 인상적이었어요. 빈센트 반 고흐가 해바라기 그림을 많이 그렸다지요, 그래서일까요? 해바라기 하면 으레 '소피아로렌'이 주연한 영화가 생각납니다. 우크라이나의 광활한 해바라기 평원에 머리와 옷차림이 헝클어진 채로 걸어가고 있는 모습. 20세기 최고의 미녀였던 소피아로렌이 지금은 69세의 노파가 되었다지요?

이런저런 상념으로 마냥 걷다 보니 벌써 수목원을 다 돌아보았네요. 청산수목원엔 연뿐만 아니라 청초하고 순박한 우리 꽃 야생화도 있고요. 전체 곳곳이 바로 자연의 아름다움이기에 마음마저 부드러운 비단처럼 푸근하답니다.

올 여름방학을 맞아 〈태안연꽃박람회〉 장소인 이곳으로 자녀를 데리고 가족여행 한번 떠나보세요. 도심에서 느껴보지 못한 평화로움과 행복감이 여러분의 피로를 싹 풀어줄 것입니다.

중국의 천안문이 안면도로 옮겨 왔어요

-안면도 썸머 페스티벌 중국 등(燈) 축제

폭염이 계속되는 요즈음 많은 사람이 피서계획을 세우고 계실 텐데요. 오늘이 마침 '중복' 이기도 하고 내일이면 주말이어서 가족여행을 준비하고 계신 분들은 귀를 쫑긋하고 눈을 동그랗게 떠보세요. 여름 피서의 정점이자 어쩌면 마지막이 될지도 모르는 나들이에 도움이 될 수 있도록 제가 지금부터 멋진 축제와 이벤트가 있는 곳으로 안내해 드리겠습니다.

조금은 천천히 무더운 더위를 식혀줄 수 있는 곳! 화려한 불빛과 낭만이 꿈틀거리는 곳! 중국의 문화를 전시하고 체험해 볼 수 있는 체험관과 서커스 등 전통문화공연이 펼쳐지고 한여름 밤의 음악캠프와 불꽃 축제, 중국 맥주 페스티벌, 해변에서 즐기는 중국요리 등 푸짐한 볼거리와 이벤트가 준비된 곳 - 바로 안면도 꽃 박람회장입니다.

어떠세요. 상상만 해도 신나고 환상적이지 않나요? "바다. 노을. 꽃. 그리고 중국문화"라는 주제로 펼쳐지는 이번 행사는 오는 8월 29일(오

후 6시~밤 12시)까지 계속 이어지고 있답니다. 오시는 길은 서해안고속
도로를 타고 서산IC나 홍성IC로 빠져 나오시면 쉽게 찾을 수 있고요. 행
사장 입장료는 개인 7천 원에 소인은 5천 원입니다.(단체 20인 이상은
10% 할인) 그럼 지금부터 가족과 함께, 연인과 함께, 이웃과 함께, 직장
동료들과 단체로 떠나 볼까요.

우선 입구에 들어서면 중국 등(燈) 축제의 화려함과 아름다움에 푹 빠
지게 되지요. 구불구불한 두 마리의 용이 살아 있는 듯한 착각과 함께
빛 좋은 등이 밤하늘을 수놓고 있어 환상적이랍니다.

중국에 있어야 할 천안문이 왜 이곳에 있는지 이제는 아시겠죠? 천안
문은 황제가 조서를 내리던 곳으로 중국의 지도자 모택동이 중화인민
공화국의 건국을 선언한 곳으로 유명한데요. 중국문화혁명의 상징이기
도 한 '천안문'은 정말 멋진 모습입니다.

결코, 앞만 보면서 걸을 수 없는 등 축제의 장관 때문에 아무리 점잖고
요조숙녀일지라도 누구나 흘러나오는 탄성 소리에 한여름 밤의 열기는
더욱 고조되어 뜨겁게 불타오르고 있네요. 마치 중국의 어느 도시의 거
리를 걷고 있는 것 같은 착각을 불러일으킨 다니까요.

아홉 마리의 용이 승천하는 모습을 표현한 '구룡벽'은 그 웅장함이
실로 가슴을 뭉클하게 했고 권력, 부귀, 장수의 3가지 수호신은 편안함
을 느끼게 해 주었으며 거대한 불상 밑으로 연꽃 받침은 은은하기가 이
를 데 없더군요. 이곳은 마차를 준비해 놓고 2바퀴 도는데 1천 원을 받
고 있습니다.

한번 벌어진 입은 다물어지질 않고 저절로 두리번거려지는 눈동자는
쉴 새가 없습니다. 자그마한 언덕에는 빨간 우산을 꽂아 놓았는데 그 속
에서도 여전히 불빛은 아스라이 번져 나오고 있었습니다. 그 아스라한
번짐으로 빙 둘러쳐진 '우산시계'가 참 예쁘게 보이네요.

역시 중국의 상징은 '용'이 많은 것 같아요. 기둥마다 용의 몸으로 칭

칭 말아 올린 모습이 마치 힘차게 하늘로 승천하는 것만 같게 느껴졌습니다. 가운데의 '잉어요용문'은 중국의 주방기구들과 갖가지 소품들로 만들어진 용이고요. 맨 오른쪽은 높이 24m를 자랑하는 용주예화인데 이번 등 축제에서 가장 눈에 띄는 등으로 기둥을 감싸며 올라가는 용의 모습을 보면 저절로 입이 벌어진답니다.

중국 하면 또 빼놓을 수 없는 것이 있지요. 바로 서커스 공연입니다. 매일 밤 8시와 10시 2회 공연으로 60분씩 진행됩니다. 박진감 넘치는 배경음악과 정교하고도 유연한 몸짓으로 곡예를 하는 모습은 일반인들이 감히 상상할 수 없을 정도로 고단수의 묘기입니다. 역시 제일 인기가 많아 사람들의 박수갈채를 한 몸에 받는 모습이네요. 하도 아슬아슬하고 전율이 넘쳐 등줄기에 땀이 다 날 정도로 우아한 묘기백출이니 꼭 보세요. 아 참, 서커스 공연이 끝나면 곧바로 불꽃놀이가 이어지는데 그 역시 장관이라나요.

이쯤이면 등축제의 이모저모를 다 둘러 본 셈입니다. 중국의 전통에 능 서커스를 관람하고 나면 잠시 휴식시간이 이어지는 데 막간을 이용하여 100여 년 전통을 자랑하는 중국맥주 '칭따오(청도)'를 마시는 겁니다. 1병에 5천 원을 받는데 새우깡 안주에 시원한 맥주 한잔은 더위를 식혀주는데 최고지요.

시장기가 느껴지신다면 수타 손 짜장과 신비의 날으는 '비도면(飛刀面)'을 드셔보세요. 중국 정통요리사가 주방에서 직접 만드는 비도면은 원래 국물이 하얗답니다. 그런데 우리나라 입맛에 맞게 고춧가루를 넣어 짬뽕 국물 비슷하지만, 면발이 쫄깃쫄깃하고 싱싱한 해물과 야채가 듬뿍 맛은 일품이에요.

까만 밤하늘엔 보름처럼 둥근 달님이 청아하게 비추이고요. 출구로 나가는 문에서도 여전히 등불은 깜박깜박 지칠 줄 모르고 있네요. 등과 네온이 어둠을 밝히고 그 나머지 여백은 까맣게 색칠을 하노라면 마음

속에 환한 등불 하나 새겨 넣고는 나머지 여운을 남겨놓고 떠나게 됩니
다. 덥다고 집에서 짜증만 내실 것이 아니라 가벼운 마음으로 훌쩍 떠
나는 여름 피서지로 이곳 안면도를 선택하신다면 정말 황홀한 추억을
갖게 될 겁니다. 마치 중국에 와 있는 착각 속에 아름다운 여름밤을 수
놓을 등축제가 있는 곳, 바로 여기!

마음을 씻으면 마음이 열리는 절 '개심사'

늦여름이라 할까 아니면 초가을이라 할까. 우에 이리도 하늘이 파란 것인지. 너무도 푸르러서 눈이 시리니 눈물이 난다. 마음이 하도 어지러워 목덜미가 뻣뻣해 둔탁하다. 고래고래 욕설하며 소리쳤더니 목구멍도 아프다. 흐르고 흘러 멀어지는 것들에 대해 서러움이 밀려온다.

아직은 땡볕 태양은 불같이 뜨거워 온몸을 적시고 휘청거리며 걸어도 발작 소리는 저벅저벅 젖은 빨래 같은데 요란한 반란을 꿈꾸는 작은 초침마저 제 몫을 다 하지 않는 오후. 반바지에 긴 타이즈를 신고 배낭을 메고 등산화 끈을 조였다. 어디론지 떠나자. 일렁이는 파도를 잠재우려 개심사를 찾았다.

집과의 거리가 너무 가깝지도 않고 그렇다고 무작정 멀지도 않은 곳에 내 마음을 던질 수 있는 곳이 있다. 마음을 씻으려, 마음을 열고자 즐겨 찾는 곳 중 단골이 된 산사에 간다. 주체할 길 없는 가슴을 안고 발길 닿는 대로 뛰쳐나오다 보면 어느새 나는 해미읍성을 지나 꼬불꼬불 개심사를 향해 가고 있는 거다. 누가 나를 기다려 줄 것인가? 누가 나를 오라 손짓이라도 한다는 건가?

아무가 불러주지 않아도 스스로 발길이 머무는 곳, 개심사여! 나는 오늘도 내 마음을 열어 씻고자 너를 밟는다. 307m의 상왕산 자락에 걸터앉은 너는 '마음이 열리는 절'이라서 개심사로 지었다지. 들어가는 입구 양옆으로 돌기둥이 나란히 세워져 있는데 왼쪽으로는 세심동(洗心洞), 오른쪽으로는 개심사(開心寺)라 깊게 새겨놓았다.

그곳 돌계단을 오르며 숲길이 이어진다. 돌 틈사이로 계곡물도 졸졸 소리 내며 종알거리는데 종달새, 비둘기들이 푸드득거리며 장단을 맞추니 숲속에 음악회가 열린듯하다. 이토록 맑고 푸르른 숲을 많은 이들이 다녀갔을 테지. 과연 그들은 무슨 생각을 하며 이 길을 걸었을까 갑자기 궁금해진다.

우선은 이름이 맘에 들었고, 가볍게 산책할 수 있는 코스가 부담 없어 좋았다. 내가 이곳을 즐겨 찾는 이유 중의 하나는 아담하고 단아한 직사각형 연못 때문이다. 그 연못 가운데에 좁다란 나무다리를 설치해 놓았는데 장호 어린 시절 다정히 손잡고 건너던 추억을 잊을 수가 없는 까닭이다. 넓은 길도 있었지만, 일부러 이 다리를 통해서 사찰로 파고들곤 했었지.

다리를 건너면 바로 눈앞에 아주 오래된 고목 〈백일홍〉이 화려한 자태를 뽐내고 있다. 7월과 8월을 드나들며 뜨거운 정열의 꽃 피워내다 한목숨 던지며 떨어진 꽃잎을 보라. 화들짝 한바탕 정사를 벌인 후 스러진 낙화의 모습같이 처절하고 애틋하여 마음이 아프다. 몸통은 배배 꼬여 반질반질 윤기 나는 게 벌거벗은 여인의 나체를 보는 것처럼 시리다. 그런 너를 보는 나도 오늘은 하늘이 무너지는 듯 절망을 안고 너와 하나가 된다.

서산시 운창면 신창리에 있는 개심사는 상왕산 기슭에 아담하게 자리하고 있다. 이곳의 봄은 전국에서 가장 늦게 핀다는 '난벚꽃'으로 유명한데 마치 왕벚꽃처럼 소담스러우면서도 풍성하니 화려한 자태를 뽐내고 있다. 매년 4월 초파일을 전후해서 이곳을 방문하면 절정의 벚꽃을 감상할 수도 있다. 그것이 휘영청 늘어진 보름날 달밤이면 더욱 좋겠지.

어스름 해 질 녘에 도착해 마음 여유롭게 스님과 얘기하며 기다렸다가 고요한 정적 맞아 창호지 사이로 달빛이 새어들어 오면 그때 밖으로 나가자.

뜰 아래 발소리도 재우며 산사의 하늘을 바라보라. 청명한 밤하늘 둥근 달덩어리 호흡으로 삼키고 그리운 사람을 그려본다. 젖힌 고개 살포시 내려 달빛 은은한 난벚꽃 무덤에 시선을 고정해도 좋을씨구.

내 여름날의 추억은 날아가고

- 세계유산 경주역사 유적지를 찾아서(1)

찌는 듯한 더위가 무르익어 갈 무렵이었다. 늦게 시작한 공부가 뜻과 같이 만족스럽지 못하다고 느끼던 즈음, 욕심껏 하게 계절 학기를 마친 후 스트레스나 풀 작정으로 떠난 여행. 어렴풋한 기억으로 학창시절 수학 여행지였던 경주로 발길을 옮겼다. 이왕이면 까닭 없는 관광목적이 아닌 체력단련도 함께 할 요량이었다.

흔히 '경주보문단지' 하면 그곳에 어떤 목적지 하나가 볼거리려니 생각하지만, 이 역시 충북 충주의 '단양팔경'이나 마찬가지로 그 지역 주변에 있는 명물 또는 명소 등 관광 거리를 일컫는 말로 이해를 하면 될 것이다. 뭇 많은 사람이 말하기를 다른 지역 여행을 가서 실수하기 쉬운 말이 바로 이런 것들이다. '아니, 보문단지가 대체 워디여?' 라든가 '오메, 단양팔경은 워디 가고 없능겨?' 라고.

나 역시 애초에 보문단지 주변에 있는 호텔에서 숙박할까 했었지만 이번 여행에서 꼭 가보고 싶었던 곳이 바로 석굴암과 불국사였기에 그곳과 가장 가깝고 퍼블릭 골프장이 있는 곳으로 숙소를 정하였다. 아침 일찍 떠난 우리 일행은 오후 2시 40분경이 되어서 목적지에 도착했다. 서산에서 경주까지 쉬엄쉬엄 여유 있게 가노라니 근 5시간가량이 걸렸다.

오후 3시 라운딩이 예약되어 있었으므로 짐만 간단히 풀고 필드로 나갔다. 퍼블릭 9홀을 두 번 돌게 되어 있고, 원하면 9홀만 돌고 나오면 된다. 운전하고 몸도 풀리지 않은 상태에서 티잉 그라운드에 서니 폼이 엉망이다. 첫 홀은 커다란 해저드가 있는 130m 거리의 숏 홀이었는데 어찌 된 일인지 모두 아웃 볼이다. 대체로 길이는 짧지만 만만치 않은 설계로 점수 내는 데 어려움이 있었다.

오후 7시경 라운딩을 마치고 저녁 식사 겸 관광을 하려고 밖으로 나왔다. 욕심으로는 석굴암과 불국사를 볼 수 있기를 기대하며 토함산 기슭을 올랐다. 학창시절에 수학여행으로 들렀던 기억엔 토함산 정상에서 바라보았던 황금빛 별들이 총총하니 선명하였는데 지금은 그 모습을 찾을 수 없었다. 바람은 시원하여 돗자리 펴고 누우면 온몸이 오그라들 것만 같은 그런 느낌만 가져왔다.

저녁 7시면 문을 닫는다는 매표소 아저씨의 말을 듣고 다시 되돌아 내려와 보문단지를 향했다. 보문호의 야경이 어우러진 여름밤의 낭만은 시원한 생맥주와 라이브 음악 그리고 낯모르는 사람들의 활기찬 표정에서 더욱더 무르익어가고 있었다. 너무 오래된 기억과 몰라보게 변화된 경주의 거리는 새로움과 설렘의 환상이었다. 식사 후 보문호 산책로를 따라 거닐었던 길은 이미 추억으로 변해 있겠지.

그 잔잔하면서도 깊은 화려함의 모퉁이를 돌아 고단한 몸을 뉘었다. 하지만 왠지 그냥 자기엔 허전한 마음이 앞서기에 호텔 로비를 향해 우아하게 걸었다. 많은 사람이 어두운 조명 아래서 마냥 행복한 모습으로 대화를 나누고 있다. 무대에서는 필리핀 여자가 애써 한국말로 우리 가요를 잔잔하게 불러주고 있다. ♪ 이른 아침에 자메서 깨어 노를 바라볼 수 있다폰~~~물란개치는 강까에 소소~~ ♬

　잠자기 전에는 적포도주가 좋다지?^^ 그래, 그걸 한잔 마시자! 둥글고 커다란 와인 잔에 포도주가 또르르 떨어지는 소리가 청아하다. 이 순간만큼은 모든 것이 용서되리라, 또한 모든 것이 무죄이리라. 서로가 원하는 만큼의 눈빛으로 잔을 부딪친다.

내 여름날의 추억은 계속되고

– 세계유산 경주역사 유적지를 찾아서(2)

　이튿날, 동이 틀 무렵 눈을 비비며 일어난 침대에서 내려왔다. 전날의 피로가 덜 풀린 듯 아직도 천근만근 늘어지는 몸을 가누며 샤워부스에 머리를 씻어 내렸다, 아니지, 그냥 대고만 있었다. 찬물로 샤워를 마치고 서둘러 클럽하우스에 도착한 시간은 아침 6시 30분. 해가 벌써 정수리 끝에 머물러 있는 것처럼 따갑기 시작했다.

　여행이란 얼마나 즐겁고 유쾌한 순간의 연속이던가. 새로운 것에 대해 앎과 설렘, 그리고 무한한 상상력이 동반되는 것. 예전 같았으면 무작정 준비하고 짊어지고 떠나는 기쁨으로 출발했지만, 지금은 뭔가 의미 있고 이유 있고 명분이 있으며 가슴과 기억 속에 오래오래 남아 있을 수 있는 계획을 세운 후에 떠나고 싶다는 생각을 하고 있다.

　그렇게 준비한 이번 여행은 순전히 체력단련과 나머지 여유로운 시간을 즐기기 위함이다. 직장인이나 전문직에 종사하는 사람들이 자투리 시간을 이용하여 새벽에 운동한다. 퍼블릭이니 9홀만 돌고 출근을 위한 분주함으로 조금만 부지런히 서두르면 되는 일이다. 이런 풍경은 도심 속 곳곳에서 발견할 수 있는 일인데 이곳에서도 역시 똑같은 풍경이다. 헉헉거리는 숨 막힘으로 땀을 비 오듯 쏟아부으며 라운딩을 끝냈을 땐 역시 성취감이 있다.

이제 서서히 등에서, 엉덩이에서 땀띠가 나기 시작한다. 탄력 있는 피부를 유지하려고 일부러 거들을 입고 나간 것이 화근이다. 냉 욕과 찬바람으로 식혀보지만, 낌새가 금방 없어질 것 같지는 않다. 아침을 먹고 나니 은근한 더위로 피곤이 몰려오기에 새우잠을 자고는 오후 일정에 올랐다. 전날 허탕을 치고 돌아온 '석굴암'과 '불국사'를 보기로 했다.

석굴암! 불혹의 세월 뒤로 다시금 거대한 석굴 안 부처의 모습을 보니 실로 감탄스럽다. 신라 경덕왕 10년에 김대성 제상이 전세의 부모를 위하여 건립했다는 이 석굴암은 신라예술의 극치이자 불교미술의 대표적 작품으로 세계문화유산에 등록된 작품이다. 아, 어쩌면 이다지도 정교하고 우아하며 웅장한 모습으로 태어났단 말인가? 또 얼마나 많은 석공이 장인정신을 불사르며 남긴 혼의 작품이더란 말인가!

까마득히 멀어져 있던 기억으로 찾아간 경주 불국사의 석굴암은 유리로 막혀 있는데 신도인 듯 여 보살과 관리를 맡은 남자가 무작정 촬영을 하는 손님들을 감시하고 있었다. 훼손을 방지하고 원형보존을 위하여 사진 촬영을 금지하고 있었으나 이 불쌍한 중생은 그 유혹을 견디지 못하고 끝내 감시원의 눈을 피해 셔터를 누르고 말았다. 알고도 모르는 척 상대방을 무안하지 않게 바라보는 그 남자의 눈을 잊지 못한다.

석굴암을 등에 지고 불국사를 향해 토함산 어귀를 꼬불꼬불 따라 내려왔다. 그곳에 간 시간이 그리 넉넉지 않았는지 검표하는 아저씨가 일찍 서둘러 매표를 하라고 재촉한다. 오후 6시가 되면 경불을 하므로 대웅전을 관람할 수 없기 때문이란다. 경내를 둘러보며 초등학교 국사책에서 사진으로 눈에 익은 실물이 눈앞에 장황하게 펼쳐짐에 황홀했다.

정면으로 볼 때는 그것을 잘 느끼지 못했으나 각도를 달리하고 보니 정말 근사한 모습이다.

우리나라 10원짜리 동전 뒷면에 새겨져 있는 다보탑과 일명 석가탑이라 부르는 삼층석탑, 참으로 감회가 깊고 황홀했는데 그 중 불국사 삼층석탑을 '무영탑'이라고도 부른다지. 석가탑을 무영탑이라고 부르는 이유는-신라 서라벌에서 온 아사녀가 석가탑을 지은 백제의 석공 아사달을 찾아 왔지만, 남편을 만나지도 못한 채 연못(영지)에 몸을 던져야 했다는 슬픈 전설이 서려 있기 때문이란다. 그림자기 비치지 않는 탑, 무영탑! 그 유명한 전설을 되새기노라니 가슴이 저며 오는 듯 싸하다.

신라 천년의 역사가 한눈에 보이는 것 같이 밤하늘이 환하게 빛난다. 신라 선덕여왕 때 만들어진 동양에서 가장 오래된 천문 관측대 '첨성대'와 신라 문무왕 14년에 궁 안에 연못을 파고 만들어 군신의 연회와 귀빈접대에 사용되었던 임해전지의 '안압지', 그리고 현재 남아 있는 신라 석탑 중 가장 오래되었다는 '분황사 석탑' 등은 실로 우리 선조들의 정교함과 거대한 규모에 경악을 금치 못할 정도였다.

여름날의 추억은 돌아오고

3일째 되는 날이다. 애초 계획엔 18홀을 돌기로 되어 있었으나 체력 관리상 9홀만 돌기로 했다. 이날 역시 미리 예약을 해 놓지 않았더라면 2시간이나 기다릴 뻔했던 아찔한 기억이 있다. 벌써 세 번째 똑같은 코스를 공략하는데도 어쩌면 그렇게 모두 다른 방향으로 공이 날아가는지. 필드는 움직이지 않는다, 다만 그곳에 유유자적한 모습으로 우리를 맞이하고 있을 뿐이다. 그런데도 왜 하루하루 매 순간이 이렇게 틀린 모습으로 다가서게 될까? 이것이 바로 인생이다.

헉헉거리는 숨을 고르며 가볍게 떠날 채비를 마치고 경주국립박물관으로 갔다. 경주국립박물관에 전시된 유물들은 두 발로 걸어 다니며 직접 관람했던 것들을 한곳에 모아놓은 듯 시간이 촉박한 관광객들은 이곳에서 신라의 역사를 담아가는 데 손색이 없었다. 외부에서 더위로 혹 사당했던 불쾌함을 박물관 실내에서 상쾌하게 씻을 수 있어 행복함마저 일었다. 다시금 발길을 돌려 신라 시대의 대표적인 돌무지덧널무덤이 있는 황남동으로 향했다.

　김알지의 후예로 신라 최초의 김씨 왕으로 여러 차례 백제의 공격을 막아냈다는 신라 제13대 미추왕릉. 마침 무덤의 잔디를 깎는 모습이 눈에 띄었는데 비스듬히 경사진 까닭에 제초기 주변에 예닐곱 사람이 끈으로 중심을 잡으며 뱅글뱅글 돌아가는 모습이 마치 거대한 산 덩어리를 난쟁이들이 어디론가 옮겨 놓으려는 듯 끌고 가고 있었는데 지금도 시골 사내 녀석의 머리를 상고로 쳐내는 것 같은 영상이 머리에서 떠나질 않는다.

　천마총으로 가는 길 주변에는 푸르른 갖가지 나무들과 오종종한 잔디가 싱그러움을 더해 주었고 곳곳에 놓여 있는 벤치는 지친 발걸음을 쉬게 하는데 더없이 좋은 친구가 되어 주었다. 이곳저곳을 둘러보아도 휴지 한 조각 없는 깨끗한 산책로가 기분을 상쾌하게 만들었다. 마치 백일홍 닮은 나무에 강낭콩 빛깔로 정열을 품어내는 꽃이 눈에 띈다. 그 빛깔이 하도 곱고 어여뻐서 가까이 다가 가보니 '배롱나무'로 중국에서 들여온 품종이라고.

　아, 천마총! 자작나무 껍질에 하늘을 나는 말(天馬) 그림이 그려진 말다래(障泥 : 국보 제207호)가 나왔다 해서 붙여진 이름이라지. 밑 둘레가 157m, 높이 12.7m나 되는 거대한 능은 정작 어느 왕의 무덤인지는 정확하지 않다. 왕릉의 구조로는 평지 위에 나무 널과 껴묻거리 상자를 놓고, 그 바깥에 나무로 짠 덧널을 설치하여 돌덩이를 쌓고 흙으로 덮었다 한다. 그곳에서 나온 유물 1만1천5백여 점은 복제품을 만들어 능 내부에 가지런히 전시해 놓고 있었다.

　천마총을 빠져나와 마지막으로 발길을 옮겨놓은 곳이 바로 '김유신 장군 묘' 이다. 김유신은 금관가야의 마지막 왕인 구형왕의 증손으로 15세에 화랑이 된 유명한 장수이다. 백제를 병합하고, 고구려를 병합하고, 당나라 군사를 물리치는 데 공을 세울 정도로 무예와 지략이 뛰어났던 김유신의 화려한 전적에 비하면 능은 참으로 초라하다는 느낌을 받았다. 덩그러니 무덤만이 존재하고 그 주변엔 아무것도 볼 것이 없는 것, 역시 문관과 무관의 차이가 여기에서 있더란 말인가?

괜스레 쓸쓸해지는 허전함이 밀려오기 시작했다, 김유신 장군의 묘 때문에. 어찌 되었건 화려한 신라 역사를 모두 훑어볼 수 있었음에 이번 여행을 만족스럽게 생각한다. 희미했던 옛 기억을 선명하게 되돌려 놓을 수 있었음에 가슴이 벅찼고 흥분 또한 가라앉히기 어려웠다. 이제는 다시금 내 삶의 터전으로 돌아가야 한다, 이것은 내가 죽을 때까지 가져가야 하는 또 다른 무엇. 귀 거래 향! 문득 나의 뇌리를 스쳐 지나가는 그 무엇을 좇아 속도를 내며 페달을 밟았다.

3일간의 짧지 않은 긴 여행 탓이었을까. 피곤이 와르르 몰려오는 것을 애써 거부하며 고속도로를 달리는 동안 가만히 나를 돌아본다. 내 여름날의 추억은 날아갔었고, 내 여름날의 추억은 계속되는가 싶더니, 결국 내 여름날의 추억은 이렇게 아름답고 사랑스러운 둥지 속으로 돌아오고 있지 않은가. 엄마가 보고 싶다는 아들 장호에게, 그리고 그곳에 비가 오지 않았었냐며 걱정하는 남편에게.

사랑한다는 말이 필요했으리니 앞으로 더 열심히 사랑한다는 말을 해주리라. 보고 싶었다는 그 말이 듣고 싶었으리니 더욱더 많은 시간을 할애해서 보고 싶었다고 말하리라. 길 떠난 절반쯤 돌아오고 있을 때 전혀 믿기지 않을 정도의 폭우가 쏟아지고 있었다. 나 없었던 그 시간에 나의 고향 서산은 밤새도록 그리고 계속해서 비가 내렸었다니. 이렇게 서른 아홉의 여름은 또 지나갔다. 새털처럼 가벼운 이불 속의 행복처럼.

봉평 '효석문화제' 그 메밀꽃 필 무렵

나마저 왜 이래야 하는가? "산허리는 온통 메밀밭이어서 피기 시작한 꽃이 소금을 뿌린 듯이 흐뭇한 달빛에 숨이 막힐 지경이다" - 이효석, 메밀꽃 필 무렵 중에서라고.

가산 이효석을 표현하려면 이렇게 남들이 하는 것처럼 똑같이 쓰기는 정말 싫었다. 그러나 어쩌랴! 효석을 생각하면 아니 메밀꽃을 보고 있노라면 누가 시키지도 않는데 그 많은 문장 중에서 이 한 구절이 입에서 줄줄 흘러나오니 할 수 없지 않은가?

8월의 끝자락을 부여잡고 비어 있는 가슴을 채우기 위해 홀연히 떠난 곳이 봉평마을이다. 돌아오는 9월 2일부터 11일까지 '제7회 효석문화제'가 개최되는 장소인 까닭으로 꼭 가보고 싶었던 차에 한적한 틈을 타 미리 행사장을 살펴볼 작정이었다. 날씨는 흐릴 듯 말듯 안개가 자욱하기도 하고 아닌 것 같기도 한데 바람은 분명 가을 냄새가 났다.

서해안고속도로를 타고 서안성IC를 빠져나와 여주IC에서 다시 영동고속도로로 진입, 장평IC에서 봉평면 창동리까지 약3시간여 소요되었지만 하나도 지루하지 않음은 단 하나 '두근두근' 때문이었다.

우선 북적거림을 싫어하는 나는 그저 한적하고 고요로운 효석의 체취를 느끼기 위해 효석문학관을 찾는다. 전체적으로 붉은빛의 외형이 약간은 낯설게 느껴졌지만, 내부로 들어가니 따뜻한 입김처럼 정감이 갔다. 영상물과 전시 작품들의 고고함에 들뜨기 시작한 짜릿함은 크리스마스트리가 있고 낭만과 감성의 상징인 축음기가 있는 효석의 작업실 앞에서 그 절정을 맞이하게 된다. 그리고 지성과 미모가 뛰어 났을 법한 효석의 부인 이경원의 사진 앞에서 흥분이 가라앉기 시작했다.

1907년 2월 23일 강원도 평창군 봉평면 창동리 273번지에서 장남으로 태어난 가산 이효석. 현대 단편소설을 대표하는 뛰어난 작가로서 문학뿐 아니라 음악적 능력이 뛰어난 다재다능했던 사람. 그는 시대와 무관한 심미주의자였고, 서구 지향적인 모더니스트였고, 섬세한 감각의 예술가였다. 그와 가장 친했던 유진오를 비롯하여 이무영, 채만식 등은 1930년대 초반 이후 〈동반자 작가〉로 활동했고, 김기림, 유치진, 정지용 등 9명의 〈구인회〉는 순수문학을 추구하며 활동한 문학 동인회로 유명하다.

평소 막연한 동경심과 부러움 또는 애절함으로 기억되었던 효석을 찾아 가까이에서 호흡하며 바라 볼수 있음에 또 다른 생각으로 얼마나 감사를 했는지 모른다. 생이 짧든 길든지 간에 누군가 나를 찾아 줄 수 있는 공간이 있다는 것에 대한 깊은 상념에 젖어 본다. 내 영혼은 잠들어 기억하지 못할지라도 그 향기, 그 아쉬움, 그 사랑은 영원히 살아 숨 쉬고 있다는 것. 그래서 많은 사람이 나를 그리워하고 보고 싶어 하는 설렘이 되어 봤으면.

효석의 나이 36세에 결핵성 뇌막염으로 세상을 떠나야 했던 그를 생각하니 가슴이 저린다. 2남 2녀 중 차남과 부인을 잃고 어찌 방황의 나날을 보내지 않을 수 있었으랴. 사랑하는 사람이 나의 곁에 존재치 않는데 삶의 의미가 어디 남아 있었겠으며 그 어느 곳에 마음 붙이며 창작을 위한 고통과 싸울 수가 있었겠는가를 생각하니 그저 가여울밖에. 평양으로 만주로 떠돌아다녀야 했던 젊은 날의 생애를 누가 돌려줄 수 있겠는가 말이다.

그의 작품 중 봉평을 배경으로 한 작품 「메밀꽃 필 무렵」 과 「산협」 「개살구」 에는 실제 고향을 배경으로 한 지명이 실명으로 명시되어 있을 만큼 애정이 가는 알짜배기 소설이다. 그는 가고 없어도 그의 향기가 아직도 남아 있는 듯 온몸으로 다가온다.

효석의 정기를 한 아름 안고 문학관을 빠져나와 생가를 향해 종종걸음으로 달려갔다. 언제나 그렇듯이 생가터라는 것 자체 외에 별 의미 없이 덩그러니 집채가 놓여있을 뿐이었다. 보여주기 위한 복원으로 넉넉함이나 향수는 찾아볼 수 없는 그런 집이었지만 터는 터이므로 의미는 있었다.

생가보다는 차라리 가산 이효석의 생가 뒷산 비탈에 조성된 메밀밭이 더 눈에 띄며 신명이 났다. 역시 봉평에 온 이유는 뭐니 뭐니 해도 메밀꽃을 보며 그 무엇을 가져가고 싶었기 때문이리라. 그곳에서 오래 머무느니 차라리 메밀꽃 필 무렵의 소설 배경이 그대로 전해진다는 추억의 재래시장 봉평 오일장과 소설 속 주인공인 허생원과 성서방네 처녀가 사랑을 나누던 물레방앗간 그리고 동이 같은 장돌뱅이들이 즐겨 찾던 술집 '충주집'을 재현해 놓은 곳으로 빨리 가고 싶어졌다.

효석문화제의 주 행사장인 메밀밭에 다다르니 아직 수줍은 새색시처럼 종아리고 있는 하얀 꽃이 펼쳐져 보인다. 아, 저 아름다운 환상의 흰 융단을 보고 '소금을 뿌려 놓은 것 같다' 고 표현하였구나! 하얀 메밀꽃을 표현하기에 소금 말고 다른 건 뭐 없을까 하면서 입속으로 종알종알 해본다. 싸락눈, 떡가루, 진주 구슬, 비눗방울, 새하얀 아기 손, 하얗게 핀 곰팡이, 꽃구름. 아이, 아무리 뇌까려보아도 소금만큼 마땅한 표현이 떠오르질 않음에 조금은 짜증이 났다.

그 옆에는 소설 속 상징적인 장소 물레방앗간을 재현해 놓고 메밀을 직접 빻아 가루를 판매할 수 있도록 했고 그 내부에는 이효석의 소설 '메밀꽃 필 무렵'을 천천히 걸으며, 야생화를 감상하며 읽을 수 있도록 조성해 놓았다. 참신한 아이디어로 정성을 다한 흔적이 보였는데 아기자기하고도 분위기 있는 연출에 박수를 보낸다. 작은 원두막 앞에서 기념 촬영을 할 수 있도록 작은 공간을 배려한 것도 아름다운 마음이리라. 나도 누군가를 위해 자그마한 빈 의자 하나 마련해 놓고 기다리는 것을 배워야겠다고 다짐을 해 본다.

글을 쓴다는 것, 나를 표현한다는 것, 무엇을 만들어 낸다는 것, 그 어떤 것을 일으켜 세운다는 것! 우리는 무엇으로 사는가? 얼마나 많은 고통을 이겨내야 하는가? 누가 나를 알아줄 것인가? 메밀꽃 필 무렵 봉평에 효석은 오지 않는다. 다만 많은 사람의 기억으로 그를 맞이할 뿐이다.

그렇다면 우리 서산에는 왜 이렇다 할 문학관이나 문학제가 존재하지 않는 걸까? 내가 사는 서산에도 효석에게 뒤지지 않을 시인과 수필가의 고향인 생가가 있다.

〈청춘예찬〉으로 유명한 수필가 '우보 민태원'과 〈나비〉로 이름이 널리 알려진 시인 '윤곤강'이 바로 그들이다. 그들의 후손이 알아서 하길 바라기보다는 지역의 문인들이 나서야 하지 않겠는가. 다른 지역으로 문학기행을 갈 때마다 느끼고 통탄을 금치 못하는 것도 거기에 있다. 내 지역의 훌륭한 문학인이 존재했음에도 불구하고 그것조차 기리지 못하고 있는 무능함이여!

내가 할 수 있는 것은 과연 무엇이 있을지, 그리고 어떻게 해야 할지, 그렇다면 언제가 좋을지, 또 그렇게 하다 보면 예기치 못한 아픔은 없을는지. 이런저런 생각 주머니를 하나하나 꺼내어 펼쳐 보이다 보니 그저 마음만 심란해질 뿐이었다. 누군가에게 막연한 바람과 기대로 상처를 받느니보다는 내 안의 구름을 걷어내고 속 찬 열매를 가득 맺어 몸소 실천할 수 있는 능력을 스스로 키워내야 하리니.

갈 때의 어스름한 날씨와는 반대로 올 때의 화사한 햇살은 나에게 희망을 주는 듯했고 아직 화들짝 봉오리를 펼치지 않은 메밀꽃에서 나의 나약함을 살포시 감싸주는 것 같은 느낌을 받는다. 여유가 된다면야 하룻밤을 묵어가면서 달빛 고요한 무르익음으로 메밀 꽃술 한잔에 농익은 시 한 수 읊으며 밤새 홍얼홍얼 취하고 싶으련만 그저 까슬까슬한 안타까움만 남겨 놓는다. 아직도 혀끝에 동글동글 말리며 녹아드는 메밀국수와 상큼하고 담백한 맛의 메밀묵 사발은 잊히지 않고.

나 이렇게 새벽 동이 트도록 골똘한 생각으로 쥐어짜는 이유는 돌다리와 나무다리, 섶다리를 건너고 싶은 홍정천 개울이 눈에 밟히도록 아른거리기 때문이다. 너를 사랑 하고 싶다.

웰컴 투 동막골 영화 촬영지 '고창 메밀밭'

그곳엔 봄이 있고 가을이 있고
그곳엔 청보리가 있고 메밀꽃이 있고
그곳엔 동심이 있고 낭만이 있고
그곳엔 자연이 있고 영화가 있다.

내가 그곳을 자주 찾는 이유는 비단 그뿐만이 아니다. 여름과 겨울의 잔치가 숨어 있기 때문이다. 해바라기 꽃과 달래, 냉이, 씀바귀 등 각종 나물을 뜯을 수 있어 좋고 보리밭 속에서 연날리기를 즐기며 깔깔거리는 어린아이들을 바라만 봐도 좋은 까닭이다. 나는 한가로운 듯 정겨운 그곳에서 드넓은 대지를 가슴에 안고 호연지기를 할 수 있어서 더욱 좋다. 뭔가 느끼고 싶을 땐 어김없이 또 떠난다.

청보리밭과 메밀꽃밭으로 유명한 학원농장은 전 국무총리 진의종 씨와 부인 이학 여사가 1960년대 초 고창군의 광활한 미개발 야산을 개간하여 설립한 농장이다. 그때에는 뽕나무를 심어 누에치기를 하였고, 70년대에 들어서 목초를 재배하여 한우 비육 사업을, 10년이 지난 후에는 보리와 수박, 땅콩 등을 재배하였다 한다.

　지금은 설립자의 장남인 진영호 씨가 귀농정착 하면서 아름다운 농장이 되도록 노력하고 있다. 학원농장 내에는 진의종 씨의 유품과 경력을 자랑하는 가택이 있는데 2층에 전시되어 있는 부인 이학 여사의 꼼꼼하고도 화려한 자수는 일품이다.

　전북 고창군 공음면 선동리에 자리하고 있는 학원농장에서는 작년부터 매년 봄 4월 초순에서 5월 중순 사이에 〈청보리밭 축제〉를 열고 있다. 고창지역이 옛날부터 보리를 많이 재배하였고 또 보리농사가 잘 되는 지역이란다. 보리는 11월 초에 파종을 완료하게 되는데 11월 말경에는 잔디 모양으로 파릇파릇 돋아나게 된다. 그 이후에는 성장을 멈추고 눈 속에서 은근과 끈기로 새봄이 오기를 기다리는 것이다.

　땅속에 있는 보리가 얼어 죽지 않게 하려고 '보리밟기'를 행하기도 한다. 겨울 추위를 이겨낸 보리는 3월 초 새봄과 더불어 무럭무럭 자라기 시작, 4월 초에는 이삭이 나오고 5월 중순부터 익기 시작한 보리를 6월 초에 수확하는 것이다. 보리는 누렇게 익었을 때 보다 이삭이 나오고 열매가 맺히는 4월의 청보리가 가장 아름답게 보인다. 청 보릿대로 피리를 불며 삼삼오오 짝을 지어 학교에 다녔던 옛 어린 시절이 생각나게 하는 추억이 있다.

　살랑거리는 바람에 푸른 물결을 이루는 그 위에 청운의 꿈을 실었던 적이 언제였던가! 아직도 내 어디쯤에는 그 희망이 사라지지 않고 뜨거운 열정으로 남아 있는 것 같은데 도무지 헤아려 보아도 눈앞에 보이지 않음은 내면의 성숙이 모자람 아닐까 싶다. 보리밭 하면 왠지 춥고 배고팠던 시절의 향수 어린 청량제 같기도 하고, 유일하게 겨울 들판을 푸르름으로 감싸주었던 우리들의 보금자리처럼 느껴진다.

　보리밭 사이 길로 걸어가면 / 뉘 부르는 소리 있어 발을 멈춘다 / 옛 생각이 외로워 휘파람 불면 / 고운 노래 귓가에 들려온다 / 돌아보면 아무도 뵈이지 않고 저녁놀 빈 하늘만 눈에 차누나.

누구나 보리밭 길을 걷노라면 굳이 음정 박자가 맞지 않는다 치더라도 지금 나처럼 박화목 시인이 작사했던 가곡 '보리밭'을 흥얼거리며 걸었을 것이다.

지난해에 찾았던 청보리밭 축제는 그야말로 대 성황리에 치러진 것으로 기억된다. 커다란 비닐하우스에 들꽃학습원을 개관하여 어린이들에게 학습효과도 주고 있었는데 고창군에 관광객이 20만 명이 다녀가는 신기록을 세울 정도였다니 첫 번째 치른 행사치고 성공한 셈이다. 개인이 아름다운 농장을 만들기 위하여 경작한 밭이 경관농업특구로 지정되기까지 얼마나 많은 희생과 고집처럼 딱딱한 혼을 불어넣었을까 생각하니 저절로 고개가 숙여졌다.

식량 작물이 사진작가들의 소재로 사랑받기 시작하면서 저절로 알려지게 된 작은 마을 선동리 학원농장. 일부러 누가 알리지 않아도 관광객들이 쇄도하면서 축제를 열게 되었다는 설명을 듣고 나서는 앞으로의 관광은 먹고 마시고 놀고 하는 것이 아니라 추억과 향수를 느끼게 해주고 가족이 함께 어우러져 행복을 가져갈 수 있는 체험과 소박하고 잔잔한 자리를 마련해 주는 것이어야 함을 깨달았다. 그것이 농촌이기에 유리한 조건으로 더욱 사랑받고 지속가능한 발전을 기약하는 것 아니겠는가.

선선하기는 서로 비슷하지만 바람의 색깔과 향기는 코끝으로 쉽게 구분할 수 있는 것이 계절이다. 봄바람은 사랑에 빠진 시누이처럼 훈훈하고 따사로운 햇살과 함께 부드럽게 다가오지만, 가을바람은 심통 난 친정 동생 모양으로 쌀쌀하면서도 뾰족한 송곳니처럼 거칠게 지나간다. 봄바람과 함께 싱그러운 풀냄새를 맡으려 겨우 내내 닫아 놓았던 대문을 열어놓고 싶지만 차갑고 매몰찬 가을바람을 맞으면 피부가 거칠어

질까 살그머니 창문을 닫아놓게 된다.

단풍이 채 곱게 물들기 전에 가을 하늘의 흰 구름과 조화를 이루는 초가을의 메밀꽃 잔치. 마치 뭉게구름이 조각조각 흩날려 저 푸른 초원 위에 살포시 내려앉은 모습은 새색시같이 단아하다. 국내에서 하나의 장소에서 각기 다른 행사를 치르는 곳도 드물진 데 이곳 학원농장에서는 사계절 모두 다른 소재를 가지고 편안한 행사를 잘 치르고 있다. 올가을엔 메밀꽃에 흠뻑 취해 창작의 뜰을 가꾸고 한층 높은 계단으로의 상승을 꿈꾼다.

강원도 영동 산골짜기의 메밀밭이 화들짝 놀라 피어난 성숙한 여인처럼 맛깔스럽고 요염하다면 고창의 호남평야 광활한 들에 한정 없이 펼쳐진 하얀 메밀꽃은 덜 익은 처녀의 미소를 닮아 수줍은 모습이다. 봄철에 걸었던 그 보리밭 사잇길이 그대로 나 있어 사방으로 시야를 확보할 수 있고, 그 길을 따라 산등성이까지 펼쳐져 있는 메밀꽃의 그윽한 향기를 맡노라면 나는 그리움의 화신이 되어 내 깊은 폐 속의 신선한 사랑을 펼쳐 보이고 싶어진다.

이곳이 지난 8월에 개봉했다던 전쟁영화 「웰컴투 봉막골」 의 메밀밭 촬영지라지? 저 넓은 들판 한가운데를 지키고 있는 뽕나무를 배경으로 삼았다 하여 많은 사람이 그곳을 배경으로 사진을 찍느라 분주한 모습이다. 국내 최대 규모인 15만 평의 메밀밭에서 영화 속의 주인공이 촬영했던 것처럼 나 역시 나의 정신과 육체를 메밀꽃에 맡기고 그 꽃향기 맡으며 달콤함 속으로 빠져들어 가고 있었다.

아아, 내 고장 서산에는 농촌의 향기와 더불어 소슬바람 맞으며 손님을 맞이할 쉼터는 없는가? 고북 한농원에서 즐겼던 가을 국화향도 멀리 퍼지기는커녕 해가 갈수록 시들해지는 것 같고 간월도 천수만에서 개최되는 철새기행전 역시 웰빙 레저지구로 개발한다고 발표하면서 명분이 줄어들고 마늘 축제를 개최해 놓고도 이웃 태안지역에 밀리는 것 같은 인상으로 이미지 확보를 못하고 있는 처지다. 이 밖에 해미읍성병영 체험축제도 대중성을 확보하기엔 소재가 극히 제한된 것이 흠이다.

전국의 많은 축제장과 관광지를 돌아보며 우리 고장에 대한 늘 한 가지 아쉬운 점을 발견한다. 그것은 지역의 특성을 확고히 살려내지 못하고 있다는 개인적인 생각에서 비롯된다. 아름다운 천수만과 철새도래지를 가지고 있음에도 인근 홍성과 걸쳐있는 관계로 침범당하고 기업도시니 관광.레저 특구니 부르짖던 구호 역시 거의 붙어있다시피 한 태안에 자리를 내줬다. 우리 서산은 왜 이렇게 주변 지역에 뭐든지 빼앗기고 있다는 피해의식을 갖게 하는 걸까?

이것이 비단 나만의 생각은 아닐 진데 제발 남들보다 한 발짝씩만 앞서가는 우리가 되었으면 좋겠다. 언제나 다른 사람들이 모두 잔치를 끝내고 난 후에 뒤쫓아 가는 행정이 아니라 너무 앞서지도 말고 아주 조금만 부지런히 꼼지락거려서 시민들이 행복해할 수 있도록 해줬으면 좋으리. 지자제 시행 후 우리 시의 부채를 제로화시킨 점을 홍보하고 자랑스러워하기보다는 다른 지역에 비해 현저히 뒤처져 있는 여성, 문화, 교육, 예술 부분에 주력하여 목마름을 해소해 줬으면.

그리고 우리 아이들과 어른들이 함께 공감하며 같은 생각으로 대화를 나눌 수 있는 공간 하나, 어느 구석진 시골이라도 좋으니 편편이 넓은 들판에서 자연과 함께 호흡하며 쉴 수 있는 쉼터 하나, 체육행사 말고 누구나가 아무런 재능이 없어도 보고, 느끼고, 배우고, 참여할 수 있는 그런 축제 하나, 집안 잔치가 아닌 외부 손님이 지역경제발전에 보탬이 될 수 있는 고정적인 이슈 하나 있었으면 좋겠다. 내가 사는 이 서산에서 누구나가 행복을 느끼며 알찬 꿈을 이루게 만들어 봤으면!

이 도서의 국립중앙도서관 출판예정도서목록(CIP)은 서지정보유통지원시스템 홈페이지(http://seoji.nl.go.kr)와 국가자료종합목록시스템(http://www.nl.go.kr/kolisnet)에서 이용하실 수 있습니다. (CIP제어번호 : CIP2018033100)

시와정신 산문선 8
오영미 에세이집 1

그리운 날은 서해로 간다

ⓒ오영미, 2018

초판 1쇄 | 2018년 10월 16일

지 은 이 | 오영미
펴 낸 곳 | **시와정신**
주   소 | (34445) 대전광역시 대덕구 대전로1019번길 28-7
              신창회관 2층
전   화 | (042) 320-7845
전   송 | 0507-713-7314
홈페이지 | www.siwajeongsin.com
전자우편 | siwajeongsin@hanmail.net
편   집 | 정우석 010_9613_1010
공 급 처 | (주)북센 (031) 955-6777

ISBN 979-11-89282-03-5   03810

값 15,000원